KB045730

편지
手紙

편지

히가시노 게이고

권일영 옮김

RHK
알에이치코리아

차
례

그 집을 표적으로 정한 데는 특별한 이유가 없었다. 굳이 이야기하자면 그 집의 상황을 약간 알고 있었기 때문이다. 하지만 츠요시가 범행을 하기로 결심했을 때, 맨 먼저 떠오른 것은 그 집에 사는 오가타라는 할머니였다. 보기 좋은 흰머리를 깔끔하게 빗고 기품 있는 옷차림을 한 노인이었다.

"수고했네. 젊은 양반이 애 많이 썼어요."

그러면서 작은 돈 봉투를 내밀었다. 나중에 보니 천 엔짜리 지폐가 세 장 들어 있었다. 이삿짐센터 일을 돕기 시작한 뒤 처음 받아보는 것이었다.

할머니의 표정에서는 이상한 눈치를 전혀 느낄 수 없었다. 주름 하나하나에도 친절함이 새겨져 있는 미소였다. 츠요시가 꾸벅 고개를 숙이자 선배가 야단쳤다.

"이 녀석아, 제대로 고맙다는 말씀을 드려야지."

츠요시가 막 19살이 되었을 무렵이니 4년 전의 일인 셈이다.

도쿄의 고토 구 기바에는 아직도 목재 도매상이 많이 남아 있다. 에도 시대부터 그랬고, 기바(木場)라는 지명도 거기서 유래한 모양이다. 츠요시는 오가타 씨 집으로 가는 트럭 안에서 선배한테 그 집에 대한 이야기를 들었다. 오가타 씨 집안 역시 예전에는 목재상을 했고, 지금도 오가타상점이란 상호를 갖고 있었다. 하지만 목재상이란 이름은 거의 형식적일 뿐이고, 목재를 보관하는 곳으로 쓰이던 땅을 다른 목적으로 이용해 수입을 올리고 있는 모양이었다.

"말하자면 놀아도 먹고사는 덴 어려움이 없을 거야, 분명히."

트럭 안에서 선배가 부럽다는 듯이 말했다.

"주차장뿐 아니겠지. 틀림없이 아파트나 맨션도 갖고 있을 거야. 할머니 혼자서는 다 쓸 수도 없는 돈이 매달 뭉텅뭉텅 들어올 테고. 그러니 집을 사달라는 자식한테 돈을 척 하니 내놓을 수 있었겠지."

"아들이 이사할 집을 그 할머니가 사준 겁니까?"

츠요시는 깜짝 놀라 물었다.

"자세한 건 모르지만 아마 그럴 거야. 아들은 가업을 물려받지 않았대. 그러니 평범한 샐러리맨일 테지. 샐러리맨이 자기 집을 마련하는 게 어디 쉽겠어?"

선배가 단순히 상상만으로 이야기하고 있는 건 분명했다.

하지만 오가타 씨 집에 도착해보니, 그런 상상이 크게 어긋난 건 아닐지도 모른다는 생각이 들었다. 일본식과 서양식을 절충해서 지은 건물인데 요즘 보기 드물게 단층집이었다. 말하자면 그만큼 대지가 넉넉한 집이란 뜻이다. 집 맞은편에는 유료 주차장이 있고, 주차장 간판에는 오가타상점이란 글자가 적혀 있었다.

남쪽으로는 작은 집 한 채 정도는 더 지을 수 있을 만한 넓은 마당이 있었다. 그 마당에는 송아지만 한 흰 개가 어슬렁거리고 있었는데, 피레니언 마운틴 독(피레네 산맥에서 곰이나 늑대로부터 양을 지키기 위해 키우던 품종. 그레이트 피레니즈라고도 함)이라고 할머니가 가르쳐주었다. 개는 츠요시 일행을 보기 전부터 사납게 짖기 시작했다. 낯선 사람이 집에 들어올 거라는 것을 벌써 눈치채고 있었던 모양이다.

"시끄러, 요 녀석아."

서랍장에 상처가 나지 않도록 완충용 매트로 싸면서 선배가 투덜거렸다. 개는 개집에 묶여 있었지만 츠요시 일행이 작업하는 동안 내내 짖어댔다.

"그래도 저런 녀석이 있으니 노인네 혼자 살아도 마음이 놓이겠지. 아마 평소에는 풀어놓고 키울걸? 도둑이 담 넘어 들어왔다가는 대번에 물릴 거야."

다른 선배가 말했다.

그날 이사는 함께 살던 장남 일가의 짐만 다른 집으로 옮기는 것이었다. 장남은 마흔이 넘어 보이는 마른 남자였다. 말이 없고 이사에도 별 관심이 없다는 표정을 짓고 있었다. 뚱뚱한 그의 아내는 내내 들뜬 모습이었다. 떠나는 집보다 이제 막 장만한 새집 생각만 하는 듯했다.

"저 사람이 남편이군. 마누라 등쌀에 이 집에서 나가기로 했겠지."

그 선배가 다시 상상력을 동원했다.

"이 집을 고쳐 지으면 새로 집을 살 필요도 없었겠지. 하지만 그렇게 되면 저 여자는 시어머니와 함께 살아야 할 걸. 분명히 이 집 명의는 할머니 이름으로 되어 있을 거야. 말하자면 아들 식구가 얹혀살고 있는 셈이겠지. 저 뚱보 며느리는 그게 내키지 않았을 테고. 그래서 남편을 들볶아 집을 사달라고 했겠지. 저 봐, 저 며느리 표정. 마치 이제 자기세상이 왔다는 얼굴이잖아?"

선배는 입을 삐죽이며 웃었다.

짐을 모두 실은 뒤, 츠요시와 이삿짐센터 직원들은 할머니에게 인사를 드렸다. 할머니는 새집까지 따라가지 않을 거라고 했다.

"잘 부탁해요."

할머니는 특별히 츠요시에게 말을 걸어주었다. 아마 제일

어리고 경험이 없어 보였기 때문일지도 모른다. 츠요시는 예, 하며 고개를 숙였다.

그 뒤 1년쯤 지나, 오가타 씨 집 근처로 이사하는 집이 있었다. 잠깐 쉬는 시간에 편의점에서 산 도시락을 먹고, 츠요시는 혼자 오가타 씨 집 앞까지 가보았다. 위엄 있는 돌담은 1년 전 그대로였다. 문 앞까지 간 츠요시는 뭔가 이상하다는 느낌을 받았다. 무슨 이유 때문인지는 바로 알 수 없었지만 마당 옆을 지나가다 문득 깨달았다. 그 커다란 개가 짖어대는 소리가 들리지 않았던 것이다.

돌담 옆에 서서 마당을 들여다보았다. 개집은 그대로 있지만 개의 모습은 보이지 않았다. 산책이라도 하러 나갔나, 생각할 때 눈에 들어온 것이 있었다. 개집 바로 옆에 기다란 나무가 박혀 있고, 거기에 파란색 개목걸이가 걸려 있었다. 그 피레니언 마운틴 독의 목에 걸려 있던 목걸이였다.

장남 식구들이 이사를 가고, 게다가 반려견까지 죽었으니 그 할머니도 무척 적적하겠다는 생각이 들었다. 그때 츠요시의 머리에 떠오른 것은 그런 생각뿐이었다. 부잣집 할머니가 혼자 살고 있다는 걸 알면서도 눈곱만큼도 나쁜 마음은 품지 않았다. 실제로 그 뒤 3년 동안 츠요시는 그 할머니 생각을 해본 적이 전혀 없었다. 만약 지금처럼 궁지에 몰리지 않았다면 평생 떠올릴 일이 없었을지도 모른다.

츠요시는 그 집 옆에 와 있었다. 담으로 둘러싸인, 일본식과 서양식을 절충해 지은 집은 조용히 그 자리에 있었다.

바람이 차게 느껴진다. 앞으로 한 달 뒤면 어깨를 잔뜩 움츠리고 다녀야 할 것이다. 그리고 연말연시라고 해서 거리는 붐비고 사람들은 분주히 돌아다닐 것이다. 직장이 있으니 돌아다닐 수 있다. 돈이 있으니 연말연시에도 마음이 들뜬다.

하지만 지금 내게는 직장도 돈도 없다.

크리스마스 케이크를 살 돈이 필요한 건 아니었다. 정월에 떡을 사고 싶은 것도 아니었다. 츠요시에게 필요한 것은 오직 동생 나오키가 걱정 없이 대학에 진학할 마음을 먹게 할 수 있는 돈이었다.

츠요시는 이런 공상을 했다. 우선 은행에 목돈을 정기예금으로 넣는다. 그걸 나오키에게 보여준다. 너한텐 이야기하지 않았지만 이만큼 저축을 해놓았어, 이것만 있으면 입시 전형료건 입학금이건 문제가 되지 않을 거야. 그러니 넌 아무 걱정할 필요 없어, 동생에게 그렇게 말해주고 싶었다.

츠요시는 나오키가 대학 진학을 거의 포기하고 있다는 걸 알고 있다. 몰래 아르바이트를 한다는 것도 알고 있다. 직장을 구하러 돌아다니면 형이 화를 낼 테니 눈치채지 못하게 조심하면서 몰래 직원 모집 공고를 모으고 있다.

서둘러야 한다. 마음이 다급해졌다. 하지만 정기예금을 넣을 돈이 없다. 돈을 벌 일자리도 잃고 말았다.

이삿짐센터는 두 달 전에 그만두었다. 직접적인 원인은 허리와 무릎이 좋지 않았기 때문이다. 애당초 정사원이 아니었기 때문에 영업 쪽으로 자리를 옮겨달라고 할 수도 없었다. 이삿짐센터 이외에 가구 운송 일도 했지만 그쪽 일도 끊어졌다.

손재주도 없고, 기억력도 좋지 않았다. 자신 있는 거라곤 체력뿐이다. 그래서 그걸 살릴 수 있는 직장을 골랐는데 그게 오히려 화근이 되었다. 몸이 망가지자 어디서도 받아주지 않았다. 지난주까지는 음식배달 일을 했다. 하지만 배달을 나갔다가 심한 요통 때문에 그만 음식 통을 뒤집었다. 결국 그곳에서도 잘리고 말았다. 공사 현장에서 일하려 해도 이 몸으로는 무리였다. 사방팔방 아무리 둘러봐도 꽉 막혔다.

온 세상이 불경기라고 하지만, 츠요시가 보기에는 자기만 빼고 다른 사람들은 모두 풍족해 보였다. 물건을 싸게 파는 가게가 크게 유행하고 있다지만 싸구려건 뭐건 살 수 있는 사람은 그래도 괜찮다. 요즘 건강식품이 인기를 끄는 건 결국 그만큼 여유가 있기 때문이라는 생각이 들었다. 그런 여유 가운데 몇 분의 일이라도 나와 동생에게 나눠주면 얼마나 좋을까.

가난하다고 해서 남의 것을 훔쳐서는 안 된다고 생각했다. 하지만 달리 방법이 없었다. 아무리 탄식하고 기도를 해봐야 돈이 솟아나올 리 없다. 그렇다면 내 손으로 뭔가 할 수밖에 없다.

그 할머니의 온화한 얼굴이 머릿속에 떠올랐다. 할머니는 돈이 넉넉할 테니 조금 훔친다고 해서 큰 타격을 입지는 않을 것이다. 아니, 어쩌면 훔친 자가 자기 같은 사람이라는 걸 알게 되면 용서해줄 것 같은 기분도 들었다. 물론 자기가 훔쳤다는 걸 알게 할 수는 없지만.

츠요시는 주위를 둘러보았다. 일반 주택과 작은 공장이 뒤섞인 동네다. 그렇지만 가게는 거의 보이지 않았다. 그래서인지 길을 지나다니는 사람도 없다. 바로 옆에 큼직한 맨션이 몇 채 있지만, 현관이 모두 큰길 쪽으로 나 있어 주민들이 뒷길로 나올 일은 거의 없을 것 같았다.

아스팔트 바닥에 츠요시의 짧은 그림자가 드리웠다. 정확한 시각은 모르겠지만 아마 오후 3시쯤 된 것 같았다. 10분쯤 전에 들어간 편의점에서 시간을 확인했었다. 편의점에 들른 것은 목장갑을 사기 위해서였다. 실제로 여기 오기 전까지 지문 생각은 하지도 못했다.

츠요시는 지금 오가타 씨 집에 아무도 없다는 걸 알고 있었다. 편의점 밖에 있는 공중전화로 전화를 걸어보았기 때문이다. 전화번호는 오가타 씨 집 맞은편에 있는 유료주차장 간

판에 적혀 있었다. 신호음은 갔지만 들려온 것은 부재중이라
는 메시지였다.

츠요시는 천천히 오가타 씨 집 문으로 다가갔다. 물론 망설
여지기는 했다. 문 앞에 이르기 몇 초 전까지도 그는 자문자
답했다. 정말 이런 짓을 해도 괜찮은 걸까? 괜찮을 리가 없
다. 그렇지만 달리 무슨 방법이 있지? 누군가에게서 빼앗을
수밖에 없지 않은가? 그렇다면 돈이 남아도는 집에서 빼앗을
수밖에 없다. 그렇지만 잡히면 어쩌지? 잡힐 리가 없다. 아
니, 이 집에 사는 건 그 할머니뿐이다. 들킨다 해도 도망치면
그뿐이다. 할머니는 쫓아오지 못할 것이다. 잡힐 리가 없다.

작은 문짝에 자물쇠는 달려 있지 않았다. 문을 열자 살짝 금
속 마찰음이 났다. 그 소리마저도 츠요시에게는 크게 들렸다.
저도 모르게 주위를 살폈다. 누가 보고 있는 기척은 없었다.

재빨리 문 안으로 들어가 몸을 숙이고 현관으로 다가갔다.
갈색 문짝은 통나무로 만든 것 같았다. 이런 문이라면 백만
엔은 넘을 거라는 소리를 누군가에게서 들은 적이 있다.

목장갑을 낀 손으로 손잡이를 잡고, 위에 붙어 있는 쇠 장
식을 엄지손가락으로 내리려 했다. 하지만 내려가지 않았다.
역시 자물쇠가 걸려 있는 모양이다. 하지만 그건 예상했던
일이다.

츠요시는 발소리가 나지 않게 조심하면서 집 북쪽으로 돌

아갔다. 마당이 있는 남쪽이 작업하기는 쉽지만 담 너머로 다른 사람들 눈에 띌 우려가 있다. 북쪽은 담과 집 사이의 간격이 좁기는 하지만 이웃집 벽이 바로 옆에 있어 큰 소리만 내지 않는다면 들킬 염려는 없을 것 같았다.

그리고 또 한 가지, 북쪽을 선택한 중요한 이유가 있었다. 그쪽에 낡은 창이 있다는 걸 기억하고 있었기 때문이다. 다른 쪽은 모두 알루미늄 새시지만 거기만은 창틀이나 창살이 모두 나무였다. 당연히 잠금 장치가 새시처럼 반달 모양으로 생긴 게 아니라 구식으로 끼워 넣는 것으로 되어 있다. 전에 이사하던 날, 장남은 자기 어머니에게 그 창문은 보기도 좋지 않고 허술하니 알루미늄 새시로 바꾸는 게 어떻겠느냐는 소리를 했었다. 그러자 그 점잖은 할머니는 불단이 있는 방만은 서양식으로 꾸미고 싶지 않다고 차분한 표정으로 대꾸했다. 그게 묘하게 기억에 남아 있었다.

문제의 그 낡은 창은 그때 그대로였다. 그걸 보고 츠요시는 안도의 한숨을 내쉬었다. 알루미늄 새시 창이라도 드라이버 하나로 분해해서 열 자신은 있다. 하지만 창을 여는 데 걸리는 시간은 전혀 다르다. 나무는 쉽게 변형되지만 알루미늄은 그렇지 않다.

츠요시는 허리에 찬 벨트에 꽂아둔 두 개의 드라이버를 꺼냈다. 몇 가지 공구를 꽂을 수 있는 이 벨트는 이삿짐센터 시절 선배한테 얻은 것이다.

일자형 드라이버 두 개를 두 장의 창문 아래 틈새에 각각 꽂았다. 그렇게만 했는데도 창문은 잠금 장치가 끼워진 채로 2밀리미터 정도 올라갔다. 츠요시는 두 손으로 드라이버 자루를 잡고 천천히 창문을 들어올렸다. 아래쪽 틈새가 더 벌어진 것을 확인하고 조심스럽게 그대로 밀었다. 두 개의 창문이 약간 앞으로 튀어나왔다.

위치를 바꾸어 드라이버를 꽂으면서 창문을 조금씩 틀에서 빼냈다. 유리가 끼워져 있기 때문에 깨면 간단했지만 그러고 싶지는 않았다. 돈을 훔치는 것 말고 그 할머니에게 폐를 끼치고 싶지는 않았다. 또 할머니가 도둑맞았다는 사실을 조금이라도 늦게 눈치채게 하려는 계산도 있었다.

드디어 창이 빠져나왔다. 생각보다 시간이 걸렸다. 빼낸 창을 바깥쪽 벽에 세워놓고 신발을 벗은 뒤 안으로 들어갔다.

네 평 남짓한 일본식 방이었다. 도코노마(床の間 : 방바닥보다 한층 더 높게 만들어 벽에는 족자를 걸고 밑에는 꽃꽂이 등을 놓아 장식하는 일본 특유의 가옥 구조)가 있고, 그 옆에 장롱 정도 크기의 불단이 놓여 있었다. 전에 이삿짐을 나를 때 이 방에 들어온 기억은 없다. 다다미는 요즘 나오는 것들에 비해 약간 컸다. 방 전체에 향냄새가 배어 있었다.

미닫이문을 열고 복도로 나왔다. 오른쪽으로 가면 현관, 왼

쪽은 주방일 것이다. 츠요시는 왼쪽으로 갔다. 주방 옆 식당
에선 남쪽으로 난 마당이 내다보였다. 츠요시는 거기 있는
유리문의 잠금 장치를 풀어둘 요량이었다. 빈집털이를 하려
면 일단 도주 경로를 확보해둬야 한다는 이야기를 어디선가
들은 적이 있다.

　주방과 식당은 각각 세 평 정도 되었다. 둘 다 깔끔하게 정
돈되어 있었다. 둥글고 작은 식탁 위에 톈진 군밤(天津甘栗 :
큰 가마솥 안에 뜨거운 자갈을 깔고 감미료를 넣어 휘저으며 구운 밤.
중국 톈진에서 나는 알이 작은 밤을 사용한다) 봉투가 놓여 있었다.
문득 나오키가 그걸 좋아한다는 생각이 났다.

　유리문을 살짝 열어둔 뒤 옆방으로 들어갔다. 그 방은 거실
이었다. 넓이는 열 평 남짓했다. 다다미가 일부 깔려 있고, 호
리고타츠(방바닥 한가운데를 네모나게 파고 그 안에 화로를 넣는 난
방 장치)를 쓸 수 있게 되어 있었다. 마루 쪽에는 가죽 소파와
대리석 테이블이 놓여 있다. 도저히 할머니 혼자 사는 집 같
아 보이지 않았다.

　안쪽에 또 다른 미닫이문이 있었다. 그쪽에 일본식 방이 있
다는 기억이 났다. 장남 부부가 침실로 쓰던 방이다.

　츠요시는 리빙보드의 서랍을 열어보았다. 하지만 돈이 될
만한 물건이 있는 것 같지는 않다. 방 안을 둘러보았다. 가
구는 모두 비싸 보였고, 벽에 걸린 그림도 값이 나갈 것 같았

다. 하지만 그가 원하는 것은 현금이나 보석이었다. 주머니에 넣어 도망칠 수 있는 것이어야 한다. 그리고 그림을 훔쳐다 팔면 금방 꼬리가 잡힐 것이다.

부부가 쓰던 일본식 방을 살펴볼까, 그런 생각을 하며 걸음을 내딛다 바로 멈춰 섰다. 할머니가 중요한 물건을 넣어둘 만한 곳이 생각났기 때문이다.

츠요시는 복도로 나와 불단이 있는 방으로 돌아갔다. 불단에는 서랍이 여러 개 있었다. 그걸 순서대로 열어보았다. 양초, 향, 낡은 사진 같은 것들이 빽빽하게 들어 있었다.

다섯 번째로 연 서랍에서 흰 봉투가 나왔다. 그걸 집어 들자 가슴이 덜컥 내려앉았다. 그 무게와 두께에서 어떤 예감이 들었던 것이다.

조심조심 안을 들여다보고 숨을 멈췄다. 만 엔짜리 지폐 다발이 들어 있었다. 장갑을 벗고 안에서 한 장을 뽑아냈다. 그야말로 손이 벨 것 같은 새 지폐였다. 두께로 보아 백만 엔 가까이 될 것 같았다.

이것만 있으면 충분하다. 다른 곳은 뒤질 필요도 없다. 봉투를 점퍼 주머니에 쑤셔 넣었다. 이제 남은 것은 빠져나가는 일뿐이다. 처음엔 창문을 원래대로 해두려고 했지만 지금은 그럴 마음이 없었다.

창문을 빠져나가려는 순간 문득 그 텐진 군밤 생각이 났다.

그걸 가져가면 나오키가 분명 좋아할 것이다.

셋이 함께 백화점에 갔다 돌아오면서 처음으로 어머니가 텐진 군밤을 사주셨다. 나오키가 막 초등학교에 입학했을 때였다. 어린 나이에도 단것을 좋아하지 않던 동생이지만 그때는 좋아하며 먹었다. 맛도 맛이지만 껍질 벗기는 게 더 재미있었는지도 모른다.

좋은 선물이 될 것이다. 츠요시는 다시 복도로 향했다.

발소리엔 별 신경도 쓰지 않고 주방을 거쳐 식당으로 들어갔다. 식탁 위에 놓인 텐진 군밤 봉투를 집어 들었다. 사온 지 얼마 안 되는 듯, 내용물이 가득 차 있는 느낌이 들었다. 이제 어린애가 아니기 때문에 텐진 군밤을 봐도 나오키는 기쁜 표정을 짓지는 않을 것이다. 실제로 그 시절만큼 기뻐하지는 않을지도 모른다. 하지만 나오키가 말없이 밤 껍질 벗기는 모습을 상상하기만 해도 츠요시는 가슴이 설렜다. 그 순간만큼은 예전의 행복했던 시절로 되돌아갈 수 있을 것 같은 기분이 들었다.

군밤 봉투를 주머니에 집어넣었다. 오른쪽 주머니에는 군밤, 왼쪽 주머니에는 지폐 뭉치. 일이 이렇게 잘 풀린 적이 여태 한 번이나 있었을까?

츠요시는 거실을 지나 불단이 있는 방으로 돌아가려 했다. 거실에는 값비싸 보이는 물건이 잔뜩 있었지만 더 이상 뭔가를 훔칠 마음은 없었다. 다만 이곳을 떠나기 전에 하고 싶은 일이 있었다.

거실로 가서 세 사람은 넉넉히 앉을 만한 소파 한가운데 걸
터앉았다. 갈색 가죽 소파는 보기보다 훨씬 부드럽게 그의
몸을 받아들였다. 츠요시는 발을 꼬고 대리석 테이블에 놓인
리모컨으로 손을 뻗었다. 텔레비전 리모컨이었다. 정면에는
대형 와이드 텔레비전이 놓여 있었다. 이런 텔레비전을 운반
한 적은 여러 차례 있지만, 그 화면을 제대로 본 적은 한 번도
없었다. 리모컨 스위치를 눌렀다. 화면에 와이드쇼 프로그램
이 나왔다. 이름도 제대로 알 수 없는 연예 리포터가 왕년의
아이돌 가수가 이혼했다는 소식을 전하고 있었다. 츠요시에
게는 아무런 상관도 없는 내용이지만 큰 화면을 독차지하고
있다는 뿌듯함이 느껴져 만족스러웠다. 채널을 바꿔보았다.
요리 프로그램이나 교육 프로그램, 그리고 시대극 재방송마
저도 신선해 보였다.

리모컨 스위치를 눌러 텔레비전 화면을 끌 때였다. 바로 옆
에 있는 미닫이문이 살짝 열렸다. 그 문 밖에 잠옷 차림의 할
머니가 서 있었다.

상상도 못한 일이었고, 인기척을 전혀 느끼지 못했기 때문
에 츠요시는 잠깐 상황 파악이 되지 않았다. 할머니 또한 마
찬가지였는지 모른다. 츠요시를 바라보며 멍한 표정을 짓고
있었다.

그렇게 1, 2초가 지났을까. 츠요시는 소파에서 벌떡 일어섰고, 할머니는 눈을 크게 뜬 채 뒷걸음질 치며 뭐라고 소리를 질렀다. 비명인지 무슨 말인지 츠요시는 알아들을 수 없었다. 어쨌든 그가 선택할 수 있는 길은 하나였다.

소파 등받이를 뛰어넘었다. 그 기세로 식당 쪽으로 달아날 생각이었다. 유리문을 열어둔 것은 이럴 때를 대비해서였다.

하지만 바로 그때 허리에 심한 통증이 왔다. 잠깐 동안 하반신이 마비되었다. 그 자리에 주저앉았다. 뛰기는커녕 발을 움직일 수조차 없었다.

할머니 쪽을 돌아보았다. 겁먹은 표정으로 서 있었다. 그러더니 뭔가 생각이 났다는 듯 리빙보드로 달려갔다. 그러곤 그 위에 놓인 무선전화기를 집어 들고 다시 일본식 방으로 도망쳤다. 나이에 비해 믿을 수 없을 정도로 빠른 동작이었다.

미닫이문이 꼭 닫히는 것을 본 츠요시는 속이 탔다. 할머니는 분명 경찰에 신고할 테고, 몸이 이 상태라면 바로 잡히고 말 것이다. 어떻게 해서든 신고하는 걸 막아야 한다.

일본식 방의 미닫이문을 열려고 했지만 끄덕도 하지 않았다. 안쪽에서 빗장을 걸어둔 모양이다. 안쪽에서 가구 끄는 소리가 들렸다. 츠요시가 문을 열려 하자 바리케이드를 치려는 것이다.

"사람 살려! 도둑이야, 도둑!"

츠요시는 미닫이문을 향해 몸을 던졌다. 문은 문틀에서 쉽게 빠졌지만 넘어가지는 않았다. 다시 한 번 부딪히자 미닫이문과 함께 안쪽에서 뭔가가 넘어졌다. 찻잔을 넣어두는 장이 넘어진 모양이었다.

할머니는 창가에 선 채 전화기의 번호를 누르려 하는 중이었다. 창문에는 격자가 끼워져 있었다. 츠요시는 고함을 지르며 달려들었다.

"꺄악! 사람 살려!"

할머니의 입을 틀어막고, 전화기를 빼앗아 던졌다. 하지만 할머니는 온 힘을 다해 저항했다. 허리 통증 때문에 상대방이 아무리 노인이라고 해도 제압하기가 쉽지 않았다.

할머니가 츠요시의 손가락을 깨물었다. 얼른 손을 거둬들였다. 그 틈에 할머니가 도망치려 했다. 얼른 손을 뻗어 할머니의 발목을 움켜쥐었다. 허리 통증이 하반신에서 등줄기까지 퍼지기 시작했다. 츠요시는 얼굴을 찡그렸다. 하지만 손을 놓을 수는 없었다.

"사람…… 사람 살려!"

소리 지르는 할머니를 잡아당겨 넘어뜨리고 그 입을 막으려 했다. 하지만 저항이 심했다. 할머니는 고개를 좌우로 휘저으며 계속 비명을 질러댔다. 그 고함소리가 츠요시를 더욱 초조하게 만들었다.

허리 벨트로 손을 뻗었다. 그리고 드라이버를 뽑아 할머니의 목에 찔러 넣었다. 정신이 없는 상태에서 온몸의 힘을 다쏟아 부었기 때문인지 별다른 감촉도 없이 드라이버가 깊숙이 꽂혔다.

꿈틀, 몸을 크게 뒤친 뒤 할머니는 이내 움직이지 않았다. 소리를 지르듯 입을 벌린 채 표정도 멎었다.

츠요시는 드라이버를 뽑으려 했다. 하지만 찌를 때와 달리잘 빠지지 않았다. 마치 살이 엉켜 붙고 있는 것 같았다. 힘을짜내 드라이버를 뽑자 상처에서 거품을 머금은 피가 펑펑 솟아났다.

츠요시는 넋이 나갔다. 자기가 한 짓을 믿을 수가 없었다. 하지만 눈앞에 있는 할머니가 죽은 것은 분명했다. 피가 묻은 드라이버를 바라보며 고개를 저었다. 머릿속이 혼란스러웠다. 여기서 얼른 도망쳐야 한다는 결론을 내리는 데만도몇 초가 걸렸다. 허리 통증마저 느껴지지 않았다.

츠요시는 드라이버를 다시 벨트에 차고 일어섰다. 조심조심 걸음을 옮겨보았다. 발의 중심이 바뀔 때마다 허리에서등줄기로 심한 통증이 느껴졌다. 하지만 멈출 수는 없었다. 거의 기다시피 간신히 현관을 지나 양말만 신은 채 밖으로나왔다. 해는 아직 높이 솟아 있고, 푸른 하늘이 펼쳐져 있었다. 금목서 향기가 났다.

담을 따라 북쪽으로 돌아가 신발을 신었다. 그것만으로도 큰일을 해낸 기분이 들었지만 진짜 문제는 이제부터였다. 공구용 벨트를 풀어 점퍼 안에 숨기고 문을 나섰다. 여전히 인기척은 없었다. 다행이다. 조금 전의 비명소리가 바깥까지 들리지는 않은 모양이다.

어쨌든 드라이버를 버려야겠다고 생각했다. 이런 걸 갖고 있다가 불심검문에 걸리면 끝장이다. 츠요시는 그걸 개천에 버리려 했다. 이 근처에는 개천이 많다.

그러나 거기까지 걸어갈 수 있느냐가 문제였다. 이렇게 아프기는 처음이다. 등에 통증이 느껴질 때마다 까무러칠 것 같았다. 결국 견디지 못하고 쭈그려 앉았다. 마음은 급했지만 발이 움직여주지 않았다.

"왜 그러세요?"

머리 위에서 목소리가 들려왔다. 여자다. 땅바닥에 그림자가 드리웠다. 스커트 부분이 살랑살랑 흔들렸다.

츠요시는 고개를 저었다. 목소리도 나오지 않았다.

"어디 몸이?"

여자가 허리를 구부리고 츠요시의 얼굴을 들여다보았다. 안경을 쓴 중년 여자였다. 츠요시의 얼굴을 본 여자의 표정이 굳어지더니 얼른 자리를 떴다. 샌들 소리가 멀어져갔다.

츠요시는 이를 악물고 걷기 시작했다. 눈앞에 작은 다리가 있었다. 하지만 그 아래는 개천이 아니라 공원이다. 그래도 츠요시는 그리로 내려갔다. 어디든 쉴 수 있는 곳을 찾아야 했다.

원래는 개천이었을 그 공원은 길쭉하게 뻗어 있었다. 츠요시는 몸을 숨기기 좋은 장소를 찾았다. 콘크리트로 만든 기다란 토관(土管) 같은 게 보였다. 아이들이 드나들며 노는 곳이다. 지금은 아이들 모습이 보이지 않았다. 츠요시는 거기까지 가려 했다. 그러나 이미 한계에 이르렀다. 옆에 있는 풀밭에 몸을 던졌다.

장갑을 벗고 손바닥으로 이마의 땀을 훔치며 크게 한숨을 내쉬었다. 그리고 문득 손을 들여다보았다. 손바닥에 피가 묻어 있는 것을 보고 깜짝 놀랐다. 드라이버로 찌를 때였는지 뽑을 때였는지는 알 수 없지만 피가 튀어 얼굴에 묻은 모양이다. 조금 전 그 여자의 표정이 떠올랐다.

그로부터 몇 분 지나지 않아, 공원 저쪽에서 다가오는 사람이 있었다. 두 사람이다. 둘 다 경찰복 차림이었다.

츠요시는 점퍼 주머니를 더듬었다. 지폐 뭉치는 들어 있지만 텐진 군밤 봉투는 없었다. 어디다 떨어뜨린 모양이라고 생각했다.

1장

톈진 군밤

1

  나오키, 잘 지내니?

  나는 그럭저럭 잘 지낸단다.

  그저께부터 선반을 다루는 작업장으로 옮겼다. 처음 쓰는 기계라 약간 긴장했지만 익숙해지니 뜻밖에 쉽게 다룰 수 있더구나. 일이 잘 되었을 때는 아주 기쁘단다.

  네가 보낸 편지 읽었다. 고등학교만이라도 무사히 졸업해서 다행이구나. 대학에 갔으면 좋았을 텐데. 대학에 보내고 싶어서, 그래서 돈이 필요해 그런 짓을 저질렀는데, 그 때문에 네가 대학에 갈 수 없게 되었다니. 난 정말 바보였다.

  나 때문에 네가 마음이 괴롭지 않을까 생각한다. 아파트에서도 쫓겨나고, 아마 무척 힘들었겠지. 난 바보다. 살 가치가 없는 바보다. 몇 번을 이야기해도 부족할 거다. 난 바보다.

  바보이기 때문에 나는 여기서 제대로 된 인간이 될 수 있도록 수행할 거다. 열심히 하면 편지 같은 것도 자주 보낼 수 있게 될 것 같구나. 면회 횟수를 늘려줄지도 모르고.

편지에는 쓰지 않았지만 아무래도 네가 돈 때문에 힘들겠구나. 그런데도 나는 아무것도 해줄 수가 없어 너무 안타깝다. 열심히 일하라는 말밖에 할 수 없구나. 한심하게도.

그렇지만 힘들더라도 용기를 내거라. 그리고 가능하다면 대학에 가면 좋겠구나. 이제는 학력 사회가 아니라는 사람이 많지만 역시 학력은 중요한 거란다. 너는 나보다 머리가 훨씬 좋으니 대학에 가야 한다.

물론 일하면서 공부한다는 건 힘들겠지. 내가 하는 소리가 꿈같은 이야기일까? 잘 모르겠구나.

어쨌든 나는 여기서 열심히 할 테니 너도 열심히 해라.

그럼 또 다음 달에 편지 쓸게.

다케시마 츠요시

나오키는 츠요시한테서 온 편지를 버스 맨 뒷자리에서 읽었다. 그 자리라면 누가 뒤에서 들여다볼 염려가 없기 때문이다. 버스는 모(某) 자동차 메이커의 공장으로 향하고 있었다. 하지만 나오키는 그 회사 사원이 아니다. 그가 소속된 곳은 그 공장에 출입하는 재활용 회사였다. 말이 회사지 명색뿐이었다. 나오키는 마치다에 있다는 사무실에 한 번도 가본 적이 없다. 첫 출근할 곳으로 지정된 장소가 그 자동차 메이커 공장이었던 것이다. 그 뒤 약 두 달 동안 토요일과 일요일을 제외하고 계속 드나들고 있다. 손바닥이 두꺼워지고, 원래는 흰 편이던 얼굴도 검게 탔다.

하지만 일자리가 있다는 것만 해도 다행이다. 그리고 좀 더 일찍 자기도 이렇게 일을 했으면 좋았을 거라는 후회가 되기도 한다. 그랬다면 이렇게 되지 않았을 텐데.

경찰로부터 연락이 왔을 때 나오키는 집에서 식사 준비를 하고 있었다. 요리는 나오키가 맡고 있었다. 츠요시가 벌어서 먹고사니 당연한 일이었다. 스스로는 요리를 잘한다고 생각하지 않았지만 형은 늘 맛있다면서 칭찬해주었다.

"너랑 결혼하는 여자는 좋겠다. 요리 걱정은 하지 않아도 될 테니까. 하지만 네가 결혼하면 난 골치 아프겠는걸."

츠요시는 자주 그런 농담을 했다.

"형이 먼저 결혼하면 되지."

"그야 그럴 생각이지만 순서가 뒤바뀌는 경우도 종종 있잖아. 그럼 내가 신붓감을 찾을 때까지 네가 기다려줄래?"

"몰라. 나중 일을 어떻게 알아."

"거봐. 그래서 걱정이라니까."

몇 차례나 이런 대화를 주고받았다.

전화를 건 사람이 누군지 나오키는 지금도 모른다. 아는 것이라고는 후카가와 경찰서에 있는 사람이라는 것뿐이다. 이름을 밝혔을지도 모르지만 기억하지 못한다. 그 뒤에 알게 된 사실이 너무도 충격적이었기 때문이다.

형이 사람을 죽이다니, 도저히 믿을 수 없었다. 그런 혐의를 받고 있을 뿐이지, 뭔가 오해가 생긴 거라고 생각하고 싶었다. 실제로 전화를 건 사람에게도 그렇게 말했다. 목이 아플 만큼 큰소리로 말했다.

하지만 상대방은 형이 모든 걸 자백했다고 천천히 말했다. 그 목소리가 나오키에게는 침착하다기보다 냉혹하게 들렸다.

뭐가 뭔지 알 수가 없었다. 나오키는 전화를 건 사람에게 물었다. 형이 왜 그런 짓을 했는지, 언제 어디서 누구를 죽였는지. 하지만 상대방은 무엇 하나 제대로 대답해주지 않았다. 상대방이 하고 싶은 말은 다케시마 츠요시가 살인강도 용의자로 체포되었다는 사실과 그 동생에게도 묻고 싶은 게 있으니 경찰서까지 와달라는 이야기뿐인 모양이었다.

후카가와 경찰서의 형사과 한쪽 구석에서 나오키는 두 명의 형사에게서 이런저런 질문을 받았다. 나오키의 질문에는 제대로 대답도 해주지 않았다. 그래서 나오키는 여전히 구체적으로 무슨 일이 일어났는지 파악할 수가 없었다.

형사들은 츠요시에 대해서뿐만 아니라 나오키에 대해서도 여러 가지를 물었다. 성장 과정, 평소 생활, 츠요시와 어떤 이야기를 했는가, 그리고 진로에 관해서. 범행 동기에 관한 문제이기 때문에 그렇게 꼬치꼬치 물은 거라는 사실을 알게 된 것은 그로부터 며칠이 지난 뒤의 일이었다.

대략 질문이 끝난 뒤, 나오키는 형을 만나고 싶다고 했다. 하지만 받아들여지지 않았다. 밤이 깊어 집으로 돌아왔지만 무얼 어찌해야 좋을지 몰랐다. 잠도 오지 않아 절망과 혼란으로 소용돌이치는 머리를 감싸 안은 채 밤을 지새웠다.

다음 날은 학교에 가지 않았다. 무단결석이었다. 전화를 건다 해도 뭐라고 설명해야 좋을지 몰랐다.

하룻밤이 지났는데도 믿을 수가 없었다. 한잠도 못 잤지만 악몽을 꾸었다는 생각밖에 들지 않았다. 커튼을 친 채 나오키는 두 무릎을 껴안고 방구석에 웅크리고 있었다. 그러고 있으면 시간이 흐르지 않을 것 같았다. 이건 악몽이라는 생각을 계속할 수 있을 것 같았다.

하지만 오후가 되자 나오키를 현실로 끌어내는 사자가 찾아왔다. 먼저 전화였다. 경찰서에서 온 걸지도 모른다는 생각에 받아보니 담임선생이었다. 우메무라라고 하는 40대 중반의 남자 국어 교사였다.

"아침 신문을 봤는데, 그게……."

우메무라는 말꼬리를 흐렸다.

"형입니다."

나오키는 무뚝뚝하게 내뱉었다. 그 순간 자신을 지탱해주고 있던 유형무형의 모든 것이 사라져 버리는 것을 느꼈다.

"그런가, 역시. 이름이 눈에 익었고, 동생과 둘이 산다고 기사에 나와 있어서."

나오키가 아무 말이 없자 '오늘은 등교하지 못하겠구나.'라며 빤한 이야기를 물었다.

"쉬겠습니다."

"그래. 학교에는 내가 이야기해둘 테니까 등교하게 되면 전화해다오."

"알겠습니다."

"그래."

우메무라 선생은 뭔가 하고 싶은 말이 남아 있는 것 같았지만 결국 그대로 전화를 끊었다. 피해자 가족이었다면 건넬 수 있는 위로의 말이 떠올랐을지도 모른다.

그걸 시작으로 몇 통의 전화가 계속해서 왔다. 대부분 매스컴이었다. 모두 나오키의 이야기를 듣고 싶다고 했다. 만나서 취재하고 싶다는 사람도 있었다. 지금은 그럴 상황이 아니라고 대답하자 전화로 질문을 시작했다. 어제 경찰이 물은 것과 같은 내용이었다. 미안하다며 전화를 끊었다. 그 뒤로 매스컴에서 온 전화에는 대답도 하지 않고 끊었다.

전화 다음에는 초인종이 울리기 시작했다. 나가지 않자 마구 문을 두드리기 시작했다. 그것도 무시하자 이번에는 발로 찼다. 고함소리도 들려왔다. 취재에 응할 의무가 있다는 소리였다.

기분 전환을 위해 텔레비전 스위치를 켰다. 나오키는 평일 낮에 어떤 프로그램을 하는지 몰랐다. 화면에 나온 것은 한적한 주택가와 '홀로 사는 부유층 여성 살해!' 라는 자막이었다. 이어서 츠요시의 얼굴이 클로즈업되었다. '다케시마 츠요시 용의자'라는 자막이 달린 흑백사진 속의 츠요시는 나오키가 본 적이 없을 정도로 추하고 어두운 표정을 짓고 있었다.

2

츠요시의 범행 내용은 텔레비전이나 신문을 통해 알게 되었다. 혼자 사는 노파의 집에 들어가 현금 백만 엔을 빼앗았지만 도주하려다 집주인에게 들켰다. 주인이 경찰에 신고하려 하자 갖고 있던 드라이버로 찔러 죽였다. 하지만 허리에 지병이 있어 멀리 도망치지 못하고 파출소 경찰관에게 발각되었다. 용의자가 오가타 씨 집을 노린 것은 예전 이삿짐센터에 근무할 때 그 집에 들어가본 적이 있었기 때문이다. 용의자는 그 집에 부자 노파가 혼자 살고 있다는 걸 알고 있었다. 뉴스 캐스터의 말투나 신문 기사의 뉘앙스는 다케시마 츠요시를 냉혹한 살인마처럼 표현하고 있었다. 나오키가 보기엔 형과 전혀 연결되지 않는 이미지였다.

하지만 그런 보도에 잘못된 내용은 거의 없었다. 유일하게 정확하지 않았던 점이라면 범행 동기에 관한 내용이었다. 여러 뉴스나 기사에서는 '직장을 잃고 생활비가 궁해서'라는 표현을 썼다. 경찰이 자세하게 발표하지 않았기 때문일 거라는 생각이 들었다. 그러나 정확하지 않을 뿐이지 잘못된 내용은 아니었다.

몇 번째인가 경찰서에 나가 조사를 받을 때 수사관에게서 들은 '진짜 동기'는 날카로운 창이 되어 나오키의 심장을 꿰뚫었다. 동생의 대학 진학 비용이 필요했기 때문에 범행을 저질렀다는 이야기였다.

왜 그런 바보 같은 짓을, 하는 생각이 들었다. 하지만 동시에 이해가 될 것 같기도 했다. 형이 아주 잠깐 동안이라도 정신이 나갔다면 그 원인은 하나뿐일 것이다. 동생을 위해서.

"알았지? 대학은 제발 가라. 딴소리하지 말고."

츠요시는 그렇게 말하며 손을 내저었다. 한두 번이 아니었다. 진로 문제가 나오면 늘 그랬다고 해도 좋을 것이다.

"그야 나도 가고는 싶지. 하지만 돈이 없으니 별수 없잖아."

"돈은 내가 어떻게든 마련한다니까. 그리고 장학금 제도도 있잖아. 그런 걸 잘 이용해. 넌 열심히 공부만 하면 되는 거야."

"마음은 고맙지만 형만 고생시키는 건 나도 싫어."

"무슨 소릴 하는 거니. 난 힘들 거 없어. 그냥 사람들 이삿 짐이나 가구 같은 걸 날라주면 되는 거야. 아무 생각 없이 그 냥 시키는 대로만 하면 돼. 그러면 월급을 받을 수 있어. 고생 하는 건 너지. 다른 애들은 학원이다 가정교사다 해서 온갖 입시 공부를 하지만 넌 아무것도 하지 않잖아. 혼자 공부할 수밖에 없지. 하지만 열심히 해야 해. 어머니도 너만은 대학 에 보내고 싶어 하셨어. 내가 이 모양이니까 말이야. 난 머리 가 안 되잖아. 그러니 제발 부탁이다."

그러며 또 손을 내저었다.

형의 지나친 학력 콤플렉스는 어머니의 영향이 컸다. 어머 니 가쓰코는 남편이 일찍 세상을 떠난 이유가 학력이 없었기 때문이라고 생각했다.

아버지가 세상을 떠난 것은 나오키가 세 살 나던 해였다. 섬유제품을 취급하는 중소기업 사원이었던 아버지는 완성된 시제품을 거래처에 가지고 가던 중 졸음운전을 하다 사고를 내고 그 자리에서 사망했다. 어머니 말에 따르면 아버지는 돌아가시기 전까지 사흘 동안 거의 잠을 자지 못하고 현장에 있었다. 직장 상사가 기한 내에 도저히 처리할 수 없는 계약 을 따왔는데, 그 덤터기를 아버지가 쓴 모양이었다. 하지만 회사는 아무런 보상도 해주지 않았다. 그 상사는 아버지보다 나이가 아래였지만 힘든 일을 모두 아버지에게 미루면서 자기는 정시에 퇴근을 했다고 한다. 물론 그 사람도 아무런 책임을 지지 않았다.

그러니까, 하며 어머니는 두 아들에게 이렇게 말했다.

"너희들은 대학에 가야 해. 앞으로는 실력만 따지는 세상이 될 거라고 하지만 그건 순 거짓말이야. 속지 마. 대학을 나오지 않으면 장가도 못 갈 거다."

남편을 잃은 뒤 어머니는 파트타임으로 여러 가지 일을 하며 자식들을 키웠다. 나오키는 잘 기억이 나지 않지만, 형 이야기에 따르면 술집에 나간 적도 있는 모양이다. 죽은 남편이 그랬듯이 어머니도 아침부터 밤늦게까지 일에 쫓겼다. 아마 그 때문일 것이다. 나오키에게는 어머니와 함께 세 식구가 느긋하게 식사를 한 기억이 거의 없다. 늘 츠요시와 단둘이 식사를 했다. 어머니는 신문 배달 아르바이트를 하겠다는 형을 꾸짖었다. 그럴 시간 있으면 공부를 하라고 했다.

"난 머리도 나쁘고, 공부하는 것보다 일하는 게 좋아. 내가 아르바이트를 하면 어머니도 조금은 편해질 수 있을 텐데."

츠요시는 나오키에게 자주 그런 소리를 했다.

머리가 좋은지 어떤지는 몰라도 형이 공부를 아주 싫어한 것은 사실이다. 공립 고등학교에 진학했지만 성적은 좋지 않왔다. 아들의 성적이 오르기만을 바라는 어머니에게는 화가 날 일이었다.

"내가 무엇 때문에 기를 쓰고 일하는 것 같니? 제발 좀 정신 좀 차려라. 공부를 해. 할 수 있잖아? 공부할 거지?"

형을 야단치면서 어머니는 때로 눈물을 보이기도 했다.

형은 어머니의 기대에 부응하지 못해 괴로웠을 것이다. 그는 현실에서 도피하는 길을 택했다. 학교가 끝난 뒤에도 집에 바로 돌아오지 않고 시내를 어슬렁거렸다. 당연히 나쁜 친구들과 어울리기도 했다. 노는 데는 돈이 들었을 것이다.

어느 날 어머니는 경찰의 호출을 받았다. 츠요시가 잡혀 있다고 했다. 돈을 갈취하려다 선도위원에게 들켰던 것이다. 미수에 그친 데다 주범 격인 소년과 함께 있었을 뿐이라는 이유로 이내 풀려났지만 어머니가 받은 충격은 이만저만이 아니었다.

누워 있는 형 옆에서 어머니는 계속 눈물을 흘렸다. 그러다 장래를 망치면 어떡하느냐는 이야기를 반복하면서, 왜 속을 썩이느냐고 계속 다그쳤다. 형은 아무 대답도 하지 않았다. 대답할 수가 없었을 것이다.

그다음 날 아침이었다. 자리에서 일어난 나오키는 현관 쪽에 쓰러져 있는 어머니를 발견했다. 옆에는 작업복을 넣은 손가방이 떨어져 있었다. 그 무렵 어머니는 무슨 회사의 독신자

기숙사 식당에서 일했기 때문에 새벽 다섯 시에 출근을 해야 했다. 여느 때처럼 출근을 하려다가 쓰러진 모양이었다.

형을 깨우고 구급차를 불렀다. 곧바로 구급대원이 달려왔지만 이미 어머니의 심장은 멎어 있었다. 일단 병원으로 옮겼다. 그러나 어머니는 다시 눈을 뜨지 못했다.

의사가 뭐라고 설명을 해주기는 했지만 전혀 귀에 들어오지 않았다. '어머님이 너무 무리했던 거 아니냐?'는 말만 들릴 뿐이었다. 육체적, 정신적 피로가 쌓인 결과일 거라는 이야기였다.

얼굴에 흰 천이 덮인 어머니 옆에서 나오키는 형을 두들겨 팼다. 너 때문이야. 네가 엄마를 죽인 거야. 바보 새끼, 너나 죽지.

형은 저항하지 않았다. 때리는 나오키도 울고, 얻어맞는 츠요시도 울고 있었다.

어머니가 세상을 떠난 지 얼마 지나지 않아 형은 고등학교를 그만두었다. 그리고 그때까지 어머니가 일했던 직장 몇 군데를 찾아가 대신 일하게 해달라고 애원했다. 고용주들은 형의 부탁을 무시할 수 없었다. 어머니처럼 요리를 할 수는 없었지만 독신자 기숙사 식당에서 접시닦이를 했다. 슈퍼마켓에서는 계산기를 두드리는 대신 창고에서 짐을 날랐다.

말을 한 적은 없지만 형은 어머니 역할을 대신하려 했다.

동생을 먹여 살리고, 대학까지 보내는 것이 자기 의무라고 굳게 믿는 모양이었다. 그런 형의 마음을 알고 있었기에 나오키는 전보다 더 열심히 공부했다. 그 지역에서 성적이 제일 좋은 학생들이 가는 공립 고등학교에 들어갈 수 있었던 것도 그런 노력의 결과였다.

하지만 대학 진학은 경제적으로 부담이 크다는 것을 나오키도 알고 있었다. 그래서 아르바이트를 해 조금이라도 형의 부담을 줄여주고 싶었지만 형은 결코 허락하지 않았다.

"넌 공부만 하면 돼. 쓸데없는 신경 쓰지 마."

그 말투가 왠지 어머니를 닮아 있었다.

3

나오키는 츠요시가 체포된 지 정확하게 일주일 뒤 학교에 나갔다. 등교하지 않는 동안 담임인 우메무라 선생이 이따금 찾아와주었다. 그래봤자 입구에 걸터앉아 담배 한 대 피우고 돌아갈 뿐이었지만 그때마다 편의점 도시락이나 인스턴트식품을 사들고 와 고맙긴 했다. 집에 돈이 거의 없어서 싸구려 식빵으로 끼니를 때우고 있었기 때문이다.

오래간만에 등교한 나오키는 학교나 학생들이나 아무런 변화가 없다는 사실에 놀랐다. 이전과 마찬가지로 웃음소리가 넘치고 누구나 행복해 보였다.

하기야 당연한 일이라는 생각이 들었다. 흉악한 사건은 매일 일어나고 있다. 일주일 전에 일어난 살인강도 따윈 이미 사람들 기억에서 지워졌을 것이다. 가령 그 범인의 동생이 같은 학교에 다니고 있다 하더라도.

나오키의 얼굴을 보자 급우들은 긴장하기도 하고 난처하기도 한 표정을 지었다. 그가 등교할 거라고는 예상도 못했다는 표정이었다. 나오키는 그들도 사건을 잊으려 하고 있었다는 것을 깨달았다.

그래도 몇몇 친구가 다가왔다. 그중 가장 친한 에가미란 녀석이 제일 먼저 말을 걸어왔다.

"좀 괜찮니?"

나오키는 에가미를 올려다보고 바로 고개를 숙였다.

"뭐 그럭저럭……."

"내가 뭐 도울 수 있는 게 있을까?"

낮은 목소리로 소곤소곤 물었다. 럭비 연습을 할 때 고함을 지르던 목소리와는 너무 달랐다.

나오키는 살짝 고개를 저었다.

"아니, 별로 없어. 고맙다."

"그래?"

언제나 활달한 에가미지만 더는 할 말이 없었는지 조용히 나오키 곁에서 떨어졌다. 다른 친구가 에가미 뒤를 이어 말을 걸려고 했다. 가만 놔둬. 에가미가 그렇게 말하는 소리가 들렸다. 누구도 말을 걸지 않았다. 그 덕분에 나오키는 점심시간까지 아무하고도 말을 하지 않고 보낼 수 있었다. 각 과목 선생님들도 나오키에게 신경을 썼지만 말을 걸지는 않았다.

점심시간이 되자 우메무라 선생이 와서 생활지도실로 오라고 귓속말을 했다. 가보니 우메무라 선생 외에 학년 주임과 교감이 앉아 있었다.

질문은 주로 우메무라 선생이 했다. 앞으로 어떻게 할 생각인가? 무슨 뜻인지 몰라 몇 번 되물은 뒤에야 겨우 그 질문의 속뜻을 깨달았다. 그들은 나오키가 앞으로 학교에 계속 다닐 것인지 어떤지를 궁금해하고 있었던 것이다. 친척이 없으니 돈을 벌어야 할 것이다. 우리 학교는 정시제(定時制 : 야간이나 농한기 등 특별한 시간이나 시기에 수업을 하는 교육 과정)가 없기 때문에 졸업장을 받으려면 전학을 할 수밖에 없다. 어쨌든 이 상태에서 다니기는 힘들지 않겠느냐. 대충 이런 이야기였다.

걱정하는 말투였지만 나오키는 다른 느낌도 받았다. 특히 교감은 분명히 나오키가 학교를 떠나기를 바라고 있는 것 같았다. 묘한 소문이 나서 학교의 명예가 훼손될까봐 걱정하고 있는지도 모른다. 어쩌면 학교 입장에서는 살인범의 동생에 대한 처리 문제로 고민을 하고 있는 건지도 모른다.

"학교는 그만두지 않겠습니다."

나오키는 분명하게 말했다.

"어떻게 해서든 이 학교를 졸업하고 싶습니다. 형이 고생하면서 지금까지 다닐 수 있게 해주었으니까요."

'형'이라는 말에 교사들은 미묘한 반응을 보였다. 학년 주임과 교감은 불쾌한 말을 들었다는 듯 고개를 돌렸다. 우메무라 선생이 나오키의 눈을 바라보며 고개를 끄덕였다.

"네가 그렇게 생각한다면 그래야지. 수업료 문제는 서무과하고 의논해볼게. 하지만 생활을 어떻게 꾸려갈지가 문제구나."

"어떻게 해보겠습니다. 수업이 끝난 뒤에 일을 해도 되고요."

거기까지 말하고 나서 나오키는 교감을 바라보았다.

"여름방학과 겨울방학 이외에는 아르바이트가 금지……인가요?"

"아니, 그야 뭐 원칙적으로 그렇기는 하지만 사정이 있는 경우에는 예외를 인정할 수 있겠지."

교감은 무표정한 얼굴로 어쩔 수 없다는 듯이 그렇게 말했다.

우메무라 선생이 한 가지 질문을 더 했다. 진학 문제에 관해서였다.

"지금 상황에선 입시를 치를 수 없을 것 같은데……."

우메무라 선생의 말꼬리가 흐려졌다.

"대학은 포기할 겁니다."

그 질문에도 나오키는 또렷하게 대답했다. 자기 자신의 미련을 끊어내는 의미도 있었다.

"일단 포기할 겁니다. 고등학교를 졸업하고 취직한 뒤에, 그때 가서 다시 생각해보겠습니다."

세 명의 교사는 나란히 고개를 끄덕였다.

그로부터 얼마 지나지 않아서였다. 학교에서 돌아와 인스턴트 라면을 끓이고 있는데 아파트 관리를 맡고 있는 부동산 중개소 사람이 찾아왔다. 코 아래 수염을 기른 뚱뚱한 사내였다. 그가 꺼낸 이야기는 느닷없는 것이었다. 언제 방을 뺄 생각인지 알려달라고 했다.

"언제 뺄 거냐고요……? 그런 건 생각해보지 않았는데요."

나오키가 당황하면서 대답하자 사내는 더 당황한 표정을 지었다.

"엥? 그렇지만, 방을 뺄 거 아닌가?"

"아뇨, 그럴 생각 없는데요. 제가 왜 나가야 하죠?"

"그야 형이 그렇게 됐으니까."

나오키는 뭐라 대답해야 좋을지 알 수 없었다. 츠요시의 범행 이야기만 나오면 할 말이 없어졌다. 입을 다물고 '형이 죄를 지었다고 동생이 아파트에서 나가야만 하는 건가?' 하는 생각을 했다.

"우선 집세 문제. 집세를 낼 수 없지 않아? 지금도 아마 세 달치가 밀려 있을 거야. 이쪽도 아직 어린 학생한테 야박하게 굴 수는 없지. 한꺼번에 전부 갚으라고 하지는 않겠네. 일단 방만 좀 비워줄 수 없겠나?"

사내의 말투는 부드러웠지만 독을 머금고 있었다.

"낼 겁니다, 집세. 낼 거예요. 밀린 것도 내가 벌어서 낼 거예요."

나오키의 대답에 사내는 골치 아프다는 듯 얼굴을 찌푸렸다.

"말은 쉽지만 정말 낼 수 있겠니? 이렇게 밀려 있는데."

그렇게 말하며 사내가 펼쳐 보인 계산서의 숫자를 보고 나오키는 마음이 무거워졌다.

"미리 말해두겠는데, 이건 보증금을 뺀 금액이야. 이런 돈을 바로 마련할 수는 없지 않겠니?"

나오키는 고개를 숙일 수밖에 없었다.

"그렇지만 전 여기서 나가면 아무데도 갈 데가 없어요."

"친척도 없어? 네 부모님 형제라거나."

"없습니다. 알고 지내는 친척도 없고요."

"으음, 하기야 알고 지내던 사이라도 피하겠지."

사내가 혼잣말처럼 중얼거렸다.

"그렇지만 우리도 집세 내지 않는 사람을 언제까지고 그냥 둘 수는 없어. 집주인한테 관리를 위임받은 입장이라서 말이야. 할 말 있으면 집주인한테 해. 좀 전에 얼핏 이야기했지만 체납분에 대해서는 눈감아줄지도 몰라. 그러니 방을 빼주지 않겠니? 아무래도 너 혼자 살기엔 너무 넓지 않아? 이젠 혼자니까 좀 더 좁은 게 낫지 않겠어? 우리가 소개해줄 수도 있어."

사내는 제 할 말을 마치고 다시 연락하겠다며 돌아갔다. 나오키는 그 자리에 주저앉았다. 주전자의 물이 끓고 있었다. 그 소리를 들으면서도 꼼짝도 하지 않았다.

이젠 혼자니까.

맞는 말이라고 생각했다. 물론 처음 깨달은 것은 아니다. 알고는 있었지만 내내 외면해왔던 사실이다.

나는 이제부터 혼자다. 형은 돌아오지 않는다. 언젠가는 돌아올지도 모르지만 그건 여러 해 뒤의 일이다. 아니 몇십 년 뒤가 될지도 모른다.

나오키는 주위를 둘러보았다. 낡은 냉장고, 기름에 찌든 가스레인지, 낡은 전기밥솥, 주위 온 만화잡지가 꽂혀 있는 책장, 얼룩투성이 천장, 갈색으로 변한 다다미, 뜯어진 벽지. 모두 형과 공유해온 것들이다.

그 부동산중개소 사람 말이 맞을지도 모른다는 생각이 들었다.

혼자 살기에는 방이 너무 넓다. 그리고 너무 괴롭다.

4

나오키가 형을 만난 것은 사건이 일어나고 딱 열흘째 되던
날이었다. 경찰에서 연락이 왔다. 츠요시가 동생을 만나고
싶어 한다고 했다. 나오키는 체포된 형을 만날 수 있으리라
고는 생각하지 못했기에 무척 놀랐다.

경찰서로 가자 취조실로 안내되었다. 텔레비전 같은 데서
흔히 볼 수 있는 유리창으로 막힌 방에서 만나게 될 거라고
생각했던 나오키로서는 좀 의외였다.

좁은 사각형 방 한가운데 탁자가 놓여 있고, 그걸 사이에
두고 형과 형사가 앉아 있었다. 형은 얼굴이 야위어 뺨이 홀
쭉했다. 짙은 갈색이던 얼굴이 단 열흘 만에 회색으로 변했
다. 눈썹 아래는 짙은 그늘이 졌다. 형은 바닥을 내려다보고
있었다. 나오키가 들어온 것을 알 텐데도 좀체 동생을 보려
하지 않았다.

마흔이 넘어 보이는 짧은 머리 형사가 나오키에게 의자를
권했다. 나오키는 거기 걸터앉아 고개를 숙이고 있는 형을
바라보았다. 형은 여전히 꼼짝도 하지 않았다.

"이봐, 왜 그래?"

형사가 말했다.

"동생이 여기까지 와주었잖아?"

그래도 츠요시는 입을 열지 않았다. 말을 할 기회를 놓친 사람처럼 보였다.

"형."

나오키가 불렀다.

츠요시의 몸이 꿈틀 움직였다. 나오키가 불러서라기보다 귀에 익은 목소리를 듣고 조건반사적으로 몸이 반응한 듯했다. 형은 살짝 고개를 들어 동생을 바라보았다. 하지만 눈이 마주치자 다시 고개를 숙였다.

"나오키……."

형이 갈라진 목소리로 말했다.

"미안해."

새삼스럽게 절망감이 나오키의 가슴을 짓눌렀다. 모든 게 악몽이 아니라 현실이라는 것을 다시금 확인했다. 지난 열흘 동안 현실을 받아들이려고 필사적으로 노력해왔다. 하지만 역시 마음 한구석에서는 '뭔가 잘못된 것'이기를 기대하고 있었던 것이다. 형의 그 말에 모든 것이 완전히 무너지고 말았다.

"왜! 왜 그런 짓을……."

나오키는 목소리를 짜냈다.

"왜냐고 동생이 묻고 있네."

형사가 츠요시에게 말했다. 낮은 목소리였다.

형은 한숨을 한 번 내쉬고 얼굴을 문질렀다. 눈을 한 번 꾹 감고, 다시 한숨을 크게 토했다.

"정신이 나갔지. 내가 정신이 어떻게 되었던 거야."

그 말을 하기도 힘겹다는 듯 고개를 푹 수그렸다. 그 어깨가 떨리고 있었다. 신음소리가 흘러나왔다. 바닥에 툭툭 눈물이 떨어졌다.

나오키는 형에게 묻고 싶은 것이 너무도 많았다. 원망도 하고 싶었다. 하지만 아무 말도 나오지 않았다. 옆에 있는 것만으로도 형의 후회와 슬픔이 텔레파시가 통하듯 느껴졌기 때문이다.

취조실을 나가야 할 시간이 되었다. 나오키는 형에게 건넬 말을 찾았다. 자기 이외에는 할 수 없는 말이 있을 거라고 생각했다.

"형."

문 앞에 서서 말했다.

"몸 잘 챙겨."

츠요시가 고개를 들었다. 깜짝 놀란 듯 눈을 크게 뜨고 있었다. 칸막이가 없는 공간에서 만날 수 있는 건 이게 마지막이라는 것을 깨달은 표정이었다.

형의 얼굴을 본 순간 나오키는 감정이 마구 흔들렸다. 가슴 속에서 치밀어 오른 것이 단숨에 눈물샘까지 자극했다. 이런 데서는 울고 싶지 않다고 생각하면서 나오키는 소리쳤다.

"형은 바보야! 그런 어처구니없는 짓을 저지르다니!"

동생이 형을 두들겨 패려는 걸로 보였는지 형사가 나오키를 가로막았다. 그러고는 나오키의 심정을 이해한다는 듯 말 없이 고개를 끄덕였다. 나오키는 고개를 숙이고 어금니를 깨물었다. 그리고 생각했다. 알 리가 없지. 우리 심정을 너희들은 모를 거다.

다른 형사가 와서 나오키를 경찰서 현관까지 배웅해주었다. 현관으로 걸어가며 그 형사가 말했다. 츠요시에게 몇 차례 동생과 면회를 하라고 권했지만 받아들이지 않았다고. 형이 나오키를 만나기로 마음을 굳힌 것은 내일이면 구치소로 넘어가기 때문일 거라고 했다.

경찰서에서 나온 뒤, 나오키는 역으로 가지 않고 정처 없이 거리를 걸었다. 솔직히 집으로 돌아가기가 싫었다. 돌아가면 이런저런 문제와 맞닥뜨려야만 했기 때문이다. 그런 문제들 가운데 어느 것 하나 해결 방법이 보이지 않았다. 그렇다고 누가 대신 해결해주지도 않을 것이다.

걷다보니 문득 츠요시가 강도를 저지른 집이 어딜까 하는 생각이 들었다. 이 근처일 것이다. 오가타상점이라는 이름만은 기억하고 있었다.

편의점 밖에 공중전화가 있고, 그 옆에 전화번호부가 있었다. 오가타상점을 찾았다. 바로 찾아냈다. 주소를 외우고 편의점으로 들어갔다. 지역 지도로 위치를 확인하니 바로 근처였다.

주머니에 두 손을 찔러 넣고 걷기 시작했다. 그 집을 보고 싶다는 마음과 보고 싶지 않다는 마음이 흔들리는 시계추처럼 오락가락했다. 그러면서도 걸음은 그쪽 방향으로 가고 있었다.

모퉁이를 돌아 그 집이 보이는 길로 들어선 순간, 저도 모르게 우뚝 멈춰서고 말았다. 저 집이 틀림없다는 생각이 들었다. 단층이지만 커다란 집이었다. 넓은 마당, 맞은편의 주차장. 모든 상황이 들어맞는다.

천천히 걸음을 뗐다. 심장이 빠르게 뛰기 시작했다. 굳게 닫힌 서양식 대문을 바라보며 걸었다.

피해자의 장례식이 있었을 거라는 생각이 불쑥 들었다. 살인사건의 경우 경찰이 부검을 하기 때문에 장례식이 좀 늦어진다는 이야기를 들은 적이 있다. 하지만 이미 끝났을 것이다. 나오키는 자기도 장례식에 참석했어야 하는 게 아닌가 생각했다. 형을 대신해 사죄해야 했던 게 아닐까. 물론 문 앞에서 쫓겨날 테지만 그래도 가야 했던 게 아닐까.

나오키는 지금까지 피해자 생각은 해본 적이 없다는 것을 깨달았다. 형이 저지른 짓에 충격을 받아, 형과 자신의 장래에 대해서만 신경을 썼을 뿐이다. 이런 일을 당했으니 나는 얼마나 불행한가, 한탄만 하고 있었을 뿐이다.

이번 사건에서 가장 불행한 사람은 츠요시에게 살해된 할머니다. 그건 당연하다. 그런데 그 당연한 것을 생각하지 못했다. 나이 많은 사람이니 살해당해도 덜 불행하다고 말할 수는 없는 일이다. 그 할머니에게도 남은 인생이 있었을 것이다. 이만한 저택에 사니 돈 때문에 고생할 일도 없고 유유자적 살아갈 수 있었을 것이다. 아마 손자도 있을 것이다. 그 손자가 커가는 것을 행복하게 지켜보고 있었을 게 틀림없다. 츠요시는 그런 행복을 빼앗은 것이다.

지금도 늦지는 않았을 거라고 생각했다. 츠요시가 감옥에 들어갔으니 자기가 사죄할 수밖에 없다. 땅바닥에 무릎을 꿇을 수도 있다. 욕을 먹고 쫓겨날 게 틀림없지만 무조건 고개를 숙여야 한다. 그리고 자신의 마음을 전하는 거다. 유족들은 당연히 범인을 미워할 것이다. 그 증오를 아주 조금만이라도 누그러뜨리고 싶다. 그러면 혹시라도 형의 죄가 조금이나마 가벼워질지도 모른다.

나오키는 오가타 씨 집 앞으로 다가갔다. 입안이 바짝 탔다. 머릿속으로 순서를 생각했다. 우선 인터폰을 누르고, 다케시마 츠요시의 동생입니다, 라고 신분을 밝힌다. 상대방은 문을 열어주지 않을 것이다. 돌아가라고 할 것이다. 그래도 제발 한마디만 사죄의 말씀을 드리고 싶다고 부탁해야 한다. 몇 번이건 부탁해야 한다.

문이 가까워졌다. 그는 심호흡을 한 번 했다.

그때 현관문이 열렸다. 안에서 나온 사람은 야윈 중년 남자였다. 와이셔츠에 넥타이를 매고 그 위에 짙은 청색 카디건을 걸쳤다. 남자는 자그마한 여자애의 손을 잡고 있었다.

죽은 할머니의 아들과 손녀가 틀림없다.

유족에게 사죄를 드려야겠다고 생각했으니 마침 잘됐다는 마음이 들어야 했지만 실제로는 그러지 못했다. 아버지와 딸은 웃고 있었다. 하지만 그 웃음에는 어머니를 갑작스런 사건으로 여읜 사람이 지닌 특유의 슬픔이 배어 있는 것 같았다. 그 슬픈 분위기는 나오키가 상상했던 것보다 훨씬 강했다.

걸음을 멈춰야 한다고 생각하면서도 발이 계속 움직였다. 아버지와 딸이 힐끔 쳐다보는 것 같았다. 하지만 그는 눈을 마주칠 수 없었다. 아버지와 딸도 나오키에겐 별다른 신경을 쓰지 않고 길로 나왔다.

나오키는 두 사람을 스쳐 지났다. 오가타 씨 집 앞을 그냥 지나쳤다.

나는 도망치고 있다. 도망쳐버렸다. 스스로에게 혐오감을 느끼면서도 나오키는 계속 걸었다.

5

지게차가 새 짐이 든 박스를 옮겨왔다. 운전자는 그것을 나오키 옆에 내려놓더니 '부탁해.'라는 한마디만 남기고 방향을 바꾸었다. 무뚝뚝한 말투였지만, 말을 걸어준 것만 해도 고마웠다. 다른 운전자들은 대부분 아무 말도 없이 짐만 내려놓고 간다. 그게 너희들 일인데 왜 내가 나긋나긋하게 대해야 하느냐고 생각하는 모양이다.

다테노가 나무로 된 박스 안을 들여다보았다.

"무슨 물건이죠?"

나오키가 물었다.

"이건 펌프로군. 디젤엔진에 쓰는 거야."

다테노는 안경을 약간 밀어 올리며 말했다. 나오키가 쓰고 있는 것은 위험물로부터 눈을 보호하는 안전 안경이다. 하지만 다테노의 것에는 도수가 들어 있다. 노안인 것이다.

"그럼 쇠만 있나요?"

"아마 그럴걸. 보기에는 플라스틱도 붙어 있지 않군."

"다행이네요. 이걸 정리하는 데도 몇 시간은 더 걸릴 것 같은데."

모터 부품을 손에 들고 나오키가 말했다. 또 다른 손에는 펜치가 들려 있다.

"그래도 네가 왔으니 다행이지. 나 혼자서는 하루 종일 해도 힘들 거야."

다테노가 돌아오더니 나오키 옆에서 작업을 시작했다.

지금 하고 있는 일은 모터 부품에서 구리선만 벗겨내면 된다. 다테노의 말에 따르면 이 모터들은 자동차의 스타터인 모양이다. 구리선은 당연히 기계로 꽉 감겨 있다. 손으로 벗기기가 쉽지 않다. 그런 모터가 3백 개가량 있었다. 아침부터 시작해 이제 겨우 백 개 정도 처리했지만 아직 멀었다.

"이런 일, 전엔 혼자 했어요?"

나오키가 물었다.

"그래. 혼자서 하루 종일 말도 없이. 내가 누군지 알고 있는 놈들은 그렇지 않겠지만, 여기로 처음 쓰레기를 주우러 오는 놈들은 기분 나쁜 눈으로 보더군."

다테노는 씩 웃었다. 앞니가 몇 개 빠져 있었다. 이야기를 하면서도 그의 작업 속도는 여전했다. 같은 시간을 일해도 나오키보다 두 배 가까이 빨랐다. 나이는 쉰 살이 넘었고, 덩치는 크지 않지만 작업복을 벗으면 어깨 근육이 울퉁불퉁하다는 걸 나오키는 알고 있다.

다카노가 '쓰레기'라고 부른 것은 이 자동차 메이커에서 나오는 폐기 처분된 금속 가공품을 말한다. 생산 라인에서 나온 불량품이나 쓸모가 없어진 시제품, 연구 시설에서 나온 테스트 부품 같은 것들이다. 매일 엄청난 양이 이곳 폐기물 처리장으로 들어온다. 나오키와 다테노가 하는 일은 그것들을 재활용하기 편하게 분류하는 것이다. 간단하게 말해서 금속 가공품이지 그 재질은 각양각색이기 때문이다. 대부분 철강 재료지만 알루미늄이나 구리 같은 비철금속도 섞여 있었다. 또 모터 부품처럼 철강 재료에 비철이 복잡하게 얽혀 있는 경우도 적지 않았다. 그런 것들을 수작업으로 빼내야 하는 것이다. 플라스틱 같은 수지가 끼워져 있는 경우도 마찬가지였다.

이 폐기물 더미를 처음 보고 나오키는 넋이 나갔었다. 어디부터 손을 대야 할지 알 수가 없었다. 그러자 다테노가 이렇게 말했다.

"재생지 있지? 그건 헌 신문지로 만드는 거야. 요즘은 다른 종이가 섞여 있어도 별 상관이 없지만, 예전엔 전단지 같은 게 끼어 있으면 곤란했던 모양이야. 하지만 신문을 버릴 때 전단지까지 분류하는 사람은 거의 없지. 재생지 공장엔 이런저런 종이가 뒤섞인 헌 신문지 더미가 수도 없이 쌓이지. 어마어마해. 어지간한 건물 높이는 될 거다. 그걸 어떻게 분류하는지 알아?"

모르는 일이라 나오키는 고개를 저었다.

"아줌마들이 나눈다."

다테노는 듬성듬성한 앞니를 보이며 웃었다.

"기계 같은 건 전혀 쓰지 않아. 파트타임으로 일하는 아줌마들이 신문지 묶음을 풀고 전단지나 잡지 같은 것들을 골라내지. 사막에서 모래알을 세는 꼴이야. 사람들이 화장실에서 볼일을 보고 기분 좋게 밑을 닦는 화장지도 그런 작업을 거쳐야 만들어지지. 그런 일에 비하면 쇠붙이를 분류하는 건 아무것도 아니야."

분명 그보다 쉬울지는 모르지만 익숙해지기까지는 힘이 들었다. 다루는 물건이 금속이다 보니 상처도 자주 났다. 하지만 하소연할 곳이 없었다. 다테노는 늘 소독약과 반창고를 갖고 다녔다. '이걸로 대충 처리해.' 하며 그것들을 빌려주곤 했다.

나는 왜 이런 일을 하고 있는 걸까. 나오키는 이따금 그런 생각이 들었다. 원래대로라면 지금쯤 대학에 다니며 캠퍼스 생활을 즐기고 미래를 위해서 공부하고 있을 것이다. 이과 과목을 잘했기 때문에 공학부에 들어가 최첨단 과학을 연구하는 기술자가 되고 싶었다. 예를 들면 이런 일류 자동차 메이커에서 유체역학을 이용해 바람의 저항을 받지 않는 레이스카를 만든다, 또는 모든 운전을 컴퓨터에 맡기는 꿈의 자동차를 개발한다…….

상상은 한없이 부풀어 오르지만 문득 정신을 차리고 보면 목장갑을 끼고 펜치를 쥔 자신의 모습이 보였다. 눈앞에 있는 것은 컴퓨터도 과학 리포트도 아니다. 그가 동경하던 기술자들의 작업 찌꺼기다. 그걸 분류하여 그 기술자들이 다시 연구에 사용할 수 있는 재료로 가공하기 쉽도록 하는 것이 지금 자신이 하는 일이다.

물론 불평은 할 수 없었다. 지금 나오키가 할 수 있는 일은 이것뿐이었다.

츠요시의 신병이 도쿄구치소로 이감된 뒤에도 나오키가 고민해야 했던 가장 큰 문제는 앞으로 어떻게 먹고사느냐 하는 것이었다. 고등학교를 다니면서 일할 수 있는 곳을 찾았다. 편의점이나 패밀리레스토랑의 모집 공고를 보고 몇 군데 찾아가봤지만 모두 거절당했다. 보호자 칸이 비어 있어 늘 그점에 대해 질문을 받았다. 솔직하게 이야기하면 절대로 써주지 않을 것 같아 적당히 둘러댔지만 부자연스러운 태도까지 숨길 수는 없어 고용주들이 수상하게 여겼다. 그래서 주유소 면접 때는 한 번 사실대로 이야기해보기로 했다. 지나치게 겁을 먹는 것일 뿐, 어쩌면 형이 저지른 범죄와 자신은 별개라고 여길지도 모른다고 생각했다. 하지만 역시 헛된 생각이었다. 주유소 소장은 나오키의 이야기를 듣자마자 굳은 표정을 지었다. 그리고 빨리 돌려보낼 궁리만 하는 것 같았다.

일할 곳도 못 정한 채 시간만 흘렀다. 돈은 없고, 아침에 일어나면 제일 먼저 오늘은 어떻게 배를 채울 수 있을까, 생각했다. 다행히 학교에 가면 점심시간 때 우메무라 선생이 편의점 주먹밥을 사다주었다. 이따금 에가미 같은 친구들이 빵을 주는 일도 있었다. 굴욕적이기는 해도 나오키는 그걸 거절할 수 없었다. 고집을 부릴 기력도 없었다.

어느 날 방과 후, 나오키는 역 앞에 붙어 있는 전단지 한 장을 발견했다. 〈고수입! 18세~22세 남성! 야간에 일할 분〉이라고 적혀 있었다. 가게 이름을 보니 아무래도 술집 같다는 생각이 들었다. 무슨 일을 하는 건지 전혀 알 수 없었지만 호기심이 생겼다. 전단지에서는 뭔가 구린 냄새가 풍겼다. 그렇다면 마찬가지로 뒤가 구린 자기 같은 사람도 채용해주지 않을까? 이력서의 보호자 칸이 공백이라도 별 상관없지 않을까?

전화번호가 적혀 있었다. 메모하려고 가방을 열었을 때 뒤에서 목소리가 들렸다.

"뭐하는 거냐?"

뒤돌아볼 필요도 없이 목소리만 듣고도 누군지 알 수 있었다. 나오키는 얼굴을 찌푸렸다. 가방을 닫았다.

우메무라 선생이 옆으로 다가와, 나오키가 지금까지 보고 있던 것을 쳐다보았다. 선생은 살짝 신음소리를 낸 뒤, 한숨을 내쉬었다. 나오키의 어깨에 손을 얹었다.

"다케시마, 같이 좀 가자."

선생이 걷기 시작했다. 나오키는 할 수 없이 뒤를 따랐다.

데려간 곳은 에스닉 요리점이었다. 물론 번듯한 레스토랑은 아니었다. 매운 요리를 하는 외국식 이자카야 같은 곳이었다. 손님도 학생이 많은 듯했다. 거기서 우메무라 선생은 나오키에게 저녁을 사주었다. 모두 다 매웠지만 신선했고 무엇보다 너무 맛이 좋았다.

"저어, 다케시마, 여기서 일해보지 않겠니?"

우메무라 선생의 말에 매운 수프를 먹고 있던 나오키는 깜짝 놀랐다.

"제가요? 여기서 일을 한다고요?"

"점장하고 아는 사이야. 고등학교를 마칠 때까지만 아르바이트로 써달라고 부탁했다. 물론 네가 괜찮다고 해야겠지만."

"저야 고맙지만."

나오키는 가게 안을 둘러보았다. 내부 장식이 세련되고, 가게 전체에 활기가 넘쳤다. 짧은 기간 동안만이라도 일을 할 수 있으면 좋겠다고 생각했다. 게다가 맛있는 음식이 얼마든지 있지 않은가.

"그래? 다만, 한 가지 조건이 있어. 조건이라기보다 너하고 나 사이의 약속이지."

"뭔데요?"

우메무라 선생은 약간 망설이다가 입을 열었다.

"형 이야기는 하지 말자. 갑자기 부모님을 잃은 거로 이야기해뒀어."

그 말에 나오키는 잠시 할 말을 잃었다. 싸늘한 바람이 가슴속을 쓸고 지나간 느낌이 들었다. 선생도 그런 말을 하고 싶지는 않았는지 어색하게 고개를 숙였다.

"다케시마, 거짓말을 하기는 싫지만 세상을 살다보면 숨기는 게 나을 때도 자주 있단다. 이 가게 사람이 유난히 너를 이상한 눈으로 볼 거라는 이야기는 아니야. 뭐랄까, 평범한 사람들은 형사 사건이나 그런 일에 별로 익숙하지 않거든. 텔레비전이나 소설에서는 자주 나오지만 자기하고는 관계없는 일이라고 믿고 살지. 그래서 그런 일에 관련된 사람이 옆에 있다고 생각하면 마음이 편치 못하다고 할까……."

우메무라 선생이 부드럽게 웃어 보였다.

"선생님, 됐습니다. 알겠어요."

선생이 횡설수설하는 것을 듣고 싶지 않아 나오키는 말을 가로챘다.

"저도 살인범 가족이 있다면 이상한 눈으로 보게 될 겁니다."

"아니, 그러니까 내 말은 그런 뜻이 아니고."

"알고 있습니다. 선생님이 말씀하시려는 건 이해가 됩니다. 오히려 공연히 신경 쓰이게 해드려서 죄송합니다."

"아니야, 난 뭐 상관없지만."

우메무라 선생은 생맥주잔을 집어 들었지만 맥주는 거의 남아 있지 않았다. 선생은 바닥에 가라앉은 거품을 들이켰다.

이런 일에 익숙해져야만 한다는 생각이 들었다. 지금까지 놓여 있던 상황과는 전혀 다르다. 무엇을 하건, 어디에 가건 형이 살인강도범이라는 사실을 잊어서는 안 될 것이다. 그리고 지금까지 자기가 그런 범죄자를 싫어했듯이, 형은 세상 사람들이 미워하는 존재가 되어버렸다는 걸 명심해야 한다. 이제는 어느 누구도 가난하다는 이유로, 부모님이 안 계신다는 이유로 동정해주지 않을 것이다. 다케시마 츠요시의 동생이라는 걸 알면 모두 가까이하기를 꺼려할 게 틀림없다.

"어때, 다케시마."

우메무라 선생이 말했다.

"싫다면 억지로 권하지는 않겠지만 일자리 찾기가 무척 힘들 거야. 졸업 후 취직자리가 날 때까지만 좀 해보지 않겠니? 급여는 그리 많지 않을 테지만."

아주 조심스러운 말투였다. 담임 입장에서도 설마 이런 일이 생기리라고는 예상하지 못했을 것이다. 그런 일만 없었다면 몇 개월 뒤 제자는 무사히 학교를 졸업했을 것이다.

교사란 직업도 참 힘든 일이구나, 하는 생각이 들었다.

"어때, 다케시마."

"좋습니다."

나오키가 대답했다.

"일을 할 수 있다면 뭐든 괜찮습니다. 지금 배부른 소리 할 처지가 아니니까요. 어쨌든 돈을 벌어야 합니다."

그런가, 하며 선생은 또 빈 맥주잔으로 손을 뻗었지만 이번에는 바로 그 손을 거둬들였다.

선생은 바로 점장을 소개해주었다. 점장은 콧수염을 기른 피부가 까만 남자였다. 우메무라 선생과는 동창인 모양인데 무척 젊어 보였다.

"곤란한 일이 있으면 뭐든 이야기해. 그렇다고 급여를 곱절로 올려달라고 하기는 없기야."

수염 난 점장이 그런 농담을 하며 시원스럽게 웃었다. 좋은 사람 같았다.

일은 그다음 주부터 시작되었다. 접시닦이를 시킬 거라고 생각했는데 나오키가 맡은 일은 손님을 맞는 일이었다. 주문을 받고, 주방에 알리고, 완성된 요리를 나른다. 이따금 카운터 일도 했다. 처음에는 요리 이름을 외우는 게 힘들었다. 에스닉 요리와는 전혀 인연이 없었기 때문이다. 손님이 어떤 요리인지를 묻는데 제대로 대답하지 못해 부끄러웠던 적도 몇 번 있었다.

하지만 지금은 이 일을 할 수밖에 없다고 생각하며 열심히 노력했다. 점장에게도 기억력이 좋은 편이라는 칭찬을 받았다. 무엇보다 기쁜 것은 일단 먹는 문제에 관해서는 어려움이 없었다는 점이다. 먹다 남긴 음식을 얻을 수도 있고, 일이 끝난 뒤에는 남은 음식을 집으로 가져갈 수 있었기 때문이다. 아마 우메무라 선생은 그런 특전까지 고려해서 이 일을 소개해주었는지도 모른다.

하지만 생활비가 궁하기는 여전히 마찬가지였다. 급여를 가불받았지만 그것으로는 아파트 집세를 낼 수도 없었다. 부동산중개소에서 3월 말까지라고 기한을 통고했다. 기한이 지나면 법적 조치를 취하겠단다. 법적 조치라는 게 어떤 건지 나오키는 알 수 없었다. 하지만 자기로서는 그걸 거부할 어떠한 정당성도 없다는 것만은 알고 있었다.

번 돈은 거의 대부분 광열비에 들어갔다. 전화는 최대한 쓰지 않기로 했다. 어차피 걸 상대도 없었다.

연말이 되자 가게가 바빠졌다. 학생이나 샐러리맨들의 송년회가 시작됐다. 나오키는 머리에 두건을 두르고 겨울인데도 티셔츠 한 장만 입은 채 가게 안을 뛰어다녔다. 술에 취한 손님이 식기를 부수거나 요리를 테이블에 엎어버리기도 했다. 화장실에 토하는 일도 자주 있었다. 모든 잡일은 나오키가 해야 했다. 티셔츠는 늘 땀에 젖었다.

크리스마스가 가까워지자 가게 장식도 바뀌었다. 트리를 갖다 장식을 하고, 조명에도 신경을 썼다. 크리스마스용 메뉴를 만들고, BGM으로 크리스마스 캐럴이 나오기 시작했다. 나오키는 빨간 산타클로스 모자를 쓰고 요리를 나르게 되었다. 잠깐이지만 오래간만에 즐거움을 맛볼 수 있었다.

크리스마스이브에는 점장이 종업원 모두에게 선물을 주었다. 크리스마스 때면 늘 선물을 하는 모양이었다. '내용물은 기대하지 말고.' 하며 점장은 수염 난 얼굴에 웃음을 지었다.

그날 밤 전차를 타고 집으로 돌아오다 창밖에서 반짝이는 전구 장식을 보았다. 어느 빌딩에 설치된 크리스마스 이벤트용 일루미네이션이었다. 다른 승객들도 그걸 보며 환성을 질렀다. 그들도 행복해 보였다.

아파트에 돌아와 선물 상자를 열어보니 산타클로스 모양을 한 탁상시계가 들어 있었다. 카드도 보였다. '메리 크리스마스. 용기 잃지 마. 자신을 가져.' 라고 적혀 있었다. 시계와 카드를 보면서 가게에서 준 케이크를 먹었다. 방 안 공기는 싸늘했다. 건조해서 그런지 먼지 냄새가 심하게 났다. 머릿속에는 크리스마스 캐럴이 울려 퍼지고 있었다.

공연히 눈물이 났다.

가게는 12월 마지막 날까지 문을 열었다. 오히려 다행이었다. 아파트에 있어봤자 할 일도 없기 때문이다. 게다가 배도 고프다. 그래서 새해에 가게 문을 다시 열 때까지 나흘 동안 무척 괴로웠다. 매일 텔레비전만 봤다. 그렇게 재미있던 버라이어티 프로그램도 따분하게만 느껴졌다. 좋아하던 탤런트한테도 흥미를 잃었다. 연말에 급여를 받았기 때문에 겨우 끼니를 때울 수는 있었지만, 감히 설날에 떡을 사야겠다는 생각은 들지 않았다. 새해 복 많이 받으세요, 하는 목소리와 문자에 신경이 곤두섰다. 설날 같은 게 없었으면 좋을 텐데, 하는 생각마저 들었다. 텔레비전에서 살인사건 같은 어두운 뉴스가 나오면 약간 흥미를 느끼며 들여다보기도 했다. 그리고 자신이 얼마나 보잘것없는 인간인지를 생각했다.

구치소에서 형이 어떻게 하루하루를 보내는지, 나오키는 전혀 알 수 없었다. 그 무렵에는 아직 츠요시에게서 편지가 오지 않았기 때문이다. 면회를 할 수 있다는 건 알고 있었지만 만나러 가고 싶은 마음이 들지 않았다. 만나서 어떤 표정을 짓고, 무슨 이야기를 해야 좋을지 알 수가 없었다. 형도 동생에게 어떤 모습을 보여야 좋을지 몰라 고민스러울 거라고 생각했다.

학교생활은 따분했다. 겉으로 보기에 급우들의 태도는 예전으로 돌아간 것 같았다. 하지만 나오키를 가까이하는 걸 피하고 있다는 것만은 분명했다. 누구도 나오키에게 화를 내지 않았고, 무슨 일이 있어도 최대한 말을 걸려고 하지 않았다. 어차피 곧 입시가 시작될 테고, 새 학기가 오기 전까지는 학교 수업도 정상적으로 이루어지지 않을 터였다. 다들 졸업 때까지만 참으면 된다고 생각하는 것 같았다.

2월이 되자 수업도 제대로 이루어지지 않았다. 매일매일 입학시험이 있었기 때문이다. 일찌감치 합격통지서를 받아든 녀석들에게 수업 없는 교실은 천국이나 마찬가지였을 것이다.

그렇게 들떠 있던 녀석들이 나오키가 일하는 가게에 온 것은 2월 말의 일이었다.

6

6인조였다. 나오키와 같은 반은 두 명뿐이고, 나머지 네 명은 얼굴을 아는 정도였다. 제대로 이야기를 나눠본 적도 없었다.

그들이 가게에 온 것은 우연이 아니었다. 나중에 알게 된 일이지만, 우메무라 선생이 언젠가 '에스닉 요리를 먹고 싶으면 가봐라.'며 추천한 적이 있었던 모양이다. 물론 나오키가 그곳에서 일하기 전의 일이다. 여섯 명은 나오키의 얼굴을 보자 상당히 놀란 표정을 지었다.

놀라기는 했지만, 그렇다고 그냥 돌아가지도 않았다. 그들은 벽 쪽에 있는 제일 큰 테이블에 자리를 잡고 음식을 주문하기 전부터 수다를 떨기 시작했다. 입시를 끝내고, 졸업하기만 기다리는 녀석들이라는 걸 그들의 이야기를 통해 짐작할 수 있었다.

"저 애들, 전에도 온 적이 있습니까?"

물 따른 잔을 쟁반에 얹으며 나오키는 점장에게 작은 목소리로 물었다.

"아니, 온 적 없는 것 같은데. 왜 그래?"

"동급생이에요. 같은 반은 두 명뿐이지만."

점장은 여섯 명이 있는 쪽을 쳐다보고 나서 나오키에게 말했다.

"흐음, 별로 이야기하고 싶지 않으면 내가 주문을 받으러 가도 괜찮아."

"아뇨, 됐습니다. 제가 할게요."

나오키는 급히 말했다. 녀석들이 앉은 테이블로 가기는 싫었지만, 녀석들이 점장과 이야기를 하는 것은 더 내키지 않았다. 무심코 사건 이야기라도 꺼내게 되면 곤란했다.

나오키는 물 잔과 메뉴를 들고 여섯 명이 있는 곳으로 갔다. 즐거운 듯 이야기를 나누던 녀석들이 잠시 머쓱해하며 입을 다물었다.

"여기서 아르바이트하고 있는 줄 몰랐네."

같은 반 녀석이 말했다.

"우메무라 선생 소개?"

응, 나오키는 대답했다. 그래? 하며 같은 반 녀석이 고개를 끄덕였다.

그들과 나눈 이야기는 이것뿐이었다. 녀석들은 메뉴를 보면서 자기들끼리 요리 이야기를 시작했다. 주문할 음식이 정해지면 불러달라 말하고 나오키는 일단 물러났다. 수군거리는 소리가 등 뒤에서 들렸지만 무슨 이야기인지는 알아들을 수 없었다. 물론 상상은 할 수 있었다.

조금 있다가 녀석들이 손을 들었다. 나오키는 주문을 받으러 갔다. 주문한 것은 싸고 양이 많은 요리들뿐이었다. 주문을 받는데, 한 녀석이 요리에 대해 물었다. 요리에 표고버섯이 들어가는지. 아마 표고버섯을 싫어하는 모양이었다. 들어가지 않는다고 대답하고, 내친김에 어떤 버섯이 들어가는지 설명해주었다. 하지만 녀석은 표고버섯 이외에는 관심이 없는지 별로 귀를 기울이지 않았다.

주문을 끝낸 뒤, 녀석들 가운데 하나가 말했다.

"그리고 맥주 여섯 개."

"맥주……?"

나오키는 상대방의 얼굴을 보았다.

"응. 생맥주 여섯 개. 일단 맥주로 하지?"

녀석이 다른 다섯 명에게 물었다. 다른 의견을 내는 사람은 아무도 없었다.

나오키는 주문을 다시 한 번 확인하고 그걸 주방에 전달하러 갔다. 점장이 주문서를 쭉 훑어보고 약간 난처한 표정을 짓더니 살짝 고개를 끄덕였다. 점장은 아무 말도 하지 않았다.

저녁식사 시간이라 손님들이 계속 들어왔다. 가게 안은 여느 때보다 붐비기 시작했다. 날씨가 추우니 모두들 매운 것이 먹고 싶어진 건지도 모른다. 월급날 직후이기 때문이기도 했을 것이다. 손님 중엔 단골이 적지 않았다. 나오키는 그들 가운데 몇 사람하고 이야기를 나눈 적도 있었다. 그런 손님 옆을 지날 때는 손님이 먼저 말을 걸어오기도 했다. 일하면서 맛볼 수 있는 즐거움 가운데 하나였다.

여섯 명은 여전히 큰 소리로 떠들고 있었다. 다른 손님은 커플을 비롯해 2인 손님이 대부분이었기 때문에 녀석들이 앉은 테이블은 마치 다른 공간 같았다. 그들 때문에 가게 분위기가 평소와는 많이 달랐다.

맥주를 몇 잔 더 마신 뒤, 녀석들이 다시 나오키를 불렀다. 와인을 마시고 싶다며 뭐가 좋은지 추천해달라고 했다.

모르겠는데, 라고 대답했다.

"난 마셔본 적이 없어서."

"뭐야, 와인을 마셔본 적이 없어?"

한 녀석이 놀리듯 말했다. 혀가 제법 꼬인 것 같았다. 나오키는 잠자코 있었다.

"그럼 됐어. 이 집에서 제일 싼 걸로 하자."

리더 격으로 보이는 녀석이 말했다. 같은 반은 아니었다. 여섯 명 중 가장 좋은 사립대학에 합격했다는 이야기를 나오키는 녀석들의 대화를 들어 알고 있었다.

나오키가 안으로 들어와 병과 와인 잔을 꺼내자 점장이 다가왔다.

"뭐야, 저 녀석들 와인까지 마시겠다는 건가?"

나오키는 말없이 고개를 끄덕였다. 자기가 꾸중을 들은 것 같은 기분이 들었다.

점장은 잠깐 생각하더니 한숨을 한 번 내쉬고 고개를 갸웃거리며 주방으로 돌아갔다.

여섯 명은 쉽게 돌아가지 않았다. 와인을 마시자 점점 더 취해 목소리가 커졌다. 나오키가 보기에도 다른 손님들이 불편해하고 있다는 걸 분명히 알 수 있었다.

"오늘은 좀 시끌시끌하군."

계산을 할 때 이렇게 빈정거리는 손님도 있었다. '죄송합니다.'라고 나오키는 사과했다. 자기 동급생이라고는 입이 찢어져도 말하고 싶지 않았다.

여섯 명이 요란하게 웃어대는 소리가 들려 나오키는 결국 녀석들 테이블로 다가갔다.

"좀 미안한데 말이야."

녀석들이 뭐야, 하는 표정을 지었다. 술에 취해 눈이 풀린 녀석도 있었다.

"좀 조용히 해줄래? 다른 손님한테 폐가 돼서."

"뭐야? 손님도 별로 없잖아."

"다들 시끄러워서 나갔어. 여긴 술집이 아니잖아."

"시끄러. 우리도 손님이야."

"그건 알지만."

뒤에서 누가 다가오는 기척이 들렸다. 뒤돌아보니 점장이었다.

"자네들 말이야, 대학에 합격해서 들떠 있는 기분은 이해하지만 오늘은 이 정도로 해두는 게 어떻겠나? 꽤 취한 친구도 있는 것 같고."

수염 난 점장이 말하자 녀석들은 잠시 조용해졌다. 하지만 조용해진 것 자체가 부끄럽다는 듯 그중 한 녀석이 '시끄러.' 하고 내뱉었다.

"상관없잖아. 우리가 뭘 얼마나 취했다고."

눈을 마주치는 게 두려운지 점장의 시선을 피하며 말했다.

"상관이야 있지. 자네들은 미성년이잖아. 경찰에 적발되면 징계를 받는 건 우리니까. 하지만 오늘은 축하하는 자리인 것 같고, 다케시마하고 같은 학교 학생들이라 특별히 넘어가려 했어. 그런데 좀 지나치군. 이러는 건 다케시마한테도 실례라고 생각하지 않나?"

"왜 이 녀석한테 실례지?"

"그야 가정 사정 때문에 대학에 가지 못하니까. 자네들의 이런 모습을 봐야 하는 친구 입장도 생각해줘야지."

이야기가 난처한 방향으로 굴러가기 시작했다고 생각한 순간, 리더 격인 녀석이 말했다.

"그야 형이 살인범이니 어쩔 수 없지."

"뭐라고?"

점장이 그 녀석 쪽으로 고개를 돌렸다. 나오키는 눈을 감았다.

"강도짓을 하다 어떤 할머니를 찔러 죽였거든. 그 동생이 아무렇지도 않게 대학에 간다면 그게 오히려 이상한 거지."

점장은 허를 찔린 표정으로 나오키를 바라보았다. 나오키는 고개를 숙였다.

"이제 그만해."

같은 반에 있는 한 녀석이 일어섰다.

"자, 이제 그만 가자."

리더 격인 녀석도 말이 지나쳤다고 생각했는지 말없이 자리에서 일어섰다.

가게 안에는 무거운 공기가 흘렀다. 손님들은 대화를 멈추었다. 그들이 지금 오간 대화를 못 들었을 리 없다. 또 나오키의 태도로 미루어 녀석들의 이야기가 거짓말이 아니라는 것도 눈치챘을 것이다.

점장은 아무 말 하지 않고 여섯 명이 앉았던 테이블을 정리하기 시작했다.

"아, 제가 하겠습니다."

나오키가 말했다.

"됐어. 안에서 쉬거라."

점장이 나오키의 얼굴도 쳐다보지 않고 말했다.

결국 문을 닫을 때까지 나오키는 안에 있어야 했다. 주방에서 접시 닦는 일이라도 거들까 했지만 다른 종업원들 역시 난처해하는 표정이라 돕지 못했다.

가게 문을 닫은 뒤 나오키가 퇴근할 준비를 하고 있는데 점장이 불렀다. 가게 제일 구석 쪽에 있는 테이블에 둘이 마주앉았다.

"아까 그 이야기, 정말이니?"

점장이 물었다. 점장이 말 꺼내기를 괴로워한다는 걸 나오키도 쉽게 알 수 있었다.

나오키는 고개를 끄덕인 뒤 작은 목소리로 '죄송합니다.'라고 사과했다. 점장이 낮은 신음소리를 내며 팔짱을 꼈다.

"우메무라가……. 우메무라 선생이 그렇게 하라고 한 건가?"

"숨기는 게 나을 때도 있다고……."

나오키는 고개를 숙인 채 말했다.

"숨기는 게 낫다고……?"

점장이 한쪽 손을 수염으로 가져갔다.

"그렇지만 계속 숨길 수 있는 것과 그렇지 않은 게 있을 텐데. 뭐 짧은 동안이니 어떻게 되겠지 하는 생각이었을 테지만."

우메무라 선생에게 하는 말인지, 자기에게 하는 말인지 나오키는 알 수가 없었다. 나오키는 '죄송합니다.' 하며 다시 한 번 사과했다.

"어떻게 된 일인지 자세히 이야기해줄 수 있나?"

예, 대답하고 나오키는 사건의 줄거리와 그 뒤의 경과를 이야기했다. 이야기를 듣는 동안 점장의 표정이 점점 흐려졌다. 이야기가 끝나자 점장은 또 신음소리를 냈다.

"처음부터 이야기해줬으면 좋았을 텐데. 그러면 오늘 같은 일도 없었을 테고."

점장이 누구에게 섭섭해하는 건지는 여전히 알 수 없었다.

"저어…… 역시 해고인가요?"

나오키는 머뭇머뭇 고개를 들었다.

점장의 얼굴이 험악해졌다.

"그런 말은 하지 않았어."

"그럼 여기 계속 나와도 괜찮겠습니까?"

당연하지, 라는 대답을 기대했다. 그러나 점장은 바로 대답하지 않았다.

"일단 좀 생각해보고. 자네는 열심히 일했어. 일하는 태도에도 불만이 없고. 하지만 거짓말을 했다는 건 아무래도. 이런 일은 서로의 신뢰가 중요하다고 생각해. 그렇게 생각하지 않나?"

나오키로서는 '맞는 말씀입니다.'라고 대답할 수밖에 없었다. 하지만 대답은 그렇게 했어도 '꼭 그렇지만도 않은 것 아닌가?' 하는 의문이 들기도 했다. 점장의 말이 맞긴 하지만, 본질에서 좀 벗어나 있다는 느낌이 들었다. 그렇다고 그것을 지적할 수는 없었다.

어쨌든 일단은 출근하라는 말을 듣고 그날 이야기는 끝났다. 하지만 나오키의 불안은 가시지 않았다.

아마 점장은 경영자로서의 속내와 인간으로서의 정의감 사이에서 마음이 흔들렸을 것이다. 여섯 명이 소란을 피울 때 가게 안엔 단골손님이 몇 명 있었다. 때문에 나오키의 비밀이 금방 퍼질 게 틀림없다. 그리고 그것이 가게 이미지 실추와 연결될 거라는 것은 쉽게 예상할 수 있었다. 하지만 점장은 그런 이유로 나오키를 단호하게 잘라버릴 수 있을 만큼 냉혹한 사람은 아니었다. 오히려 나오키의 어려운 환경을 동정했다.

결론이 허공에 뜬 상태에서 나오키는 계속 가게에 나갔다. 원래 3월 말까지 다니기로 되어 있으니 그냥 일을 한다 해도 한 달이 채 남지 않았다. 나오키는 이대로 3월 말까지 가는 건가보다 생각했다.

하지만 상황은 분명 변해 있었다. 변함없이 찾아주는 단골손님들의 말수가 눈에 띄게 줄어들었다. 종업원들에게 가볍게 말을 거는 모습도 사라졌다.

한번은 이런 일이 있었다. 어느 날, 단골손님 두 명이 식사를 하러 왔는데 술이 들어가 그런지 드물게 말이 많았다. 두 사람이 화제로 삼은 건 처음에는 정치나 프로야구 이야기뿐이었다. 그러다 무엇 때문인지 그날 사회면에 나왔던 사건 이야기가 입에 올랐다. 각성제에 중독된 남자가 공원에서 어린이를 찌른 사건이었다.

"정말 막 나가는 세상이야. 아무 죄도 없는 어린애가 머리가 이상한 녀석한테 살해당하다니. 그런 새끼는 사형시켜버려야 해."

한 손님이 말했다.

그러자 또 한 손님이 갑자기 목소리를 낮추고 당황한 모습으로 이렇게 말했다.

"그만해, 여기선."

그 말을 들은 손님은 잠깐 무슨 뜻인지 이해하지 못한 듯했다. 하지만 상대방의 눈짓을 보고 이내 화제를 바꿨다. 그 뒤로 두 사람의 대화는 전혀 흥이 오르지 않았다.

나오키는 자기가 가게에 얼마나 폐가 되고 있는 존재인가를 깨달았다. 물론 그 손님들이 악의가 있어서 그런 소리를 한 것은 아니다. 그들은 나름대로 나오키가 마음의 상처를 입지 않도록 애썼다. 그 가게에서는 살인사건 이야기를 해선 안 된다. 가족과의 즐거웠던 이야기도 해선 안 된다. 재판이나 추리소설 이야기도 하지 말아야 한다. 종업원에게 말을 거는 건 피하는 게 좋다. 왜냐하면 '그 친구'에게만 말을 걸지 않으면 이상할 테니까. 아마도 나름대로 이런 여러 가지 금기를 정해놓고, 편안함과는 거리가 먼 상태에서 음식을 먹을 것이다.

이렇게 불편한 가게에 누가 오고 싶어 할까. 나오키는 자기가 있는 한 손님들이 이 가게에서 멀어지는 것은 시간문제라고 생각했다.

3월 들어 첫 번째 금요일, 나오키는 점장에게 그만두겠다고 말했다. 이유는 말하지 않았다. 그럴 필요가 없다고 생각했기 때문이다. 어쩌면 점장이 만류할지도 모른다고 생각했지만, 그런 이야기는 나오지 않았다.

"결과적으로 네 마음이 불편했다니 정말 아쉽구나."

"마음이 불편하다뇨, 무슨 그런…… 지금까지 써주셔서 고마웠습니다."

"앞으로 어떻게 할 거니? 직장은?"

"찾고 있습니다. 잘 되겠죠."

"그래? 그럼 다행이고."

점장은 안심했다는 표정으로 고개를 끄덕였다. 여러 가지 의미에서 안도한 게 틀림없다.

잘 될 거라고 대답했지만 실은 일할 곳이 전혀 없었다. 나오키는 길에서 주운 신문의 구인광고를 샅샅이 뒤졌다. 돈만 받을 수 있다면 무슨 일이든 상관없었다.

겨우 찾은 일이 어느 회사의 사원 식당에서 잔반을 정리하는 아르바이트였다. 일하는 시간은 짧지만 임금은 괜찮았다. 다만 잔반 냄새가 몸에 배는 게 문제였다.

졸업한 뒤의 취직자리에 대해서는 우메무라 선생이 알아보고 있는 것 같았다. 나오키가 다니는 학교는 학생 대부분이 진학을 하기 때문에 취직시킬 곳을 찾는 일이 익숙하지 않을 것이다. 그런데도 선생은 매일 몇 군데 회사에 문의를 해주었다. 늘 난처하다는 표정을 짓긴 했지만. 취직 활동을 하기에는 너무 늦은 데다 나오키가 처한 상황이 걸림돌이 되었기 때문이다.

츠요시에게서 편지가 온 것은 그렇게 하루하루를 보내고 있을 때였다. 졸업식을 이틀 앞두고 있었다. 구치소에서 편지를 보낼 거라고는 예상하지 못했기 때문에 약간 놀랐다. 편지지와 봉투 구석에 벚꽃 모양을 한 파란 도장이 조그맣게 찍혀 있었다. 그때까지만 해도 그게 검열 도장이라는 것을 나오키는 몰랐다.

나오키, 잘 지내니? 나는 잘 지낸다. 이제 곧 재판이구나. 아마 15년 정도 교도소에 들어가 있어야 할 거라고 변호사가 말하더구나. 어쩔 수 없는 일이지.

이야기하고 싶은 게 많지만 할 수 없어 안타깝구나. 면회 한번 올 생각은 없니? 부탁하고 싶은 것도 있고, 하고 싶은 말도 있다. 알고 싶은 것도 있고. 예를 들면 고등학교 졸업은 할 수 있는 건지. 많이 걱정되는구나. 부탁한다.

츠요시

모터 부품 해체는 생각보다 시간이 많이 걸렸다. 오후 여섯 시가 넘어서야 끝났다.

"시간이 무척 걸리는군. 어때, 나오키, 밥 먹고 들어갈까?"

다테노가 허리를 두드리며 식사를 하자고 권했지만 나오키 는 고개를 저었다.

"저는 기숙사 식당에서 먹으면 돼요."

"그래? 그럼 내일 또 보자."

그렇게 말하고 다테노는 손을 흔들며 자리를 떠났다.

나오키는 목장갑을 주머니에 쑤셔 넣고 다테노와 반대 방향으로 걸었다. 전에 한 번 다테노와 저녁을 먹은 적이 있다. 역시 그가 먼저 말을 꺼냈었다. 들어간 곳은 역 근처에 있는 정식집이었다. 결코 고급스러운 집은 아니지만, 막 구운 생선이나 갓 튀겨낸 튀김은 감격스러울 정도로 맛있었다. 고슬고슬하게 지은 밥을 배불리 먹은 것도 오래간만이었다. 그때까지만 해도 별로 친하지 않던 다테노가 너무나도 친절해 보였다.

그렇지만 일단 계산을 할 때가 되자 다테노는 정확하게 자기가 먹은 만큼의 돈만을 테이블에 올려놓았다. 분명히 얻어먹는 걸로 생각했던 나오키는 당황했다. 지갑 안을 뒤져보았지만 2백 엔이 부족했다. 할 수 없이 돈이 부족하다고 말하자 다테노는 '그럼 빌려줄게.' 하며 백 엔짜리 동전 하나와 50엔짜리 동전 두 개를 나오키의 손바닥 위에 얹었다.

그 2백 엔은 이튿날 갚았다. 어쩌면 '뭘 이런 걸 갚느냐.'고 말할지 모른다고 기대했지만 다테노는 말없이 고개를 끄덕이며 돈을 받았다.

그 뒤로 다테노가 식사를 함께하자고 해도 따라가지 않았다. 기숙사에 가면 맛있다고는 할 수 없지만 일단 싼값에 한 끼 식사를 해결할 수 있다. 다테노와 먹으러 갔을 때 쓴 돈이 아까웠다. 그 돈이면 인스턴트 라면이나 과자를 살 수도 있다.

버스 정류장에는 자동차 메이커 사원들이 줄을 서 있었다. 나오키도 그 줄 뒤에 섰다. 작업복을 벗었기 때문에 남들이 사원처럼 볼 게 틀림없다. 그런 생각을 하자 오히려 참담한 기분이 들었다.

지금 다니는 재활용 회사에 취직이 된 것은 3월 말이었다. 역시 우메무라 선생이 주선을 해주었다. 급여는 아무리 좋게 말해도 많다고 할 수는 없지만 기숙사가 있다는 게 결정적이었다. 그래봤자 회사 소유가 아니라, 계절노동자(계절에 따라 시간 여유가 날 때 본업 이외의 다른 업종에서 일하는 노동자)를 위해 자동차 메이커가 만든 것을 빌려 쓰는 것에 불과하지만 말이다. 기숙사가 있으면 식사나 목욕 걱정은 하지 않아도 될 것이다. 당장 아파트에서 나와야 했던 나오키 입장에서는 커다란 장점이었다.

나오키는 우메무라 선생에게 딱 한 가지만 질문했다. 회사 측이 츠요시 사건에 관해 알고 있는지. 선생은 고개를 끄덕였다.

"가족에 대해 묻지 않는 회사는 없으니까."

"그런데도 쓰겠대요?"

"뭐 면접 결과에 따라서."

면접이라고 해봐야 우메무라 선생과 함께 찻집에서 사장을 만났을 뿐이다. 후쿠모토라는 중년 남자였다. 양복을 입었지만 넥타이는 하지 않았다. 후쿠모토는 츠요시 사건에 관해 노골적인 질문을 했다. 단순한 흥미 때문에 묻는 말투였다.

채용은 그 자리에서 결정되었다. 후쿠모토는 거래 회사에만은 폐를 끼치지 말아달라고 했다. 그쪽 회사 직원과 다투거나 하면 바로 해고라고 했다.

나오키는 버스에 타고서도 될 수 있으면 고개를 들지 않으려 했다. 자칫 누군가와 눈이 마주쳐 문제가 생기는 게 싫었기 때문이다.

처음에는 붐비던 버스도 정류장에 설 때마다 사람들이 줄어들었다. 이윽고 빈자리가 날 정도가 되었지만 나오키는 앉으려 하지 않았다.

그 시선을 느낀 것은 내려야 할 정류장에 막 도착할 무렵이었다. 뒤에서 두 번째 자리에 앉은 젊은 여자가 힐끔힐끔 나오키를 쳐다보았다. 처음엔 자기가 잘못 생각한 것이겠거니 했지만 아무래도 아닌 것 같았다.

버스에서 내릴 때 자연스럽게 그쪽을 보았다. 여자와 눈이 마주쳤다. 나오키와 비슷한 또래의 아가씨였다. 화장기는 전혀 없고, 머리도 짧았다. 여자는 바로 시선을 피했다.

버스 정류장에서 기숙사로 가는 동안 나오키는 왠지 그 아가씨가 자꾸 떠올랐다. 어디서 본 적이 있는 것 같기도 했다. 만났다면 공장 안에서 보았을 것이다. 그 아가씨는 왜 나를 쳐다보고 있었던 걸까?

어쩌면 자기한테 반한 건지도 모른다고 생각했지만 별로 기쁘지 않았다. 매력적인 여자라는 느낌이 전혀 들지 않았기 때문이다. 회사에서도 분명 평범하고 두드러지지 않는 존재일 것이다.

기숙사 식당에서 제일 값싼 식사를 한 뒤 숙소로 돌아왔다. 숙소엔 주방 하나에 방이 세 개 있었는데, 나오키는 세 평이 채 안 되는 방 하나를 배정받았다. 화장실은 있지만 욕실이 없었다. 주방이라고 해봐야 불을 쓸 수 없기 때문에 음식을 만들어 먹을 수도 없었다.

다른 두 개의 방에는 계절노동자가 살고 있었다. 그렇지만 거의 얼굴을 마주치는 일이 없었다. 한 명은 마흔 살 정도이고, 또 한 명은 서른 전후로 보였다. 두 사람 다 피부가 검게 탔다. 제대로 이야기를 나눈 적이 없기 때문에 그들의 원래 직업이 뭔지도 알지 못했다.

나오키는 자기 방에 들어가 늘 깔아두는 이부자리 위에 큰 대자로 누웠다. 이 순간부터 잘 때까지가 가장 행복한 시간이다. 이 시간만은 누구에게도 빼앗기고 싶지 않았다.

문득 검사의 목소리가 귀에 되살아났다. 재판 때의 일이다.

"이렇게 내내 힘들게 살아온 피해자 오가타 토시에는 남은 인생을 편히 지내고 싶어 했습니다. 말하자면 이제야 안락한 인생이 시작되었던 것입니다. 하지만 피고인 다케시마 츠요시는 마치 오가타 씨가 부당한 방법으로 돈을 모았다는 듯, 그런 사람의 돈이라면 빼앗아도 된다는 억지 논리로 강도짓을 실행에 옮겼습니다. 또한 피고인을 발견한 오가타 씨가 경찰에 신고하려 하자 강제로 미닫이문까지 부숴가면서 방으로 들어가 갖고 있던 드라이버로 피해자를 찔러 죽였습니다. 피해자가 이제 막 손에 넣은 행복한 삶을 피고인 다케시마 츠요시는 순식간에 앗아버리고 만 것입니다."

검사의 말만 들으면 츠요시가 무척이나 냉혹하고 비정한 살인강도범 같았다. 방청석에서 훌쩍거리는 소리가 흘러나왔다.

무기징역이 구형되었다. 잘은 몰라도 살인강도의 경우에는 무기징역이나 사형이 구형되는 게 당연한 모양이었다.

나오키도 증언대에 섰다. 범죄에 이른 정황을 증언하기 위해서였다.

"어머니가 돌아가신 뒤, 형이 저를 키웠습니다. 특별한 기술이 없는 형이 할 수 있는 일은 육체노동뿐이었습니다. 형은 이른 아침부터 밤까지 거의 쉬는 시간 없이 계속 일을 했습니다. 형의 몸이 망가진 것이나 걷기 힘들 정도로 허리가 아픈 것도 그 때문입니다. 형은 이미 육체노동을 할 수 없는 상황이었습니다. 그렇지만 형은 어떻게 해서든 저를 대학에 보내야 한다고 생각했습니다. 그게 돌아가신 어머니의 뜻이었고, 형의 유일한 목표였기 때문입니다. 그렇지만 아시다시피 대학에 가려면 돈이 필요합니다. 형은 그걸 고민했습니다. 사건 당시 형의 머릿속은 그 생각으로 가득 찼을 겁니다. 저는 지금 너무나 후회스럽습니다. 좀 더 일찍 진학을 포기하고, 앞으로 어떻게 살아가야 할지 형과 의논을 했어야 합니다. 형이 그런 짓을 하게 만든 원인은 제게 있습니다. 형만 고생시킨 제 잘못입니다. 앞으로 저는 형과 함께 죄를 갚아나갈 것입니다. 그러니 부디 정상 참작해주시기 바랍니다."

8

나오키가 처음 도쿄구치소로 형을 면회하러 간 것은 3월 말이었다. 봄인데도 눈발이 희끗희끗 날리는 추운 날이었다. 도부이세사키 선 고스게 역에서 도보로 몇 분 걸리는 곳에 면회소가 있었다. 같은 방향으로 가는 사람들이 적지 않았다. 모두들 하나같이 시무룩한 표정을 짓고 있었다.

면회 접수처에서 수속을 할 때 '용건' 항목을 보고 약간 망설였다. 생각 끝에 '앞으로의 생활에 대한 의논'이라고 적었다. 하지만 그걸 제출하고 나서야 형과 그런 걸 의논해봐야 별 방도가 없다는 것을 깨달았다.

나오키는 면회 대기실에서 기다리는 동안 무슨 이야기를 할까 생각했다. 벽에는 면회할 때의 주의사항을 적은 종이가 붙어 있었다. 면회 시간은 30분. 그렇게 짧은 시간에 무슨 이야기를 한단 말인가. 이런 생각이 들었지만 서먹해서 입을 다물거나 한다면 의외로 길게 느껴질지도 모른다.

대기실 한쪽에 매점이 있었다. 차입품을 파는 곳이다. 한 여자가 유리 진열장 안을 손가락으로 가리키며 돈을 지불하고 있었다. 진열장 안의 물건을 직접 만질 수는 없는 모양이다.

나오키도 다가가서 어떤 것이 진열되어 있는지 들여다보았다. 과일이나 과자 같은 것들이었다. 츠요시가 무얼 좋아하

는지 떠올리려 했지만 전혀 기억나지 않았다. 어머니가 살아
계실 때도 형은 자기가 무얼 좋아하는지 이야기한 적이 없
다. 맛있어 보이는 것은 늘 동생에게 양보했기 때문이다.

재판장에서 들은 츠요시의 범행 내용을 떠올리면 가슴이
아팠다. 현금을 손에 넣은 뒤 얼른 도망치면 될 것을 텐진 군
밤이 탐나 식당으로 돌아갔다고 했다. 그러지 않았다면 아마
잡히지도 않았을 것이다.

면회 번호를 알리는 안내 방송이 흘러나왔다. 나오키가 갖
고 있는 번호였다.

소지품 검사를 받은 뒤 면회실로 들어갔다. 좁은 복도가 있
고, 문이 여러 개 보였다. 나오키는 지시받은 방으로 들어갔
다. 좁은 방에 의자가 세 개 놓여 있었다. 한가운데 있는 의자
에 앉았다. 정면에 유리로 칸막이가 된 방이 있고 그 너머로
문이 보였다.

이윽고 그 문이 열리고 교도관 뒤를 따라 츠요시가 들어왔
다. 여전히 야위어 보였지만 안색은 그리 나쁘지 않았다. 동
생을 보자 슬쩍 웃었다. 어색한 웃음이었다.

왔구나, 하고 형이 먼저 말했다.

응, 하고 동생이 말했다. 둘이 이야기를 나눌 수 있다는 사
실에 이상한 느낌이 들었다.

"어떻게 지내니, 너는?"

츠요시가 물었다.

"그럭저럭. 형은 어때?"

"그냥 지내지. 뭐 하면서 지내냐고 물어보면 난처하지만."

헤헤헤, 하고 형이 웃었다. 기운 없는 표정이었다.

"생각보다 건강한 것 같아 마음이 놓이네."

나오키가 말했다.

"그래? 뭐 끼니는 거르지 않고 먹고 있으니까."

형이 턱을 쓰다듬었다. 수염이 약간 자라 있었다.

"학교는 졸업했지?"

"저번에 졸업식을 했어."

"그래? 네 졸업식에 가고 싶었는데. 다음에 올 땐 사진이라
도 갖고 와."

나오키는 고개를 저었다.

"난 가지 않았어."

"뭐?"

"졸업식에는 가지 않았어."

"……그랬니?"

형이 고개를 숙였다. 왜냐고 묻지 않았다. 대신 작은 목소
리로 미안해, 라고 중얼거렸다.

"아냐. 괜찮아, 그런 건. 피곤하기만 해. 졸업식에 안 갔다
고 졸업 못하는 것도 아니고."

"그래?"

"당연하지. 졸업식 당일에 감기가 걸려서 오지 못하는 녀석도 있으니까."

그러니? 하며 형이 고개를 끄덕였다.

두 사람의 대화를 입회한 교도관이 츠요시 옆에서 기록하고 있었다. 그러나 손놀림은 별로 없었다. 그만큼 내용이 없는 대화라는 뜻이다.

"그래, 앞으로 어떻게 할 건지는 결정했니?"

형이 물었다.

"일자리가 생길 것 같아. 아마 거기 기숙사에 들어가게 될 거야."

"그래? 살 곳이 있다니 안심이네."

마음이 놓인다는 표정을 지었다. 직장보다 그 문제가 더 걱정이었던 모양이다.

"이사하면 연락할게."

"그래주면 고맙겠구나. 편지할게."

그렇게 말하고 나서 고개를 숙였다가 다시 얼굴을 들었다. 뭔가 망설이는 눈치였다.

"부탁이, 있는데."

"뭔데?"

"오가타 씨 집을 찾아가거나 그분 묘소에 가줬으면 하는데."

무슨 뜻인지 금방 알 수 있었다.

"아아……. 향이라도 피워 올리고 오라는……."

"그래. 내가 해야겠지만 그럴 수 없으니까. 매일 밤 시늉만 내고 있지."

향 올리는 시늉이라니, 그게 뭘까 생각했지만 나오키는 묻지 않았다.

"알았어. 시간 내서 다녀올게."

"미안해. 아무래도 그분들이 좋지 않게 볼 텐데……."

"괜찮아. 나도 그런 건 견딜 수 있어."

말은 그렇게 했지만 나오키는 자신을 꾸짖었다. 견딜 수 있어? 집 앞까지 가서는 유가족 얼굴을 보고 도망친 주제에.

"그리고 말이야."

형이 입술을 핥았다.

"대학은 역시…… 안 되겠니?"

나오키는 한숨을 쉬었다.

"이제 됐어. 형은 그런 거 신경 쓰지 마."

"그렇지만, 성적도 그렇게 좋았는데……."

"대학이 인생의 전부는 아니잖아. 이제 내 걱정은 하지 않아도 돼. 형은 형 일만 신경 쓰면 돼."

"하지만 난 이제 어쩔 도리가 없잖아. 성실하게 형기를 마치는 일만 생각하고 있어."

형이 머리를 긁었다. 길게 자란 반 곱슬머리가 엉켜 있었다.

나오키가 말했다.

"뭐 필요한 거 있어? 차입품 말이야. 먹고 싶은 거라거나."

"그런 거 신경 쓰지 않아도 돼. 돈도 없잖아."

"그 정도는 있어. 뭔지 이야기해줘. 형이 좋아하는 게 뭐지?"

"정말 괜찮아."

"말하라니까."

나오키는 약간 언성을 높였다.

형이 약간 놀란 듯 몸을 약간 뒤로 젖혔다.

"그럼 과일."

"과일……? 사과 같은 거?"

"그래, 과일이라면 뭐든 괜찮아. 뭐든 좋아하니까. 어머니가 자주 하시던 얘기 기억 안 나니? 요즘 세상에 남의 집 감을 따먹는 녀석은 너밖에 없을 거라고 하셨지."

그런 말을 들은 것 같기도 하다. 하지만 기억이 또렷하지는 않았다.

화제가 떨어졌다. 역시 30분은 너무 길다는 생각이 들었다.

교도관이 시계를 보았다. 시간은 아직 많이 남았지만 할 이야기가 없다면 그만 끝내자는 뜻인 모양이다.

"슬슬 정리할까?"

아니나 다를까, 교도관이 형에게 물었다.

어쩌지, 하는 눈으로 츠요시가 동생을 바라보았다. 나오키는 대답하지 않았다. 그걸 어떻게 해석했는지 형이 교도관을 향해 고개를 끄덕였다.

그럼, 하며 교도관이 다가가 츠요시를 일으켜 세웠다. 그때 나오키가 형, 하고 불렀다.

"그런 걸 뭣 하러 기억하고 있었어?"

"그런 거?"

"군밤 말이야. 텐진 군밤을 뭣 하러 기억하고 있었던 거야?"

"그거 말이니?"

형이 일어선 채로 쓴웃음을 지었다. 뒤통수를 긁었다.

"뭣 하러 기억하고 있었냐고 물으면 대답하기 곤란하지. 그냥 기억하고 있었어. 그때 그걸 보니 그냥 생각이 나더라. 아아, 나오키가 텐진 군밤을 좋아하지, 하는 생각이."

나오키는 고개를 저었다.

"아니야, 형. 잘못 알았어."

"뭐?"

"텐진 군밤을 좋아한 건 어머니야. 백화점 갔다 올 때 산 군밤 껍질을 우리 둘이 어머니 먹기 좋게 벗겨드렸잖아. 어머니가 기뻐하는 모습을 보고 싶어서."

얘들아, 그렇게 계속 껍질을 벗겨주면 내가 다 먹을 수가 없잖니, 어머니의 즐거워하던 목소리.

"그래?"

형이 어깨를 축 늘어뜨렸다.

"내가 잘못 알았나? 난 역시 바보로구나."

"그런 건……."

나오키의 눈에서 눈물이 흘러내렸다.

"잊는 게 나았을 텐데."

2장

밴드 스페시움

1

나오키에게.

잘 지내니?

9월인데도 여전히 덥구나. 어떻게 지내니? 실외에서 하는 일이 많다고 했는데, 이 더운 날 고생이 많겠구나. 재활용 회사 일이라는 게 어떤 건지 잘 모르지만 어쨌든 열심히 해.

난 지금 금속으로 조각 같은 걸 하는 일을 하고 있어. 여러 가지를 만든다. 무슨 간판 같은 것도 있고, 동물 모양을 한 장식물도 있지. 난 손재주가 별로 없지만 그런 건 관계없어. 어려운 것은 전부 기계가 해주니까 말이야. 우리는 그 기계를 잘 쓰기만 하면 돼. 여러 가지 외워야 할게 많아 힘들지만 잘 만들어졌을 때는 기분이 좋단다.

사실은 최근에 만든 걸작을 사진으로 찍어 보내주고 싶은데 그런 건 허락되지 않아. 그래서 그림을 그릴까 생각도 했지만 이 편지지에는 글자 이외에는 써서는 안 된대. 그림을 그리고 싶을 때는 미리 허가를 받아야만 해. 그렇지만 번거로워서 포기하기로 했지. 가만히 생각하면 난 그림도 서툴러 제대로 그려내지 못할 게 빤하고.

그러고 보니 이번 우리 잡거방(雜居房)에 들어온 아저씨가 편지에 그림을 그렸다가 주의를 받았어. 그렇지만 교도관에게 까닭을 이야기를 하고 결국 허락을 얻었단다. 편지를 받을 사람은 자기 딸이고, 그 애 생일에 곰돌이 그림을 그려 보내주고 싶었대. 밖에 있는 가족한테 아무것도 해줄 수 없으니 하다못해 그림이라도 선물하고 싶었겠지. 여기 들어오자마자 색연필을 산 걸 보면 그 아저씬 그림 그리는 걸 어지간히 좋아하는 모양이야. 교도소라고 해서 괴물들만 모여 있는 곳은 아니니까, 곰돌이 그림이라면 괜찮을 거라고 생각해서 허락했겠지. 그렇지만 특별히 이번만 허락하는 거라고 못을 박더라.

우린 보통 한 달에 한 번밖에 편지를 쓸 수 없지만 받는건 얼마든지 괜찮아. 우리 방에는 여러 통 받는 녀석도 있어. 결혼하고 바로 잡혀 들어온 녀석인데, 아내한테서 편지가 오면 하루 종일 히죽거린단다. 그 녀석뿐만 아니라 여자한테 편지를 받은 녀석은 한눈에 알 수가 있지. 몇 번이나 다시 꺼내 읽으니까 말이야. 다시 읽으면서도 행복한 표정을 짓는단다. 그러면서 하루라도 빨리 나가고 싶다는 소리를 하지. 밖에 애인을 두고 온 녀석들은 괴로울 거다. 아내가 다른 남자와 바람을 피우지나 않을까 하루 종일 걱정하는 녀석도 있지. 그렇게 걱정되면 애당초 나쁜 짓을 저지르지나 말지. 하긴 내가 이런 소리를 할 자격은 없지만. 어쨌든 나는 그런 걱정을 할 일이 없어서 다행이라고 생각한다.

그런데 지난번 편지에 이상한 여자애가 말을 걸었다는 이야기를 썼더구나. 그 애가 널 좋아하는 게 아닐까? 네가 좋아하는 타입이 아니라고 쓰기는 했지만 그런 소리 하지 말고 한번 데이트해보는 게 어떻겠니?

공연한 이야기까지 쓴 것 같구나. 그래, 오가타 씨 묘소에는 다녀왔니? 나로서는 무척 신경이 쓰이는데.

다음 달에 다시 편지하마. 그럼 안녕.

츠요시

나오키는 기숙사 우편함에 와 있던 편지를 식당에서 밥을 먹으며 읽었다. 전보다 한자를 훨씬 많이 썼다. 저번에 온 편지에서 요즘은 사전을 이용한다고 적었던 것이 기억났다. 문장의 흐름도 훨씬 좋아졌다. 편지를 몇 차례 쓰다 보니 익숙해졌을 것이다. 이런 걸 보면 형이 공부를 못한다는 건 공연한 오해가 아니었을까 하는 생각이 들 수밖에 없다. 그저 공부할 기회가 없었던 게 아닐까?

편지에 여자 이야기를 적은 것은 의외였다. 지금까지 여자

이야기를 한 적이 한 번도 없었기 때문이다. 하지만 스물세 살이나 되는 형이 여자한테 관심이 없을 리 없다. 그걸 새삼 깨닫게 됐다는 게 충격이기도 했다.

편지에서 '이상한 여자애'라고 쓴 것은 버스에서 이따금 만나는 아가씨 이야기였다. 나오키는 계속 모르는 체했는데 지난달 드디어 그 여자가 말을 걸어왔다. 버스 안이 아니라 공장 식당에서였다.

"이거 먹지 않을래?"

옆에서 누가 불쑥 말을 걸었다. 나오키는 자기에게 한 말인지도 모르고 카레라이스를 먹던 손길을 멈추지 않았다. 그러자 옆에서 누군가가 플라스틱 용기를 디밀었다. 깜짝 놀라 옆을 보았다. 버스에서 자주 보던 얼굴이 거기 있었다.

"괜찮다면 먹어."

여자가 고개를 숙인 채 플라스틱 용기를 슬쩍 밀었다. 안에는 껍질을 깎아 깔끔하게 썰어놓은 사과가 들어 있었다.

"응? 먹어도 돼?"

여자가 말없이 고개를 끄덕였다. 얼굴이 약간 빨개졌다.

나오키는 손수건으로 손을 닦고 사과를 집었다. 입에 넣자 약간 짠맛이 났다. 씹으니 달콤한 맛이 입안에 퍼졌다. 맛있네, 하고 솔직한 느낌을 이야기했다.

"우리 회사 직원은 아니지?"

"응. 다카라 리사이클이라는 재활용 회사야."

"흐음, 나는 펌프 제조 1과 3반."

"그래?"

나오키는 적당히 맞장구를 쳤다. 소속을 들어봐야 알 수가 없었다.

"늘 같은 버스 타지?"

"아, 그래?"

모르는 척했다.

"나이가 몇 살?"

"나? 이제 만으로 열아홉 됐는데."

"그러면 올해 고등학교 졸업했겠구나? 나랑 같네."

그게 기쁘다는 듯 여자가 웃음을 지었다. 가슴에는 '시라이시'라고 적힌 명찰이 붙어 있었다.

그 뒤에도 나오키가 있는 기숙사에 관한 이야기 같은 것을 물었다. 그는 조그만 목소리로 대답했다. 못생기지는 않았지만 적극적으로 이야기하고 싶다는 생각이 들 정도의 용모는 아니었다. 오히려 귀찮다는 생각이 들었다.

차임벨이 울렸다. 나오키는 그걸 핑계 삼아 사과 잘 먹었어, 하며 일어섰다.

"응, 또 봐."

여자가 미소를 지었다. 나오키도 마지못해 웃어 보였다.

그러나 다음 날부터 나오키는 늘 타던 버스를 바꿨다. 여자가 마음에 드는 것도 싫은 것도 아니지만, 차 안에서 아는 사람과 만난다는 게 왠지 우울했다. 공장에서도 그 아가씨와 마주치지 않도록 식당에 가는 시간을 조절했다. 덕분에 그 뒤론 그 여자와 이야기를 나눈 적이 없었다.

그 이야기를 츠요시한테 보내는 편지에 적었는데, 형의 편지를 읽고 나니 공연한 짓을 한 건지도 모르겠다는 생각이 들었다. 지금 츠요시는 여자를 전혀 볼 수 없을 것이다. 그런 형한테 쓸 내용이 아니었다. 형은 아마 동생을 무척 부러워할 것이다. 남의 마음도 헤아리지 못한다고 원망할지 모른다.

나오키가 알기에, 츠요시한테 여자 친구가 있었던 것 같지는 않다. 만날 기회도 없었겠지만, 가령 좋아하는 상대가 있었다 해도 동생을 먹여 살려야 한다는 의무감 때문에 사랑 고백 같은 것은 하지도 못했을 게 틀림없다.

나오키가 고등학교 1학년 때였다. 몸이 좋지 않아 학교에서 조퇴를 한 적이 있다. 여느 때처럼 아파트 자물쇠를 풀고 문을 열었다. 그러자 츠요시가 당황한 모습으로 화장실로 달려갔다. 바닥에는 그가 벗어놓은 청바지가 있었다. 청바지 옆에는 어디선가 주워온 듯한 잡지의 무척 야한 화보 페이지가 펼쳐진 채로 놓여 있었다.

"갑자기 들어오면 어떡해."

팬티만 걸친 차림으로 화장실에서 나온 형이 헤헤헤, 하고 웃었다.

미안해, 나오키는 사과했다.

"잠깐 나가 있을까?"

"됐어, 이제."

"벌써 끝났어?"

"시끄러."

서로 얼굴을 마주보며 웃었다.

츠요시는 틀림없이 여자 경험이 한 번도 없을 것이다. 아마 키스도 해본 적이 없지 않을까? 앞으로도 15년 동안 계속 그럴 것이다.

그런 생각을 하자 나오키는 새삼 가슴이 아팠다.

2

숙소로 돌아오니 안이 소란스러웠다. 나오키는 고개를 갸웃거리며 문을 열었다. 현관 입구에 낯선 구두가 놓여 있었다. 모두 다 무척 허름한 신발들이다.

미닫이문을 열고 소리가 나는 방 안을 들여다보았다. 낯선 남자가 다리를 개고 앉아 웃고 있다. 술을 꽤 마신 모양이다.

그 방에는 이번 달부터 젊은 남자가 들어와 살고 있었다. 젊다고는 하지만 나오키보다 연배가 꽤 위일 것이다. 머리를 갈색으로 염색한 키가 큰 남자였다. 이름은 구라타라고 했다.

나오키가 자기 방으로 들어가려 하자 어이, 하며 말을 걸어왔다. 뒤를 돌아보니 구라타가 고개를 내밀었다.

"친구랑 마시는 중이야. 한잔할 텐가?"

"전 미성년이라서."

나오키가 말하자 구라타는 웃음을 터뜨렸다. 방 안에서도 웃는 소리가 났다.

"그런 거 신경 쓰는 녀석이 있을 줄은 몰랐군. 이거 놀라운걸."

바보 취급을 당한 것 같아 불쾌했다. 나오키는 방문을 열었다.

"잠깐."

구라타가 다시 불렀다.

"같은 숙소를 쓰게 됐으니 좀 어울려야지. 너도 옆방이 소란스러우면 불편할 거 아냐? 그러느니 함께 어울려서 이야기하는 게 재미있지 않겠어?"

그런 걸 안다면 떠들지 말라고 하고 싶었다. 하지만 앞으로 매일 얼굴을 봐야 할 사람과 불편한 관계를 만들고 싶지는 않았다.

"그럼 잠깐 실례할게요."

구라타의 방에는 세 명의 낯선 얼굴이 있었다. 다들 계절노동자로 구라타와는 이 기숙사에서 알게 되었다고 했다. 각자 캔 맥주와 잔술을 손에 들고 있었다. 과자나 안주 종류가 한가운데 놓여 있다.

물론 나오키도 술을 마셔본 적이 없지는 않다. 츠요시가 월급을 받은 날이면 자주 맥주로 축배를 들곤 했다. 그러나 츠요시가 체포된 뒤 술을 입에 댄 적이 없다. 오래간만에 마시는 캔 맥주 맛에 혀가 살짝 저렸다.

"어차피 잠깐일 테지만 여기 있는 동안은 사이좋게 지내자고. 계절노동자라고 해서 기죽을 필요 없어. 정사원 녀석들한테 머리를 꾸뻑꾸뻑 조아릴 필요도 없고. 우린 우리대로 뭉치면 되는 거야."

술기운이 오르자 구라타의 목소리가 커졌다.

"맞아. 사실 우리 뱃속이 더 편하지. 출세 따윈 저만치 있어도 대신 책임이 없잖아. 정사원 녀석들은 불량품이 조금 나올 때마다 얼굴이 새파래지지만 우리 입장에서야 좋지. 생산라인이 아무리 멈춰도 시간만 흐르면 월급은 나오니까."

"그렇지. 계약한 기간 동안만 무사히 근무하면 되는 거야. 그다음엔 마음에 안 들었던 녀석을 두들겨 패건 어쩌건 멋대로 해도 돼."

구라타의 말에 다른 세 사람도 웃었다. 모두 다 혀가 꼬여 있었다.

"형씨도 더 마셔. 마시고 뱃속에 있는 걸 털어놓자고."

나오키 옆에 있던 남자가 억지로 컵을 쥐어주었다. 거기에 일본술을 따랐다. 나오키는 할 수 없이 한 모금 마셨다. 알코올 냄새가 유난히 독한 술이었다.

"그 친구는 계절노동자가 아니야."

구라타가 말했다.

"하청 고철업체 직원이지."

"흐음, 그래? 달리 더 좋은 일이 없었나? 고졸은 쳐주지도 않나보군?"

그렇게 말하고 남자가 으헤헤헤, 하고 묘하게 웃었다.

나오키는 일어섰다.

"그럼 전 이만 자겠습니다."

뭐야, 친해지기 까다롭군, 하는 소리를 무시하고 방을 나가려 했다.

"어, 뭐야, 이건? 여자한테 온 러브레터인가?"

나오키는 주머니를 뒤졌다. 츠요시의 편지가 없다는 것을 깨달았다.

옆에 있던 사내가 봉투를 주워 들고 있었다. 나오키는 말없이 그것을 빼앗았다.

"뭘 그래? 쑥스러워하기는. 좋겠군."

구라타가 입을 삐죽거리며 웃었다.

"형 편집니다."

"형? 빤한 거짓말 하지 마. 나한테도 동생이 있지만 편지를 쓸 생각은 한 번도 해본 적이 없어."

"거짓말 아닙니다."

"그럼 보여줘봐. 내용은 읽지 않을 테니까."

구라타가 손을 내밀었다.

나오키는 잠깐 생각한 뒤 물었다.

"정말 안 읽을 거죠?"

"읽지 않아. 그런 쩨쩨한 거짓말은 하지 않는다니까."

나오키는 한숨을 쉬고 나서 편지를 내밀었다. 구라타는 바로 봉투 뒤를 보았다.

"흐음, 일단 남자 이름이로군."

"형이니 당연하죠."

구라타의 표정이 살짝 변했다. 얼굴에서 웃음이 사라졌다.

"이제 됐죠?"

나오키는 봉투를 돌려받았다. 그대로 방을 나가려고 했다.

그때 구라타가 말했다.

"무슨 짓을 한 거지?"

"예?"

"형 말이야. 무슨 짓을 해서 잡힌 거야? 감옥에 갇혀 있잖아."

다른 세 사람의 안색이 변했다.

나오키가 대답을 하지 않자 구라타가 말을 이었다.

"그 주소는 지바에 있는 교도소야. 나도 옛날에 거기 있던 녀석한테 편지를 받은 적이 있어. 그래, 무슨 짓을 했어? 살인인가?"

"뭐든 상관없잖아요. 당신하곤 관계없는 일이에요."

"말하면 어디가 덧나나? 아니면 아주 나쁜 죄를 지어서 그러나?"

"성폭행이라거나."

구라타 옆에 있던 남자가 그렇게 말하며 픽 웃더니 입을 가렸다.

구라타는 그 남자를 쏘아보고 나서 다시 나오키를 올려다보았다.

"무슨 짓을 한 거야?"

나오키는 크게 한숨을 쉬고 퉁명스럽게 내뱉었다.

"살인강도."

구라타 옆에 있는 사내의 얼굴에서 웃음이 싹 가셨다. 구라타 역시 놀란 듯 바로 입을 열지 못했다.

"그래? 대단하군. 무기징역인가?"

"15년."

"흐음. 초범이고 정상 참작의 여지가 있었다는 건가?"

"형은 살인을 할 생각이 없었어요. 돈을 훔치면 바로 나올 생각이었어요."

"그런데 집주인한테 들켜서 얼떨결에 죽였겠군. 흔히 있는 이야기지."

"할머니는 안에서 자고 있었어요. 형은 몸이 좋지 않아 바로 도망칠 수 없었고, 할머니가 경찰에 신고하는 것을 막으려다가."

나오키는 거기까지 말하고 나서 고개를 저었다. 이런 녀석들한테 이야기해봐야 아무 소용도 없는 일이라는 생각이 들었기 때문이다.

"멍청하군."

구라타가 슬쩍 말했다.

"뭐라고?"

"멍청하다고 했어. 강도짓을 할 용기가 있다면 집에 숨어들어간 뒤 누가 있는지 없는지 제일 먼저 확인했어야지. 할머니가 자고 있었잖아? 그렇다면 먼저 죽였어야지. 그래야 느긋하게 돈이 될 만한 물건을 뒤질 수 있고, 여유 있게 도망칠 수도 있는 거야."

"형은 사람을 죽일 생각이 없었다고 했잖아."

"그렇지만 결국 죽였잖아? 죽일 마음이 없다면 얼른 도망치면 됐지. 잡혀봤자 징역도 오래 살지 않을 거고. 어차피 죽일 거라면 일찌감치 죽였어야 했다는 거야. 머리가 나쁜 거 아니야?"

구라타의 마지막 말에 나오키는 온몸에서 열이 확 올랐다.

"누구 이야기를 하는 거야?"

"네 형. 여기가 이상한 거 아니냐고."

구라타가 자기 머리를 손가락으로 쿡쿡 찌르는 것을 보고 나오키는 그에게 달려들었다.

3

다음 날 나오키는 일을 하러 가지 않았다. 회사에서 연락이 와 마치다에 있는 사무실로 불려갔기 때문이다. 3층짜리 작고 낡은 건물 2층이 사무실이었다. 그래봤자 사장인 후쿠모토와 도수 높은 안경을 쓴 중년의 여직원이 있을 뿐이었다.

호출한 이유는 알고 있었다. 기숙사에서 구라타와 싸웠다는 이야기를 들었을 것이다. 서로 주먹질만 했으면 좋았을 텐데 유리창을 깬 것이 문제였다. 아래층 방에 있는 사람이 기숙사 사감에게 연락해 소동이 커져버렸던 것이다.

후쿠모토는 왜 싸웠는지 묻지 않았다. 나오키의 얼굴을 보자마자 한 말은 또다시 싸우면 자르겠다는 소리였다.

"도자이자동차 복지과에는 내가 사과했어. 유리창 값은 자네 급여에서 제할게. 알겠나?"

"폐를 끼쳐 죄송합니다."

"정말 요란하게 싸웠군. 거울은 봤나?"

"죄송합니다."

얼굴 반쪽이 부어 있다는 것은 오늘 아침 거울을 보기 전에 느꼈다. 입안도 찢어졌고, 실은 말을 하기도 불편했다.

후쿠모토는 의자에 기대어 나오키의 얼굴을 올려다보았다.

"그래, 다케시마, 자네 앞으로 어쩔 작정이야?"

무슨 소리를 하는 건지 몰라 나오키는 말없이 사장의 얼굴을 쳐다보았다.

"이런 데서 계속 일하다가는 장래가 없어. 내가 이런 이야기를 하는 건 이상하지만 젊은 사람이 할 일이 아니지."

"그렇지만 달리 써주는 곳이 없어서요."

"그런 소리를 하자는 게 아니야. 지금처럼 하루 벌어 하루 먹고 살다가는 좋을 게 없다는 얘기지. 여긴 아무 데도 갈 곳이 없고 희망도 없는 인간들이 모인 곳이야. 너하고 고철을 수집하고 있는 다테노 말인데, 그 사람도 원래는 유랑극단 소속 엔카 가수였어. 음반도 낸 적이 있다더군. 하지만 제대로 풀리지 않아서 저 모양이 되었지. 젊어서 성공을 했다면 얼마든지 살아갈 길이 있었을 거야. 그래도 그 녀석은 낫지. 자기가 좋아하는 일을 하고 싶은 만큼 해봤으니. 그렇지만 넌 앞날이 구만리잖아? 우리 같은 회사에서 계속 빈둥거리다가 어쩌려고 그래? 응?"

후쿠모토가 이런 이야기를 꺼내리라고는 예상하지 못했기 때문에 나오키로서는 의외였다. 처음 소개받을 때 이후로 제대로 이야기를 나눈 적이 없었다.

어쩌려고 그래? 라는 질문에 나오키는 대답할 말이 없었다. 지금은 그저 먹고살기도 빠듯했다.

대답이 없자 뭐 됐어, 하며 후쿠모토가 파리를 쫓듯이 손을 내저었다.

"한번 천천히 생각해볼 문제야. 오늘은 작업하러 가지 않아도 돼. 아니, 그게 아니라 오늘은 기숙사에서 근신하고 있어. 알았나?"

"알겠습니다."

죄송합니다, 하고 다시 한 번 고개를 숙인 뒤 사무실을 나왔다.

기숙사에 돌아오는 동안 후쿠모토가 한 말을 되새겨보았다. 고등학교 졸업 이후 내내 머리 한구석에 자리 잡고 있던 것을 지적받은 느낌이었다. 스스로도 지금 이대로 살면 안 된다는 생각은 했다. 자기 같은 또래 젊은 애들이 공장에서 일하는 걸 보고 초조함을 느끼는 것도 사실이다. 하지만 어떻게 해야 지금 상태에서 벗어날 수 있을지 알 수가 없었다.

기숙사에 돌아오니 현관에 구라타의 신발이 있었다. 회사에 갈 때 늘 신는 구두였다. 그도 오늘은 쉬는 모양이다. 어쩌면 나오지 말라는 이야기를 들었는지도 모른다.

얼굴을 마주치고 싶지 않아 나오키는 자기 방으로 들어갔다. 화장실 갈 때도 조심해야겠다는 생각을 했다. 그때 구라타의 방문 열리는 소리가 났다. 이어서 나오키의 방문을 노크하는 소리가 들렸다.

"어이, 나야."

나오키는 약간 긴장하며 문을 살짝 열었다. 눈 위에 반창고를 붙인 구라타가 턱을 내밀고 서 있었다.

"뭐야?"

구라타가 옆을 보며 흥, 하고 코웃음을 쳤다.

"그렇게 귀찮다는 표정 짓지 마. 또 싸우자는 건 아니니까."

"그럼 뭐야?"

"너 수학은 어땠어?"

"수학? 수학은 왜?"

"성적 말이야. 좋은 편이었나? 아니면 잘 못했나?"

"별로……."

나오키는 고개를 갸웃거렸다. 갑자기 뜬금없는 화제를 꺼내는 바람에 당황했다.

"잘 못하지는 않았어. 원래 이과 계통 대학에 갈 생각이었으니까."

"그래?"

구라타가 입안에서 혀를 움직이는 것이 뺨에 나타났다. 뭔가를 생각하는 모양이다.

"그게 어쨌다는 거야?"

"아, 그냥."

구라타는 삐죽삐죽 수염이 솟은 턱을 손가락 끝으로 긁었다.

"잠깐 시간 있나?"

"시간? 없는 건 아니지만……."

"그럼 이쪽으로 좀 와줄래? 부탁하고 싶은 게 있어서."

"무슨 일인데?"

"와보면 알아."

나오키는 잠깐 생각했다. 구라타와는 한동안 함께 지내야 하기 때문에 껄끄러운 감정은 빨리 씻어내고 싶었다. 아마 구라타도 그런 생각으로 문을 노크했을 것이다. 설마 뭔가 다른 꿍꿍이가 있을 거라고는 생각할 수 없었다.

"알았어."

문을 활짝 열고 방을 나섰다.

당연히 구라타의 방 유리창은 깨진 상태 그대로였다. 깨진 곳을 골판지 상자로 덧대놓았다. 사과할까 싶었지만 말이 나오지 않았다.

그보다 나오키의 눈에 들어온 건 앉은뱅이책상 위에 놓여 있는 것들이었다. 고등학생들이 쓰는 참고서가 여러 권 놓여 있고 노트가 펼쳐져 있었다. 필기도구도 놓여 있다.

나오키가 쳐다보자, 구라타는 멋쩍은 듯이 얼굴을 찡그렸다.

"이 나이에 이런 걸 하고 싶지는 않은데."

구라타가 앉은뱅이책상 앞에 앉았다. 나오키도 마주보는 자리에 책상다리를 하고 앉았다.

"정시제 고등학교에라도 다니는 거야?"

나오키의 물음에 구라타는 몸을 흔들며 웃었다.

"그럴 여유는 없지. 이제 와서 고등학교에 간다면 또 3년 남짓 걸릴 거 아닌가? 그러면 서른 살이 넘어서 졸업하게 될 텐데."

"그럼……"

"검정고시. 알잖아?"

"아아."

나오키는 고개를 끄덕였다. 물론 알고 있다. 대학입학자격 검정고시를 말하는 것이다. 고등학교를 마치지 않은 사람이라도 그 시험에 합격하면 대학에 응시할 수가 있다.

구라타가 문제 가운데 하나를 손가락으로 가리켰다.

"이 문제에서 걸렸어. 설명을 읽어도 도무지 이해가 안 되네."

나오키는 그 문제를 읽어보았다. 삼각함수였다. 이런 문제를 풀어본 지가 무척 오래된 기분이 들었다. 하지만 푸는 방법은 금방 떠올랐다.

"어때?"

"응, 풀 수 있을 것 같은데."

나오키는 샤프펜슬을 빌려 구라타의 노트에 문제를 풀기 시작했다. 수학은 자신이 있었다. 문제를 풀다보니 공부하던 시절이 그리워졌다. 배운 것을 까먹지 않았다는 걸 확인할 수 있어 기쁘기도 했다.

"대단하군. 맞았네."

문제집 뒤의 해답과 비교해보더니 구라타가 감탄했다.

"다행이네."

나오키는 마음이 놓였다.

"고등학교 안 다녔어?"

"고등학교 때 담임을 두들겨 팼어. 그래서 퇴학당했지."

"왜 이제 와서 대학을 가려는 거지?"

"그런 건 상관 말고. 그보다 이것 좀 가르쳐줘."

나오키는 구라타 옆으로 옮겨 앉아 문제 풀이 방법에 대해 설명해주었다. 별로 어려운 문제가 아닌데도 구라타는 새로운 발견이라도 한 것처럼 대단하구나, 너, 라는 소리를 반복했다.

그런 식으로 몇 문제를 더 푼 뒤, 잠깐 쉬자며 구라타가 담배를 피우기 시작했다. 나오키는 옆에 있던 남성 주간지를 뒤적였다.

"날씨가 좋군."

담배를 피우면서 구라타가 창밖으로 눈을 돌렸다.

"평일 낮에 이렇게 느긋하게 쉬는 게 몇 년 만인지. 쉴 시간이 있으면 아르바이트를 해야 했으니까. 남들이 일할 때 쉰다는 건 기분 좋아. 물론 이번 같은 일은 다시 일어나지 말아야 하지만."

그 말에 나오키도 웃었다.

구라타가 짧아진 담배를 재떨이에 비벼 끄고 나서 말했다.

"꼬마가 있어."

"응?"

"자식이 있다고. 당연히 마누라도 있고. 하지만 아르바이트나 계절노동자 일자리만으로는 먹여 살릴 수가 없지."

"그래서 대학에······?"

"내 나이에 앞으로 대학을 나와봤자 번듯한 직장에 취직할 수도 없을 거야. 하지만 지금보다는 나아질 것 같아서 말이야."

"그렇군."

"난 늘 허튼 길만 걸었어. 그때 담임선생을 때리지만 않았어도 고등학교는 나왔겠지. 고3이었으니까. 웃기지? 아니, 퇴학당한 뒤에 얼른 다른 고등학교로 슬쩍 전학하거나 대입 검정고시를 치렀다면 좋았을 텐데. 하지만 난 바보였어. 형편없는 녀석들과 어울리게 되었지. 폭주족 같은 패거리에 들어가기도 하고 말이야. 그러다 결국 사고를 내고 말았어."

무슨 사고였냐고 묻는 대신 나오키는 눈을 깜빡거렸다.

"싸움을 하다 상대방을 찔러버렸어. 그래서 감옥에 끌려갔지. 지바에 있는 교도소에 말이야."

그렇게 말하며 구라타는 픽 웃었다.

"어제 이야기……. 친구가 아니라 자기 이야기였어?"

"나도 편지를 썼지. 사귀던 여자애가 있어서. 내가 없는 동안 어떻게 지낼지 걱정이 돼서 견딜 수가 없었어."

츠요시의 편지에 적혀 있던 그대로라는 생각이 들었다.

"그 사람이 지금 부인?"

나오키가 묻자 구라타는 손사래를 쳤다.

"지금 아내하고는 교도소에서 나온 뒤 알게 되었어. 그쪽도 소년원 출신이니까 서로 어울리는 커플인 셈이지. 하지만 자식이 있는데 부부가 계속 멍청이 짓만 하고 있을 수는 없잖아. 자식이 불쌍하니까."

나오키는 남성 주간지로 눈길을 떨어뜨렸다. 하지만 그걸 보고 있었던 것은 아니다.

"대학에 갈 생각은 없었니?"

구라타가 물었다.

"가고 싶었어. 형이 그렇게 되지만 않았어도 갈 수 있었을지 모르지."

나오키는 부모님이 돌아가신 이야기와 모든 생계를 츠요시가 꾸렸다는 이야기를 했다. 구라타는 두 번째 담배를 피우면서 말없이 듣고 있었다.

"너도 참 딱하게 되었구나."

구라타가 말했다.

"이러니저러니 해도 내 경우야 자업자득이지. 하지만 넌 네가 잘못한 게 아니잖아? 그렇지만 난 이해가 안 되네."

"뭐가?"

"꿈을 버린다는 것 말이야. 다른 녀석들에 비하면 훨씬 더 어려운 길일지 모르지만 그 길이 아주 사라져버린 건 아니라고 생각하는데."

나오키는 그런가? 하고 중얼거렸다. 말이야 쉽지, 하는 생각에 속으로는 반발심이 일었다.

"하긴 이런 소릴 하는 나도 언제 포기할지 모르지만 말이야."

구라타가 방 한구석에 놓인 가방에서 지갑을 꺼냈다. 거기서 한 장의 사진을 꺼냈다.

"두 살이야. 꽤 귀엽지? 지쳤을 땐 이 사진을 봐."

헐렁한 핫피(法被 : 일꾼들이 입는 헐렁한 일본식 옷)를 입은 젊은 여자가 자그마한 어린애를 안고 있는 사진이었다.

"부인?"

"그래. 이자카야에서 아르바이트를 하고 있어. 내 벌이만으로는 먹고살기 힘드니까."

"착한 부인이네."

구라타가 계면쩍은 듯 쓴웃음을 지었다.

"마지막에 의지할 수 있는 건 역시 가족이지. 가족이 있어서 견뎌낼 수 있어."

사진을 집어넣고 다시 나오키를 바라보았다.

"면회는 하러 가?"

"아니……."

"한 번도?"

"지바로 옮기고 나서는."

"옳지 않아."

구라타가 고개를 저었다.

"그 안에 있는 사람들은 누가 만나러 와주기를 애타게 기다리지. 가족이 있는 사람은 특히 그래. 그럼 편지 답장도 제대로 안 쓰는 거야?"

사실이 그랬기 때문에 나오키는 고개를 숙였다.

"원망하고 있어, 형이 한 짓을?"

"그렇지는 않아."

"원망하는 마음이 없을 수는 없겠지. 그게 사람이니까 말이야. 하지만 형을 버릴 수는 없잖아. 그래서 어젯밤에 나를 때렸고. 안 그래?"

나오키는 고개를 저었다.

"모르겠어."

"형을 위해 누구와 싸울 힘이 있다면 편지 정도는 써줘. 자꾸 귀찮게 이야기하는 것 같지만, 그 안에 있으면 너무 쓸쓸해. 미쳐버릴 정도로."

구라타가 진지한 눈빛으로 말했다.

나오키가 그에게 공부를 가르쳐준 것은 그날이 처음이자 마지막이었다. 아니, 그 뒤에는 이야기를 나눈 일도 없었다. 구라타는 야근이 많아 나오키와 늘 시간이 엇갈렸다.

그리고 2주 정도 지난 어느 날, 기숙사에 돌아와 보니 구라타의 짐이 없었다. 사감실에 가서 물어보니 취업 계약 기간이 끝났을 뿐이라고 했다. 나오키는 기운이 빠졌다. 구라타에게 교도소 안의 일에 관해 한번 시간을 갖고 물어보고 싶었기 때문이다.

방으로 돌아와 화장실에 가려고 하는데 문 앞에 책 몇 권이 묶인 채로 놓여 있었다. 살펴보니 고등학교 참고서였다. 구라타가 쓰던 것인 모양이다. 깜빡 두고 간 건지, 버릴 생각으로 두고 간 건지는 알 수 없었다. 구라타에게 이게 없으면 곤란하지 않을까 하는 생각이 들었다.

혹시 가지러 올지도 모른다는 생각에 그대로 놔두었다. 하지만 며칠이 지나도 구라타는 나타나지 않았다. 아마도 깜빡 잊고 간 게 아닌 모양이다.

이윽고 새 입주자가 들어왔다. 게다가 두 사람이었기 때문에 비어 있던 방이 전부 찼다. 양쪽 다 40대 초반으로 규슈에서 왔다고 했다. 어느 날 그중 한 명이 나오키의 방을 노크했다. 화장실 앞에 놔둔 책을 좀 치워달라고 했다. 자기 책이 아니라고 하려다 그 말을 삼키고 방으로 가져왔다. 아무래도 내다 버리기엔 마음이 걸렸다.

나오키는 끈을 가위로 자르고 제일 위에 있는 책을 집어 들었다. 일본 역사 참고서였다. 고등학교 2학년 때 배운 게 생각나 페이지를 뒤적였다. 구라타가 군데군데 밑줄을 그어놓았다.

영어, 수학, 국어 등등 모든 참고서가 두루 갖춰져 있었다. 대부분의 페이지에 구라타의 공부 흔적이 남아 있다. 야간 근무를 하면서도 휴일에는 쉬지 않고 공부를 했다는 걸 알 수 있었다. 순간 나오키는 깜짝 놀랐다. 자기보다 구라타가 훨씬 힘든 게 아닐까? 그에게는 부양해야 할 가족이 있다.

나오키는 이내 고개를 저었다. 들고 있던 참고서를 내던졌다.

구라타는 어른이다. 자기보다 열 살 가까이 위다. 그만큼 사회를 살아가는 요령도 알고 있다. 그렇기 때문에 가능한 것이다. 지금 자신은 먹고살기도 빠듯하다. 그리고 자기에겐 구라타의 아내처럼 의지할 사람도 없다.

길이 아주 사라져버린 건 아니라고 생각하는데 구라타의 말이 문득 되살아났다. 그걸 떨쳐버리려고 나오키는 참고서 더미를 밀어 무너뜨렸다. 네가 뭘 안다고.

그때 참고서 밑에 있던 얇은 책자가 보였다. 참고서나 문제집은 아닌 것 같았다.

나오키는 그걸 집어 들었다. 〈부보(部報)〉라는 제목이 붙어 있었다. 제목만으로는 무슨 책인지 알 수가 없었다. 표지 아래 부분에 이런 글씨가 인쇄되어 있었다.

데이토대학 통신교육부.

4

나오키, 잘 지내니?

지난번 보내준 편지 고맙게 잘 받아보았다. 네 편지를 받아보는 게 오래간만이라 기뻤다.

그렇지만 안에 적혀 있는 내용을 읽고 더욱 기뻤단다. 꿈이 아닐까 생각될 정도였어. 이런 소리를 하면 화를 낼지 모르지만 나를 기쁘게 해주려고 거짓말을 적은 게 아닌지 의심이 들 정도였단다.

그렇지만 정말이겠지? 넌 대학에 갈 거지?

통신교육부라는 게 뭔지 솔직히 난 잘 몰라. 통신교육이라고 하면, 가라테 통신교육 같은 게 떠오른단다. 중학교 때 그런 녀석이 있었지. 통신교육으로 가라테를 배운다는 녀석이. 아마 그건 사기였을 거라고 생각하지만, 네가 하는 건 그런 이상한 게 아니겠지? 어엿한 대학이겠지?

그런 게 있다는 것도 몰랐다. 시험을 치르지 않아도 된다고 하니 다행 아니니? 너는 지금 무척 바쁘니 도저히 입시 공부 같은 건 할 시간이 없겠지.

일하면서 대학에 다닌다는 것도 괜찮구나. 자기 형편에 따라 여러 가지 공부를 할 수 있잖아. 회사가 쉬는 날 몰아서 후다닥 정리를 할 수도 있을 테고.

그렇지만 내가 제일 기쁜 것은 네가 그런 생각을 했다는 거야. 내가 이런 꼴이 되었기 때문에 모든 일이 다 틀어져 네가 분명히 풀이 죽어 있을 거라고 생각했거든. 큰 결심을 해주었다고 생각한다.

난 아무것도 해줄 수가 없지만 응원은 할게. 내가 응원

한다고 해봤자 아무 도움도 되지 않을 테지만 말이야.

요즘 날이 추워졌다. 건강에 신경 쓰도록 해라. 건강을
잃으면 모든 게 소용없다.

나는 그럭저럭 지낸다. 기계를 다루는 일에는 완전히
익숙해졌다. 약간 재미가 들었다고나 해야 할까?

또 편지 쓰마. 바쁠 테니 무리해서 답장을 쓸 것까지는
없다.

츠요시

추신 : 오가타 씨 묘소 참배는 어떻게 했니?

늘 똑같은 하루하루가 이어졌다. 아침에 일어나 공장에 가
서 폐기물을 처리하고 돌아온다. 식당에서 식사를 마치고 목
욕을 한 뒤에는 한 시간 정도 텔레비전을 본다. 그리고 구라
타가 남기고 간 고등학교 참고서와 문제집으로 공부를 했다.
까먹은 게 많았지만 1년 전까지만 해도 열심히 공부하던 내
용이라 다시 외우는 데는 그리 많은 시간이 걸리지 않았다.

대학의 통신교육부에 입학하는 덴 시험이 필요 없다. 서류
전형뿐이었다. 그런데도 나오키가 고등학교 공부를 다시 하
는 것은 예전의 학력을 되찾고 싶었기 때문이다. 대학생이
되면 그걸 바탕으로 지식을 더욱 높은 수준으로 끌어올리고
싶었다.

구라타가 왜 데이토대학 통신교육부 책자를 두고 갔는지는
알 수 없다. 단순히 생각하면 대입 검정시험에 합격한 뒤 통
신교육부에 입학하려고 갖고 있었을 수도 있다. 하지만 나오
키는 구라타에게 다른 의도가 있었던 거라고 생각할 수밖에
없었다. 어쩌면 장래에 대해 절망하고 있는 나오키에게 이런
방법도 있다는 걸 알려주고 싶어서 일부러 남겨두고 간 게
아닐까? 그걸 참고서 안에 끼워둔 것은 일종의 도박이었을
것이다. 만약 나오키가 입시 공부에 관심이 없다면 묶어놓은
참고서를 일부러 꺼내볼 일도 없을 테고, 그 책자도 발견하
지 못했을 것이다. 그렇다면 그걸로 그만이라는 게 구라타의
생각 아니었을까? 하지만 만약 나오키에게 다시 한 번 공부
해보자는 생각이 남아 있다면 그 참고서를 그대로 버릴 리가
없다. 펼쳐볼 게 틀림없다. 그리고 그 책자를 발견할 것이다.
  지나친 생각일지도 모른다. 이제 정확한 뜻을 알 길이 없게
됐지만, 나오키는 구라타가 호의를 베푼 거라고 해석하기로
했다. 구라타는 나오키의 고뇌를 이해해준 첫 번째 사람이었
기 때문이다.
  구라타가 남겨둔 〈부보〉라는 책자 안에 엽서가 한 장 붙어
있었다. 입학안내 신청 엽서였다. 나오키는 그것을 조심스럽
게 잘라냈다. 입학안내서 수령자 칸에 이름을 적어 넣을 때
는 기분 좋은 긴장감을 느꼈다. '입학'이라는 단어를 보는 것

만으로도 가벼운 흥분이 느껴졌다.

얼마 지나지 않아 도착한 입학안내서를 설레는 가슴을 안고 펼쳐보았다. 옛날 어떤 연재만화의 마지막 회를 보기 위해 서점에 가서 선 채로 그걸 읽을 때 숨결이 거칠어지는 것을 겨우 참은 적이 있는데, 그때와는 비교도 되지 않을 정도로 가슴이 뛰었다.

통신교육부의 시스템은 별로 복잡하지 않았다. 기본적으로 대학에서 보내주는 교재를 사용해 각자 공부를 하고, 그 성과를 리포트 같은 형태로 학교에 보내면 그것에 대해 지도를 받을 수 있다. 그걸 반복함으로써 학점을 취득한다. 물론 재택 학습만으로는 불충분하기 때문에 일정한 학점은 스쿨링이라 불리는 출석 수업을 받아야 한다. 하지만 선택할 수 있는 커리큘럼이 다양해, 시간이 없는 사람이라도 프로그램을 잘 짜면 수강할 수 있다.

입학 형태는 정규생과 과목 이수생 두 가지가 있었다. 학사 학위를 취득할 수 있는 것은 정규생이다. 나오키는 그 부분을 꼼꼼하게 읽었다. 학사. 포기했던 단어.

입학 자격에 문제는 없다. 필요한 서류도 갖출 수 있을 것이다. 서류전형이라고 하지만 아마 검토 자료는 성적표가 될 것이다. 그것은 별 문제가 없다.

나오키의 눈길이 다음과 같은 문장에 머물렀다.

필요에 따라 면접을 실시합니다.

필요에 따라서라니, 무슨 소리지? 가족 가운데 범죄자가 있을 경우에는 어떻게 되는 걸까?

나오키는 고개를 저었다. 가족이 교도소에 있다고 해서 대학에 못 들어갈 리가 없다. 그런 데 신경 쓰는 것 자체가 형에게 미안한 짓이라는 생각이 들었다.

그보다 비용 문제가 걱정이었다. 응시료를 포함해, 입학하기 위해서는 10만 엔 가까이 돈이 든다. 그뿐만이 아니다. 스쿨링을 할 때마다 별도로 비용이 필요한 모양이다.

어떻게든 마련해야지.

대학에 가기 위해서는 돈이 필요하다. 그건 너무도 잘 알고 있다. 예전엔 형한테 의지했었다. 형은 책임감을 느끼고 초조한 마음에 그런 범죄를 저지른 것이다.

나오키는 자신이 한심해서 그런 비극을 불러왔다고 생각했다. 대학에 갈 사람은 형이 아니라 자신이다. 그러니 스스로 돈을 벌어야 한다. 한 해 전엔 못했던 것을 이제는 실행해야 한다.

12월로 접어든 어느 날, 나오키는 오래간만에 모교를 찾아갔다. 학교 풍경은 1년 전과 조금도 변하지 않았다. 변한 것이라고는 학생들의 얼굴뿐이었다.

나오키의 얼굴을 보고 우메무라 선생이 야위었다는 말을

했다. 하지만 바로 이렇게 덧붙였다.

"그래도 안색은 좋은 것 같은데. 건강하게 잘 지내냐?"

그럭저럭 지낸다고 대답했다. 그리고 여러 모로 신경 써줘서 고맙다는 인사를 하고 진학 문제를 꺼냈다. 우메무라는 의외라는 듯 제자의 얼굴을 바라보았다.

"통신교육이라. 분명 그런 길이 있지."

"선생님은 당연히 전부터 알고 계셨겠죠?"

"알고 있었지. 하지만 그 무렵 너한테는 도저히 권할 수가 없었어. 그럴 상황이 아니었기 때문에."

나오키는 고개를 끄덕였다. 먹고살 길을 찾기에도 벅찼던 것이다.

"그런데 통신교육이라면 학부가 한정되어 있는데. 넌 공학부 지망이었잖니……?"

통신교육부를 두고 있는 대학은 몇 군데 되지만 이과 학부는 거의 없다. 공학부는 전혀 없었다.

"알고 있습니다. 전 경제학부에 갈 겁니다."

"경제? 그렇다면 괜찮을지도 모르겠구나. 성적표를 준비해줄게."

우메무라는 나오키의 어깨를 두드리며 열심히 하라고 말했다.

학교에서 기숙사로 돌아오는 길에 시부야에 들렀다. 거리는 화사한 표정을 한 젊은이들로 넘쳐났다. 쇼윈도에는 크리스마스 장식이 나와 있었다.

지난해 크리스마스 때와는 크게 다르다는 느낌이 들었다. 지난해 이맘때쯤에는 크리스마스 따위는 없었으면 좋겠다고 생각했다. 하지만 지금은 자기 마음도 들떠 있는 듯했다.

내내 캄캄한 동굴 속을 헤매다가 간신히 희미한 빛을 발견한 기분이 들었다. 달리 아무런 희망도 없다. 그렇다면 그 실낱같은 빛줄기를 따라갈 수밖에 없다.

5

회사가 연말 휴가에 들어갔다. 기숙사에서는 계속해서 사람들이 빠져나갔지만 나오키만은 남아 있었다. 다행히 기숙사 식당이나 목욕탕은 문을 닫지 않았다.

크리스마스도, 섣달그믐도, 설날도 나오키는 혼자 지냈다. 다른 해와 전혀 다를 게 없었지만 기분은 전혀 달랐다. 그에게는 목표가 있었다. 그걸 달성하기 위해 시간이 허락되는 한 공부하고 책이나 신문을 읽었다. 마음은 이미 대학생이었다.

올해엔 또 하나 다른 것이 있었다. 크리스마스에는 카드가, 그리고 설에는 연하장이 왔다. 둘 다 같은 사람이 보낸 것이었다. 시라이시 유미코라고 적혀 있었다. 그 이름을 처음 보았을 때는 누군지 잘 생각이 나지 않았다. 하지만 젊은 여자가 쓴 것으로 보이는 동글동글한 글씨체를 보다가 기억이 났다. 이따금 버스에서 만나던 그 여자. 언젠가 사과를 줬던 그 아가씨였다.

요즘에는 그녀를 만난 적이 없었다. 같은 버스를 타지 않았기 때문이다. 점심시간에 마주치는 일도 없었다. 크리스마스카드를 받았을 때는 어떻게 된 걸까, 하는 생각이 들었다.

산타클로스와 루돌프가 그려져 있는 크리스마스카드에는 '메리 크리스마스. 넌 어디서 크리스마스를 지낼 거니?'라고, 설날 떡 그림이 그려진 연하장에는 '새해 복 많이 받아. 희망찬 한 해가 되기를 바라며. 우리 힘차게 시작하자.'라고 쓰여 있을 뿐이었다. 둘 다 주소가 적혀 있었지만 나오키는 답장을 보내지 않았다. 그녀에 대해 아무것도 모르고, 별로 친하지도 않다고 생각했기 때문이다. 그나저나 도대체 어떻게 주소를 알아낸 걸까.

내신 성적표를 떼기 위해 몇 차례 모교에 가야 했다. 때로는 동창생들과 마주치기도 했다. 그들은 재수를 하고 있었다. 그중엔 말을 걸어오는 녀석도 있었지만, 대부분 나오키를 피했다. 그 애들이 자기를 싫어해서 그러는 게 아니라는 걸 나오키는 잘 알고 있었다. 그들에겐 지금이 중요한 시기다. 조금이라도 골치 아픈 일에 휘말릴 우려가 있다면 가까이하지 않는 게 당연한지도 몰랐다.

2월이 되자 각 대학의 입시가 본격적으로 시작되었다. 대학 입시에 관한 기사나 뉴스를 접할 기회가 많아졌지만, 올해는 열등감과 허무감을 맛보지 않고 넘어갈 수 있었다. 심지어는 재수한 아이들의 입시 결과가 궁금해 일부러 시간을 내서 모교를 찾아가기도 했다.

시라이시 유미코가 나오키 앞에 모습을 드러낸 것은 일을 끝내고 버스 정류장으로 걸어가고 있을 때였다. 뒤따라온 그녀가 나오키의 등을 툭 쳤다.

"연하장 받았어?"

여전히 간사이 사투리를 썼다. 둥근 뺨에 여드름 하나.

"아, 고마워."

답장을 안 쓴 이유를 뭐라고 할까 궁리하고 있는데 그녀가 나오키의 팔꿈치를 잡았다.

"잠깐만 이리로. 이리 와봐."

그러면서 나오키를 잡아당겼다.

곁길로 꺾어져 전봇대 뒤까지 데리고 갔다.

"뭐야, 대체?"

나오키가 물었다. 그녀는 짠, 하는 소리를 내며 더플코트 안에서 파란색 종이봉투를 꺼냈다. 핑크빛 스티커로 주둥이를 오므린 봉투였다.

"자, 이거."

나오키에게 그걸 내밀었다.

그게 뭔지 금방 눈치챌 수 있었다. 오늘이 밸런타인데이라는 것은 기억하고 싶지 않아도 텔레비전 같은 데서 시끄러울 정도로 떠들어댔다. 하지만 자기와는 상관없다고 생각했다. 시라이시 유미코가 이런 날 선물을 주리라고는 생각도 못했다.

"나한테?"

"그래."

그녀는 고개를 크게 끄덕였다. 그러고는 또 봐, 하며 돌아서려 했다.

"잠깐. 내 주소는 어떻게 알아낸 거지?"

그녀는 빙글 돌아서더니 방긋 웃었다.

"계절노동자들이 있는 기숙사에서 지낸다고 전에 이야기했잖아."

"그렇지만 방 호수까지는 말하지 않았는데."

그러자 그녀는 고개를 갸웃거렸다.

"글쎄, 과연 어떻게 알아냈을까? 다음에 만날 때까지 잘 생각해봐."

바이 바이, 하고 손을 흔들며 다시 걷기 시작했다. 그 뒷모습을 바라보면서 나오키는 혹서 자기를 미행한 게 아닐까 생각했다. 아니면 기숙사 사감실을 찾아가 물어봤거나.

어쨌든 좀 귀찮다는 생각을 하며 종이봉투를 내려다보았다.

기숙사에 돌아와 종이봉투를 뜯었다. 안에는 손으로 짠 장갑과 초콜릿이 들어 있었다. 카드엔 '이것만 있으면 문손잡이에서 정전기가 튈 일은 없을 거야.'라고 적혀 있었다. 나오키는 깜짝 놀랐다. 겨울이 되어 문손잡이를 만질 때마다 정전기 때문에 자주 놀라곤 했다. 그녀가 그런 것까지 알고 있다는 건 역시 뒤를 밟아 이 방 근처까지 왔다는 이야기다.

장갑은 파란색 털실로 짠 것이었다. 그녀가 좋아하는 색일지도 모른다. 끼어보니 손에 꼭 맞았다. 아주 잘 짠 장갑이었다.

좋은 걸 선물을 받았다는 생각과 함께 아무래도 좀 귀찮다는 생각이 동시에 들었다.

고등학교 시절, 딱 한 번 여자애와 사귄 적이 있다. 2학년 때였다. 상대는 같은 반 아이였는데, 피부가 놀라울 정도로 흰 자그마한 여자애였다. 몸이 그다지 건강한 편이 아니라 늘 교실에서 책만 읽었다. 그 책을 빌린 게 사귀는 계기가 되었다. 여자 탐정이 활약하는 미국 하드보일드 소설이었다. 자기가 별로 활발하게 움직일 수 없으니 거꾸로 그런 이야기에 끌린 건지도 모른다. 여주인공 이야기를 할 때면 색소 흐린 눈동자가 반짝반짝 빛나곤 했다. 그때만은 말을 아주 잘했다.

사귀었다고는 해도 대단한 일은 없었다. 그저 함께 하교하거나 집으로 가다 도서관에 들르는 정도였다. 아마 그 애 집도 별로 부유한 편은 아니었을 것이다. 돈이 드는 놀이를 제안한 적이 한 번도 없었다.

첫 키스를 한 것은 도서관에서 돌아오던 중 공원에 들렀을 때였다. 초겨울 찬바람이 불어 추운 저녁 무렵이었다. 그 애가 몸을 기대와 그대로 껴안고 입술을 맞췄다. 그 애는 전혀 뿌리치려 하지 않았다.

하지만 그 이상은 발전하지 않았다. 물론 나오키에게는 욕구가 있었다. 그 욕구를 풀 계기가 없었을 뿐이다. 그리고 그 애에게는 그런 걸 원하기 힘든 분위기가 있었다.

3학년이 되어 반이 갈리자 두 사람의 관계도 아주 자연스럽게 사그라졌다. 복도에서 만나도 서로 웃음이나 건네는 정도가 되었다. 그 애가 다른 남자애와 사귀기 시작했는지 어떤지는 알 수 없었다.

츠요시 사건은 그 애 귀에도 들어갔을 것이다. 그 이야기를 듣고 그 애는 어떤 생각이 들었을까? 나오키를 딱하게 생각했을까? 설마 아무 느낌도 없지는 않았을 것이다.

역시 계속 사귀지 않은 게 다행이라고 가슴을 쓸어내렸겠지, 나오키는 그렇게 생각했다. 그 시절을 떠올린 건 사건 이후 처음이었다.

열흘 가량 지났을 때, 공장 식당에서 시라이시 유미코와 마주쳤다. 전과 마찬가지로 그녀가 곁으로 다가왔다.

"왜 장갑 끼지 않니?"

그녀가 물었다.

"그야 회사에서는 낄 수 없으니까. 일할 때는 면장갑을 끼고."

그녀는 고개를 저었다.

"출퇴근할 때 끼면 되잖아. 애써 짜주었더니."

아마 나오키가 출근하는 모습을 지켜본 모양이다.

"날이 다시 추워지면 낄게."

"거짓말. 그럴 생각 없으면서."

유미코는 살짝 고개를 숙인 눈으로 나오키를 째려보고 나서 빙긋 웃었다.

"저어, 언제 영화 보러 가지 않을래? 나 보고 싶은 영화가 있는데."

나오키는 카레라이스를 마지막까지 먹고 스푼을 접시에 내려놓았다.

"미안하지만 난 놀 시간이 없어. 부모님도 없어서 여러 모로 힘들고."

"그건 나도 마찬가지야. 부모님은 있지만 따로 살고, 아무도 도와주지 않아."

"게다가."

나오키는 잠깐 말을 멈췄다가 다시 이었다.

"형은 교도소에 들어가 있어."

그 순간 유미코의 얼굴에서 웃음이 사라졌다.

말하고 싶지는 않았지만 이 여자에게는 해두는 편이 낫겠다고 생각했다. 자신의 어디가 어떻게 마음에 들었는지 몰라도 그녀의 순진함이 나오키에겐 고통이었다. 자기를 평범한 남자라고 생각하기 때문에 이렇게 거리낌 없이 다가오는 것이리라.

"거짓말 아니야."

멍한 표정을 짓고 있는 유미코를 바라보며 나오키는 말을 이었다.

"살인죄로 잡혀 들어갔어. 살인강도. 어떤 할머니를 죽였지."

말을 하고 나자 앓던 이가 빠진 것처럼 시원했다. 그러나 동시에 스스로에게 혐오감이 느껴지기도 했다. 대체 왜 이 여자애한테 이런 이야기를 하는 걸까?

유미코는 할 말을 찾지 못하고 나오키의 가슴께만 바라보고 있었다. 나오키는 식기 없은 쟁반을 두 손으로 들고 일어섰다. 식기 반납 창구를 향해 걸어갔다. 그녀가 따라오는 기색은 없었다.

이제 그녀가 말을 걸어오는 일은 없을 것이다.

하지만 그런 생각을 하니 왠지 약간 쓸쓸한 기분이 들었다.

3월 말, 필요한 서류를 데이토대학 통신교육부에 보냈다. 남은 일은 결과를 기다리는 것뿐이었다. 보낸 서류 가운데 츠요시에 관한 내용은 없었다. 그래도 자칫 대학 쪽에서 알게 되어, 그게 문제가 되는 게 아닐까 싶어 초조했다.

그러나 그건 쓸데없는 걱정이었다. 4월이 시작된 어느 날, 합격 통지서가 날아왔다. 나오키는 그날 바로 입학금과 기타 비용을 입금하러 갔다. 몇 달에 걸쳐 모은 돈이었다. 은행을 나오자 온몸에서 힘이 빠지는 느낌이 들었다.

얼마 지나지 않아 대학에서 교재와 자료를 보내왔다. 그걸 받은 나오키는 오랜만에 행복한 기분을 맛보았다. 자기 얼굴 사진이 붙은 학생증을 몇 번이나 꺼내보았다.

대학에 다니게 되었다는 이야기는 그때까지 회사에 알리지 않았다. 혹시 곤란해하면 그만둘 작정이었는데, 사장인 후쿠모토는 선선히 받아들였다.

"좋은 결심을 했군. 특별히 뭘 해줄 수는 없지만 편의를 봐줘야 할 때는 최대한 배려하겠네."

게다가 이렇게 덧붙이기까지 했다.

"시작한 이상 꽁무니 빼지 마. 통신교육부가 왜 입학시험이 없는지를 생각해봐. 누구나 들어갈 수 있지만 아무나 졸업할 수 있는 건 아니라는 얘기지. 일반 학생들처럼 놀면서 공부할 수는 없을 거야."

나오키는 잘 알겠습니다, 라고 대답했다.

4월 중순부터 본격적으로 대학 생활이 시작되었다. 회사 일이 끝난 뒤 기숙사에서 숙제를 하고 그것을 대학에 보냈다. 지도 결과가 온 날은 밤늦게까지 열심히 복습을 했다. 공부할 수 있다는 기쁨, 그 결과를 평가받는다는 기쁨을 태어나서 처음 맛본 것 같았다.

나오키를 그 이상으로 흥분시킨 것은 야간 스쿨링이었다. 일주일에 몇 번은 학교에 가서 실제 강의를 받았다. 계단식으로 된 교실의 길고 가느다란 책상이 나오키의 눈에는 신선해 보였다. 중학교나 고등학교 교실과는 분위기가 달랐다. 교수가 칠판에 백묵으로 뭔가를 적는 소리가 정겹게 들렸다. 거기 적힌 내용이 모두 다 소중하기만 했다.

스쿨링에는 다양한 사람들이 모였다. 일반 학생과 다를 바 없는 젊은이가 있는가 하면 양복 차림의 샐러리맨도 있었다. 주부로 보이는 중년 여자도 있었다. 나오키는 자신이 남들에게 어떻게 보일까 궁금했다.

데라오 유스케는 긴 머리를 뒤로 묶었다. 늘 검은 옷을 입고, 이따금 선글라스를 쓰기도 했다. 선글라스를 벗은 얼굴은 가지런하게 잘생겼다. 나오키는 배우나 모델이 아닐까 상상했다. 어쨌든 자기와는 인연이 먼 사람일 터였다. 첫인상이 까다로워 보였고 누구하고 이야기하는 걸 본 적도 없었다. 여자들이 그를 보고 멋있게 생겼다고 하는 소리를 들은 적은 있다.

그래서 데라오 유스케가 말을 걸어왔을 때 깜짝 놀랐다. 자기한테 말을 걸었다는 걸 깨닫는데도 시간이 약간 걸렸을 정도다.

그때 데라오 유스케는 나오키 뒤에 앉아 있었다. 커리큘럼을 어떻게 선택해야 하는지 물었다. 주위에는 나오키 말고 아무도 없었다.

"응? 나?"

나오키는 뒤를 돌아보며 엄지손가락으로 자기 가슴을 가리켰다.

"그래. 너한테 물은 건데, 잘못한 건가?"

억양 없는 말투였다. 선글라스를 쓰고 있어 표정은 제대로 알 수가 없었다.

"아니, 그런 건 아니지만……. 그래, 뭐라고?"

데라오 유스케는 질문을 반복했다. 크게 어려운 내용이 아니라 스쿨링 안내 책자를 읽으면 될 터였다. 데라오 유스케는 공부를 별로 열심히 하지 않는 모양이었다.

나중에 그에게 왜 그때 자기한테 물었느냐고 질문한 적이 있다. 데라오 유스케의 대답은 명쾌했다.

"교실을 둘러보니 네가 제일 머리가 좋아 보이더라."

선택한 커리큘럼이 비슷했기 때문인지 그와는 스쿨링 때 이따금 만났다. 그런데 나중에는 매번 만나게 되었다. 우연이 아니었다. 커리큘럼을 짜는 게 귀찮다면서 데라오가 나오키의 선택 과목을 그대로 베꼈기 때문이다. 6월이 되자 일요일마다 체육 수업이 있었다. 그때도 늘 데라오와 함께 수업을 받았다.

데라오는 평범한 샐러리맨의 아들이었다. 통신교육부에 들어온 것은 3수를 하고 싶지 않기 때문이라고 했다. 말하자면 재수를 했는데도 대학입시에 실패했다는 얘기다.

"그렇지만 별로 실패했다는 생각은 들지 않아. 억지로 변명하는 게 아니라, 애당초 대학 같은 데는 가고 싶은 생각이 없었거든."

어느 날 데라오는 이렇게 말했다.

"부모님이 하도 성가시게 굴어서 일단 여길 들어온 거야. 하지만 나한텐 따로 하고 싶은 일이 있어."

음악을 하고 싶다고 말했다.

"밴드를 하고 있어. 다케시마, 너도 한번 라이브 보러 와라."

"라이브……?"

나오키는 그때까지 음악하고 인연이 없었다. 유행하는 노래 정도야 텔레비전 같은 걸 통해 알았지만 특별히 관심을 가진 적은 없었다. 집에 오디오도 없고, 만져본 악기라고는 리코더와 캐스터네츠가 고작이었다. 노래방에도 간 적이 없다. 물론 음악을 하면 돈이 들 거라는 생각도 작용했다.

그런 이야기를 하자 데라오는 콧방귀를 뀌었다.

"음악은 배우거나 공부하는 게 아니야. 내킬 때 마음대로 들으면 되는 거지. 어쨌든 한번 와. 들어보면 알게 될 거야."

그래도 망설이는 나오키의 어깨를 툭 치고 꼭 와, 하며 티켓을 줬다.

장마가 끝나지 않아 잔뜩 흐린 날, 나오키는 신주쿠의 라이브 하우스를 찾아갔다. 그런 곳엔 처음이라 무척 긴장했다. 실내는 약간 어두컴컴했고, 초등학교 교실 정도 크기였다. 한쪽에 마실 것을 주는 카운터가 있어 거기서 콜라를 받았다. 의자는 없고 테이블만 딱 네 개 놓여 있었다.

손님은 제법 든 것 같았다. 약간 붐비는 전철 안 정도라고나 할까. 그러나 이것을 만원이라고 해야 좋을지 어떨지 나오키는 알 수가 없었다. 젊은 여자애들이 많았다. 그중에 스쿨링 때 보았던 얼굴도 있어 약간 놀랐다. 나오키가 모르는 사이 데라오가 그 여자애들과 알고 지내며 티켓까지 뿌린 모양이다.

이윽고 무대 위에 데라오를 비롯한 밴드 멤버가 나타났다. 4인조였다. 벌써 고정 팬이 있는지 환호성이 터졌다.

그때부터 한 시간 남짓한 시간은 나오키에게 현실과 동떨어진 세계였다. 데라오 밴드의 연주가 뛰어난지 어떤지는 물론 판단할 수 없었다. 하지만 음악을 통해 많은 젊은이들의 마음이 하나가 되는 것 같다는 느낌은 분명히 받았다. 자기 내부의 뭔가가 해방되어 음악 안으로 녹아들어가는 것을 느꼈다.

6

나오키가 음악에 흠뻑 빠져드는 데는 시간이 별로 걸리지 않았다. 데라오 유스케 밴드의 라이브를 본 며칠 뒤, 그는 렌털 CD숍에 회원으로 가입했다. 그러나 CD를 들을 도구가 없어 기숙사 근처 전당포에서 결코 새것이라 할 수 없는 CD 워크맨을 구입했다.

저녁까지 일한 뒤 기숙사에 돌아와 음악을 들으면서 공부하는 게 일상이 되었다. 음악의 종류는 가리지 않았다. 아니, 가리지 않았다기보다 자세한 장르 구분을 거의 할 줄 몰랐기 때문에 닥치는 대로 들을 수밖에 없었다.

나오키의 새로운 즐거움을 강력하게 뒷받침해준 것은 물론 데라오 유스케였다. 그는 나오키에게 음악을 듣는 즐거움뿐 아니라 스스로 만들어내는 즐거움을 가르쳐주려고 했다. 그 계기가 된 것이 노래방이었다. 어느 날 밤, 스쿨링 뒤에 데라오가 함께 노래방엘 가자고 했다. 밴드 동료들도 올 거라고 했다.

나는 됐어, 라고 거절했지만 데라오는 나오키의 손을 잡고 놔주지 않았다.

"괜찮으니까 이리 와. 네 노래를 한번 듣고 싶어."

억지로 끌려간 노래방에는 밴드 멤버 말고 여자애 세 명이 더 있었다. 밴드의 팬이라고 했다. 그들이 차례대로 노래하는 것을 나오키는 어쩔 줄 몰라 하면서도 즐겁게 들었다. 보컬을 맡고 있는 데라오는 물론이고 모두들 제법 잘 불렀다. 능숙하다고 해도 좋았다.

돌아가면서 한 곡씩 부르자 당연히 나오키에게도 마이크가 넘어왔다. 난처했다. 자신 있는 노래가 없었다.

"뭐든 괜찮아. 좋아하는 노래를 하면 돼. 옛날 것도 괜찮고."

데라오가 말했다.

"옛날 노래도 괜찮아? 외국 곡인데."

"당연하지."

"그럼……."

나오키가 선택한 곡은 존 레논의 〈이매진(Imagine)〉이었다. 곡명을 듣고 한 사람이 웃었다.

"요즘 세상에 비틀즈야?"

밴드에서 베이스를 맡고 있는 친구였다.

"시끄러, 잠자코 있어."

데라오가 그 친구를 노려보며 기계를 조작했다.

나오키는 가사를 외운 지 얼마 안 되는 노래를 불렀다. 남들 앞에서 노래를 부르기는 중학교 때 이후 처음이었다. 긴장해서 목소리도 제대로 나오지 않는 것 같았다. 겨드랑이 아래서 식은땀이 났다.

노래가 끝나자 아무도 반응을 보이지 않았다. 흥이 깨진 거라고 생각한 나오키는 후회했다. 더 흥겨운 노래를 했다면 좀 서툴더라도 분위기는 괜찮았을 텐데, 하고.

맨 먼저 입을 연 것은 역시 데라오였다.

"존 레논 노래 좋아해?"

"전부 좋아하는 건 아니지만 〈이매진〉이란 곡은 좋아해."

"다른 곡은?"

"아니, 잘 몰라. 〈이매진〉도 불러본 건 처음이야."

"그럼 뭐든 괜찮으니까 해봐. 틀어줄 테니."

"잠깐만. 난 금방 했잖아."

"괜찮아. 안 그래?"

데라오가 다른 친구들의 동의를 구했다.

밴드 멤버와 여자애들이 고개를 끄덕였다. 놀랍게도 리더

격인 데라오가 그렇게 말해서가 아니라, 진심으로 같은 의견
이라는 표정이었다.

여자애 가운데 한 명이 중얼거렸다.

"성이 다케시마……라고 했니? 다케시마, 나도 듣고 싶어."

나도, 하며 다른 두 명도 고개를 끄덕였다.

"잘할 수 있을 거야."

그렇게 말한 것은 드럼을 치는 친구였다.

"상당히 잘하는데."

그 진지한 표정에 나오키는 오히려 기가 죽었다.

결국 나오키는 연이어 네 곡을 부르게 되었다. 데라오가 멋
대로 곡을 입력했기 때문이다. 리듬이나 분위기가 전혀 다른
곡들이었다.

"언제 한번 스튜디오에 오지 않을래?"

나오키의 노래가 끝난 뒤 데라오가 말했다.

"우리 연습에 참석해봐."

"참석하다니……. 난 악기 같은 건 전혀 못 다루는데."

"노래를 하면 되잖아."

데라오가 다른 멤버를 보며 말했다.

"이 녀석을 끌어들이고 싶다는 생각 안 드니?"

반대하는 사람은 없었다. 모두의 눈이 빛나고 있었다.

"재밌어지겠는데."

그러면서 데라오가 씩 웃었다.

오봉(お盆 : 우란분재. 음력 7월 15일의 백중맞이 기간으로 연휴가 이어진다) 휴가가 시작되자마자, 나오키는 데라오에게 이끌려 시부야에 있는 스튜디오로 갔다. 당연히 그런 곳은 난생 처음이었다. 들어가자마자 바로 옆에 작은 대기실 같은 공간이 있고, 아마추어 밴드로 보이는 사람들이 여러 명 자판기 음료수를 손에 든 채 뭔가를 의논하고 있었다. 만약 이런 장소가 아니라면 정신 나간 녀석들로밖에 보이지 않았을 거라는 생각이 들었다. 지금까지 몰랐던 세계에 처음으로 발을 디딘 느낌이었다.

보컬 겸 리드 기타인 데라오와 함께 종전 그대로 네 명이 연주를 시작했다. 그들의 오리지널 곡으로 라이브 하우스에서도 인기가 있었던 노래다. 대단한 음량이라 나오키는 뱃속이 울리는 것을 느꼈다.

"다케시마, 이거 노래할 수 있겠니?"

첫 번째 연주가 끝난 뒤 데라오가 물었다.

"글쎄."

나오키는 고개를 꼬았다.

"가사를 알면 어떻게 해보겠는데. 틀릴지도 모르지만."

"이리 와."

데라오가 손짓했다.

나오키를 스탠드 마이크 앞에 세우더니 연주를 시작했다. 데라오는 기타에만 전념할 뿐 노래를 하려 하지 않았다. 나오키는 어쩔 수 없이 노래를 불렀다.

그때 나오키는 충격을 받았다. 옆에서 직접 하는 연주에 맞춰 노래를 부르니 노래방에서는 맛보지 못했던 도취를 느낄수 있었다. 서서히 음악에 취해가고 있다는 것이 느껴졌다. 평소와는 분명히 다른 목소리가 자기 몸의 다른 곳에서 나오는 것 같았다. 중간에 데라오가 함께 노래를 했다. 두 사람의 목소리가 멋진 조화를 이루었다. 노래가 끝난 뒤에도 흥분으로 한동안 머릿속이 멍했다.

"들었지! 응? 들었지!"

데라오가 다른 멤버들에게 물었다.

"내 말이 맞잖아. 이 녀석을 끌어들이면 대단할 거야."

베이스, 기타, 드럼 세 사람이 고개를 끄덕였다. 놀랐어, 라고 한 사람이 중얼거렸다.

"어때, 다케시마. 우리와 함께하지 않을래?"

데라오가 나오키에게 물었다.

"함께 승부를 걸어보지 않을래?"

"나보고 밴드에 들어오라는 거야?"

"그래. 분명히 잘 될 거야. 우린 완벽한 트윈 보컬이야."

"무리야."

나오키는 웃으면서 고개를 저었다.

"왜 그래? 악기를 못 다뤄서? 그런 건 상관없어. 중요한 건 목소리야. 처음 너하고 이야기를 할 때 감이 팍 왔어. 이 녀석 한테 노래를 시켜보고 싶다고. 내 감이 맞았다니까. 네 목소리에는 다른 사람과 다른 뭔가가 있어. 그걸 살리지 않는 건 너무 아까워."

그런 말을 듣기는 처음이었다. 나오키는 자신과 음악을 연결시켜본 적이 없었다. 그런 생각을 할 기회도 없었다.

"밴드는 재미있을 것 같지만."

나오키는 다시 고개를 저었다.

"역시 안 되겠어."

"왜? 바쁜 건 알아. 너야 나와 달리 학교 공부를 열심히 하고 싶겠지만 전혀 시간이 없는 건 아니잖아? 아니면, 우리가 마음에 들지 않아?"

"아니, 그런 게 아니라."

나오키는 쓴웃음을 지었다. 그리고 진지한 표정으로 말했다.

"다른 사람한테 폐가 되고 싶지 않아서."

"그러니까 악기 같은 건……."

"악기 이야기를 하는 게 아니야."

나오키는 한숨을 내쉬었다.

언젠가는 이야기해야 할 문제라고 생각했다. 더 친해지면 털어놓기 힘들다. 그렇다고 계속 숨길 수도 없다. 서로 서먹하게 굴지 않고, 자연스럽게 일정한 거리를 두는 것이 나오키가 머릿속에 그리는 이상적인 인간관계였다.

"가족 문제 때문이야. 나한텐 형이 한 명 있어. 부모님은 안 계시고."

"그 형이 왜?"

"교도소에 들어가 있어. 강도살인죄야. 징역 15년."

스튜디오 안이라 나오키의 목소리가 유난히 크게 울렸다. 데라오를 포함한 네 명은 넋이 나간 얼굴로 나오키를 바라보았다.

그들의 얼굴을 쭉 둘러보고 나서 나오키는 말을 이었다.

"나랑 얽혀서 좋을 일은 없을 거야. 난 너희들이 하는 음악을 좋아해. 앞으로도 계속 너희들 음악을 들을 거지만 함께 밴드를 하는 건 아무래도 곤란해."

베이스와 기타, 그리고 드럼 세 명이 나오키에게서 눈길을 돌리며 고개를 숙였다. 데라오만 그의 얼굴을 그대로 바라보고 있었다.

"언제 들어갔는데?"

"잡힌 건 재작년 가을. 교도소로 넘어간 건 작년 봄이야."

"그럼 앞으로 14년 남았나……?"

나오키는 고개를 끄덕였다. 왜 그런 질문을 했는지는 알 수가 없었다.

데라오가 다른 동료 세 명을 돌아보더니 다시 나오키를 향했다.

"그랬군. 사람들은 누구나 나름대로 문제를 짊어지고 있지."

"그래서……."

"잠깐만."

데라오가 짜증난다는 표정을 지으며 손을 앞으로 내밀었다.

"네 이야기는 충분히 알아들었어. 참 힘들겠다는 생각이 들어. 딱하게 되었다는 생각도 들고. 하지만 형 문제가 너하고 무슨 관계지? 그런 건 밴드하고 아무 상관이 없잖아."

"말은 고맙지만 동정 받고 싶진 않아."

"동정하는 게 아니야. 네가 교도소에 들어간 건 아니잖아? 널 왜 동정해? 형이 교도소에 있으면 동생은 음악을 해선 안 된다는 법이라도 있다는 거야? 그런 건 없어. 신경 쓸 거 없잖아?"

나오키는 발끈해서 말하는 데라오의 얼굴을 마주보았다. 그렇게 이야기해줘서 눈물이 날 정도로 기뻤다. 하지만 그의 말을 액면 그대로 받아들일 수는 없었다. 그가 거짓말을 한다고는 생각하지 않았다. 지금은 진심일 것이다. 하지만 그건 일시적인 감정일 뿐이다. 지금까지 다들 그래 왔으니까. 그 사건 뒤에도 따뜻하게 대해준 친구가 더러 있었다. 하지만 결국은 다들 떠나갔다. 그들이 너무하다는 생각은 들지 않았다. 누구에게나 자기 자신은 소중하니까. 골치 아픈 인간과 얽히고 싶지 않은 건 당연하다.

"뭘 그렇게 미적지근한 표정을 하고 있어."

초조한 듯이 데라오가 말했다.

"우린 네 노래가 마음에 들어서 함께하고 싶은 것뿐이야. 네 가족 사정은 아무래도 상관없어. 아니면 뭐야? 우리 가족이 교도소에 있지 않아서 마음에 들지 않는다는 거야?"

"그런 이야기를 하는 게 아니야."

"그렇다면 쓸데없는 소리 길게 늘어놓지 마."

"쓸데없는 소리?"

나오키는 데라오를 쏘아보았다.

"쓸데없는 소리지. 우리한테 중요한 건 좋은 음악을 만들고 싶다는 것뿐이야. 그 문제 말고는 다 시시해. 신경 쓸 일 아니지. 안 그래? 그렇지?"

데라오가 동의를 구하자 나머지 세 사람도 고개를 끄덕였다.

그래도 나오키가 잠자코 있자 좋아, 알았어, 하며 데라오가 손뼉을 쳤다.

"민주적으로 하자. 다수결이야. 다케시마가 밴드에 들어오는 걸 반대하는 사람?"

아무도 손을 들지 않았다.

"그럼 찬성하는 사람은?"

데라오는 물론이고 다른 세 사람도 손을 들었다. 그걸 보고 만족스럽다는 듯이 데라오가 말했다.

"다섯 명 중 네 명 찬성. 반대 제로, 기권 한 명이야. 이래도 딴소리할 거야?"

나오키는 얼굴을 찡그렸다. 솔직히 난처했다.

"정말 괜찮겠어?"

"네가 존 레논의 〈이매진〉을 불렀잖아. 잘 생각해봐. 차별과 편견이 없는 세상을 말이야."

데라오는 그렇게 말하며 씩 웃었다. 나오키는 눈물이 쏟아질 것만 같았다.

데라오 유스케와 멤버들의 반응은 지금까지 나오키가 츠요시 문제를 털어놓았을 때 사람들이 보인 반응과 전혀 달랐다. 노골적으로 싸늘하게 변하는 사람은 거의 없었다. 하지만 에스닉 요리점의 점장처럼 불쑥 벽을 만들어버리는 사람이 대부분이었다. 사람에 따라 그 벽이 얇기도 하고 두껍기도 하다는 차이만 있었을 뿐.

하지만 데라오와 밴드 멤버들에게선 그런 게 느껴지지 않왔다. 그건 아마 그들이 진심으로 자기를 원하고 있기 때문일 거라고 나오키는 생각했다. 그게 기뻤다. 가령 다케시마 나오키라는 인간이 아니라 그의 목소리가 필요한 것이라 해도, 누군가가 자기를 필요로 한다는 사실에 감격했다.

아니.

나오키의 신상에 대해 알면서도 벽을 세우지 않은 사람이 또 한 명 있었다. 시라이시 유미코. 다시는 접근하지 않을 거라고 생각했지만, 버스에서 만나기라도 하면 여전히 아무 거리낌 없이 말을 걸어왔다. 전보다 더 친숙한 느낌이 들 정도였다.

어느 날 점심 때, 잔디밭에 누워 워크맨을 듣고 있는데 누군가가 옆으로 다가와 앉았다. 눈을 떠보니 유미코가 웃고 있었다.

"요즘 늘 뭔가를 듣고 있네. 뭐야? 영어 회화?"

"그런 건 아니야. 음악."

"어머, 너도 음악을 듣는구나. 대학생이 되었으니 공부하는 줄 알았어."

"공부도 하지만 음악을 들을 때도 있지."

"그야 그렇겠지. 어떤 음악? 록이야?"

"뭐 그런 셈인가?"

애매하게 대답했다. 아직은 음악의 장르라는 게 잘 이해가 되지 않았다.

유미코가 나오키의 귀에서 이어폰을 뺐다. 그리고 자기 귀에 꽂았다.

"어, 안 돼."

"어때서 그래? 흐음, 들어본 적이 없는 곡……."

거기까지 말하더니 표정이 바뀌었다. 크게 놀란 눈으로 나오키를 바라보았다.

"이거, 혹시 네 목소리?"

"이리 줘."

이어폰을 빼앗으려 했지만 몸을 틀어 피했다.

"대단하네. 너 밴드 활동 하니?"

"하고 있다고 해야 하나? 멤버로 들어오라는 이야기를 들었어."

"그것도 보컬이라니, 대단해."

이어폰을 두 손으로 누르며 유미코가 눈을 반짝였다.

"이제 그만 줘."

겨우 이어폰을 되찾았다.

"언제부터 했어?"

"두 달쯤 전부터. 다른 애들은 몇 년째 하고 있어. 잘하지?"

"연주도 좋지만 네 노래도 대단해. 프로가 될 수 있을 거야."

"바보 같은 소리 하지 마."

나오키는 말도 안 된다는 표정을 지었다. 하지만 내심 유미코의 말에 용기를 얻었다. 최근 두 달 사이, 그는 완전히 음악의 포로가 되어 있었다. 스튜디오에서 목청껏 노래를 부르고 있을 때가 가장 행복했다. 그런 일을 평생 계속할 수 있다면 얼마나 좋을까 싶었다. 그런 생각은 당연히 하나의 꿈으로 연결되었다. 프로가 되는 것. 그 꿈은 데라오 밴드와도 공통된 것이었다. 동료들과 같은 꿈을 꾸며 열띤 토론을 벌였다. 그 또한 더할 나위 없는 기쁨이었다.

"그렇지만 자기가 보기에도 잘한다 싶으니까 그렇게 듣는 것 아니겠어? 들으면서 좋아하는 거잖아?"

"그렇지 않아. 잘못한 부분을 체크하고 있는 거야. 라이브가 얼마 남지 않아서."

"라이브? 콘서트를 해?"

유미코의 얼굴이 확 밝아졌다.

쓸데없는 소리를 했다 싶었지만 이미 늦었다. 유미코는 라이브에 관해 끈덕지게 물었다. 언제 하느냐, 어디서 하느냐, 티켓은 갖고 있느냐, 몇 곡이나 부르느냐. 나오키는 마지못해 그런 질문에 대답했다. 결국에는 갖고 있던 티켓 네 장을 빼앗겼다. 물론 티켓 값은 그 자리에서 받았다. 티켓이 팔린 것은 기뻤지만 그녀에게 빚을 지고 싶지는 않았다. 그녀가 자기한테 보내는 마음을 감당할 수 없을 거라는 생각이 들었기 때문이다.

"꼭 갈게. 우와, 정말 기대된다."

나오키의 속도 모르고 유미코가 들떠 소리쳤다.

라이브까지는 며칠 남지 않았고, 게다가 학교 스쿨링 시기와도 겹쳤기 때문에 스케줄을 조정하기가 힘들었다. 그러나 나오키는 최대한 연습에 참가했다. 스튜디오 임대료가 만만치 않았다. 머릿수대로 나눠도 생활비에 영향을 미칠 정도였다. 하지만 그 시간을 잃으면 살아가는 보람이 없을 거라는 생각이 들었다. 그만큼 음악에 온 마음을 빼앗겼다.

나오키가 들어온 것을 계기로 밴드 이름이 바뀌었다. '스페시움.' 데라오가 NG를 낼 때의 모습에서 따온 이름이다. 본인은 가슴 앞에 그냥 X자를 그렸을 뿐이라고 했지만, 그 모습이 울트라맨이 스페시움 광선을 쏘는 포즈와 비슷했다. 그게 아니라고 데라오가 발끈하며 부정하는 게 너무 재미있어 밴드 이름으로 정해버렸다.

몇 차례 얼굴을 대하다보니 데라오 이외의 멤버들과도 완전히 마음을 터놓는 사이가 되었다. 그들은 '다케시마'라는 성 대신 나오키, 하며 이름을 불렀고 나오키 또한 다른 동료들의 이름을 불렀다. 재미있는 것은 데라오만 계속 다케시마, 하고 성을 부른다는 것이었다. 처음부터 그렇게 입에 익어 바꾸기가 힘든 모양이었다.

두 시간의 연습이 끝난 뒤 멤버들과 싸구려 술집에 가서 한 잔할 때가 나오키에게는 가장 편안했다. 여자 이야기, 아르바이트하는 곳에 대한 불평, 패션 이야기. 이 세상 다른 젊은 이들이 나누는 대화에 나오키도 지극히 당연하다는 듯이 끼어들 수 있었다. 츠요시 사건 뒤로 처음 맛보는 청춘의 시간이었다. 멤버들은 나오키가 오랜 시간 접하지 못했던 세계에서 반짝반짝 빛나는 것들을 실어 나르는 바람이었다.

하긴 아무리 하찮은 화제로 대화를 시작해도 다섯 명의 이야기는 결국 한곳으로 모아졌다. 음악 이야기였다. 어떤 음악을 만들어야 할지, 무얼 목표로 해야 할지, 그러기 위해서는 무얼 해야 하는지. 때로는 토론이 뜨거워졌다. 취했을 때는 주먹질 직전까지 가기도 했다. 특히 데라오와 드럼을 맡은 고타는 쉽게 흥분했다. 그만두겠다. 그래, 네 멋대로 해, 라는 말까지 이따금 나왔다. 처음에는 그런 모습을 보고 안절부절못했지만, 점차 그런 일이 늘 있다는 걸 깨닫고 두 사람의 열이 식을 때까지 히죽히죽 웃으며 내버려두게 되었다.

멤버들의 진심을 나오키는 느낄 수 있었다. 그들은 진심으로 음악의 길을 뚫고 나아가려 했다. 데라오 말고 나머지 세 명은 대학에 가지 않고 아르바이트를 하면서 계속 기회를 노렸다. 데라오도 부모님 때문에 형식적으로 대학에 적을 두고 있을 뿐이다. 그런 생각을 할 때마다 나오키는 뒤가 켕겼다.

하지만 대학을 그만둘 수는 없었다. 무사히 졸업하는 것만이 감옥에 있는 형을 격려하는 유일한 방법이었기 때문이다.

음악을 시작했다는 이야기를 형에게 편지로 전했다. 걱정할까봐 '학업에는 지장이 없을 정도로'라는 단서를 달았다. 프로가 목표라는 뉘앙스는 피했다. 앞으로도 계속 숨길 생각이다. 무사히 데뷔한 다음에나 밝힐 작정이었다. 만약 CD를 내게 되면 그것을 보내줄 생각이었다. 그러면 츠요시도 기뻐할 것이다. 그 전에 깜짝 놀라 뒤로 나자빠질지도 모르지만.

새로운 밴드의 첫 공연은 시부야에 있는 라이브 하우스에서 이루어졌다. 너무 긴장한 나머지 나오키는 무대에 오른 뒤 아무 생각도 할 수가 없었다. 데라오가 새 멤버로 자기를 소개할 때도 뭐가 뭔지 모르고 엉뚱한 대답을 해버린 것 같았다. 하지만 그게 재미있었는지 꽉 들어찬 손님들이 폭소를 터뜨렸다.

긴장이 제대로 풀리지 않은 채 연주가 시작되었다. 아무것도 보이지 않았지만 동료들이 내는 소리만은 귀에 들어왔다. 그 소리를 들으면 조건반사적으로 노래가 나올 정도로 연습을 해왔다. 나오키는 저도 모르게 노래를 시작했다.

나중에 데라오한테 들으니, 그가 처음 목소리를 낸 순간 공연장이 잠깐 조용해졌던 모양이다. 손님들이 박수를 치며 곡에 맞춰 몸을 움직이기 시작한 것은 나오키의 노래가 한 구절 넘어선 뒤였다고 한다.

"녀석들이 놀랐던 거지. 우리가 이런 비장의 카드를 준비했으리라고는 상상도 못했을 테니까."

데라오가 자랑스럽다는 듯이 말했다.

한 곡씩 부르다보니 마음이 진정되었다. 거의 다 들어찬 자리, 자기 노래에 맞춰 몸을 흔드는 손님들이 눈에 보였다.

제일 앞쪽에서 손을 크게 흔드는 네 명이 있었다. 단골손님이려니 했지만 그중 한 명이 유미코라는 걸 알았을 때는 약간 당황했다. 그녀가 친구들을 데리고 온 모양이었다.

분위기를 띄워줘, 다른 세 명에게 이렇게 부탁하고 앞자리를 잡았을 것이다. 나오키는 딱 한 번 유미코와 눈이 마주쳤다. 그녀의 눈이 여느 때보다 더 반짝였다.

기념할 만한 첫 번째 라이브는 대성공이었다. 어쨌든 앙코르를 외치는 박수가 그치지 않았다. 이런 경험 처음이야, 라고 데라오와 멤버들이 말했다.

두 번째 라이브 스케줄이 바로 잡혔다. 스케줄이 잡히자 데라오가 한 가지 제안을 했다. 데모 테이프를 만들자는 것이었다.

"음반사에 보내는 거야. 전에도 몇 개 만들었지만 다케시마가 보컬을 맡지 않았으니 의미가 없어."

모두 여섯 곡 정도를 담을 생각이라고 했다. 모두 오리지널 곡으로 대부분 데라오가 만들었다. 딱 한 곡 자기가 작사한 것이 있지만 나오키는 별로 마음에 들지 않았다.

"여섯 곡 모두 나오키의 보컬로 갈 거야?"

고타가 물었다. 아버지가 광고기획사에 근무하고 있어 음악업계로 통하는 유일한 창구라고 할 수 있었다.

"물론 그럴 생각이야. 그러지 않으면 스페시움의 특징이 나오지 않아. 그렇지?"

데라오는 베이스인 아쓰시와 세컨드 기타인 겐이치에게 동의를 구했다. 두 사람 다 살짝 고개를 끄덕였다.

"아니, 그게 말이야."

고타가 입을 열었다.

"우리 특징은 역시 보컬이 두 명이라는 점이라고 생각해. 어디 내놔도 손색없는 두 명이 함께 있다는 게 우리의 최대 강점이잖아. 나오키의 보컬 곡만으로는 저쪽에 인상을 남길 수 없고, 우리의 특징도 드러나지도 않을 거라고 생각하는데."

고타의 말투가 왠지 나오키를 꺼려하는 것처럼 들렸다. 하지만 나오키는 그의 말이 맞는다고 생각했다. 자기가 들어온 뒤 데라오가 메인으로 노래를 부를 기회가 적어져 내심 마음에 걸리던 터였다.

"나하고 다케시마는 수준이 달라. 전에도 이야기했잖아."

데라오가 맥 빠진다는 듯이 말했다.

"그럴지도 모르지만, 보컬이 뛰어난 밴드는 얼마든지 있어. 눈에 띄기 위해서는 다른 애들과 차별이 있어야 해."

"꼼수가 통할까?"

"꼼수가 아니지. 지금까지 우린 유스케 보컬로 해왔어. 그 상태로 프로가 될 생각이었잖아? 관심을 보인 회사가 없었던 것도 아니고."

늘 그렇듯이 토론이 벌어졌다. 아버지의 영향 때문인지 고타는 성공하기 위한 논리를 설득하려 했다. 그에 비해 데라오는 약간 감정적인 경향이 있었다.

결국 다수결로 정하기로 했다. 나오키를 포함한 네 명이 여섯 곡 중 두세 곡은 데라오가 메인 보컬이 되어야 한다고 주장했다.

"다케시마, 너 자신에 대해 좀 더 자신감을 가져. 어느 정도는 뻔뻔해져야 보컬을 할 수 있단 말이야."

데라오는 마지못해 네 사람의 의견에 동의했다.

8

데라오는 집에 소규모 레코딩 장비를 갖추고 있었다. 그걸 사용해 여섯 곡을 담은 데모 테이프를 만들었다. 나오키에게는 그 완성된 테이프가 빛나는 보석 같았다.

"아, 이 나라가 미국이라면 좋을 텐데."

고타가 테이프를 손에 들고 말했다.

모두들 왜냐고 물었다.

"그야 미국은 기회의 나라니까. 연줄이나 경력, 인종 같은 건 상관이 없지. 실력 있는 놈이 정당하게 평가받고 쭉쭉 뻗어나갈 수 있잖아. 마돈나가 아직 무명이었을 때, 성공을 위해 제일 먼저 무얼 했는지 알아? 택시를 타고 '세계의 중심에 데려다 달라'고 했대. 거기가 뉴욕의 타임스 광장이었지."

"이 나라에도 기회는 얼마든지 있어."

데라오가 히죽히죽 웃었다.

"두고 봐, 이 테이프를 들은 놈들이 몰려들 테니까."

다른 멤버들도 그랬으면 좋겠다는 표정을 지었다.

"그런데 여러 곳에서 한꺼번에 연락이 오면 어떡하지?"

겐이치가 물었다.

"그야 일단 이야기를 들어보고 가장 조건이 좋은 곳하고 계약해야지."

고타가 말했다.

"아니야. 조건은 중요하지 않아. 역시 우리 음악을 얼마나 이해해주는가가 중요하지."

데라오는 늘 그랬듯 고타의 실리주의에 반론을 펼쳤다.

"뭐가 뭔지도 모르는 프로듀서한테 아이돌 스타 같은 노래를 부르라는 소리를 듣고 싶진 않으니까."

"그런 소리야 하지 않겠지."

"하지만 처음에는 남이 만든 곡을 주는 일도 드물지 않은 모양이야. 난 그런 건 절대로 싫어."

"처음엔 어쩔 수 없어. 그러다 잘 나가면 우리 얘기가 먹힐 거야. 그때 좋아하는 걸 하면 되잖아?"

"혼을 팔지는 않겠다는 거야."

"어린애 같은 소리 하고 있네. 그런 소리나 하다가는 기회가 날아갈 텐데."

"뭐야? 내가 언제 기회를 놓쳤어?"

또 멱살잡이가 시작될 것 같았다. 아쓰시와 겐이치가 끼어들어 둘을 떼어놓았다. 나오키는 가만히 웃고 있었다.

걱정도 팔자란 얘긴 바로 이런 걸 두고 하는 소리다. 그래도 이런 대화를 나눌 수 있다는 게 나오키는 행복했다. 꿈이라는 게 얼마나 위대한 것인지 새삼 깨달았다.

그날 기숙사에 돌아오니, 대학에서 우편물이 와 있었다. 제출한 리포트에 대한 결과가 온 것이려니 싶었는데 그게 아니었다. 통학 과정으로 적을 옮기는 것에 관한 안내서였다. 통학 과정이란 통신으로 공부하는 게 아니라 일반적인 대학 생활을 말한다.

나오키는 끼니도 거르고 열심히 서류를 읽었다. 통학 과정으로 옮기는 것은 그의 꿈이었다. 안내서에 따르면 시험을 쳐서 합격하면 옮길 수 있는 모양이었다. 그 시험이 그다지 어렵지 않다는 이야기를 들은 적이 있다.

일반 학생들과 마찬가지로 대학에 다니는 모습을 상상하니 가슴이 설렜다. 분명히 스쿨링에서는 얻지 못한 자극이 있을 것이다. 그리고 누구에게든 당당하게 대학생이라고 말할 수 있다. 지금도 대학생이기는 하지만 왠지 찜찜한 구석이 있었다. 콤플렉스라고 해도 좋을 것이다.

하지만 안 되겠지?

나오키는 한숨을 쉬며 안내서를 덮었다. 통학 과정으로 옮기면 낮에 일을 할 수가 없다. 게다가 밤에는 밴드 연습을 해야 한다. 일이 있다고 해서 연습을 빼먹을 수는 없다. 다른 멤버들도 일을 하면서 이리저리 머리를 짜내 연습에 참가한다.

게다가 꿈에 관한 한 양다리를 걸치는 것은 좋지 않다는 생각이 들었다. 지금 자신의 가장 큰 꿈은 밴드로 성공하는 것이다. 그게 목표라면 대학은 아무래도 상관없을 것이다. 통학 과정으로 옮기는 걸 꿈꾼다는 것 자체가 다른 멤버들한테 큰 배신감을 안겨줄 것 같은 기분도 들었다.

내게는 음악이 있다. 밴드가 있다. 그렇게 마음속으로 중얼거리며 나오키는 안내서를 버렸다.

두 번째 공연은 신주쿠에 있는 라이브 하우스에서 했다. 지난번보다 더 넓었는데, 그래도 거의 만원이었다. 여기저기 홍보한 덕분이기도 할 테지만 역시 지난번 라이브가 좋은 반응을 얻었기 때문이라고 생각해도 좋을 것 같았다.

나오키는 여전히 긴장했다. 그래도 처음보다는 무대 주변의 모습이 좀 더 잘 보였다. 공연 도중에 겐이치의 기타 줄이 끊어지는 사고가 있었지만 특별히 당황할 일은 아니었다.

티켓을 준 기억이 없는데, 그날도 유미코가 친구 두 명을 데리고 맨 앞줄에서 손을 흔들고 있었다. 그뿐만이 아니라 공연이 끝난 뒤에는 대기실까지 찾아왔다.

"정말 좋았어. 멋있었어."

흥분한 표정으로 나오키뿐 아니라 다른 멤버들에게도 친숙하게 말을 걸었다. 멤버들은 당황하면서도 그녀의 말에 고맙다는 인사를 했다.

"나오키의 걸프렌드치고는 정말 요란하군."

유미코가 돌아가자 아쓰시가 질렸다는 듯이 말했다.

"걸프렌드가 아니야. 회사 여직원이야."

정확하게 말하면 같은 회사가 아니지만, 설명하기 번거로워 생략했다.

"그렇지만 너한테 반한 것 같던데. 좋잖아? 잘 해보지그래. 지금 사귀는 애도 없잖아."

아쓰시가 끈덕지게 물고 늘어졌다.

"지금은 그럴 여유가 없어. 놀 시간 있으면 연습을 해야지."

"연습만 하면 안 된다니까. 때론 여자애하고 놀기도 해야지."

"너는 너무 놀아."

데라오의 말에 모두가 웃었다.

그 뒤로 라이브를 계속했다. 공연장을 빌리는 게 금전적으로 힘들었지만 멤버 전원이 뭔가에 쫓기듯 빨려들었다. 나오키도 지금이 자신한테 중요한 시기라는 걸 예감할 수 있었다.

낯선 남자가 대기실로 찾아온 것은 다섯 번째 라이브가 끝난 뒤였다. 남자는 20대 후반으로 보였다. 청바지에 가죽점퍼를 대충 걸친 차림이었다.

남자가 리더가 누구냐고 물었다. 데라오가 나서자 명함을 내밀었다. 그러나 그것은 남자의 명함이 아니었다.

"이 사람이 자네들하고 이야기를 하고 싶어 하네. 생각이 있으면 지금 이리로 가서 만나지 않겠나?"

그렇게 말하며 성냥갑을 꺼냈다. 카페 성냥인 듯했다.

명함을 본 데라오의 안색이 점점 변했다. 입을 벌린 채 대답을 못했다.

"알겠나?"

남자가 쓴웃음을 지으며 물었다.

"알겠습니다. 저어…… 바로 가겠습니다."

그럼 기다리지, 하며 남자가 나갔다.

데라오가 나오키 쪽을 바라보았다.

"큰일 났어."

"뭐야? 대체 누가 기다린다는 거야?"

고타가 물었다.

데라오가 명함을 앞으로 내밀었다.

"리카르도. 리카르도에 있는 사람이 우릴 만나러 온 거야."

그의 말에 모두가 할 말을 잃었다.

"거짓말이겠지. 정말이야?"

고타가 신음하듯 겨우 말했다.

"네 눈으로 직접 봐."

고타가 데라오의 손에서 명함을 받아들었다. 겐이치와 아쓰시, 그리고 나오키가 고타 주위에 모여들었다. 주식회사 리카르도, 기획본부, 라는 글자가 나오키의 눈에 들어왔다. 주식회사 리카르도는 업계 최고라 해도 과언이 아니다.

"어이, 내가 전에 얘기했지?"

데라오가 우뚝 서서 나오키와 멤버들을 내려다보았다.

"이 나라에도 기회는 있다고 했잖아. 어때? 내 말이 맞지?"

고타가 고개를 끄덕이자 다른 멤버도 마찬가지로 끄덕였다.

"이 기회, 기필코 잡을 거야."

데라오가 오른손을 크게 앞으로 내밀고 허공을 움켜쥐는

시늉을 했다.

나오키도 무의식적으로 주먹을 불끈 쥐었다.

카페에서는 네즈라는 사람이 기다리고 있었다. 나이는 이
제 막 30대에 들어선 듯했고 넓은 어깨와 뾰족한 턱이 인상
적이었다. 입 주위에 난 수염이 검은 양복과 잘 어울렸다.

음악에서 중요한 게 뭐라 생각하느냐고 그가 물었다. 데라
오가 대답했다. 그것은 마음, 이라고.

"듣는 이의 마음을 사로잡는 것, 그게 가장 중요하다고 생
각합니다."

나오키에게도 무난한 대답으로 들렸다. 다른 멤버들도 이
견이 없는 듯했다.

그러자 네즈가 말했다.

"결국 사람들 마음을 사로잡을 곡을 만들겠다는 거로군. 어
떻게 하면 그런 곡을 만들 수 있을지 모색하고, 매만져서 고
치고, 연습하고, 라이브에서 연주한다, 그런 이야기군."

"문제가 있습니까?"

"문제가 있는 건 아니지."

네즈가 담배를 뽑아 피웠다.

"하지만 그렇게 해서는 성공 못해."

데라오가 나오키와 다른 멤버들을 쳐다보았다. 자기 답이
잘못되었냐고 묻는 표정이었다. 하지만 그에게 조언을 할 수

있는 사람은 없었다.

"자네들이 아무리 애를 써도 사람들 마음을 뒤흔들 수는 없어. 왠지 아나? 음악에서 가장 소중한 것은 그것을 듣는 사람이야. 그들이 없으면 아무리 마음에 드는 것을 만들어도 그건 명곡이 아니지. 아니, 그 이전에 음악이라는 것 자체가 없지. 그런 건 마스터베이션이나 매한가지야."

"그래서 라이브에서 연주하고 있습니다."

데라오가 발끈해서 말했다.

네즈는 표정도 바꾸지 않고 고개를 끄덕였다.

"라이브에서 몇 안 되는 청중이라도 들어주면 입소문으로 인기가 올라가 언젠가는 메이저로 데뷔를 할 수 있다. 그렇게 생각하나?"

그런 생각이 뭐가 잘못되었다는 건지 나오키는 알 수 없었다. 그게 자기들이 성공으로 가는 시나리오라고 늘 상상해왔다.

네즈가 말을 이었다.

"성공한 아티스트의 경력을 조사해보면 분명히 그런 과거를 지닌 사람이 있을지도 몰라. 그러나 성공 못한 아티스트의 경력을 조사해봐도 아마 비슷할걸. 시부야엔 아이돌을 동경하는 여자애들이 우글우글하지. 하지만 그 애들이 가령 스카우트된다 해도 성공할 확률은 매우 낮아. 라이브 하우스에서 스카우트되어 메이저로 데뷔한 아티스트가 반드시 잘 나가는 건 아니란 얘기야. 자네들은 좋은 음악을 만들기만 하면 언젠가는 인정받을 수 있을 거라 생각하겠지. 성공하고 못하고는 실력에 달렸다고만 믿고 있지. 안 그래?"

그랬다. 우리는 늘 그렇게 말했다. 그래서 아무도 반론을 하지 않은 것이다.

"방금 얘기한 것처럼 들어줄 사람이 없으면 좋은 음악이고 나쁜 음악이고 없는 거야. 그저 음표를 모아놓은 것에 불과해. 라이브 공연장의 몇 안 되는 청중 따위는 없는 거나 마찬가지야. 따라서 자네들은 지금 음악을 하고 있지 않은 거나 마찬가지지."

"그렇지만 네즈 씨는 그런 우리의 라이브를 보고 부른 거 아닙니까?"

데라오의 반론에 네즈는 쓴웃음을 지었다.

"만약 자네들이 음악을 인정받는 거라 생각한다 해도 지금은 아니야. 난 라이브 하우스에서 평판 좋은 밴드들을 데뷔시키는 일을 계속해왔어. 하지만 수지가 맞는 장사는 아니지. 알겠나? 내가 자네들 라이브를 본 것은 소문을 들었기 때문이 아니야. 전혀 아니라 해도 지나친 말이 아니지. 우린 만에 하나 빛을 볼 수 있는 원석을 찾기 위해 계속 땅을 파고 있는 셈이지. 말하자면 원석을 찾아내는 전문가라고나 할까.

원석은 아직 빛이 나지 않아. 만약 자네들의 광채에 이끌려 내가 여기까지 왔다고 생각한다면 큰 오산이야. 이건 확실히 해두자고."

네즈가 무슨 말을 하려는 건지 나오키는 이해할 수 있었다. 말하자면 그는 밴드의 음악을 인정한 게 아니다. 자기가 갈고 닦으면 빛이 날 거라고, 아니 빛이 날 가능성이 있다고 생각한 것에 불과하다.

"슬슬 본론으로 들어갈까?"

네즈가 멤버 모두를 둘러보았다.

"자네들한테 음악을 하게 해주겠네. 놀이가 아닌 진짜 음악을 말이야."

네즈와 헤어진 뒤 일행은 늘 함께 가는 이자카야에 들렀다. 라이브가 끝난 뒤에는 항상 요란한 뒤풀이를 했지만, 이날 밤만은 상황이 달랐다. 라이브가 성공한 것보다 더 큰 일이 있었기 때문이다. 어쨌든 그토록 염원하던 메이저 데뷔가 이루어질지도 모른다. 나오키는 아직도 꿈을 꾸는 기분이었다. 너무 실감이 안 나 다른 멤버를 통해 이게 꿈이 아니라는 걸 확인하고 싶었다.

하지만 흥분되지는 않았다. 네즈에게 들은 이야기가 머리에 계속 남아 있었기 때문이다.

"자네들한텐 힘이 있어. 실력도 있고, 매력도 있어. 하지만 그걸 아직 거의 발휘 못하고 있어. 텅 빈 캔버스라고나 할까. 내 제의를 받아들이면, 거기에 어떤 그림을 그릴 것인지는 내가 결정할 걸세. 자네들은 내 지시에 따르기만 하면 돼. 그렇게 하면 반드시 성공할 거야."

자기를 내세우려 하지 말라고도 했다. 그런 것은 나 같은 프로들이 할 일이다. 모든 것을 끌어 모아야 음악이 된다. 악기와 보컬과 곡만으로는 음악이 되지 않는다.

"우리의 오리지널로 승부하지 않으면 의미가 없어. 이제 와서 다른 사람이 만든 곡이나 연주하고 있을 수는 없잖아?"

빠른 속도로 맥주를 연거푸 마신 데라오가 일찌감치 취한 말투로 투덜거리기 시작했다.

"오리지널을 못하게 하겠다는 이야기는 없었어. 다만 어떤 식으로 파느냐는 자기들이 결정한다고 했을 뿐이야. 결국 방법의 문제야. 그런 건 프로한테 맡길 수밖에 없어. 지금은 그런 시대니까."

고타가 달래듯이 말했다.

"쳇, 광고기획사 아들은 말하는 것도 광고장이 같군. 우리 개성을 드러내지 말라고 하는데 뭐가 좋다는 거야?"

"드러내지 말라고 하진 않았어. 내세우려 하지 말라고 했지. 개성을 드러내는 데도 다 방법이란 게 있는 거야. 유스케, 삐치지 말고 긍정적으로 생각하자. 모처럼 찾아온 기회야."

그래, 기회야, 라고 아쓰시가 말했다.

"드디어 데뷔할 수 있게 된 거야."

겐이치가 진지하게 말하며 나오키를 보았다.

나오키는 말없이 고개를 끄덕였다.

"그래. 데뷔하게 된 거야. 어쨌거나 그건 너도 기쁘지?"

고타의 말에 데라오는 그야 뭐, 하며 한쪽 뺨만 움직여 웃었다.

그날은 스페시움 결성 이래 가장 멋진 밤이었다.

이런 이야기를 츠요시한테 보내는 편지에 쓸까 말까 망설였다. 본격적으로 음악을 시작한 이야기나 프로가 되고 싶다는 이야기는 아직 하지 않았다. 느닷없이 데뷔한다는 소식을 들으면 어떤 반응을 보일까? 나오키는 형도 분명 기뻐해줄 거라고 생각했다. 동생이 훌륭하게 살아가기를 바랄 테니까. 대학은 그 상징에 지나지 않는다. 다른 방법으로 그걸 달성할 수 있다면 아무런 불만이 없을 것이다.

하지만 편지를 쓸 만한 시간적 여유가 없었다. 나오키와 밴드 멤버들은 네즈에게서 오리지널 곡을 새로 몇 개 만들라는 지시를 받았다. 잘 되면 그중 하나를 데뷔곡으로 삼을 것 같은 눈치였다. 당연히 데라오는 의욕에 넘쳤고, 멤버들도 최대한 시간을 내 연습했다. 나오키는 직장 일과 학교 공부, 밴드 활동을 동시에 해내야 했다. 기숙사에 돌아오면 바로 곯

아떨어지는 생활이 계속되었다. 데라오는 대학을 그만둘 모양이지만 나오키는 아직 거기까지는 결심이 서지 않았다.

고타와 아쓰시, 겐이치가 기숙사로 찾아온 것은 오래간만에 학교 수업도, 밴드 연습도 없는 날 저녁이었다. 나오키는 회사에서 막 돌아와 아직 작업복 차림이었다.

"잠깐 할 이야기가 있는데."

고타가 대표로 말했다. 다른 두 사람은 뒤에서 고개를 숙이고 있었다.

"그래. 들어와, 좁지만."

나오키는 세 사람을 방으로 안내했다.

직감이라고나 해야 할까? 불길한 바람이 불기 시작했다는 걸 나오키는 느낄 수 있었다.

9

"제법 깔끔한 방이군."

고타가 실내를 둘러보며 말했다.

"계절노동자 숙소라고 해서 바라크 건물 같은 걸 상상했는데."

"일류 기업 기숙산데 그럴 리가 있겠어?"

나오키는 웃으며 말했다. 세 사람이 앉을 수 있는 공간을 마련했다.

세 사람은 벽을 등지고 나란히 앉았다. 그러나 책상다리를 한 사람은 없었다. 아쓰시와 겐이치는 무릎을 껴안은 자세로 앉았고, 고타는 웬일인지 무릎을 꿇은 자세였다.

"뭘 좀 마실래? 콜라 정도는 있는데."

"아냐, 됐어. 신경 쓰지 마."

고타가 말했다.

"그래……?"

나오키는 세 사람과 마주앉았다. 눈길이 마주치는 게 왠지 두려웠다.

어색한 침묵이 몇 초 이어졌다. 나오키는 할 이야기가 뭐냐는 말을 꺼낼 수가 없었다.

"저어, 오늘 네즈 씨가 나한테 연락을 했어."

고타가 입을 열었다.

"뭐라고 했는데?"

나오키는 고개를 들었다.

고타가 다른 두 사람을 쳐다보았다. 아쓰시와 겐이치는 말이 없었다. 이야기를 고타에게 맡기겠다는 생각인 모양이다.

"네즈 씨 말에 따르면, 지난번 만난 뒤로 우리에 대해 여러모로 알아본 모양이야. 직장에서의 평가나 이웃의 소문, 경력하고……."

약간 우물거리더니 말을 이었다.

"가족 문제 따위를 말이야. 데뷔한 뒤에 골치 아픈 트러블이 생기면 곤란하다면서."

"그래서?"

나오키는 아무렇지도 않은 척 물었지만 마음속에서는 폭풍이 몰아치고 있었다. 고타의 말 한마디 한마디에 모든 신경이 반응했다. 가족 문제, 트러블.

고타는 입술을 핥고 나서 말했다.

"너에 대해서도 조사했대. 네 형 문제도 알고 있더군."

어떻게 알아낸 걸까, 하는 생각이 먼저 들었다. 하지만 그런 생각을 해봤자 아무 소용없는 일이었다.

"곤란하다……고 하더군."

고타가 더듬더듬 말했다.

고개를 들었다가 바로 다시 숙였다. 아무 일도 아니라는 듯 그렇겠지, 하고 말했다. 억지로 허세를 부려본 것이다.

"데뷔하고 나서 만약에 인기가 오르면 반드시 멤버들에 대해 이것저것 파헤치는 녀석들이 나올 거야. 그 바닥은 서로 발목을 잡아댄다고 하니까. 가족 중에 그런 사람이 있다는 걸 알면 아주 좋은 먹잇감이 될 거래. 그러면 밴드의 이미지도 떨어지고 활동하기도 힘들어질 테고, 회사 쪽에서도 투자를 할 수 없게 될 거다, 그래서……."

"현재 상태로는 데뷔시킬 수 없다는 거야?"

"그런 이야기지."

나오키는 한숨을 쉬었다. 하얀 입김에 전기스토브 켜는 걸 잊었다는 사실을 깨달았다.

"내가 없으면 데뷔시켜주겠대?"

나오키는 고개를 숙인 채 물었다.

"네즈 씨는 유스케 혼자 보컬을 해도 괜찮대. 너랑 함께 가지 못해 정말 괴롭다고 하더군."

네즈는 나오키를 빼고 가기로 마음을 정한 모양이다.

"그래? 그래서 셋이 날 설득하러 온 거야?"

시선을 고타에게서 아쓰시와 겐이치에게로 옮겼다. 두 사람은 고개를 숙였다.

"나오키, 이해해줘."

고타가 두 손을 모으고 고개를 숙였다.

"우린 데뷔하고 싶어. 데뷔하기 위해 지금까지 노력해왔어. 이 기회를 놓치고 싶진 않아."

다른 두 사람도 자세를 바로하고 앉더니 고타를 따라 고개를 숙였다. 그런 모습을 보자 나오키는 슬픔이 점점 증폭되었다.

"데라오는? 녀석은 뭐래?"

"유스케는 아직 아무것도 몰라. 우리만 알고 있어."

고개를 숙인 채 고타가 대답했다.

"데라오한테는 왜 알리지 않은 거지?"

그러자 아쓰시와 겐이치가 걱정스러운 듯 고타를 쳐다보았다. 아마 데라오 문제로 고민을 했던 모양이다.

"네즈 씨가 리더인 유스케가 아니라 나한테 연락한 건 녀석이 쉽게 받아들이지 않을 거라고 생각하기 때문이랬어. 유스케 성격이 워낙 그렇다보니, 자칫하면 그런 식으로는 데뷔하지 않아도 상관없다고 난리를 칠지도 모르잖아."

충분히 예상할 수 있는 일이다. 나오키는 고개를 끄덕였다.

"네즈 씨가 유스케 모르게 너를 설득하라고 했어. 그래서 우리 셋이 온 거야."

"하지만 데라오한테 이야길 안 할 수는 없잖아? 내가 빠지면 그 까닭을 설명해야지 않겠어? 어떻게 할 거야?"

나오키의 질문에 고타는 입을 다물고 입술을 깨물었다. 대답이 궁한 게 아니라 뭔가 할 말을 꺼내지 못하고 있는 걸로 보였다.

"그렇다면……? 내가 스스로 그만두겠다고 하면 되겠군. 적당한 이유를 들어 밴드에서 빠지겠다고 하면 데라오도 이상하게 여기지 않겠지."

"미안해."

고타의 말에 다른 두 사람이 고개를 더 깊이 숙였다.

"네즈 씨도 그게 제일 좋을 거라고 했어."

나오키는 온몸이 허탈감에 휩싸이는 것을 느꼈다. 이런 게 어른들이 살아가는 방식이란 걸까? 어른이란 참 이상한 동물이다. 어떤 때는 차별을 해서는 안 된다고 하면서도 어떤 때는 교묘하게 차별을 조장한다. 그런 자기모순을 안고 어떻게 살아갈까? 나도 그런 어른이 되어가는 걸까, 하는 생각이 들었다.

"그렇지만 데라오가 말리면 어떡하지? 녀석이 쉽게 오케이하지는 않을 거야."

"알고 있어. 그건 우리가 도와줄게."

그럴 때만 도와주느냐고 말하고 싶었지만 꾹 참았다.

"좋아, 알았어."

그러곤 세 사람의 고개 숙인 모습을 보며 말했다.

"난 빠질게."

고타가 고개를 들었다. 이어서 아쓰시와 겐이치도. 세 사람 모두 슬픈 표정을 짓고 있었다.

"다음 연습 날 내가 데라오한테 말하지. 탈퇴 이유는 그때까지 궁리해볼게."

"미안해."

고타가 작은 소리로 말했다.

미안하다, 다른 두 명도 중얼거렸다.

"뭐 난 원래 멤버도 아니고, 그만두는 게 나을지 모르겠다는 생각도 했었어. 악기도 다룰 줄 모르고."

이 말이 자기들을 위로하는 말이라는 건 세 명 다 알 것이다. 그들은 괴로운 듯이 듣고 있을 뿐 아무 말도 하지 않았다.

세 사람이 돌아간 뒤에도 나오키는 한동안 일어설 수가 없었다. 책상다리를 하고 앉은 채 벽 한쪽만 노려보았다.

결국 이렇게 되는 건가?

드디어 악몽에서 해방된 거라고 생각했다. 앞으로는 다른 젊은이들처럼 살아갈 수 있을 거라고 믿었다. 음악과 만나면서 닫혀 있던 모든 문이 열렸다고 생각했다.

하지만 그건 모두 착각이었다. 상황은 아무것도 변하지 않았다. 세상과 자신을 가로막는 싸늘한 벽이 여전히 눈앞에 있었다. 그 벽을 넘어서려 해봐야 더욱더 차가워질 뿐이다.

나오키는 다다미 위에 드러누웠다. 큰 대자로 누워 천장을 바라보았다. 얼룩투성이 천장이 너는 여기가 어울린다, 고 조롱하는 것 같았다.

어느 틈엔가 노래를 흥얼거리고 있었다. 슬픈 노래였다. 희망의 빛이 보이지 않아 어둠 속에서 괴로워 몸부림치는 모습을 표현한 노래였다.

나오키는 노래를 멈췄다. 자기가 사람들 앞에서 노래할 일은 이제 없다는 것을 깨달았다.

눈을 감았다. 눈물이 나왔다.

10

데라오가 눈을 부릅떴다. 그 눈이 충혈되어 있었다. 나오키가 상상했던 표정 그대로였다.

"뭐라고? 다시 말해봐."

나오키는 입술을 핥았다.

"그러니까, 밴드에서 나가게 해줘. 스페시움을 그만두겠어."

"거짓말. 제정신으로 하는 소리야?"

"정말이야."

"인마, 이제 와서 그게 말이 된다고 생각해?"

데라오가 한 걸음 다가왔다. 나오키는 주눅이 들었다.

시부야에 있는 스튜디오 안이었다. 연습을 시작하기 전에 할 이야기가 있다며 나오키가 데라오에게 말을 꺼낸 것이다. 다른 세 명은 무슨 말이 나올지 알고 있을 테지만, 그래도 긴장한 표정이 역력했다.

"내 멋대로 내린 결정이란 건 알아. 하지만 이해해줘. 여러모로 생각한 뒤에 내린 결론이야."

"무얼 어떻게 생각한 거냐고 묻잖아!"

데라오가 옆에 있던 파이프 의자를 끌어당겨 거칠게 앉았다.

"너도 앉아. 서 있으면 불안하니까."

나오키는 한숨을 쉬며 키보드 옆에 있는 의자에 걸터앉았다. 힐끔 고타를 쳐다보았다. 그가 드럼 안쪽에서 고개를 숙였다.

"내 장래에 대해 생각해봤어."

"나도 장래를 생각하고 있어."

데라오가 입술을 삐죽 내밀었다.

"음악은 하고 싶어. 그걸로 먹고살 수 있다면 최고라고 생각해. 그렇지만 뭐랄까, 난 아무래도 도박은 할 수가 없어."

"우리 음악이 도박이라는 거야?"

"그건 아니지만, 성공하느냐 못하느냐는 실력만으론 안 돼. 운이라는 게 크게 작용하잖아? 미안하지만 난 그런 것에 도박을 걸 처지가 아니야. 나 혼자서도 살아갈 수 있는 확실한 길을 확보하고 싶어."

"그런 건 우리도 마찬가지야. 음악에서 실패하면 남는 게 없어. 벼랑 끝에 서기는 피차 마찬가지지."

나오키는 고개를 저었다.

"너희들한텐 집이 있잖아. 가족이 있잖아. 하지만 나한텐 아무것도 없어. 있는 것이라곤 교도소에 있는 형뿐이야."

그 유일한 가족이 늘 발목을 잡아. 이번에도 그렇게 말하고 싶은 걸 참았다.

데라오가 다리를 떨기 시작했다. 화가 나면 나오는 버릇이다.

"대체 어떻게 된 거야? 지금까지 그런 이야기 없었잖아? 네 처지에 대해서는 잘 알아. 하지만 그건 어제오늘 일이 아니잖아. 왜 지금 상황에서 갑자기 마음이 변한 거지?"

"지금 상황이 그렇기 때문이야."

나오키는 조용히 말했다.

"꿈을 좇는 동안은 즐거웠어. 진심으로 프로가 되면 좋겠다고 생각했지. 하지만 그게 막상 눈앞에 다가오니까 이래도 되는 건가 싶어 불안했어. 그래서 이런저런 고민을 하다 이런 상태로는 도저히 계속할 수 없겠다는 결론을 내린 거야."

"나도 불안해."

"나하고 넌 입장이 달라."

말하면서, 나오키는 마음속으로 사과했다. 이런 식으로 배신하고 싶지는 않았다. 데라오는 진심으로 동료라고 생각하기 때문에 이렇게 화를 내고 있는 것이다. 그는 진짜 친구였다. 그 친구를 속이는 게 괴로웠다.

"이봐, 너희들도 뭐라고 좀 해봐."

데라오가 다른 멤버들을 둘러보았다.

"이 멍청이 좀 설득해줘."

세 사람은 얼굴을 마주보았다. 이윽고 고타가 입을 열었다.

"나오키한테도 나오키 나름의 사정이 있겠지."

조심스러운 말투였다. 데라오의 눈초리가 사나워졌다.

"네가 그러고도 동료야?"

"동료니까 마음을 존중해주고 싶은 거야. 망설이는 사람을 억지로 눌러 앉히는 건 아무런 의미가 없어."

"나는 이 녀석이 망설이는 게 무의미하다는 거야."

데라오가 다시 나오키를 바라보았다.

"제발 다시 생각해봐. 밴드를 그만두고 어쩔 생각이야? 더 재미있는 일이라도 있어?"

나오키가 말했다.

"통학 과정으로 옮길 생각이야. 너한테도 안내문이 갔을 거야. 이제 신청 마감일이 얼마 남지 않았어. 난 그리 옮길 거야. 시험을 봐야 하는지 어떤지는 모르지만."

엑, 하고 데라오가 소리를 질렀다.

"평범한 대학생이 뭐가 재미있어? 따분한 하루하루가 기다리고 있을 뿐이야."

"따분할지는 모르지만 불안하진 않지. 취직할 길도 열리고."

"샐러리맨이 되어 만원 전철을 타고 싶다는 거야? 네 꿈이 그런 거야?"

"꿈 이야기를 하는 게 아니야. 현실을 이야기하고 있는 거지."

"프로 데뷔도 현실이야. 다만 이쪽은 아주 큰 꿈이지."

"유스케, 이제 그만해."

고타가 끼어들었다.

"나오키도 많이 고민했겠지. 밴드 입장에서야 지금 나오키가 빠지면 괴롭겠지만 어쩔 수 없잖아."

"그래. 그리고 나오키가 빠져도 데뷔는 시켜줄 것 같고."

겐이치의 말에 데라오의 눈이 빛났다. 아차, 싶었지만 이미 늦었다. 데라오가 벌떡 일어서서 겐이치의 멱살을 움켜쥐었다.

"너 그게 무슨 소리야? 네가 왜 그런 소릴 하는 거지?"

겐이치는 그제야 자신이 실수했다는 걸 깨달은 모양이다. 아니, 그게, 하며 갈피를 못 잡고 변명하려 했다. 그 모습 때문에 데라오는 더욱더 뭔가 이상하다는 눈치를 챈 모양이다.

"너희들, 다케시마가 그만둔다는 걸 알고 있었지! 아니, 그뿐만이 아닐 거야. 네즈가 사주한 거겠지. 다케시마를 그만두게 하래?"

나오키가 아니라고 했지만 데라오의 귀에는 들리지도 않는 모양이었다.

"형편없는 새끼들. 대체 무슨 생각을 하는 거야? 자기만 좋으면 된다는 거야?"

데라오가 겐이치를 획 밀어젖혔다. 옆에 세워져 있던 데라오의 기타가 쓰러졌다.

"이제 됐어! 멋대로들 해! 밴드 따윈 이제 집어치워!"

그러면서 스튜디오를 뛰쳐나갔다.

나오키는 데라오 뒤를 쫓아나갔다. 건물에서 나오자 보도를 빠른 걸음으로 걷는 데라오의 뒷모습이 보였다. 달려가 가죽점퍼를 입은 어깨에 손을 얹었다.

"잠깐만, 데라오."

"뭐야, 놔!"

"세 사람 입장도 생각해야지. 어떤 심정으로 나를 찾아왔겠어."

"알 게 뭐야! 근본이 썩었으니 그랬겠지!"

"녀석들은 선택을 할 수밖에 없었어. 음악을 선택하느냐 동료를 선택하느냐. 그 애들은 고민 끝에 음악을 선택했어. 그게 그렇게 잘못된 건가? 그렇게 욕먹을 일이야?"

데라오는 대답할 말이 없는 모양이었다. 고개를 돌리고 어깨를 들썩이며 한숨을 내쉬었다.

"나한텐 다들 동료야. 형의 사건 이후 처음으로 마음이 통하는 사람들을 만났다고 생각했어. 그런 소중한 동료들한테서 음악을 빼앗을 수는 없어. 나 때문에 힘들게 만들고 싶지는 않아. 이해해줘."

"네가 있어도 음악은 할 수 있어. 언제든 데뷔할 수 있다고."

데라오의 말에 나오키는 고개를 저었다.

"그날이 올 때까지 나는 마음이 편치 못할 거야. 미안하다는 생각을 하면서 노래를 해야겠지. 그건 지옥이야. 뿐만 아니라 그걸 보상받는 날도 오지 않을 거야. 네즈 씨 말이 옳아. 이 사회에서 차별은 사라지지 않아."

"아무리 그래도."

"데뷔를 못해도 괜찮다는 거야? 다른 세 사람 심정은 어쩌고. 널 믿고 여기까지 따라왔잖아? 제발 멤버들한테 돌아가. 이렇게 부탁할게."

나오키는 그 자리에 두 무릎을 꿇고 고개를 숙였다.

"뭐 하는 짓이야?"

데라오가 어깨를 잡고 나오키를 일으켰다.

"넷이서 열심히 해줘. 나도 지켜볼 테니까."

데라오의 얼굴이 일그러졌다. 입술을 꾹 깨물고 있다.

때릴 모양이다, 라고 나오키는 생각했다. 만약 그런다면 얌전히 맞아주자고 생각했다. 자신이 옳은지 어떤지는 몰랐다. 하지만 이 친구에게 상처를 입힌 것만은 사실이다.

데라오는 때리지 않았다. 슬픈 표정으로 고개를 저으며 신음하듯 말했다.

"난 지금까지 네 형을 미워한 적이 없어. 하지만 지금은 정말 화가 나. 눈앞에 있다며 두들겨 패주고 싶어."

"그래."

나오키는 힘없이 웃었다.

"나도 그럴 수만 있다면 그러고 싶어."

데라오가 손에 준 힘을 풀자 나오키는 뒷걸음질을 쳤다. 몸을 돌려 그대로 걷기 시작했다. 데라오의 시선이 느껴졌지만 뒤를 돌아볼 수는 없었다.

3장

가슴 아픈 사랑

1

나오키, 잘 지내니?

이제 올해도 얼마 남지 않았다. 왠지 여기 있으면 시간
이 어떻게 흐르는지 알 수가 없구나. 매일 같은 일만 반복
되고, 요일 같은 건 아무런 의미도 없으니까. 다만 달이
바뀌기를 기다리는 사람들은 많단다. 편지를 쓸 수 있고,
면회 와줄 사람이 있는 녀석도 있으니까.

그래서 나도 한 달 만에 편지를 쓰고 있단다. 하지만 막
상 쓰려니 할 말이 없구나. 방금 이야기했지만 늘 변함없
는 생활이니까. 요즘 갑자기 추워졌는데, 이제 여기서 추
위 견뎌내는 요령을 대략은 알게 되었단다.

네 편지를 마지막으로 받은 게 6월이구나. 그 뒤로 어떻
게 지내는 거냐? 이사했다는 이야기는 들었지만 새로 이
사한 곳은 괜찮니? 그야 네가 잘 알아서 할 거라고는 생
각하지만 말이다. 편지가 전혀 오지 않으니 어떻게 지내
는지 걱정스럽구나.

하지만 생각해보면 편지를 쓸 틈이 없을지도 모르겠다.
낮에는 대학에 다니고 밤에는 일을 하니까. 이자카야에서

하는 일은 어떤 거니? 나는 돈이 없어서 거의 가본 적이 없고, 가봤자 선배한테 얻어먹기만 해서 잘 모른단다.

힘들더라도 열심히 생활하기 바란다. 내게 편지 같은 거 쓰지 않아도 괜찮으니.

너한테 면목이 없구나. 내가 그런 짓을 저질러 대학에는 갈 수 없게 될 줄 알았는데 드디어 어엿한 대학생이 되었으니 말이다. 내가 있는 방에 들어오는 녀석들한테 네 이야기를 하면 다들 놀란단다. 깜짝 놀라며 감탄하더구나. 훌륭한 동생이라면서. 그럴 때는 기분이 최고로 좋다.

졸음이 와서 이번에는 이만 줄인다. 쓸 내용도 없고. 다음에는 더 재미있는 이야기를 준비해둘게.

그럼 늘 건강 조심해라. 다음 달에 다시 편지 쓸게.

츠요시

역 플랫폼에서 츠요시의 편지를 읽었다. 안에 적혀 있듯이 나오키는 6월을 마지막으로 답장을 보내지 않았다. 그래도 형한테서는 매달 꼬박꼬박 편지가 왔다. 이사한 곳을 가르쳐주지 말 걸 그랬다는 생각도 들었지만, 그럴 수는 없다고 마음을 고쳐먹었다.

플랫폼에 전차가 들어왔다. 나오키는 편지를 봉투에 집어넣고 아무렇게나 구겨서 쓰레기통에 버렸다. 7월 이후 형이 보낸 편지는 보관하지 않았다. 그전에 받은 것들도 조만간 버릴 작정이다.

오후 6시가 지난 시각이었다. 전차는 퇴근하는 샐러리맨들로 붐볐다. 나오키는 손잡이를 잡고 살며시 눈을 감았다. 일주일에 닷새는 타고 다니는 만원 전차라 익숙해졌다. 될 수 있으면 스트레스가 쌓이지 않도록 노력했고, 체력을 유지하려고 애썼다. 가게에는 6시까지 도착해야 했다. 도착하면 바로 일이 시작된다. 7시까지 준비를 마치지 않으면 지배인을 겸하는 사장이 끈질기게 잔소리를 해댄다.

매일 같은 일만 반복되고, 형이 쓴 편지의 한 구절이 머릿속에 떠올랐다. 교도소 안이 어떤지는 모르지만 무척 한가롭게 느껴졌다. 내가 어떻게 지내는지도 모르면서. 투덜거리고 싶은 마음이 생긴다.

바 'BJ'는 아자부 경찰서 근처에 있다. 손님들 대부분은 젊은 샐러리맨이나 여사무원들이었다. 테이블 석이 많기 때문에 회식 때 2차로 오는 손님이 많았다. 얼마 전까지는 노래방 기계도 있었던 모양이지만 낯선 사람들 앞에서 노래하고 싶어 하는 손님이 점점 줄어들어 없앴다고 한다. 기계가 있던 곳에는 슬롯머신이 놓여 있다. 하지만 그걸 하는 손님은 거의 본 적이 없다.

커플로 오는 손님도 많았다. 그들은 대부분 카운터 석에 앉았다. 그쪽이 분위기가 차분하기 때문이다. 내부 인테리어도 테이블 석과는 좀 달라 마치 한 공간에 서로 다른 가게가 있는 것 같았다. 유명한 바에서 일을 배운 적이 있다는 마스터가 만든 칵테일도 제법 평이 좋았다.

테이블 석이 붐비는 것은 전차가 다니는 시간대뿐이고, 그 뒤에는 갑자기 카운터 석이 바빠진다. 긴자 쪽에서 넘어오는 손님도 적지 않았다. 젊은 호스티스가 자기 손님을 모시고 오는 경우가 많기 때문이다. 나오키는 '애프터'라는 말을 그 여자들 입을 통해 알게 되었다.

남녀를 불문하고 혼자 오는 손님도 드물지는 않았다. 남자 혼자 오는 손님 중엔 역시 혼자 온 여자 손님을 노리는 사람도 있었다. 그들이 이 바에 오는 가장 큰 목적이 그것이다. 나오키는 그들이 실패하는 걸 여러 차례 보았지만 성공하는 사람도 의외로 많다는 걸 발견했다.

이 가게에서 나오키는 쉽게 말하면 잡역부 같은 일을 했다. 문을 열기 전에는 오픈 준비를 하고, 문을 연 뒤에는 웨이터가 되었다. 설거지도 하고 바텐더 흉내도 냈다. 문을 닫은 뒤의 뒷정리도 그의 몫이었다.

전에는 막차를 타고 퇴근했다. 하지만 그러면 수입이 적기 때문에 문 닫는 시간인 오전 4시까지 일하게 해달라고 부탁했다. 지배인은 한 사람 더 고용하는 걸 계산하면 싸다고 판단했는지 한 가지 조건을 붙이며 그러자고 했다. 그 조건이란 택시비를 줄 수 없다는 거였다. 나오키는 이 조건을 받아들이는 대신 전차가 다니는 시간까지 가게에서 자는 걸 허락해달라고 부탁했다. 마스터는 잠시 생각하더니 고개를 가로저었다. 나오키에게 가게 열쇠를 맡겨도 좋을지 어떨지 고민했을 것이다.

BJ는 구인정보지를 통해 알게 되었다. 낮에는 학교에 가야하기 때문에 어쩔 수 없이 밤에 하는 일거리를 찾아야 했다. 그러자니 취직할 곳이 한정될 수밖에 없었다.

면접 때 지배인에게 딱 한 가지 거짓말을 했다. 자기는 외아들이고 고등학교까지는 부모님 밑에서 다녔다고 했다. 대학 통신교육부에서 통학 과정으로 옮겼기 때문에 밤에 할 수 있는 일을 찾게 되었다는 이야기가 그 거짓말을 그럴듯하게 만들었던 모양이다. 지배인은 전혀 의심하지 않았다.

하지만 지배인은 동정심 때문에 나오키를 써줄 만큼 좋은 사람이 아니었다. 나오키를 쓰게 된 데에는 한 사람이 역할이 컸다. 나중에 안 일이지만, 면접 직후 지배인이 나오키가 근무했던 에스닉 요리점으로 전화를 걸었던 모양이다. 지금까지 음식점에서 일해본 적이 있느냐는 질문에 나오키가 그가게 이야기를 했기 때문이다.

지배인은 에스닉 요리점에서 일할 때의 태도에 관해 점장에게 이것저것 질문했다고 한다. 그런데 점장이 일 잘하고 성실한 애였습니다, 라고 대답했던 모양이다. 가게를 그만둔 이유에 대해서는 원래 고등학교 졸업 때까지만 일하기로 했었다, 고 대답해준 것 같았다. 물론 형 문제에 대해서는 아무 말도 하지 않았다.

그런 사실을 알게 되었을 때 자신이 불우하기만 한 것은 아니라는 생각이 들었다. 많은 사람이 자신을 응원해주고 있었다. 그러나 한편으론 사람들이 응원은 해도 자기 손을 내밀어주지는 않는다는 것을 재확인했다. 나오키가 잘살기를 바라긴 하지만 관계를 맺고 싶진 않은 것이다. 누군가 다른 사람이 도와주면 좋을 텐데. 이게 그들의 진심일 것이다. 물론 그렇다고 해서 그 수염 난 에스닉 요리점 점장한테 가진 고마움이 줄어든 것은 아니다.

BJ의 지배인도 그리 나쁜 사람으로 보이지는 않았다. 이른바 베이비붐 세대라 그런지 고학생이라는 말을 즐겨 썼다. 나오키는 고학생이야, 라는 말이 입버릇이었다. 그런 이야기를 손님들에게 퍼뜨리기까지 했다. 중년 고객이나 그들을 따라온 호스티스까지도 감탄스러운 눈으로 나오키를 보았다. 지배인은 나오키라는 존재가 가게 이미지를 올리는 데 공헌하고 있다고 믿는 모양이었다.

하지만 나오키는 방심하지 않았다. 아무리 친하게 대해준다 해도 결코 마음을 열지는 않을 것이다. 절대로 츠요시 이야기를 알게 해서는 안 된다. 알게 되면 끝장이다. 이 생활마저도 빼앗길 것이다. 그것은 지배인이 에스닉 요리점의 점장과 마찬가지로 평범한 사람이기 때문이다. 평범한 사람은 나 같은 사람을 받아들이지 않는다.

다케시마 츠요시란 사람은 존재하지 않는다. 나는 옛날부터 혼자였다. 그렇게 생각하려고 애썼다.

2

오늘밤은 손님이 적어 한가했다. 아직 전철이 다닐 시간인데도 여러 명이 함께 온 손님은 전혀 없었다. 카운터 석에 커플이 두 쌍, 혼자 온 남자가 한 명 있을 뿐이었다. 커플 한 쌍은 브랜디를 홀짝홀짝 마시고, 다른 커플은 남녀 모두 진 라임만 주문했다. 솜씨를 발휘할 기회가 없어진 지배인은 따분한 표정을 짓고 있었다. 혼자 온 남자가 버번을 온더록스로 마시며 이따금 나오키에게 말을 건넸다. 바쁘면 적당히 흘려 듣고 말지만 다른 손님이 없으니 상대를 해줄 수밖에 없었다. 웃음을 지어 보이며 재미도 없는 이야기에 맞장구를 치는 게 고통스럽기만 했다.

12시가 다 되었을 때, 새로운 손님이 들어왔다. 검은 롱코트를 입은 여자였다. 얼핏 낯익은 손님이 아니었기에 자기가 근무하기 전부터 단골인 손님일 거라고 생각했다. 처음 찾는 술집에 여자 혼자 오는 일은 거의 없을 테니 말이다.

아, 오래간만입니다, 당연히 지배인 입에서 그런 소리가 나올 거라고 짐작했다. 그러나 어서 오십시오, 하며 딱딱한 말투로 맞이할 뿐이었다. 눈에는 당황한 기색마저 비쳤다.

여자가 나오키를 쳐다보았다. 그리고 방긋 웃으며 다가오더니 코트를 벗고 등받이 없는 의자에 걸터앉았다. 코트 안쪽에 흰 니트를 입고 있었다.

"오래간만이야."

"예?"

"잊었어? 너무하네."

여자가 고개를 살짝 숙인 채 나오키를 흘겨보았다.

"아……."

그 표정, 아니 억양을 듣고서야 기억이 났다. 시라이시 유미코였다. 전에 만났을 때보다 훨씬 야위었다. 게다가 머리도 기르고 화장까지 하고 있어 몰라보았던 것이다.

"너로구나."

"오래간만이야."

유미코가 카운터에 두 팔꿈치를 얹었다.

"잘 지냈어?"

"그럭저럭. 여긴 어떻게?"

"단체 미팅이 있었어. 다들 노래방에 갔지만 재미없어서 빠져나왔지. 그래서 네 얼굴이라도 볼까 해서."

"그게 아니라, 내가 여기 있는지 어떻게 알고……."

그러자 유미코가 생글생글 웃으며 말했다.

"글쎄, 어떻게 알았을까?"

나오키는 잠깐 생각하고 나서 바로 답을 찾았다.

"데라오한테 들었어?"

"지난주에 라이브 보러 갔었어. 대기실로 인사를 하러 갔더니 무척 반가워하더라. 데라오는 여기 이따금 들른다면서?"

"아주 가끔. 그보다 뭐 주문하지 않아도 되겠어?"

"아, 그럼 싱가포르 슬링."

별걸 다 아는구나, 생각하면서 지배인에게 주문을 넣었다.

이 가게에서 일하고 얼마 지나지 않았을 때 데라오한테서 연락이 왔다. 새로 얻은 일자리 얘기를 하자 꼭 한번 들르겠다고 했다. 그리고 정말로 그 주에 찾아왔다. 그 뒤로는 한 달에 한 번 정도 얼굴을 내밀었다. 물론 나오키가 밴드에서 빠진 이야기는 꺼내지 않았다. 어떻게 지내는지만 물었을 뿐이다. 밴드 이야기나 음악 이야기는 오히려 나오키가 먼저 꺼냈다. 그러나 늘 내키지 않는다는 듯 묻는 말에만 대답할 뿐이었다. 올해 초에 첫 CD가 나왔다는 이야기까지는 들었다.

"학교를 주간으로 옮겼다면서. 잘됐네."

싱가포르 슬링을 한 모금 마시고 나서 유미코가 말했다.

그렇지 뭐, 하며 나오키는 고개를 끄덕였다.

"회사를 갑자기 그만둬서 놀랐어."

"낮에는 일을 할 수 없으니까."

"그래서 바텐더 일을 배우는 거야?"

남자 손님이 한 잔 더, 하며 잔을 들어올렸다. 나오키는 알
았습니다, 하고 버번 온더록스를 만들었다. 그 정도라면 나
오키도 만들 수 있다. 남자 손님이 힐끔힐끔 유미코를 쳐다
보았다. 하지만 그녀는 눈치를 채지 못했는지 가게 안을 두
리번거렸다.

"지금 어디 살아?"

유미코가 또 말을 걸어왔다.

"어디 살든 상관없잖아?"

그러자 유미코가 카운터 위에 쌓아놓은 술잔 받침을 한 장
빼서 나오키 쪽으로 밀었다.

"뭐야, 이건?"

"연락처 적어줘. 데라오가 가르쳐준 번호로는 걸어도 연결
이 안 되니까."

"전화는 있지만 집에 거의 없어서 끊었어."

"흐음……, 그럼 주소."

"그런 거 알아서 뭐 하게?"

"그냥 알고 싶어서."

하하하, 하고 웃음소리가 났다. 버번을 마시고 있던 남자 손님이었다.

"아가씨, 나오키는 포기하는 게 나아. 저 친구는 경쟁률이 높으니까. 저 친구 보러 오는 여자 손님이 얼마나 많은데. 안 그래?"

나오키에게 동의를 구했다.

"그렇지 않습니다."

"아니지, 소문이 파다해. 그보다 아가씨, 멋진 귀걸이를 하고 있네. 어디서 샀지?"

"이거? 시부야에서 산 싸구려."

"헤에, 그래? 그럼 헤어스타일하고 잘 맞아서 그런가? 머리는 어디서 했어?"

또 시작이구나, 생각하며 나오키는 속으로 욕을 퍼부었다. 그 남자는 늘 이런 식이었다. 먼저 액세서리를 칭찬하고, 헤어스타일을 칭찬한다. 이어 화장을 칭찬하고, 마지막으로 바탕이 좋다고 칭찬하는 식이다. 여자한테 접근할 때는 칭찬보다 좋은 말이 없다는 강의를 해준 적도 있다.

그 남자는 프로덕션 사장이었다. 하긴 자기 입으로 그렇다고 한 것이지, 진짜인지 가짜인지는 알 수 없다. 유명 탤런트들과 알고 지내는 것처럼 이야기하는 것도 그의 큰 무기였다. 실제로 유미코도 흥미 있다는 듯 남자의 이야기를 듣고 있었다. 살았다, 싶었다. 자기 과거를 아는 사람하고는 가급적 얽히고 싶지 않았다.

유미코가 화장실에 갔다. 그러자 마치 기다렸다는 듯이 남자가 나오키를 손짓해 불렀다.

"저 아가씨, 너하고 아무 사이도 아니지?"

"아무 사이 아닙니다."

"그럼 데리고 나가도 될까?"

나오키는 잠깐 망설이다 마음대로 하라고 대답했다.

남자가 상의 주머니에서 뭔가를 꺼냈다. 흰 알약이었다.

"이거 으깨서 다음에 시키는 것에……. 알았지?"

남자가 교활하게 웃었다.

"그건 좀, 너무한데요……."

"부탁해. 별 거 아니잖아."

남자가 악수를 하듯 나오키의 손을 잡았다. 손바닥에 뭔가가 끼워져 있다. 작게 접은 지폐라는 걸 바로 알 수 있었다.

유미코가 나왔다. 나오키와 남자는 손을 놓았다. 지폐는 나오키의 손 안에 있었다. 뒤돌아서서 지폐를 확인했다. 5천 엔짜리 지폐여서 살짝 혀를 찼다.

"뭘 좀 더 마시지."

남자가 유미코에게 말했다.

"벌써 꽤 마셨는데. 그럼, 오렌지 주스."

남자가 눈짓으로 신호를 보냈다. 나오키는 아무 일도 없었다는 듯 카운터 뒤에서 방금 받은 알약을 깼다. 지배인은 다른 손님을 상대하고 있었다.

"주스 한잔하고 내가 아는 다른 술집에 가지 않겠어? 집까지 바래다줄게."

"아, 미안. 나오키한테 데려다달라고 할 거야."

유미코의 혀가 약간 꼬여 있었다.

"난 아직 일이 남았어."

그렇게 말하면서 오렌지 주스를 유미코 앞에 내려놓았다.

"그럼 끝날 때까지 기다릴게."

"일 끝나려면 아직 멀었어."

"됐어. 기다릴 거야."

"어지간히 해둬."

나오키의 말에 유미코의 표정이 굳어졌다. 그 눈을 바라보면서 나오키는 말을 이었다.

"귀찮아. 이 손님한테 부탁하면 되잖아."

유미코의 눈이 점점 붉어졌다. 뭐라고 소리를 지를 것 같은 분위기였다. 하지만 입을 열기 전에 손을 들어 나오키를 때렸다. 오렌지 주스 잔이 나오키 쪽으로 쓰러졌다. 소리를 지른 것은 나오키였다.

무슨 짓이야, 외치는 순간 유미코는 이미 가게를 나서고 있었다. 남자가 그 뒤를 따라 나갔다.

"무슨 일이야, 나오키?"

지배인이 어깨를 움츠려 보였다.

죄송합니다, 사과하면서 나오키는 바닥을 치우기 시작했다. 유미코의 뒷모습을 떠올리며, 나는 예전의 내가 아니라고 중얼거렸다.

3

데이토대학 경제학부 경영학과는 한 학년이 150명이었다. 그래도 학교에서 가장 큰 계단식 강의실에 들어가면 텅 빈 느낌이 들었다. 앞쪽 자리는 특히 그랬다. 맨 앞줄에 앉는 사람은 나오키 혼자였다. 자기가 옮겨오기 전까지 맨 앞줄에 앉은 학생은 아무도 없었을 거라는 생각이 들었다.

자신에게 핸디캡이 있다는 걸 나오키는 알고 있었다. 무엇보다 편입을 했기 때문에 교수들이 얼굴을 모른다. 하루 빨리 낯을 익히지 않으면 취직할 때 고생할 거라고 생각했다.

자기는 남들과 다르다는 생각도 했다. 다른 학생들은 1학년 때부터 서로 얼굴을 보며 지내왔기 때문에 제각각 친한 사람들이 있을 것이다. 2학년이 되면서 편입해온 나오키를 서먹서먹하게 여기는 것은 당연하다. 말을 거는 사람이 하나도 없었던 건 아니다. 하지만 통학 과정에서 옮겨와 6개월 가까이 지난 지금도 친구라고 부를 만한 사람은 없었다.

그래서 이날 4교시가 끝난 뒤, 한 학생이 말을 걸었을 때도 그저 사무적인 용건일 거라고만 생각했다.

니시오카란 학생이었다. 키가 크고 말랐다. 피부가 보기 좋게 그을린 것으로 보아 무슨 운동을 하는 모양이다. 늘 멋지게 차려입고 다닌다는 걸 나오키도 알고 있었다.

그가 잠깐 이야기 좀 할 수 있어요, 하고 말을 걸었다. 같은 학년인데도 다른 학생들은 왠지 나오키한테 존댓말을 썼다.

"다케시마 씨, 단체팅 좋아해요?"

"단체팅?"

생각도 못했던 말이다.

"좋고 싫고도 없지. 그런 거 해본 적이 없으니까."

미팅하는 건 가게에서 여러 번 봤지만, 그 이야기는 하지 않았다.

"해볼 생각 없어요? 이번 토요일인데."

"아니, 나더러 같이 가자는 거야?"

예, 하며 니시오카가 고개를 끄덕였다. 약간 초조한 표정을 짓고 있다.

"왜 나한테? 그런 모임에 나갈 사람은 얼마든지 있잖아?"

"그게 좀 사정이 있어서요."

"무슨 소리지?"

니시오카가 가방을 열더니 작은 사진용 파일을 꺼냈다. 그걸 펼쳐 나오키한테 보여주었다.

사진엔 눈에 익은 광경이 찍혀 있었다. 가을 대학축제 때 모습이다. 그때 경영학과에서는 간이매점을 몇 개 냈었다. 그중 크레페를 파는 매점도 있었는데, 사진엔 그 가게 앞에서 따분하다는 듯 종이컵에 든 커피를 마시는 나오키의 모습이 찍혀 있었다. 축제 기간에는 등교하지 않아도 상관없지만, 일하러 나가기 전에 시간을 때우기 위해 한번 들렀던 터였다.

"축제 때 고등학교 시절 여자 친구를 불렀었죠. 도토여대에 다니는데, 이번 단체팅에 나와달라고 부탁했더니 나가는 건 좋지만 별 볼일 없는 애들은 싫대요."

"자신감이 있는 친군가보군."

"별로 그렇지도 않아요. 그래서 그럼 어느 정도면 되겠냐며 축제 때 찍은 사진을 보여주었죠. 그랬더니 사진을 보면서 몇 사람 골랐는데, 그중에 다케시마 씨가 있었어요."

"나를 골랐다고?"

픽 웃었다. 기분이 나쁘지는 않았다.

"사진이 잘 나왔나?"

"그 친구가 다케시마 씨를 기억하고 있더군요. 얼핏 봤지만 멋있는 사람일 거라고 하더군요. 저도 진지한 사람이라고 말해뒀습니다."

니시오카가 싱글싱글 웃었다.

"진지한 사람이라……."

말이 없고 어둡다는 걸 에둘러 표현한 것이 틀림없다.

"어떠세요? 시간 낼 수 있겠어요?"

나오키는 잠깐 생각하고 나서 말했다.

"글쎄, 난 통신 과정을 밟다 편입해서. 그런 이야길 그 친구한테 했나? 공연히 나갔다 창피당하고 싶진 않아."

"하지는 않았지만 그런 건 관계없잖아요? 지금은 우리하고 같은 과니까."

정말 그렇게 생각하는 건지 궁금했지만 입 밖에 내지는 않았다.

"어떠세요? 5대 5예요. 우리한테 주문까지 했으니 그쪽도 괜찮은 애들을 데려오라고 했는데."

세상 참 한가롭게 사는구나 싶었다. 그토록 동경하던 대학 생활이 이렇게 경박한 하루하루의 반복이라니 약간 충격적이기도 했다. 하지만 이 하루하루 속에서 뭔가를 움켜쥐지 않으면 안 된다는 걸 나오키는 알고 있었다.

"좋아. 하지만 난 세련된 척 못해."

"괜찮습니다. 그냥 앉아서 여자애들하고 이야기만 하면 됩니다."

여자 친구의 주문을 들어줄 수 있게 되었다고 생각해서인지 니시오카의 얼굴에 안도하는 표정이 나타났다.

단체팅 장소는 시부야에 있는 레스토랑이었다. 나오키는 평소 가게에 나갈 때와 별로 다를 바 없는 옷차림으로 집을 나섰다.

첫 경험이지만 특별히 긴장되거나 하지는 않았다. 가게에서 여러 번 보았기 때문에 대략적인 분위기는 파악하고 있었다. 무엇보다 젊은 여자들하고의 대화에 익숙했다. 니시오카한테 배울 필요도 없다. 그저 이야기를 적당히 들어주기만 하면 된다.

나오키는 'BJ'에서 일하는 동안 아마도 자기가 여자들이 좋아할 만한 외모와 분위기를 갖고 있는 모양이라고 생각하게 되었다. 혼자 온 여자 손님 중 노골적으로 접근하는 사람도 적지 않았기 때문이다. 긴자의 호스티스한테 이끌려 그 여자 집까지 갔던 적도 있고, 가게 문을 닫을 때를 노리고 온 여자 손님한테 느닷없이 키스를 당한 적도 있다.

하지만 나오키는 함부로 깊은 관계를 맺어서는 안 된다고 생각했다. 만약 자기가 정말로 인기 있는 타입이라면 그걸 잘 활용해야 한다고 믿었다. 그게 지금 자기한테 있는 유일한 무기였기 때문이다. 그건 결코 하찮은 무기가 아닐 터였다.

니시오카가 이런저런 순서를 정하기 시작했다. 자리 배치와 주문할 음식뿐 아니라 대화의 흐름까지 정하려 들어, 나오키는 약간 어처구니가 없었다.

"다케시마 씨, 오늘은 반말을 써도 괜찮겠죠?"

니시오카가 물었다.

"다케시마 씨한테만 존댓말을 쓰는 건 좀 부자연스러워서요."

그래, 맞아. 다른 세 사람도 고개를 끄덕였다. 그걸 보고 녀석들이 속으로는 자기를 이단시하고 있다는 생각이 들었다.

"아무려나 상관없어. 반말이든 뭐든."

"그럼 반말을 쓰기로."

네 명의 의논이 끝난 뒤 여학생들이 나타났다. 남자들이 일어서서 여자들을 맞이했다.

여학생은 다섯 명 모두 나름대로 예쁜 얼굴이었다. 남학생들 사이에 그래서 까다롭게 굴었군, 하는 안도감과 들뜬 분위기가 흘렀다. 오늘밤은 재미있을 것 같다고 생각하는 게 틀림없다.

어떤 여학생이 나오건 상관없었지만 다섯 가운데 딱 한 명, 나오키의 마음 깊숙한 곳에 있는 뭔가를 건드리는 듯한 여자가 있었다. 등까지 길게 기른 검은 머리에, 옷도 온통 검은색으로 차려입은 그 여학생은 이 미팅이 별로 내키지 않는다는 표정을 짓고 있었다. 눈썹이 또렷하고 눈이 약간 치켜 올라가 보였다. 입술은 한일자로 꾹 다물고 있다. 까다로운 미인의 전형이라고 할 수 있었다.

니시오카와 다른 남학생들이 그렇게 꼼꼼하게 준비를 했는데도 이야기의 흐름은 그들의 예상을 완전히 빗나갔다. 니시오카의 여자 친구가 워낙 말이 많아, 그 페이스에 말려들었기 때문이다. 하지만 분위기는 좋았고, 남학생들도 만족하는 것 같았다.

한 여학생이 나오키가 마음에 들었는지 이런저런 질문을 했다. 나오키는 질문을 받으면 간단히 대답하고 상대가 이야기를 시작하면 맞장구를 치는 자세로 일관했다. 가게에서 손님을 상대할 때보다 훨씬 편했다.

그 여학생이 다른 남학생에게 말을 걸 때, 나오키는 자연스럽게 검은 머리 여학생을 쳐다보았다. 그러자 상대방도 나오키를 바라보았다. 얼른 시선을 돌렸지만 눈길이 마주친 것은 분명했다.

여학생의 이름은 나카조 아사미. 자기소개를 할 때 들은 것

중 철학과에 다닌다는 것만 기억에 남았다. 아니, 그녀는 그 말 이외에는 제대로 자기소개를 하지도 않았다. 남학생들이 열심히 꺼내는 화제에 여학생들이 분위기를 맞출 때도 관심 없다는 표정으로 담배만 피웠다. 긴장된 분위기가 풀리고 각자 자리를 옮긴 뒤, 그 미모에 끌린 남학생 몇몇이 슬쩍 말을 걸었지만 반응은 쌀쌀맞았다. 가능성이 없다고 생각한 남학생들은 일찌감치 그 여학생을 포기하고 접근하지 않았다.

그런 나카조 아사미가 아주 잠깐이기는 하지만 자기를 보고 있었다는 걸 어떻게 해석해야 할지 나오키는 알 수가 없었다. 어쩌면 남학생 중 유일하게 그에게만 흥미가 끌려 말을 걸어주길 기다리고 있는 건지도 모른다. 하지만 여기서 한 여학생과 친해지는 게 무슨 의미가 있단 말인가. 적당히 즐길 걸프렌드라면 가게에 드나드는 여자 손님 중에도 몇 명은 있다. 그 여자들에겐 자기 처지를 털어놓지 않아도 된다. 또 거짓말을 해도 문제가 없다. 특별히 애인이 필요하지도 않았다. 친해지면 헤어질 때 괴로울 뿐이다.

레스토랑을 나오기 전, 니시오카가 2차로 노래방에 가자는 제안을 했다. 나오키는 뱃속 편한 대학생들하고 어울리는 건 여기까지만 하자고 생각했다.

"난 갈게."

니시오카에게 살짝 말했다.

"엥? 왜요?"

"다들 즐거운 것 같으니 한 명 정도 빠져도 괜찮을 거야. 좀 피곤해서."

"마음에 드는 애 없어요?"

니시오카가 싱글싱글 웃었다.

"오늘은 됐어. 너희들한테 양보할게."

"알겠습니다. 그럼 또 봐요."

니시오카는 굳이 붙들려 하지도 않았다.

레스토랑을 나와 다른 학생들과 헤어졌다. 나오키는 혼자 시부야 역으로 향했다. 별로 늦은 시간이 아닌지라 거리는 젊은이들로 가득했다. 다른 사람과 부딪히지 않도록 조심하면서 넓은 횡단보도를 건너 시부야 역으로 들어갔다.

표를 사려고 줄을 섰는데, 옆에서 누가 쳐다보는 느낌이 들었다. 고개를 돌리니 나카조 아사미가 옆줄에서 그를 바라보고 있었다. 나오키는 웃으며 손을 들었다. 그녀는 무표정한 얼굴로 꾸벅 고개를 숙였다.

그녀도 노래방에 가지 않은 모양이다. 그다지 의외라는 생각은 들지 않았다.

그녀가 발매기 쪽에 더 가까웠다. 나오키는 별 생각 없이 뒤에서 바라보고 있었다. 그때 그녀가 검은 가방을 뒤적이더니 표를 살 생각은 않고 불쑥 줄에서 빠져나왔다. 그런 뒤에도 한동안 가방을 뒤졌다. 이윽고 고개를 든 그녀가 곤혹스러운 표정을 지었다.

무슨 일이 생긴 거라고 생각했다. 잠깐 망설이다 줄에서 빠져나와 다가갔다.

"왜 그래?"

말을 걸자 놀란 표정을 짓더니 바로 눈썹을 찡그리며 고개를 저었다.

"아까 그 가게에다 지갑을 두고 온 것 같아. 아무래도 화장실에 두고 온 것 같은데."

"골치 아프게 됐네."

나오키가 예상한 그대로였다.

"가지러 가야지."

"응. 찾을 수 있으면 좋겠는데."

"나도 같이 갈게."

"아, 괜찮아. 혼자 갈 수 있어."

그녀가 손을 저었다.

"그래?"

나오키는 그녀의 표정을 읽었다. 함께 가는 게 싫은 것 같지는 않았다.

"그래도. 같이 갈게. 경우에 따라서는 니시오카한테 연락을 해야 할지도 모르고."

"그런가……? 미안해."

"어서 가자."

두 사람은 잰걸음으로 레스토랑을 향해 갔다. 이야기를 나누지는 않았다. 그녀 입장에서는 대화를 나눌 상황이 아닐 거라고 생각했다.

레스토랑에 도착하자 그녀가 나오키를 밖에서 기다리게 하고 자기만 안으로 들어갔다. 골치 아프게 됐다고 생각했다. 만약 찾지 못하면 자기만 혼자 돌아갈 수는 없을 터였다. 자칫하면 경찰서까지 따라가야 할지도 모른다.

니시오카 일행이 간 노래방은 어딜까, 생각하고 있는데 나카조 아사미가 가게에서 나왔다. 심각한 표정은 사라져 있었다.

"찾았어?"

"응."

그녀가 그제야 웃는 표정을 지어 보였다.

"역시 화장실에 두고 나온 모양이야. 어떤 사람이 레스토랑 직원한테 맡겨뒀대."

"다행이네."

"미안해, 여기까지 따라오게 만들고."

"그런 건 상관없어."

다시 시부야 역으로 가는 길을 둘이서 걸었다. 그러나 이번

엔 꽤 여유 있는 걸음이었다. 그리고 이번엔 아무 말도 없지
는 않았다.

"너도 노래방에 안 갔구나."

"응. 왠지 그럴 기분이 아니어서."

"오늘 단체팅이 별로 내키지 않았던 모양이네."

"그렇게 보였어?"

"응. 그렇지 않았어?"

"아니. 네 말대로 전혀 관심이 없었어. 머릿수가 부족하다
고 해서 어쩔 수 없이 왔을 뿐이야. 리포트 때문에 몇 차례 도
움을 받았거든."

"그랬구나. 지갑을 찾아서 다행이야. 지갑까지 잃어버렸다
면 최악의 밤이 될 뻔했어."

"그러게 말이야. 하지만 너도 건성으로 앉아 있던데?"

"그냥. 단체팅 같은 건 별로 좋아하지 않아서."

"애인한테 잔소리 들을까봐서?"

"애인 없어."

"그래?"

시부야 역 근처까지 돌아왔다. 이제 횡단보도를 건너기만
하면 된다. 나오키는 여기서도 망설였다. 이대로 그냥 헤어
지는 게 번거롭지 않아서 좋다. 전화번호를 주고받지도 않고
서로 자세한 정보를 교환하지도 않는다면 이 여학생을 점차

잊을 수 있을 것이다.

신호가 빨간색에서 녹색으로 막 바뀌려 할 때였다. 망설이는 마음과 달리 입이 움직였다.

"혹시 시간 있으면 차라도 한잔 어때?"

나카조 아사미는 놀란 표정을 짓지 않았다. 손목시계를 보더니 바로 고개를 끄덕였다.

"응, 한 시간 정도는."

나오키는 착잡한 심정으로 고개를 끄덕였다. 그녀가 거절했다면 미련 없이 돌아섰을 것이다. 나오키는 자신이 묘한 희망을 품게 되는 게 두려웠다. 그러면서도 역시 마음은 설렜다.

카페에 들어가 커피를 주문했다. 나카조 아사미는 아이스 밀크 티.

"나, 다른 애들보다 한 살 많아."

빨대로 한 모금 마시고 나서 아사미가 말했다.

"재수?"

"아니, 유급. 1학년 때 거의 학교에 나가지 않았거든."

"흐음, 병 같은 걸 앓았니?"

"아니. 그냥 다니고 싶은 마음이 없어서."

뭔가 사정이 있었던 모양이지만 나오키는 캐묻지 않기로 했다.

"그래서 오늘 같이 나온 애들하곤 이야기가 안 통해."

"그래서 단체팅도 재미없었던 거야?"

"단체팅 따윈 시시해."

아사미가 가방에서 담배와 라이터를 꺼냈다.

"오늘 나온 여자애 중 반은 담배를 피워. 그렇지만 남자 앞에선 참고 있는 거야."

"애인 있어?"

아사미가 나오키를 향해 담배를 내뿜었다.

"보이프렌드 정도라면."

"역시 그렇구나."

"애인은 아니지."

아사미가 유리 재떨이에 재를 떨었다.

"다케시마……라고 했지? 너도 유급했어?"

나오키는 쓴웃음을 지었다.

"그렇게 보여?"

"왠지 다른 남자애들하고는 분위기가 달라서. 유급한 게 아니라면 미안해."

"유급생은 아니지만 이방인이지. 통신교육부에서 편입했어."

"통신? 아아……."

손가락에 담배를 끼운 채 아사미가 고개를 끄덕였다.

"드문 경우네."

4

시간이 눈 깜빡할 사이에 흘러갔다. 헤어질 때 아사미가 휴대전화 번호를 메모한 쪽지를 내밀었다.

"무슨 일 있으면 연락해줘."

무슨 일이라는 게 뭘까, 생각하면서 나오키는 쪽지를 받아들었다. 나오키도 집 전화번호를 적은 메모를 건넸다.

"하지만 평일 밤에는 아마 없을 거야."

"그래? 롯폰기에 있는 가게에서 아르바이트를 한다고 했지? 다음에 그 가게로 찾아가봐도 돼?"

"좋지."

나오키는 지갑에서 지배인의 명함을 꺼냈다. 그 뒤에 약도가 인쇄되어 있었다.

아파트로 돌아온 나오키는 가게에서 슬쩍 가져온 위스키를 마시고 잠자리에 들었다. 나카조 아사미와 나눈 이야기를 하나하나 떠올리며 그녀의 얼굴을 머릿속에 그렸다. 솔직히 또 만나고 싶었다. 하지만 한편으론 만나봐야 별수 없다는 생각도 들었다. 그녀는 아무래도 부잣집 딸인 듯했다. 집이 덴엔초후라고 하니, 나름대로 부유한 가정에서 자랐을 것이다. 자기하고는 어울릴 리가 없다. 또한 그녀의 부모가 자신의 처지를 알게 되면 당장 교제를 반대할 거라는 생각도 들었다.

헛꿈 꾸지 마라. 나오키는 스스로를 타일렀다. 쓸데없는 희망을 품으면 엄청난 창피를 당하게 될 것이다.

나오키는 쓴웃음을 지었다. 내가 무슨 생각을 하는 거지? 나카조 아사미는 나한테 별 관심도 없다. 휴대전화 번호를 적어주었다는 것 정도로 들떠서는 안 된다.

하룻밤 자고 나면 그녀에 관한 기억도 흐려질 것이다. 그렇게 되길 기도하면서 애써 잠을 청했다.

하지만 아사미에 대한 기억은 기대한 것처럼 쉽게 지워지지 않았다. 오히려 날이 갈수록 더 또렷해지기까지 했다. 그녀와 나눈 몇 마디 말들이 늘 머릿속을 맴돌았다.

그래도 나오키는 먼저 전화를 걸 생각은 하지 않았다. 전화를 하면 뭔가 돌이킬 수 없는 일이 일어날 것만 같은 예감이 들었다. 그녀를 떠올리면 가슴이 설렜지만 언젠가는 잊을 수 있을 거라 믿었다.

단체팅을 한 지 열흘 정도 지난 어느 날 밤이었다. 여느 때처럼 가게 카운터 일을 하고 있는데 커플 손님이 들어왔다. 그 두 사람을 보고 깜짝 놀랐다. 여자 손님이 나카조 아사미였기 때문이다.

우연이 아니라 명함 뒤에 있는 약도를 보고 남자를 데려온 게 틀림없었다. 하지만 그녀는 나오키에게 말을 걸지 않았다. 카운터 석에 동행한 남자와 나란히 앉아 가게 안을 둘러

볼 뿐이었다.

말을 걸지 않는 한 이쪽에서 먼저 아는 척을 하지 않는 게 이 가게의 규칙이었다. 나오키는 다른 손님을 대할 때와 마찬가지로 두 사람에게 메뉴판을 건네주었다.

아사미가 버번 소다를 주문하자 남자도 같은 걸 달라고 했다. 주문에는 별 관심이 없는 말투였다.

남자는 나오키보다 약간 나이가 많아 보였다. 짙은 회색 재킷을 걸치고, 안에는 목이 높은 셔츠를 받쳐 입었다. 미용실에 부지런히 다니는지 길지도 짧지도 않은 머리카락이 깔끔하게 손질되어 있었다.

나오키는 가능한 한 두 사람 쪽을 쳐다보지 않으려고 애썼다. 하지만 대화 내용이 드문드문 귀에 들어오는 것만은 피할 길이 없었다. 자세한 내용까지는 알 수 없지만 아무래도 별로 즐거운 대화 같지는 않았다. 아사미의 목소리가 들렸다.

"시간 낭비라고 하잖아. 피차 앞으로의 일을 생각하는 게 나을 거야."

남자가 뭐라고 소곤소곤 대답했다. 해보지 않고서는 모르지, 이런 이야기였다.

"난 결론을 내렸어. 더 이상 시간을 끌고 싶지는 않아."

"뭐가 시간을 끈다는 거야?"

"이런 식으로 이야기하는 게 무슨 의미가 있어? 다람쥐 쳇

바퀴 돌기지."

"넌 결론을 내렸을지 몰라도 난 납득이 안 돼."

"그야 납득할 수 없겠지. 하지만 어쩔 수 없잖아?"

여기요, 하고 아사미가 말을 건넸다. 나오키가 찔끔 놀라
쳐다보자 빈 텀블러 잔을 앞으로 내밀었다.

"한 잔 더."

나오키는 고개를 끄덕이며 잔을 받아들었다. 아사미는 태
연했다.

그 뒤에도 두 사람의 대화는 계속되었다. 양쪽 다 아주 작
은 목소리로 이야기했기 때문에 전혀 들리지 않았다. 하지만
두 사람을 둘러싼 분위기가 어두운 건 변함이 없었다.

두 잔째 버번 소다를 비운 뒤 아사미가 갑자기 벌떡 일어
섰다.

"이제 그만둬. 충분하잖아. 더 이상 이야기해봐야 아무 의
미도 없어. 난 갈래."

"잠깐 기다려."

그러나 아사미는 남자의 말을 듣지 않고 만 엔짜리 지폐를
카운터에 내려놓더니 의자 등받이에 걸어두었던 코트를 안
고 가게를 나가버렸다. 얼른 뒤를 따라 나가기는 창피하다고
생각했는지 남자는 자기 잔을 비울 때까지 앉아 있었다.

남자가 나가고 조금 있다 가게 전화벨이 울렸다. 나오키가

받자 아사미의 목소리가 들렸다.

"그 녀석 나갔어?"

"좀 전에 나갔어."

"그래? 그럼 내가 다시 그리로 갈게."

잠시 후 아사미가 돌아왔다. 아까와 같은 자리에 앉아 나오키에게 웃음을 지어 보였다.

"미안해. 기분 나빴지?"

"그런 거야 상관없지만……. 그 사람 괜찮겠어?"

"설마 여기로 돌아왔을 거라고는 생각하지 않겠지."

"왠지 심각해 보이던데."

흥, 하고 아사미가 콧방귀를 뀌었다.

"눈치챘을 테지만 헤어지자는 이야기였어."

"애인이 있었던 거네. 보이프렌드 정도라더니."

"내 입장에서는 이미 애인이 아니라는 얘기였지. 그걸 오늘 확실하게 정리한 거고."

"여기 데려온 건 뭔가 목적이 있어서?"

"내가 망설이지 않기 위해서였어."

"망설여?"

"아까 그 사람, 말재주가 좋거든. 정에 호소하면 나도 모르게 설득당할 우려가 있어서. 그래서 여기로 온 거야. 여기엔 네가 있잖아? 네가 듣고 있으면 공연한 소리는 하지 않을 거라고 생각했어. 덕분에 마지막까지 내 마음이 흔들리지 않았고."

"헤어져서 다행이라는 거야?"

"간신히 마무리했지. 속 시원해."

나카조 아사미는 칵테일을 몇 잔 더 마신 뒤 돌아갔다.

그날 밤 이후, 아사미는 이따금 가게를 찾아왔다. 친구와 함께 온 적이 많았지만 혼자 올 때도 있었다. 남자를 데리고 오는 일은 없었다.

아사미는 자유분방하고 대담한 성격이지만, 동시에 어처구니없을 만큼 어린애 같은 면이 있었다. 나오키는 아사미와 이야기를 나누고 있으면 내부에 잠들어 있던 무언가가 깨어나는 느낌이 들었다.

그토록 스스로를 타일렀지만 나오키는 아사미 쪽으로 기우는 마음을 주체할 수 없었다. 아사미가 자신에게 호감을 품고 있다는 확신도 들었다.

아주 자연스럽게 데이트를 하게 되었고, 몇 번째 만났다 헤어지는 길에 아사미를 자기 방으로 초대했다. 여자를 자기 방으로 데리고 오기는 처음이었다.

좁고 살풍경한 방에서 그녀를 껴안고, 나오키는 사랑한다는 말을 했다.

나오키는 휴일마다 아사미를 만났다. 시부야에서 쇼핑을 하거나 유원지에 놀러가기도 했다. 도쿄 디즈니랜드에도 처음으로 들어가보았다. 이러면 안 된다는 생각을 하면서도 나오키는 아사미와의 관계를 끊을 수가 없었다. 크리스마스에는 아르바이트 급료에서 조금씩 떼어 모은 돈으로 귀걸이를 사주고 시내 레스토랑에서 식사를 했다. 함께 잘 수 있는 돈은 없었다. 솔직하게 그 이야기를 하자 아사미는 돈이 있어도 아마 예약을 할 수 없었을 거야, 라며 웃었다. 그리고 나오키 방에서 2차를 하자고 제안했다. 편의점에서 양초와 싸구려 케이크를 산 다음 집에 돌아와 크리스마스 파티를 계속했다. 아사미의 몸은 나오키의 품 안에 있었다. 양초의 불꽃이 흔들릴 때마다 벽에 비치는 두 사람의 그림자도 우아하게 흔들렸다.

"나오키, 요새 재미가 좋은 모양이구나."

가게에서도 자주 이런 소리를 들었다. 지배인이나 다른 종업원뿐 아니라 단골손님들까지 그런 소리를 했으니 얼굴이 어지간히 야윈 모양이었다. 그런 이야기를 듣고서도 심각한 표정을 지을 수가 없었다.

새해가 되어 하쓰모데(새해에 신사나 절을 찾는 관습)를 하러 메이지신궁을 찾았다. 사람들은 왜 일부러 이렇게 붐비는 곳을 즐겨 찾는 걸까, 하며 바보같이 여겼었지만 아사미와 함께라면 그것마저도 즐거웠다. 아사미는 후리소데(일본의 전통 외출복)를 입고 있었다. 기모노 차림을 한 여자와 함께 걷기는 처음이었기 때문에 나오키는 손을 잡는 것도 신경이 쓰였다.

밸런타인데이에는 아사미가 가게 문을 닫기 직전에 찾아왔다. 아직 두 사람 사이를 지배인에게 이야기하지 않았지만 어렴풋이 눈치를 채고 있었던 모양이다.

"나오키, 오늘도 여기서 잘 생각이냐?"

지배인이 슬쩍 물었다.

"아뇨. 오늘은 집에 갈 생각입니다."

"그럼 정리는 내일 해도 되니 일찍 들어가. 여학생을 기다리게 하면 불쌍하잖아."

지배인의 무뚝뚝한 말에 나오키는 말없이 고개를 숙였다. 얼굴이 화끈거렸다.

크리스마스 때와 마찬가지로 나오키 방에서 밸런타인데이를 축하했다. 아사미가 만든 초콜릿 케이크를 둘이서 먹었다. 커피는 나오키가 끓였다.

그때 아사미가 처음으로 자기 집엘 가자고 했다. 부모님께 소개하고 싶다는 뜻인 듯했다.

"별로 거북하게 생각할 필요 없어. 요즘 주말마다 외출을 하니까 신경이 좀 쓰이는 모양이야. 전에 사귀던 남자하고 헤어졌다고 했더니, 그럼 이번엔 누구와 사귀나 싶어 걱정하는 거지. 내버려둬도 괜찮겠지만 얼굴 마주칠 때마다 물어봐서 귀찮아. 그렇다고 계속 못 들은 척하면 나중에 만날 때 네 인상이 나쁠 수도 있을 것 같아서."

나오키는 아사미의 심정을 충분히 이해했다. 아마도 아사미가 집에서 받는 압력은 말로 표현한 것보다 훨씬 심할 것이다. 이런 상황에서 부모님들 이야기를 못 들은 척한다면 앞으로 계속 사귀기가 힘들어질 거라는 것도 진심일 것이다. 물론 부모님들이 걱정하니 될 수 있으면 빨리 안심시켜드리고 싶다는 생각도 있을 것이다. 사귀다보니 나오키도 아사미가 부모에게 신경을 많이 쓰는 성격이라는 걸 알 수 있었다.

나오키 입장에서는 드디어 올 것이 왔다는 심정이었다. 예상보다 빨랐지만 피할 수 있는 일은 아니라고 각오했었다.

그러나 선뜻 고개를 끄덕일 수는 없었다. 먹던 초콜릿 케이크를 앞에 두고 입을 다물었다.

"가기 싫어?"

아사미가 그의 얼굴을 들여다보았다.

나오키는 참고 있던 숨을 후우, 하고 토해냈다.

"계속 이런 식으로 사귈 수는 없을 거라고 생각했어. 네 말처럼 부모님들이 걱정하실 테니까."

"그럼."

나오키는 살짝 입술을 깨물고 나서 말했다.

"그런데, 괜찮을까?"

"뭐가?"

"그러니까, 나 같은 녀석이라도 말이야. 나처럼 아무것도 없는 녀석이 너희 집에 가면 웃기지 말라면서 쫓겨나는 거 아닐까?"

"아무것도 없다니 무슨 뜻이야? 가족이 없는 건 나오키 때문이 아니잖아. 집이 없는 것도 네 잘못이 아니고. 가족도 집도 기댈 사람도 없지만 넌 자기 힘으로 살아가고 있어. 그뿐만이 아니라 대학까지 다니고 있어. 그런 사람을 누가 무시할 수 있겠어? 만약 그런 짓을 한다면 차라리 내가 부모를 경멸할 거야. 아예 인연을 끊어버릴 거야."

아사미의 험악한 말투에 나오키는 쓴웃음을 지었다.

"무시당하지는 않을지 몰라도 교제를 반대하시지 않을까?"

"왜 반대할 거라고 생각해?"

"균형이라는 게 있잖아. 어른들은 그런 걸 신경 쓰지 않나?"

"균형이란 게 뭐지? 나오키한테는 가족이 없고, 나한테는 돈을 좀 가진 부모가 있다는 걸 말하는 거야? 그건 말도 안 돼. 나하고 나오키가 어울리는지 어떤지가 중요한 거지."

"그야 그렇지만."

나오키는 고개를 숙였다.

아사미의 아버지는 국내에서는 세 손가락 안에 드는 의료 기기 메이커의 임원이었다. 할아버지 때부터 살았다는 집은 덴엔초후에 있고, 가마쿠라에 별장까지 있다. 결코 '돈을 좀 가진' 정도의 수준이 아니다.

"만약 나오키가 도저히 싫다고 하면 억지로 가자고 하지는 않겠지만."

아사미가 커피 컵 안에 든 스푼을 돌렸다. 그릇과 금속 부딪히는 소리가 났다.

"나도 피해서는 안 된다고 생각해."

"뭐 부담이 되는 것도 무리는 아니지. 나도 솔직히 부담스러워. 애인이 있다는 이야기는 부모님께 한 적이 있지만 집에 데리고 간 적은 한 번도 없으니까."

아사미가 포크 끝으로 남아 있는 초콜릿 케이크를 잘게 썰기 시작했다.

나오키로서는 결단을 내려야 할 것이 있었다. 츠요시 이야기를 하느냐 마느냐. 아사미에게도 'BJ'의 지배인에게 이야기한 것처럼 자기가 혼자라고 해놓은 터였다.

그 이야기를 하면 아사미가 어떤 표정을 지을까? 거짓말을 한 것 자체는 용서해줄 것 같았다. 그렇지만 앞으로 계속 사귀느냐 마느냐 하는 문제는? 나오키는 아사미라면 이해해주지 않을까 생각했다. 아사미는 무슨 일이건 올바르지 못한 걸 싫어하기 때문이다.

그렇지만…… 아사미가 이해해준다고 해서 그녀의 부모도 그럴 거라는 보장은 없다. 아니, 사회적인 위치가 있는 사람일수록 딸이 사귀는 남자의 출신에 신경을 많이 쓸 것이다. 교도소에 있는 형, 게다가 그 죄가 살인강도라면 두 사람 사이를 결코 인정해주지 않으리라.

아사미는 상관없다고 할지도 모른다. 자기가 집을 나오면, 부모님과 인연을 끊으면 그만이라고. 하지만 그럴 수는 없다고 생각했다.

차별과 편견이 얼마나 무서운 것인지 잘 알기에, 나오키는 현재 상태로는 자신이 행복하게 살 수 없을 거라고 믿었다. 그걸 손에 넣기 위해서는 뭔가 힘이 필요하다고 확신했다. 어떤 힘이건 상관없다. 뛰어난 재능이건 재력이건.

나카조 가문에는 그런 재력이 있다. 그걸 포기하는 것은 아사미에게 자기와 똑같은 고통을 강요하는 셈이다.

만약 츠요시 얘기를 숨긴다면.

나오키는 아사미에게도 숨겨야 한다고 생각했다. 아사미에게만 사실대로 이야기하고, 부모님에게는 비밀로 해달라고 할 수는 없었다. 아사미를 공범으로 만들고 싶지 않았다. 아니, 그 이전에 아사미는 그런 짓에 동의하지도 않을 것이다. 풍족하게 살아온 삶을 잃는다는 게 얼마나 무서운 일인지 아사미는 모른다.

형 이야기를 할 수는 없다, 평생 숨겨야 한다, 마음속에서 그런 생각이 서서히 굳어지고 있었다.

6

나오키에게.

건강하게 잘 지내지? 요즘은 소식이 없어 좀 걱정이지만, 공부와 직장 일로 바빠서 편지를 쓸 틈이 없었으리라 생각한다. 그래도 난 괜찮다. 혹시 큰 병에 걸리기나 한 건 아니겠지? 솔직히 엽서라도 좋으니 소식 주면 마음이 놓이겠다. 잘 지내고 있어, 이런 한마디만이라도 써서 보내주면 안 되겠니? 어쨌든 여기 있으면 시간 감각이 없고, 네 소식이 없으니 마음이 놓이지 않는구나.

그런데 거기는 벚꽃이 어떠니? 여기는 담 안쪽이지만 벚꽃나무 몇 그루가 있어서 공장 창문으로 내다보인다. 지난주에 활짝 피더니 지금은 꽃잎이 많이 떨어졌더구나.

벚꽃 이야기를 하니, 옛날 집 근처 공원으로 어머니와 셋이 벚꽃놀이를 갔던 게 생각나는구나. 전날 밤에 먹다 남은 반찬을 도시락 상자에 넣어 피크닉 기분을 냈지. 분명히 연근튀김이 들어 있었을 거다. 우리 둘 다 연근튀김을 무척 좋아했지. 어머니는 튀김을 할 때 늘 연근을 사오셨으니까. 튀기자마자 우린 앞다투어 집어먹었지. 계속 그러다보니 저녁을 먹을 때면 거의 남지가 않았단다. 튀김이라고 해봐야 늘 연근과 토란뿐이었는데 어머니는 토란만 드셨어. 토란만 남아 있었으니까. 그때가 그립구나. 맛있었지, 연근튀김. 생각만 해도 침이 고이는구나. 여기서도 이따금 반찬으로 나오지만 맛은 전혀 다르단다.

이야기가 옆으로 흘렀다. 벚꽃놀이 이야기였지. 아마 토요일이나 일요일이 아니라 평일이었을 거다. 우리가 다니던 초등학교 개교기념일이 아니었을까? 그래서 사람들이 별로 많지 않아 벤치도 상당히 비어 있었지. 어머니가 쉬는 날이었나? 잘 기억나지 않지만 근무하는 날이었던 것 같은데.

도시락을 먹으며 꽃구경을 시작했는데 우린 벚꽃은 전혀 보지 않았어. 그때 네가 골판지 상자에 있던 버려진 고양이를 발견하고는 거기에 정신이 팔렸지. 우리는 어머니에게 기르고 싶다고 졸랐어. 하지만 어머니는 안 된다고 하셨지. 너는 울었고, 나도 떼를 썼단다. 왜 이런 예쁜 고양이를 키우면 안 되는 걸까, 이대로 버려두고 갈 수는 없다고 생각한 거지.

그 고양이는 어떻게 되었을까? 누가 데려갔으면 좋을 텐데. 그렇다면 아직 살아 있지 않을까?

돌이켜보면 어머니도 그때 마음이 아팠을 거다. 우리 이야기를 들어주고 싶지만 고양이를 키울 여유가 없었으니까. 기껏해야 연근튀김이 제일 맛있는 반찬이었으니까. 착한 사람도 누구에게나 늘 착하게 대할 수는 없는 법이야. 이걸 얻으려면 저걸 얻을 수 없지. 그런 경우는 얼마든지 있단다. 뭔가를 선택하는 대신 다른 뭔가를 포기해야 하는 일이 반복되는 거야, 인생이란.

이상한 이야기를 쓰고 말았구나. 나 같은 놈은 인생이라는 말을 쓸 자격이 없겠지. 웃기지? 이 편지 앞에 적은 내용 좀 신경 써주지 않겠니? 정말 잘 지낸다는 한마디라도 좋으니 엽서를 보내주면 좋겠구나. 될 수 있으면 요즘에 찍은 네 사진을 인화한 엽서면 좋을 텐데. 요즘은 그런 거 쉽게 만들 수 있을 거야. 스티커 사진이라던가? 작은 우표 같은 사진도 있다지 않니? 그렇게까지 하기는 어려운가? 그렇다면 그냥 일반 엽서라도 괜찮아. 어쨌든 소식 좀 줄 수 없겠니? 기다릴게.

아직도 편지는 한 달에 한 번 밖에 안 되는 모양이다. 다음 달에 또 쓸게. 그럼 잘 지내.

츠요시

다 읽은 뒤, 나오키는 편지를 곧바로 봉투째 잘게 찢은 다음 다른 종이에 싸서 쓰레기통에 버렸다. 그리고 세면장으로 가 옷차림을 체크했다. 짙은 남색 재킷은 작년 통학 과정에 편입했을 때 스스로에게 상을 주는 의미로 산 것이다. 안에 입은 체크무늬 셔츠와 면바지도 마찬가지다.

제대로 된 옷이라고는 이것 말고 없었다. 때문에 어느 정도 차려입고 가야 할 때마다 늘 입어서 꽤 낡은 느낌이 들었다. 가능하면 새 옷을 사고 싶었지만 그럴 여유가 없었다. 게다가 아사미는 나오키에게 돈이 없다는 걸 잘 알고 있다. 오늘 무리를 해서 잘 차려입는다고 해봤자 달라질 게 없다는 생각도 들었다.

옷차림에 돈을 쓰지 않는 대신 헤어스타일에는 신경을 썼다. 약간 길었던 머리는 어제 거울을 보며 나름대로 다듬었다. 자기가 봐도 잘 다듬었다는 생각이 들었다. 여느 때보다 시간을 들여 정성껏 다듬었으니 당연하다.

브러시로 다시 한 번 머리 모양을 냈다. 사람은 첫인상이 중요하다. 처음 만났을 때 인상이 나쁘면 나중에 무얼 하더라도 좋게 보이지 않는 법이다. 거꾸로 첫인상이 좋으면 나중에 약간 실수를 해도 너그럽게 봐주는 경우가 많다.

거울을 보며 웃는 표정을 연습했다. 언젠가 데라오가 했던 말이 떠올랐다. 무대에 올라간 나오키의 표정이 너무 딱딱하다면서 이렇게 말했었다.

"넌 웃고 있는지 몰라도 남들이 보면 별로 그렇게 보이지 않아. 멀리서 보면 늘 딱딱해. 나는 나사가 좀 풀린 게 아닐까 싶을 정도로 웃는데, 그게 딱 좋아. 디즈니랜드에서 춤추는 사람들 얼굴을 생각해봐. 별로 웃을 일도 없는데 그렇게 즐거운 표정을 지을 수 있다니 정말 감탄스러워."

디즈니랜드에는 아사미와 사귀면서 처음 가보았다. 그래서 데라오의 말을 떠올리며 퍼레이드를 봤는데 댄서들의 웃는 표정이 정말 매력적이었다.

어두운 표정을 지으면 안 돼. 나오키는 거울을 보며 중얼거렸다. 오랫동안, 특히 츠요시가 사건을 일으킨 뒤로는 늘 괴로운 일만 있었기 때문에 우울한 표정이 쇠에 슨 녹처럼 얼굴에 달라붙었다. 하지만 그런 표정이 다른 사람에게 호감을 주는 일은 거의 없다. 바에서 여자애들을 상대할 때는 좋다. 그 여자들은 나오키의 표정을 보고 쿨 하다느니 우수가 서려 있다느니 한다. 그것은 그곳이 바이기 때문에, 그리고 그 여자들이기 때문에 성립되는 이야기다. 하지만 오늘, 지금 만나려 하는 사람들은 전혀 다르다.

거울 귀퉁이에 붙어 있는 스티커 사진이 눈에 들어왔다. 아사미와 얼굴을 가까이 대고 정면을 향해 손가락으로 V자를 그리고 있다. 요코하마에서 데이트할 때 찍은 것이다.

좀 전에 읽은 츠요시의 편지 생각이 났다. 스티커 사진이라는 말을 형은 어디서 들었을까? 교도소 안에서 읽은 잡지에 그런 내용이 쓰여 있었는지도 모른다.

나오키는 답장을 전혀 쓰지 않았다. 설날도 무시했다. 지난 달 형이 보낸 편지에 3학년이 될 수 있는지 어떤지를 묻는 내용이 있었지만 그때도 답장을 보내지 않았다.

편지 좀 그만 보내면 좋을 텐데. 나오키는 그런 생각을 했다. 답장을 안 하는 게 자기를 피하기 때문이라는 걸 왜 알아차리지 못하는 걸까? 자기가 보내는 편지가 떠올리고 싶지 않은 과거에 동생을 옭아매는 쇠사슬이란 걸 왜 이해하지 못하는 걸까?

웬 연근튀김 타령. 속 편한 소리다. 게다가 옛날을 미화하려 하고 있다. 벚꽃놀이를 갔던 날은 나오키도 기억한다. 그 버려진 고양이도 기억한다. 다음 날 공원에 갔더니 그 고양이는 상자 안에서 죽어 있었다. 그때 츠요시도 함께 있었을 것이다. 그걸 잊어버린 건가?

하지만 형 말이 맞다. 나오키는 거울 속 자신에게 말했다. 이걸 얻으려면 저걸 얻을 수 없다. 인생이란 뭔가를 선택하는 대신 다른 뭔가를 버리는 일의 반복이다.

그래서 난 형을 버릴 거야. 내겐 원래 형 같은 건 없었어. 나는 내내, 태어났을 때부터 혼자였어. 앞으로도 그럴 거야.

초인종이 울렸다. 나오키는 시계를 보았다. 약속시간이다.
문을 열자 아사미가 웃는 얼굴로 서 있었다.

"준비 다 됐어?"

"됐어."

나오키는 엄지손가락을 세웠다.

덴엔초후라는 곳에 옛날부터 부자들이 많이 살고 있다는
이야기는 나오키도 들어서 알고 있었다. 하지만 직접 와보기
는 처음이었다. 아사미를 따라 걸으며 동네 공기 자체가 다
르다는 것을 느꼈다. 나무가 많기 때문만은 아니었다. 넉넉
한 여유를 지닌 사람들이 다른 곳에서 들어오는 불순한 공기
를 차단하며 가꾸어온 동네라는 느낌이 들었다. 시간이 다른
곳보다 더 천천히 흐르는 것 같았다.

아사미의 집은 회색 타일을 붙인 담으로 둘러싸여 있었다.
정원수 때문에 문 앞에서는 서양식 지붕과 2층 벽면의 튀어
나온 창문밖에 보이지 않았다. 그러나 나오키는 대문이 있는
집을 방문하는 것 자체가 처음이었다.

현관으로 들어가자 아사미가 안쪽을 향해 다녀왔습니다,
하고 소리쳤다. 곧 슬리퍼 끄는 소리가 들리더니 키 작은 중
년 여자가 나왔다. 연보랏빛 니트에 같은 색 카디건을 걸쳤
다. 정성껏 화장을 하고 머리도 손질한 모양이다. 그러면서
도 앞치마를 둘렀다. 부잣집 주부는 집에 있을 때도 이런 차

림으로 지내는가보다 싶었다.

"약속한 대로 데려왔어. 이쪽이 다케시마 나오키."

다케시마입니다, 하며 고개 숙여 인사를 했다.

"그리고 이분이 우리 어머니 나카조 교코 여사."

"무슨 소릴 하는 거니?"

교코가 쓴웃음을 지으며 나오키를 바라보았다.

"잘 왔어요. 자, 어서 들어오세요."

"실례하겠습니다."

나오키는 신발을 벗었다. 호화로운 현관에 놓인 자신의 스니커가 무척 초라해 보였다. 신발을 사야겠다는 생각이 들었다.

"아버지는?"

"계셔. 마당에서 골프 연습 중."

어머니와 딸의 대화를 듣고 나오키는 긴장했다. 가능하면 아사미의 아버지와는 얼굴을 오래 마주하고 싶지 않았다.

그런 나오키의 마음을 눈치챘는지 아사미가 귓속말을 했다.

"긴장하지 마. 적도 긴장하고 있으니까. 골프 연습을 하는 건 겸연쩍은 걸 숨기려는 행동이 틀림없어."

"그렇다면 다행이지만."

거실은 열 평이 훨씬 넘을 것 같았다. 식탁이 보이지 않으니 식사하는 방은 따로 있을 것이다. 한복판에 대리석으로 된 커다란 테이블이 있고, 그것을 둘러싸듯 가죽 소파가 놓여 있었다. 나오키는 아사미가 권하는 대로 한가운데 있는 소파에 걸터앉았다.

유리문 너머로는 잔디가 깔린 정원이 펼쳐져 있었다. 따-악, 따-악, 하는 경쾌한 소리가 들렸다. 보이지는 않지만 아사미의 아버지가 네트를 향해 골프공을 날리고 있는 모양이다.

아사미의 어머니가 쟁반을 들고 나왔다. 나오키와 아사미 앞에 홍차가 든 컵과 쿠키를 내려놓았다. 컵이 세 개인 걸로 보아 아마 본인도 앉을 생각인 모양이다.

아니나 다를까 아사미의 어머니가 맞은편에 앉아 이것저것 질문을 했다. 내용은 학교생활과 아르바이트에 관한 것들로, 얼핏 들으면 아무런 맥락도 없이 생각나는 대로 묻는 것 같았다. 하지만 그렇진 않을 것이다. 방글방글 웃고 있기 때문에 나오키는 자칫 방심할 뻔했다. 그런 질문 하나하나가 자신을 분석하는 재료가 되고 있다는 걸 잊지 않으려고 애썼다.

"아, 내 방에 가지 않을래?"

아사미가 말했다. 나오키가 질문 공세에 시달리는 걸 그냥 보고 있을 수 없었던 모양이다.

"어머, 방은 제대로 치웠니?"

아사미의 어머니가 바로 제동을 걸었다.

"청소 정도는 했어."

"여기 있는 게 낫지 않겠니? 불편하면 내가 다른 데 가 있

242

을게."

교코는 분명 두 사람을 방으로 보내고 싶지 않은 듯했다.

"여기는 나오키가 불편하잖아. 자, 가자."

아사미가 일어서며 나오키의 팔을 잡아당겼다. 그럴까, 하면서 일어섰다. 속으로 살았다, 하며 안도했다.

아사미의 방은 2층에 있었다. 남쪽으로 창을 낸 네 평 남짓한 서양식 방이었다. 파란색 위주로 가구와 커튼을 고른 모양이다.

침대 커버도 옅은 푸른색이었다.

로우 타입 소파에 걸터앉아 나오키는 한숨을 내쉬었다.

"긴장했어?"

"그야 당연하지."

"미안해. 아무리 그래도 너무 심하네. 학교 성적까지 물어보다니."

"어머니 입장에서는 외동딸한테 이상한 녀석이 달라붙은 게 아닌가 싶어 걱정이 크실 테지."

"아무리 그래도 너무 실례잖아. 어머니는 늘 저러셔. 생글생글 웃으면서 심술을 부리기도 하는 걸."

"별로 심술을 부리시는 것 같진 않은데……. 내 인상은 어땠을까?"

"나쁘지는 않았을 거야. 별로 신경 쓸 것 없어. 너하고 사귀는 건 어머니가 아니라 나니까."

"인상이 너무 안 좋으면 계속 사귀는 걸 반대하시지 않을까 싶어서."

"그럴 리 없지만, 만약 그런 바보 같은 소릴 한다면 그런 멍청한 부모하곤 내가 인연을 끊을 테니 안심해."

나오키는 쓴웃음을 지었다. 가족과의 인연이 쉽게 끊어지는 거라면 내가 이렇게 고생하지는 않을 거라고 속으로 중얼거렸다.

아사미의 앨범을 보고 있는데 노크 소리가 났다. 아사미가 대답을 하기도 전에 문이 열리고 어머니의 얼굴이 보였다.

"저녁 준비 다 됐다."

"내가 항상 이야기했잖아. 노크하는 건 좋지만, 내가 대답할 때까지는 문 열지 마."

아사미가 항의했다. 그러나 어머니는 귀담아 들을 생각이 없는 듯했다. 그래그래, 하며 건성 대답하더니 문을 열어둔 채 내려갔다.

아사미는 한숨을 쉬면서 일어나 문을 닫았다.

"딸의 프라이버시에 저렇게 신경을 쓰지 않다니. 부모란 참 이상해."

"글쎄, 난 잘 모르겠네. 보호자니까 당연한 걸지도 모르지."

"아예 부모가 없는 게 낫겠다는 생각이 들어."

그렇게 말하고 나오키를 힐끔 보며 고개를 숙였다.

"아, 미안."

"신경 쓰지 않아도 돼. 나도 부모 없는 게 마음 편하다는 생각이 들 때가 많으니까."

그리고 아사미의 어깨에 손을 얹었다.

"내려가자. 꾸물거리면 또 어머니가 오실 거야."

다이닝 룸으로 가자 커다란 테이블 제일 끝에 멋진 백발을 올백으로 넘긴 아사미의 아버지가 앉아 신문을 읽고 있었다. 나오키와 아사미가 들어왔는데 쳐다보지도 않았다. 먼저 인사를 해야 하는 건 그쪽이라는 투였다.

"저어, 아버지."

아사미가 입을 열었다.

뭐냐, 하고 아버지가 대답했다. 그러나 시선은 여전히 신문을 향하고 있었다.

"어제 이야기한 다케시마예요. 다케시마 나오키."

"다케시마입니다. 인사드립니다."

아사미의 아버지는 그제야 신문을 내려놓았다. 돋보기로 보이는 안경을 벗었다. 하지만 여전히 나오키는 쳐다보지도 않고 눈두덩을 손가락 끝으로 문질렀다.

아버지, 하고 아사미가 다시 불렀다.

"응, 알았어."

나카조가 나오키를 바라보았다.

"딸애가 신세를 지고 있는 것 같더군."

"신세라뇨, 무슨 그런 말씀을……."

나오키는 시선을 돌렸다.

"데이토대학 3학년이라고 했나?"

"그렇습니다."

"아사미, 뭐라고 했지? 통신이 뭐 어떻다고?"

"전엔 통신교육부에 다녔습니다. 2학년 때 통학 과정으로 편입했습니다."

나오키가 말했다.

아사미의 아버지가 흐음, 하고 콧소리를 냈다.

"고생했겠군."

"글쎄요, 그건 뭐라 말씀드려야 할지."

아버지가 딸을 바라보았다.

"아사미, 저 친구한테서는 어떤 영향을 받고 있지?"

아사미가 눈을 깜빡이며 아버지를 쳐다보았다.

"영향이라뇨?"

"여러 가지 있을 거 아니냐. 책을 선택하는 취향이 바뀌었다거나 새로운 세계를 알게 되었다거나. 그런 걸 묻는 거야."

아사미는 불안한 듯 나오키를 쳐다보고 다시 자기 아버지 쪽으로 시선을 돌렸다.

"그런 건 한마디로 이야기할 수 없죠. 영향은 많이 받고 있지만."

"그러니까 그중에 한두 가지만 이야기해봐. 어린애도 아닌데 자기 생각 정도는 이야기할 수 있을 거 아니냐."

아사미는 입술을 깨물고 숨을 들이쉬더니 입을 열었다.

"나오키의 꿋꿋하게 살아가는 생활 방식에서 배울 게 많아요. 부모가 한 분도 안 계신데, 그래도 대학에 다닌다는 건 대단하다고 생각해요. 저 같으면 절대 그러지 못하겠죠. 나오키를 보고 있으면 제가 더 노력해야 한다는 걸 뼈저리게 느껴요. 그런…… 뭐랄까, 에너지 같은 걸 얻고 있어요."

딸이 이야기하는 동안 아버지는 나오키의 얼굴을 빤히 쳐다보았다. 나오키는 불편해서 머리를 매만졌다.

"에너지? 추상적이군."

"하지만."

"아, 됐다. 그럼 이번엔 자네한테 물어볼까?"

아사미의 아버지가 나오키에게 말했다.

"자넨 어떤가? 아사미한테 어떤 영향을 받고 있지?"

왔구나, 하는 생각이 들었다. 원래 표적은 자신이라고 이미 각오했었다. 나오키는 자세를 가다듬었다.

"아사미와 이야기를 나누다보면."

입술을 핥았다.

"제가 모르던 세계로 가는 문이 간단히 열립니다. 저는 지금까지 사회의 밑바닥밖에 몰랐습니다. 앞으로 나아가고 싶은데 그건 제게 낯선 정글로 들어가는 것이나 마찬가지였죠. 그런 면에서 아사미는 저에게 나침반이자 지도입니다."

"말하자면 아사미와 사귀면서 조금은 풍요롭고 행복한 사람들의 생활을 들여다볼 수 있게 되었다는 이야긴가?"

"아버지."

나오키는 웃는 얼굴로 아사미를 쳐다보며 눈짓을 했다. 그리고 다시 아사미의 아버지를 바라보았다.

"저는 정신적인 의미에서 말씀드린 겁니다만, 그런 물질적인 면도 물론 있습니다. 저도 가능하면 풍요롭고 행복하게 살고 싶기 때문에 성공한 분들이 어떻게 살고 있는지 관심이 많습니다. 하지만 그것만을 위해서라면 꼭 아사미를 통하지 않아도 된다고 생각합니다."

아버지가 입을 다물었다. 만점은 아니지만 합격점 정도는 받을 수 있는 대답일 거라고 나오키는 생각했다. 아사미도 약간 마음이 놓인다는 표정을 지었다.

"자, 자, 무슨 그런 어려운 이야기를 해요. 식사나 하세요."

식탁엔 쇼카도 도시락(松花堂弁当 : 안이 열십자 모양으로 구분되어 있는 도시락) 네 개가 놓여 있었다. 맑은 장국도 함께. 근처 요릿집에서 주문한 모양이다. 직접 만든 요리가 나올 거라고 생각한 나오키는 약간 당황했다.

"오늘은 왜 도시락이지?"

아사미가 물었다. 역시 몰랐던 모양이다.

"쇼핑할 시간이 없었어. 모처럼 손님이 오시는데 시간을 맞추지 못하면 음식을 내올 수가 없잖니?"

"오늘 온다는 얘긴 전부터 했는데……."

"이 요릿집은 생선이 맛있어요. 우린 여기서 자주 배달을 시키죠."

교코가 나오키에게 미소를 지어 보였다.

"자, 어서 드세요."

"잘 먹겠습니다."

고개를 숙이며 나오키는 젓가락을 들었다.

아마 고급 요릿집일 것이다. 음식들이 모두 맛있었다. 나오키가 처음 먹어보는 것도 적지 않았다. 하지만 만약 자기가 가난한 학생이 아니었다면 아사미의 어머니가 손수 요리를 준비했을 거라는 생각이 들었다. 아마 나오키가 직접 요리를 만들어 대접할 상대가 아니라고 판단했을 것이다. 말하자면 성의가 아니라 돈으로 오늘의 이 행사를 치르려 했단 얘기다.

아사미의 어머니가 성가실 정도로 말을 걸었지만, 전체적으로는 대화가 없는 식사였다.

나카조는 무뚝뚝하게 젓가락을 움직이며 이따금 맥주로 목을 축였다.

"나오키는 2학년 때 성적이 아주 좋아서 계속 장학금을 받게 됐어. 게다가 교수님이 마음에 들어 하셔서 벌써부터 대학원에 진학하지 않겠느냐는 권유를 받고 있어."

아사미가 열심히 이야기했지만 아버지는 애매하게 고개만 끄덕일 뿐이었다. 그런 것에는 결코 감탄하지 않겠다고 결심한 것처럼 보였다. 어머니는 일단 감탄을 표했지만 왠지 연기를 하는 것 같은 느낌이 들었다.

현관 초인종이 울린 것은 그런 저녁 식사가 끝나갈 무렵이었다. 교코가 인터폰을 받으러 갔다. 밝은 목소리로 뭔가 이야기하더니 바로 돌아왔다.

"여보, 다카후미가 만나러 왔는데요."

남편에게 말했다.

"아, 그래? 들어오라고 하지."

나카조의 얼굴이 밝아진 것 같았다.

"예, 그러죠."

아사미의 어머니는 그렇게 대답하고 문을 열어주러 나갔다.

"왜 왔죠?"

아사미가 자기 아버지를 쳐다보았다.

"일이 있어서 불렀다. 일 때문이니 어쩔 수 없잖니."

"그렇지만 이런 날…… 게다가 일요일인데."

말소리가 가까워지더니 아사미의 어머니가 들어왔다. 그 뒤를 따라 작지만 단단해 보이는 체격의 남자가 들어왔다. 20대 중반쯤 되었을까? 짙은 남색 양복에 넥타이까지 단정하게 맸다.

"아, 손님이 계셨군요?"

남자가 나오키를 보더니 우뚝 멈춰 섰다.

"아니야, 괜찮아. 아사미 친구야. 식사도 이미 끝났고."

"옆방에서 기다릴까요?"

"괜찮다고 하잖아. 일단 앉게. 여보, 다카후미한테도 잔을 줘."

예, 하고 대답하며 교코는 주방으로 갔다. 다카후미라고 불린 청년이 약간 머뭇거린 뒤, 나카조가 권하는 바로 옆자리에 앉았다. 그런 다음 조심스럽게 아사미와 나오키를 번갈아 쳐다보았다.

"아사미하고 친구면 대학 동아리?"

"보이프렌드야."

아사미가 선언하듯 말했다.

"다케시마입니다."

나카조가 못마땅한 표정을 짓는 걸 곁눈으로 보면서 나오키는 고개를 숙였다.

"아하, 아사미 남자 친구로군. 아하!"

다카후미가 약간 눈을 크게 뜨고 몸을 뒤로 물렸다.

"대단해, 아사미."

"그렇죠?"

"그래서 부모님께 인사시키는 거구나? 그렇군. 이거 내가 중요한 순간에 왔네."

다카후미가 싱글거리며 말했다. 그러나 그 눈에 기분 나쁜 빛이 깃들어 있다는 것과 표정이 미묘하게 굳어 있다는 걸 나오키는 놓치지 않았다.

"사촌오빠야."

아사미가 나오키에게 말했다.

"고모 아들."

가시마 다카후미입니다, 하며 그가 명함을 내밀었다. 명함엔 '嘉島孝文'이라고 적혀 있었다. 근무하는 회사는 아사미의 아버지가 다니는 회사와 같았다. 회사에서는 상사와 부하 직원 관계인 모양이다.

교코가 잔과 새 맥주, 그리고 술안주를 쟁반에 얹어 내왔다. 다카후미가 잔을 들자마자 나카조가 맥주병을 집어 들었다. 나오키는 맥주를 따르는 걸 지켜보았다.

"샌프란시스코는 어땠나?"

나카조가 다카후미에게 물었다.

"좋은 곳이더군요. 겨우 한 달이지만 여기저기 구경했습니다."

"회사 돈으로 놀러 다닌 건 아니겠지?"

나카조가 씩 웃었다.

"그건 뭐 살짝."

"이 녀석이."

나카조의 기분은 좀 전과 전혀 다를 정도로 좋아 보였다. 하지만 그것 또한 연기라는 것을 나오키는 눈치챘다. 자기한 테 뭔가를 깨닫게 하려는 행동이었다.

"다케시마 군……이라고 했죠? 어느 대학 다닙니까?"

다카후미가 물었다.

데이토대학 경제학부라고 대답하자 다카후미가 흐음, 소리 를 내며 고개를 끄덕였다.

"나쁘지는 않은 대학이군요. 대단하군."

나쁘지는 않지만 좋지도 않다는 말투였다. 나오키는 다카 후미의 출신 대학을 묻지 않기로 했다. 틀림없이 데이토대학 보다 수준이 높을 게 분명했다.

아사미가 다시 나오키가 어떻게 해서 지금 다니는 대학에 들어갔는지를 열심히 설명했다. 그러나 다카후미는 별로 흥미 가 없다는 표정으로 그렇군, 하는 대답만 했다. 고학생이 뭐가 어쨌다는 거냐, 그런 게 자랑거리가 되냐, 하는 표정이었다.

"경영학과라면 장차 기업가라도 될 생각인가?"

"아뇨, 그런 건 전혀."

"전혀? 되고 싶지 않은가?"

다카후미가 옆에 앉은 나카조를 쳐다보았다.

"나는 피고용자 위치로만 끝낼 생각은 없는데. 전무님 앞에서 이런 이야기 하기는 좀 난처하지만."

나카조가 후후, 웃으며 어깨를 흔들었다.

"자네가 얼마나 해내는지 두고 보겠네. 하지만 사내라면 그 정도 기개는 있어야지."

"말로야 무슨 소린들 못하겠어요?"

아사미가 반격했다.

"말뿐인지 어떤지는 10년 뒤에 알게 될 거야."

다카후미가 씩 웃어 보였다. 여유가 있다는 걸 보여주려는 속셈인지도 모른다.

"자네, 어떤 곳에 취직할 생각인가?"

나카조가 나오키에게 물었다.

"아직 구체적으로 생각해보지 못했습니다."

"아직? 그거 꽤 여유 있는 이야기로군."

"하지만 나오키는 이제 막 3학년이 됐는걸."

"난 3학년 때부터 들어갈 회사를 알아보기 시작했지."

다카후미가 술안주를 집어 들고 맥주를 마셨다.

"맛있네. 외숙모 요리 솜씨는 늘 저를 감격하게 만들어요."

"그렇지? 아주 좋은 게가 있어서 그걸 썼어."

교코가 기쁘다는 표정을 지었다.

그 술안주 접시는 다카후미 앞에만 놓여 있었다. 나오키에 게 줄 생각은 애당초 없었던 모양이다.

"그래봤자 결국 아버지 회사에 들어갔잖아."

"결국은 그렇게 됐지. 상당히 생각을 많이 하고 결정했어. 여러 가지 조건, 대우, 장래성, 그리고 내 비전 같은 걸 종합 해서 선택했지."

"그게 바로 우리 회사였다는 이야긴가?"

나카조가 편을 들었다.

그렇습니다, 하며 다카후미가 고개를 끄덕였다.

"남들과 똑같이 해서는 남들과 같은 정도밖에 될 수가 없 지. 그건 틀림없어."

나카조가 나오키를 바라보며 말했다.

"하긴 우리가 참견할 일은 아니지만 말이야. 우리 회사에도 그냥 샐러리맨으로 살아가는 녀석들은 얼마든지 있어."

"나오키한테 아무 생각도 없는 건 아니야, 그렇지?"

아사미가 역성을 들었지만 나오키는 입을 다물고 있기로 했 다. 지금은 무슨 소리를 해봤자 소용이 없다고 생각했기 때문 이다. 자신이 오늘 여기 불려온 이유를 벌써 파악한 터였다.

"벌써 시간이 이렇게 됐나?"

나카조가 벽시계를 보았다.

그 말이 무얼 뜻하는지 나오키도 알았다. 아사미를 보며 그럼 이만 갈게, 했다.

아사미는 말리지 않았다. 그래? 하며 미안하다는 표정을 지었을 뿐이다. 나오키의 심정을 눈치챈 게 틀림없었다.

"역까지 바래다줄게."

현관까지 따라 나오며 아사미가 말했다.

"됐어. 시간이 늦었어."

"그래노."

그때 뒤에서 교코가 조용히 말했다.

"아사미, 밤이 늦었다."

"아직 그리 늦은 시간도 아니잖아."

"괜찮다니까, 정말. 고마워."

나오키는 웃어 보였다.

"그럼 내가 차로 바래다줄까?"

다카후미가 말했다.

"집까지 데려다줄 수는 없지만 어디 편한 역까지라도."

"아뇨, 괜찮습니다. 여러 번 갈아타야 하는 것도 아닌데요."

"제일 가까운 역이 어디지?"

"고마에 역인데요."

"그럼 난부 선을 타고 노보리토까지 가나?"

"그렇습니다."

"그럼 무사시코스기 역까지 바래다주지. 그러면 한 번만 갈아타면 될 거야."

"정말 괜찮습니다. 그리고 맥주 드시지 않았습니까?"

"한 모금인데 뭘. 그리고 자네하고 좀 더 이야기를 하고 싶어. 외삼촌, 괜찮죠?"

"그래, 그렇게 해라."

나카조가 고개를 끄덕였다.

나오키는 아사미를 쳐다보았다. 아사미도 반대해야 할지 어떨지 판단이 서지 않는 표정이었다. 다카후미의 속셈을 모르기 때문일 것이다.

"그럼 부탁드려도 괜찮겠습니까?"

나오키가 물었다.

"좋아, 바로 차를 꺼내지."

다카후미가 먼저 걸어 나갔다.

다카후미의 차는 짙은 남색 BMW였다. 핸들이 왼쪽에 있는 차여서 나오키는 도로 쪽으로 돌아가야만 했다. 아사미도 함께 따라왔다.

"오늘 여러 모로 고마웠어."

차에 올라타고 나서 나오키는 창 너머로 말했다. 응, 하고 아사미가 고개를 끄덕였다.

전화할게. 그렇게 덧붙이려 했다. 하지만 입을 열기도 전에 차가 움직이기 시작했다. 급발진에 가까운 출발이었다. 나오키는 시트 등받이에 기댄 채 운전석을 보았다. 다카후미는 조금 전과 전혀 다른 담담한 표정으로 앞을 보고 있었다.

"번거롭게 해드려서 죄송합니다."

일단 인사를 하고 나오키는 안전벨트를 맸다.

"자네는 어떻 생각인지 모르지만 말이야."

다카후미가 입을 열었다.

"아사미와 지금 이상의 관계가 되는 건 좀 삼갔으면 좋겠네. 좀 더 솔직히 이야기하면 아사미를 포기했으면 하네."

"왜죠?"

"왜냐고?"

핸들을 꺾으면서 다카후미가 웃음을 지었다. 싸늘한 웃음이었다.

"자네 설마 나카조 아사미와 결혼할 수 있다고 생각하는 건 아닐 테지? 아사미가 즐기고 있는 거라는 것 정도는 알고 있을 텐데."

"제가 즐기기 위한 대상이라는 겁니까?"

"당연하지 않아? 아사미에겐 나쁜 버릇이 있네. 풍족한 가정에서 자랐기 때문에 어려운 처지에 있는 사람을 동경하지. 지금까지 사귄 남자애들도 왠지 그런 느낌이 드는 상대들뿐이었어. 하지만 결국 금방 싫증을 내더군. 싫증이 나면 바로 헤어지고 다른 남자를 사귀지. 다른 어려움을 겪고 있는 남자를 말이야."

"아사미의 남자 친구 모두를 알고 있다는 말씀으로 들리는군요."

"알고 있지. 전부 파악하고 있어. 좀 자제하면 좋겠지만, 학생일 때야 그럴 수도 있겠다는 생각은 드네. 하지만 이제 3학년이니 좀 얌전해졌으면 해."

"왜 다카후미 씨가 그런 것까지 신경을 쓰는 거죠? 그냥 사촌동생일 뿐이지 않습니까?"

"자네가 나를 다카후미 씨라고 부르는 건 달갑지 않군."

다카후미가 후, 하고 숨을 토했다.

"그건 됐고. 내가 그 애한테 신경을 쓰는 이유야 충분히 있지. 어쨌든 장차 결혼할 상대니까 말이야."

나오키는 눈이 휘둥그레져 숨을 들이켰다. 할 말이 얼른 떠오르지 않았다.

"놀란 모양이군. 하지만 거짓말이 아니야. 다음에 아사미한테 물어보게. 외삼촌이나 외숙모도 그렇게 알고 계시네. 아, 그게 아니라 그분들이 결정한 일이라고 해야겠지."

"그런 이야기는 오늘 전혀……."

"자네한테 그런 것까지 이야기할 필요가 있었겠나?"

운전을 하면서 다카후미가 힐끔 곁눈질로 쳐다보았다.

"생판 남인 자네한테 말이야."

나오키가 대답할 말을 못 찾는 사이 역에 도착했다.

"그러니 자네도 잘 생각하는 게 좋을 거야. 피차 시간 낭비
니까."

브레이크 페달에 발을 얹은 채 다카후미가 말했다.

나오키는 대답 대신 감사합니다, 라고만 말하고 차에서 내
렸다.

이튿날 밤, 나오기기 'BJ'에서 오픈 준비를 하고 있는데 문
이 열리며 아사미가 들어왔다. 카운터에 앉자마자 크게 한숨
을 내쉬었다.

"어젠 미안했어."

"네가 사과할 일은 아니잖아."

"그래도. 그렇게 될 줄은 몰랐어. 우리 부모는 정말 바보야.
못 말릴 정도로."

"딸의 장래를 생각하셨겠지. 하지만 약혼자까지 나타날 줄
은 몰랐어."

"약혼자? 무슨 소리야?"

나오키는 다카후미한테 들은 이야기를 아사미에게 해주었
다. 아사미의 표정이 점점 험악해졌다. 나오키가 말을 끝내
기도 전에 머리를 거칠게 휘젓기 시작했다.

"그럴 리가 없잖아. 너 설마 그 말을 믿는 거야?"

"그 사람은 거짓말이 아니라고 했어. 믿지 못하겠으면 너한 테 확인해보라던데."

"바보같이."

아사미가 내뱉듯이 말했다. 그 말을 누구에게 한 것인지 나오키는 알 수 없었다.

아사미가 앞머리에 손가락을 끼워 넣고 이마 쪽을 긁었다.

"뭘 좀 마시고 싶은데, 오픈하기 전엔 안 되니?"

"아, 아냐. 그렇지 않아. 우롱차?"

맥주, 라고 아사미가 퉁명스럽게 말했다. 나오키는 한숨을 쉬고 나서 냉장고를 열었다.

"부모님이 멋대로 한 소리야. 나는 한 번도 받아들이지 않 았어. 우리 집안은 친척들끼리 결혼을 시키고 싶어 해. 우리 부모도 원래는 친척이었지."

"혈통을 지키겠다는 거로군."

나오키는 아사미 앞에 잔을 놓고 버드와이저를 따랐다.

"그리 많지도 않은 재산이 분산되는 걸 두려워하는 거야. 그리고 또 하나, 새로운 친척을 만들기보다 지금까지 친척으로 지내던 관계를 더 돈독히 하는 게 낫다고 생각하는 것 같아. 예를 들면 고부 갈등 같은 것도 별로 생길 일이 없다는 거지."

"그렇겠군."

"난센스야. 친척끼리 결혼하면 문제가 있다는 건 유전학이 증명해주고 있는데. 인간관계도 마찬가지지. 무슨 일이 있어서 사이가 틀어지면 오히려 번거로울 텐데."

"이혼할 경우에는 그렇겠지."

젖은 타월로 카운터를 훔치면서 나오키가 말했다.

"맞아. 왜 그런 것도 모르는 걸까?"

나오키는 타월을 물에 헹구었다.

"어쨌든 네 부모님은 내가 마음에 들지 않는 것 같아. 뭐랄까, 그분들은 누가 오더라도 인정할 생각이 없었을 거야. 그 불쾌한 녀석 말고는."

"너하고 사귀는 건 나야. 우리 부모가 아니라고."

"그야 그렇지만."

"뭐야, 대답이 왜 그렇게 미지근해?"

"어제 내가 간 뒤에 부모님한테 무슨 이야기 듣지 않았어?"

"네가 간 뒤에 난 내 방으로 갔어. 무슨 이야기?"

"그런 녀석하곤 이제 사귀지 말라거나 하는 이야기. 난 그런 애길 들었어. 널 포기하라고. 자칭 네 피앙세한테 말이야."

그 멍청이, 아사미는 그렇게 내뱉더니 맥주를 벌컥 들이켰다.

"나오키, 내가 내 장래 문제를 부모가 시키는 대로 할 것 같아? 이래봬도 난 내 스스로 판단하고 결정해 간다고."

나오키는 고급스러운 구두를 신고 말이지, 이런 말을 속으로 중얼거렸다.

오픈 직전이 되어서야 지배인이 가게에 나왔다. 아사미가 인사를 하자 지배인도 웃는 표정을 지어 보였다. 그 뒤 아사미는 한동안 지배인과 음악에 관해 이야기를 나누었다. 그리고 두 잔째 맥주를 비운 뒤 돌아갔다.

"어쨌든 우리 부모 이야기는 신경 쓰지 마."

가면서 다짐을 하듯 그렇게 말했다.

"좋은 아가씨야. 집이 부자인 모양인데, 저런 애하고 결혼하면 처가 덕 좀 보겠어, 틀림없이."

지배인이 씩 웃으며 나오키에게 말했다.

처가 덕을 본다.

나오키는 아사미를 진심으로 좋아했다. 아마 부잣집 딸이 아니라도 좋아했을 것이다. 하지만 아사미와의 장래를 생각할 때, 아사미한테 딸려올 것들에 대해 무관심할 수는 없었다. 무일푼에 아무런 힘도 없고, 인생의 부채만 잔뜩 지고 있는 자신이 단숨에 상류 계급에 들어갈 수 있는 기회라고 생각했다. 그런 상상이 나오키의 가슴을 설레게 만들었다. 지금까지 겪어온 불운을 단숨에 만회할 찬스였다. 만약 이런 기회마저 없다면 평생 세상의 밑바닥에서 헤어날 수 없을 거라는 막연한 두려움을 느끼기도 했다.

하지만 일이 그리 쉽게 풀리지는 않을 것이다. 예상대로 그 기회의 문이 닫히려 하고 있었다. 나카조 부부가 자기와 딸의 결혼에 동의할 가능성은 전혀 없을 것이다. 츠요시 문제를 숨겼는데도 상황이 이랬다. 결혼을 하게 되면 언젠가는 츠요시 문제도 드러나게 될 것이다. 그럴 경우엔 얼마나 거센 저항을 받게 될지, 나오키는 쉽게 상상할 수 있었다.

7

11시가 지났을 무렵, 시라이시 유미코가 여자 친구 두 명을 데리고 왔다. 그동안에도 몇 차례 왔지만 늘 누군가를 대동했다. 자리도 테이블 석에만 앉았다. 그래서 유미코가 말을 거는 일은 없었다. 물론 나오키도 말을 걸지 않았다.

하지만 오늘 밤은 웬일인지 유미코가 혼자 카운터 석으로 다가왔다.

"잘 지내는 모양이네."

간사이 사투리와 애교 있는 말투는 여전했다.

"너도."

"와일드 터키(버번위스키의 상품명) 온더록스로 부탁해."

"괜찮겠어?"

"뭐가?"

아니, 하고 고개를 저으며 글라스를 준비했다. 유미코는 더욱 야위어 보였다. 얼굴 윤곽이 더욱 또렷해진 게 화장 때문만은 아닐 것이다. 건강이 안 좋은 걸까, 하는 인상을 줄 정도였다.

글라스를 앞에 내려놓자 유미코가 말했다.

"부잣집 아가씨하고 사귄다면서."

"누구한테?"

누구한테 들은 이야기냐고 물으려다 말을 삼켰다. 지배인이 했을 게 뻔하다. 유미코는 가게에 오면 나오키와는 이야기를 나누지 않아도 지배인과는 자주 대화를 했다.

"잘 돼가?"

"뭐 그럭저럭."

유미코가 글라스를 입으로 가져갔다.

"흐음, 여기도 이따금 오는 모양이던데. 내가 본 적이 있나?"

"글쎄……."

아사미와 유미코가 마주치지 않아 다행이라고 생각했다. 그래봐야 유미코하고는 사귄 적이 없으니 아사미가 두 사람 사이를 의심한다 해도 그건 단순한 오해에 불과할 것이다. 나오키가 두려운 것은 유미코가 아사미에게 말을 걸고, 그걸 기회로 두 사람이 친해지는 것이었다. 의도적이지는 않더라도 유미코가 츠요시에 대한 이야기를 흘릴 가능성은 얼마든지 있다.

입막음을 해둬야겠다고 생각했다. 만에 하나 그런 상황이
닥친 뒤에는 후회해봐야 아무 소용이 없을 것이다. 하지만
유미코에게 뭐라 말해야 좋을지 몰랐다.

생각에 잠겨 있는데 유미코가 입을 열었다.

"저어."

"응?"

"그 일……. 형 이야기는 했어?"

"누구한테?"

나오키가 묻자 유미코는 짜증난다는 듯이 고개를 돌렸다.

"누군 누구야, 그 여자애지. 이야기했어?"

"아니, 이야기하지 않았어."

유미코가 고개를 끄덕였다.

"그래? 그게 정답이지. 절대 이야기하면 안 돼."

목소리를 더 죽이고 유미코가 말을 이었다.

"나도 도와줄 테니까."

나오키는 고맙다고 했다.

"그렇지만 조사를 하면 방법이 없겠지. 고등학교 동창생 녀
석들한테 물어보면 바로 들통이 날 거야."

"그 정도까지 하겠어?"

"그걸 어떻게 알아? 어쨌든 벌써부터 그쪽 부모들이 교제

266

를 반대하는 상황이니까."

유미코가 고개를 갸웃거렸다.

"그게 무슨 소리야?"

나오키는 아사미 집에 인사하러 갔던 이야기를 했다. 유미코는 버번 온더록스를 들이키고 글라스를 난폭하게 내려놓았다.

"뭐야, 그게. 성질나네."

"뭐 할 수 없지. 신분이 다르다는 얘기야. 한 잔 더?"

"더 줘. 너 진심으로 그 애를 좋아하니? 결혼하고 싶어?"

유미코의 목소리가 커졌기 때문에 나오키는 얼른 주위를 둘러보았다. 다행히 아무도 듣지 못한 모양이다. 온더록스를 만들어 유미코 앞에 놓았다.

"뭐 그건 나중 문제지."

"어쨌든 결혼하고 싶을 거 아니야?"

"그게 어쨌다는 거야?"

나오키가 묻자 유미코는 몸을 앞으로 내밀며 얼굴을 가까이 가져왔다.

"부모의 반대 따윈 무시해도 되잖아? 중요한 건 당사자들 마음이지. 행동으로 옮기면 되는 거 아니야? 나중에 무슨 소릴 듣건 상관없이."

"동거라도 하라는 거야?"

"안 돼?"

"무리야."

나오키는 쓴웃음을 지으며 고개를 저었다. 아사미에게 그러자고 하면 동의할지도 모르지만 그런 억지 수단을 쓰고 싶지는 않았다. 어차피 아사미는 집으로 끌려갈 테고, 자기 인상만 나빠질 것이다. 나오키는 나카조 가문의 미움을 사고 싶지 않았다. 어차피 아사미와 맺어질 거라면 나카조 가문과 인연을 끊는 건 피하고 싶었다.

"기정사실로 만들어버리면 이기는 거라고 생각하는데. 부자들일수록 남의 눈에 신경을 쓰니까."

유미코의 말을 듣고 터무니없는 소리 하지 말라며 쓸쓸하게 웃었다.

하지만 손님들이 다 빠지고 난 뒤, 혼자 가게 뒷정리를 하다가 유미코의 말이 문득 되살아났다. 터무니없는 소리라고 생각했지만 그것도 분명 하나의 해결책이 될 수 있을 것 같았다.

기정사실로 만든다고?

만약 아사미가 임신을 하면 어떻게 될까? 부모님이 낙태를 하라고 할까? 아니, 그러라고 한다 해도 아사미는 그 뜻에 따르지 않을 것이다. 누구도 아사미를 수술대 위에 올려놓지는 못할 것이다.

아사미는 집에서 쫓겨날지도 모른다. 하지만 딸의 임신에 무관심한 부모가 세상에 있을까? 유미코의 말이 맞다. 나카조 가문 입장에서는 어떻게든 체면을 지켜야 할 것이다. 그러기 위해서는 결혼을 인정하고 태어날 아기를 나카조 가문의 후계자로 삼을 수밖에 없다. 결국 나오키를 아사미의 남편으로 받아들일 수밖에 없을 것이다.

그 상태까지 가면 설사 츠요시 문제가 들통 나더라도 이미 나카조 가문 입장에서는 어쩔 도리가 없는 게 아닐까? 그들은 거꾸로 츠요시 문제가 세상에 알려지지 않도록 여러 모로 손을 쓸 게 틀림없다.

'아사미와 아기를 만든다.' 그 대담하기 짝이 없는 아이디어는 나오키에게 어둠 속에서 발견한 한줄기 빛과도 같았다.

하지만 문제는 아사미다. 아사미가 동의해줄 것 같지 않았다.

두 사람은 이미 몇 차례 육체관계를 맺었다. 그러나 피임을 하지 않은 적은 한 번도 없다. 나오키도 조심했지만 아사미는 그 이상으로 신중했다. 콘돔을 사용하지 않으면 결코 삽입을 허락하지 않았다.

"애가 생기면 떼지, 이런 식은 아니라고 봐. 아무 생각 없이 애를 갖는 건 절대로 싫어. 임신을 할 때는 뚜렷한 의지가 있어야 해. 아기한테 무책임할 수는 없으니까."

전에 아사미가 했던 말이다. 아마 그런 생각에는 변함이 없을 것이다.

두 사람이 맺어지기 위해 아기를 갖자는 거라면 어떻게 나올까. 어쨌거나 고개를 끄덕일 것 같지는 않다. 꼭 함께 살고 싶다면 그렇게까지 하지 않더라도 도망치거나 하면 된다고 말할 것 같다.

사흘 뒤, 그걸 증명이라도 하듯 아사미가 전화를 했다. 여느 때보다 톤이 높았다. 상당히 흥분한 목소리였다.

"이젠 견딜 수가 없어. 이런 집에선 나가버리고 싶어."

"무슨 소리 들었니?"

나오키의 말에 잠깐 침묵했다. 그것만으로도 나오키는 무슨 일이 있었는지 짐작했다.

"내 문제로 무슨 얘기를 들은 거군. 나하고 사귀는 문제에 대해."

휴우, 하고 한숨 내쉬는 소리가 들렸다.

"집에서 무슨 소릴 듣더라도 내 마음은 변함없으니 안심해. 무슨 일이 있어도 난 네 편이야. 전에 이야기했잖아, 부모는 버려도 괜찮다고."

흥분한 말투에서 상당히 심한 소리를 들은 모양이라고 짐작할 수 있었다.

"진정해. 서두르면 안 돼. 가출해봐야 아무런 문제도 해결되지 않아."

"우리 진심을 보여줄 수는 있잖아. 우리 부모는 멍청이야. 네 목적이 나카조 가문의 재산이라는 생각까지 하고 있어. 그런 것에는 아무런 흥미도 없다는 걸 보여주기 위해서는 내가 이 집을 나가는 게 가장 좋은 방법이야."

"서두르지 말라니까. 일단 머리를 좀 식혀."

어떻게든 달래려 했지만 쉽게 흥분하는 성격인 아사미는 제멋대로 가출을 시도할 게 뻔했다. 이쪽이 강경한 수단으로 나가면 상대방도 비상수단을 강구할 것이다. 나오키는 일을 험악하게 만들고 싶지 않았다. 그렇게 되면 저쪽에서 자기 과거에 대한 조사를 할 테고, 그러면 모든 게 들통나버릴 거라고 생각했다. 아직 아사미의 부모가 온건한 해결 방법을 모색하고 있을 때, 유미코 말처럼 기정사실로 만들어버리고 싶었다.

하지만 시간이 별로 남지 않은 것 같았다. 그 사실을 알려준 사람은 예전 재활용 회사에서 함께 일했던 다테노였다. 어느 날, 학교를 나오는데 문 옆에서 다테노가 기다리고 있었다. 다테노는 작업복 바지에 짙은 남색 폴로셔츠 차림이었다. 마지막으로 만났을 때보다 야위어 보였다. 머리도 더 빠진 모양이다.

"오래간만이구나. 어느 모로 보나 어엿한 대학생이야. 멋있어졌어."

다테노는 거리낌 없는 눈으로 나오키를 위아래로 훑어보았다.

"아저씨는 잘 지내세요?"

무슨 일인지 의아해하며 나오키가 물었다.

"나야 이제 완전히 고물이 되었지. 그보다 이야기 좀 할 수 있겠나? 재미있는 정보를 가져왔는데."

다테노가 의미심장한 눈빛을 지었다.

나오키는 가능한 한 데이토대학 학생들이 오지 않을 것 같은 카페로 들어가 다테노와 마주앉았다.

다테노는 커피를 맛있다는 듯이 마시고 담배에 불을 붙였다.

"나오키, 너 조심하는 게 좋겠더라."

"무얼요?"

"너에 대해 냄새를 맡고 돌아다니는 녀석이 있어. 너 무슨 짓 저질렀나?"

"아무 짓도 하지 않았는데요. 냄새를 맡고 돌아다닌다니, 무슨 말이죠?"

"어제 볼일이 있어서 사무실에 들렀었지. 일을 마치고 돌아가는데 낯선 남자가 부르더구나. 젊은 남자였어. 고급 양복을 입고 비즈니스맨 분위기를 풍기는 녀석이었지."

누군지 짐작이 갔지만 나오키는 아무 말도 하지 않고 이야기를 재촉했다.

"그래서요?"

"시간이 있느냐고 묻더군. 잠깐은 낼 수 있다고 대답했지. 그랬더니 다케시마 나오키를 아느냐고 묻더라. 아는데 왜 그러느냐고 했더니 무슨 이야기든 괜찮으니 다케시마 나오키에 대해 말해달라고 하는 거야. 아마 사장한테도 물어봤을 테지만 이렇다 할 이야기를 듣진 못한 모양이야. 그래서 드나드는 종업원들한테 말을 건 거겠지."

갑자기 입안이 바짝 탔다. 커피로 입을 축이고 헛기침을 했다.

"제 이야기를 하셨나요?"

"별 지장이 없을 이야기만."

다테노가 씩 웃었다.

"함께 일할 때의 태도 같은 것들 말이야. 성실했다고 했더니 그 녀석 떨떠름한 표정을 짓더구나."

"으음……."

"그 이야기는 하지 않았어."

다테노가 목소리를 죽였다.

"형 이야기…… 말이야."

나오키는 다테노의 얼굴을 바라보았다. 어떻게 알았지? 아마도 후쿠모토한테 들었을 것이다. 고맙다는 인사라도 해야 하는 걸까.

"떠들면 곤란하겠지?"

다테노는 뭔가 잔뜩 벼르고 있는 표정이었다.

"그야 뭐……."

"그렇겠지. 뭘 노리는 건지 모르지만 녀석은 네 형 이야기는 모르는 눈치였어. 그래서 굳이 가르쳐줄 필요는 없다고 생각했지."

나오키는 애매하게 고개를 끄덕였다.

"고맙군요."

"뭐야, 그게. 내 딴에는 머리를 굴린 셈인데 별로 소용없는 짓이었나?"

"아뇨, 그런 건 아니고요."

"그 녀석 아마 또 올 것 같아. 별로 길게 이야기를 나누진 못했으니까 말이야. 다음에 또 오겠다는 투로 지껄이더군. 그때도 역시 네 형 이야기는 하지 않는 게 낫겠지?"

"그렇죠."

"그럼 그렇게 해줄게. 그렇게 해달라고 솔직하게 이야기하면 돼. 우린 동료 아닌가? 부담스러워하지 마."

"할 이야기라는 게 그것뿐인가요?"

나오키는 테이블에 놓인 계산서 쪽으로 손을 뻗었다.

"서두르지 마. 별로 급할 것 없잖아?"

다테노가 담배를 피우기 시작했다.

"그런데 나한텐 구미가 당기는 이야기가 있었어. 녀석이 정보 내용에 따라 어느 정도 사례를 하겠다고 했거든. 하지만 내가 별다른 이야기를 하지 않았기 때문에 결국 천 엔짜리 지폐 몇 장만 받고 끝났어. 두툼한 지갑 안에 만 엔짜리 지폐가 잔뜩 들어 있는 것 같던데. 사실 그때는 마음이 좀 흔들리더라."

결국 그런 이야긴가. 이 남자는 단순히 친절을 베푸느라 츠요시 이야기를 하지 않았던 게 아니다.

"지금은 주머니에 있는 돈이 없지만 언젠가 사례를 할게요."

나오키가 말하자 다테노는 얼굴을 찌푸리며 손사래를 쳤다.

"가난한 학생 돈 뜯을 생각은 없어. 하지만 그런 놈이 어슬렁거린다는 건 내 신변에 무슨 일이 있다는 뜻일 거야. 물론 나쁜 일은 아닐 테지. 상당히 좋은 일이 있을 거라고 나는 생각해. 어때, 맞지?"

다테노가 파충류 같은 눈으로 나오키를 바라보았다.

나오키는 내심 감탄했다. 인생의 뒷골목만 걸으며 살아온 만큼, 보통 사람은 상상도 할 수 없을 정도의 후각을 지니고 있는 듯했다.

"좋은 일인지 어떤지 뭐라 말할 수가 없네요."

"그래 알았어. 지금 여기서 자세하게 들을 필요야 없겠지. 어쨌든 네겐 지금이 중요한 시기인 것 같아. 그리고 지금 이

시기를 잘 넘기면 너도 가난한 고학생 신세에서 벗어나겠지. 사례는 그때 가서 해. 기대하고 있을 테니."

나오키는 슬쩍 웃음을 지었다. 다테노가 앞으로도 자기 앞에 나타날 게 확실하다는 생각이 들었다. 만약 아사미와 맺어진다면 당장 은혜를 갚으라고 달려올 것이다.

"미안해요, 저 아르바이트하러 가야 할 시간이라."

나오키는 자리에서 일어섰다.

다테노도 이번에는 붙잡지 않았다.

"열심히 해. 응원하고 있을 테니까."

나오키는 계산서를 집어 들고 카운터로 갔다. 각자 내자는 말이 다테노의 입에서 나올 리 없었다.

서둘러야겠다고 생각했다. 다테노가 만난 녀석은 아마 다카후미일 것이다. 스스로 찾아갔을 수도 있지만 나카조 부부의 부탁을 받은 것일지도 모른다. 어쨌든 그들은 나오키의 행적과 경력을 체크하기 시작했다. 츠요시에 관해 알게 되는 것은 시간문제다.

그 전에 손을 써야만 한다. 아사미와 아기를 만들어야 한다.

나오키는 주말에 아사미를 자기 방으로 불렀다. 아사미는 볼링을 하러 가고 싶다고 했지만, 나오키는 자기 방에서 오코노미야키 파티를 하자고 했다.

"히로시마 스타일 오코노미야키를 제대로 만드는 법을 배왔어. 굽는 판도 샀고. 만드는 방법을 까먹기 전에 한번 만들어보고 싶어."

이 이야기는 어느 정도 진심이었다. 가게에 온 손님한테 배우긴 했다. 그러나 벌써 두 달 전의 일이고, 직접 만들어보고 싶다는 생각은 별로 없었다.

하지만 아사미는 의심하지 않았다. 기쁜 목소리로 대답했다.

"우와, 맛있겠다. 그럼 캔 맥주 잔뜩 사가지고 갈게."

오후 3시경, 아사미가 도착했다. 나오키는 미리 준비를 마쳤다. 오코노미야키 따위야 아무려나 상관없었다. 얼른 해 먹고 기회를 만들고 싶었다. 침대 옆 선반에는 콘돔이 있었다. 콘돔에는 미리 바늘로 구멍을 뚫어놓았다. 더러운 수법이라는 생각이 들기는 했지만 아사미를 설득할 자신이 없었다.

"어머, 양배추가 엄청나게 많네. 그렇게 많이 들어가?"

"그게 히로시마 스타일 오코노미야키의 진짜 맛이지."

아무것도 모르는 아사미는 그의 손놀림을 보고 감탄하기도 하고 어린애처럼 들떠 재잘거리기도 했다. 이런 음식을 집에서 해 먹기는 처음이라고 했다. 아사미 어머니의 품위 있는 얼굴을 생각하면 그랬을 거라는 생각이 들었다.

오코노미야키를 두 장씩 부쳐 먹고, 캔 맥주 여섯 개 정도를 비웠다. 그걸 보며 걱정하던 것 하나는 해결되었다고 판단했다. 아사미가 생리 기간이 아닐까 걱정했었다. 아사미에게 생리 기간 중에는 알코올을 가급적 피하는 버릇이 있다는 걸 나오키는 알고 있었다.

"아, 벌써 배가 부르네. 맛있게 잘 먹었어."

"마음에 들었다니 다행이네."

나오키는 얼른 설거지를 시작했다.

"좀 쉬지?"

"아니, 그냥 두면 신경 쓰여서."

아사미가 설거지를 거들었다. 나오키는 창문을 바라보았다. 아직 해가 중천이다. 아사미가 어디로 외출하자고 하면 곤란하겠다는 생각이 들었다.

그때, 초인종이 울렸다. 나오키는 손을 닦고 현관문을 열었다. 문밖에 서 있는 사람을 보고 깜짝 놀라 숨을 들이켰다. 가시마 다카후미였다.

나오키가 할 말을 찾지 못하고 있는 틈을 타 다카후미가 밀고 들어왔다. 그의 눈이 재빨리 싱크대 쪽에 서 있는 아사미를 보았다. 아사미도 깜짝 놀란 표정을 지었다.

"어떻게 여기까지……."

다카후미가 방 안을 둘러보며 킁킁 냄새를 맡듯이 코를 움직였다.

"뭘 해 먹었나? 정말이지 아사미는 서민적인 것이라면 정신을 못 차리는군."

"어떻게 왔느냐고 묻잖아."

"외숙모가 부탁하셨어. 너 정신 좀 차리게 해달라고. 그래서 이렇게 데리러 온 거지."

"여길 어떻게 알아냈지?"

다카후미가 어깨를 움츠려 보였다.

"글쎄, 외숙모가 이야기해줬어. 오늘은 저 친구 집에 간 것 같다고."

아사미의 표정이 어두워졌다. 뭔가 눈치를 챈 표정이다. 아마 아사미의 어머니가 전화를 몰래 엿들은 모양이다.

"어쨌든 난 의무를 수행해야겠어. 네 어머니 조카로서의 의무와 네 약혼자로서의 의무 말이야. 자, 가자."

다카후미가 방으로 들어오려는 것을 나오키가 팔로 막았다. 다카후미가 노려보았다.

"그렇게 충고했는데도 깨닫지 못한 모양이군. 이런 덧없는 교제는 일찌감치 끝내는 게 좋아. 자네한테도 시간 낭비야."

"돌아가."

"돌아갈 거야. 아사미를 데리고."

"난 가지 않을 거야."

아사미가 다시 다카후미를 바라보았다.

"여기 있을 거야."

"계속 여기 있을 거야? 그럴 수는 없잖아."

"계속 여기 있을 거야. 이젠 집에 가지 않을 거야. 어머니 아버지한테도 그렇게 전해."

나오키는 깜짝 놀라 아사미를 바라보았다.

"아사미……."

"그런 게 통할 것 같아? 넌 나카조 가문의 외동딸이야."

"그게 뭐 어쨌다고. 내가 그 집안이 좋아 거기서 태어난 건 아니야."

다카후미는 대꾸할 말이 없는지, 고개를 약간 숙인 채 아사미를 노려보았다.

그때였다. 반쯤 열려 있던 문으로 누군가가 나타났다.

"다케시마 씨, 우편물입니다."

우편집배원이 우편물을 내밀었다.

나오키가 손을 내밀기도 전에 다카후미가 우편물을 받아들었다. 봉투에 든 편지와 엽서였다. 다카후미가 그 두 가지를 양손에 들고 훑어보는 시늉을 했다.

"무슨 짓이야. 그건 나오키한테 온 거야."

아사미가 날카롭게 소리쳤다.

"알고 있어. 내용물을 보는 게 아니잖아. 자, 이건 학교에서 온 편지인 모양이군."

그러더니 편지봉투를 나오키에게 내밀었다. 이어서 엽서를 보았다.

"흐음, 다케시마 츠요시……? 친척인가?"

다음 순간 다카후미의 표정이 변했다.

"어라, 뭐지? 이 도장은?"

"이리 내!"

나오키는 그 엽서를 빼앗았다.

"돌아가!"

하지만 다카후미는 돌아가려 하지 않았다. 입가에 묘한 웃음을 지으며 나오키를 빤히 쳐다보았다.

"뭐 하고 있는 거야? 어서 돌아가! 그리고 방금 내가 한 말 부모님한테 전해줘."

아사미의 말투는 여전히 단호했다. 하지만 다카후미는 아랑곳하지 않고 히죽거리기 시작했다.

"어이, 아사미, 재미있게 되었는걸."

"뭐가?"

"이 친구 친척 중에 대단한 인물이 있는 모양이야."

다카후미가 나오키를 쳐다보았다.

"어때, 그렇지?"

"무슨 소릴 하는 거야?"

"이 친구 집안에 교도소에 있는 사람이 있군."

"뭐……?"

아사미가 놀라는 표정을 보였다.

"그 엽서를 보여달라고 하면 알 수 있을 거야. 벚꽃 도장이 찍혀 있어. 그건 분명 교도소에서 보낸 우편물에 찍히는 거야. 전에 교도소 의료시설에 장비 납품하는 일을 할 때 법무성 공무원이 그러더군."

"그럴 리가 없어. 그렇지? 아니지?"

아사미가 나오키에게 물었다. 부정해주기를 간절히 바라는 목소리였다.

하지만 나오키는 대답할 수 없었다. 입술을 깨물고 다카후미를 노려보았다.

"누군가, 그게?"

다카후미가 나오키의 시선을 무시하고 물었다.

"다케시마라는 성을 쓰는 사람이니 아주 친한 친척이라고 생각해도 되겠지? 아니면 가족이라거나."

"농담하지 마. 나오키한텐 가족이 없어."

"그럼 누구지?"

"그런 걸 왜 대답해야 하지? 개인적인 문제잖아. 그리고 교도소에서 편지가 왔다고 보낸 사람이 반드시 징역을 살고 있는 건 아니잖아. 거기서 일하는 사람일 수도 있지."

다카후미가 웃음을 터뜨렸다.

"이 벚꽃 도장은 말이야, 검열 때문에 찍는 거야. 검열이 끝났다는 도장이지. 그 안에서 일하는 사람이 왜 자기가 보내는 편지를 검열 받겠어?"

아사미는 할 말이 없어진 모양이었다. 도움을 청하듯 나오키를 바라보았다.

"친척이야?"

"그리 먼 친척은 아니겠지."

다카후미가 말했다.

"징역을 살고 있는 사람이 편지를 보내는 상대는 한정되어 있어. 분명 교도소에 미리 명단을 제출했을 거야. 먼 친척이라면 이 친구 이름을 그 명단에 넣어두었을 리가 없지."

다카후미의 말은 얄미울 정도로 정확했다. 반론의 여지가 없었다.

"친척 중에 교도소에 간 사람이 있다 해도, 그게 뭐 어쨌다는 거야? 나오키가 죄를 지은 게 아니잖아?"

아사미는 아직 당당했다.

"제정신으로 하는 소리야? 죄를 지은 친척이 있는 상대와 사귈 수 있는지 없는지는 너도 어린애가 아닌 이상 알 거 아니야?"

"왜 사귀면 안 되는 거지? 정치가 중에도 교도소에 들어가는 사람은 있어."

"그럼, 이 친구 친척이 저지른 죄가 과연 그런 종류일까?"

다카후미가 턱을 문질렀다.

"뭐 됐어. 조사해보면 알 수 있겠지. 경찰 쪽에 아는 사람이 없는 것도 아니고. 신문에 날 정도의 사건이었다면 인터넷에서 기사 검색만 해도 금방 알 수 있겠지."

"맘대로 하면 될 거 아니야."

"물론 맘대로 할 거야. 알아봐서 네 부모님한테도 알려야겠지."

그렇게 말한 뒤 다카후미는 문을 열고 나갔다.

아사미는 맨발로 현관으로 내려와 자물쇠를 걸었다. 그리고 나오키를 돌아보았다.

"나한테는 설명해줄 거지?"

나오키는 손에 든 엽서를 내려다보았다. 눈에 익은 형의 글씨가 적혀 있었다.

나오키, 잘 지내니? 편지지가 떨어져 엽서에 적는다. 오늘 무슨 연극회 사람들이 위문공연을 왔단다. 제목은 〈방앗간 소식〉. 가난한 부모가 방앗간에서 밀가루를 빻는 이야기인 줄 알았더니, 실은 남들 몰래 벽의 흙을 깎아내 옮기고 있었을 뿐이라는 이야긴데.

멍청이, 무슨 쓸데없는 소리를 하는 거야. 나오키는 속으로 욕을 퍼부었다.

"누구야, 그 사람?"

아사미가 다그쳤다.

얼버무리고 넘어갈 수는 없겠다고 생각했다. 나오키는 포기했다. 여기서 얼버무려봤자 아무 소용없다. 다카후미는 다케시마 츠요시란 사내가 무슨 짓을 저질렀는지 바로 알아낼 것이다. 그리고 이내 아사미의 귀에도 들어갈 것이다. 결국 이렇게 되는군, 나오키는 한숨을 내쉬었다.

"형이야."

무뚝뚝하게 말했다.

"형? 그게 무슨 소리야? 넌 혼자라고……."

"형이야. 형제가 없다는 건 거짓말이었어."

나오키는 엽서를 집어던졌다.

아사미가 그걸 집어 들었다.

"왜?"

왜? 그 질문의 의미를 알 수 없었다. 왜 거짓말을 했느냐는 것인지, 왜 형이 교도소에 들어갔느냐는 것인지. 물론 둘 중하나일 테지만.

"살인강도야."

속에 있던 것을 토해내듯 나오키는 이야기를 시작했다. 형이 무슨 짓을 저질렀는지, 그걸 숨기고 살아왔던 이야기, 들통이 나면 항상 뭔가를 잃게 되었다는 이야기 등등.

아사미는 굳은 표정으로 듣고 있었다. 나오키가 이야기하는 내내 듣기만 했다. 얼마나 큰 충격을 받았는지가 그 표정에 고스란히 드러났다.

나오키는 아사미 손에서 엽서를 빼앗아 갈기갈기 찢은 다음 옆에 있는 쓰레기통에 버렸다.

"나한텐……."

아사미가 입을 열었다.

"나한텐 이야기해주는 게 나았을 텐데."

"이야기했으면 나하고 사귀지 않았을 거야."

"그걸 어떻게 알아? 이런 식으로 알게 되는 게 더 충격이야."

"됐어, 이제."

나오키는 등을 돌리고, 그 자리에 책상다리를 하고 앉았다.

"나오키……."

아사미가 등 뒤로 다가왔다. 어깨에 손을 얹었다.

"좀 생각해보자. 나도 갑작스러운 일이라 무척 혼란스러워. 머리를 식히자."

그럴 시간 없어, 라고 나오키는 속으로 외쳤다. 조만간 다카후미에게 사정 이야기를 들은 나카조 부부가 이리로 달려올 것이다. 그리고 아사미를 데려갈 게 틀림없다. 당장 그러진 않더라도 일단 집에 돌아가면 아사미를 다시 만날 가능성은 한없이 제로에 가까울 것이다.

"저어, 나오키."

다시 말하는 아사미의 손을 낚아챘다. 그 힘이 너무 셌기 때문인지 아사미가 깜짝 놀란 듯 눈을 크게 떴다.

"왜 그래?"

그 물음에는 대답하지 않고 아사미를 쓰러뜨렸다. 스커트 아래로 손을 집어넣었다.

"잠깐, 뭐 하는 거야?"

아사미가 발버둥 쳤다. 나오키는 옆을 더듬어 손에 잡히는 것을 잡아당겼다. 선반의 서랍이 빠져 안에 있던 것들이 쏟아졌다. 나오키는 체중을 싣고, 왼손으로 아사미의 손을 움직이지 못하게 만들었다.

"이러지 마. 왜 이러는 거야?"

아사미가 나오키의 뺨을 때렸다. 나오키는 멈칫했다. 그 틈에 아사미는 나오키의 품 안에서 빠져 나갔다.

나오키는 무릎을 꿇고 손을 바닥에 댄 채 고개를 숙였다. 숨이 거칠었다.

"너무해. 마치 이젠 나하고 만나지 못할 테니 마지막으로 성욕이나 채우려는 것 같잖아. 이러는 거 너답지 않아."

"그게 아니야."

나오키는 숨을 헐떡이며 말했다. 얻어맞은 뺨이 화끈거렸다.

"그럼 뭐야? 나를 떠보려는 거야?"

"떠봐? 무얼?"

"내 마음 말이야. 네 형에 대해 알게 됐으니, 내 마음이 떠나는 게 아닌가 생각하는 거 아니야? 그래서 마음이 변했는지 어떤지 확인해보려고 지금 같은 짓을……."

"그래?"

나오키는 힘없이 웃었다.

"그렇게 생각할 수도 있겠군."

"아니야?"

"아니지만, 뭐 아무래도 상관없어."

나오키는 벽에 기대어 앉았다.

"갈 거지? 늦으면 곤란할 거야."

아사미가 심호흡을 한 번 했다. 자세를 가다듬고 앉아 등을 쭉 폈다.

"가면 좋겠어?"

나오키는 다시 쓸쓸하게 웃었다. 어깨를 살짝 흔들었다.

"아까 그 남자한테 퍼부을 때는 진심이었을지 모르지만 지금은 생각이 바뀌었을 걸. 너도 머리를 식히는 게 좋겠다고 했잖아. 설마 지금도 여기 계속 있겠다고 생각하는 건 아닐 테지?"

"너는 어때? 내가 어떻게 하면 좋겠어?"

"내가 어떻게 생각하건 상관없겠지. 네가 돌아가지 않으면 부모님이 와서 데리고 갈 테니까. 다카후미의 연락을 받고 이미 출발했을지도 몰라."

"그게 아니라, 나오키, 난 네 마음을 묻고 있는 거야."

나오키는 대답하지 않았다. 고개를 돌려 아사미의 시선을 피했다.

두 사람은 한동안 침묵했다. 나오키는 돌파구를 찾으려 했지만 아무런 생각도 나지 않았다. 멀리서 자동차 소리가 들릴 때마다 나카조 부부가 온 게 아닐까 싶었다.

아사미가 말없이 어질러진 방을 정리하기 시작했다. 아사미도 혼란스러울 게 틀림없다. 지금은 자기가 사랑하는 사람의 가족 가운데 살인범이 있다고 해서 마음이 변할 수는 없다고 생각할 것이다. 하지만 그런 마음이 오래가지 못할 거라는 사실을 나오키는 잘 알고 있었다.

"뭐지, 이건?"

아사미가 작은 목소리로 중얼거렸다.

나오키가 쳐다보니 바닥에 떨어진 콘돔을 집어 들고 있었다. 아사미가 콘돔의 표면을 자세히 들여다보았다.

"구멍이 뚫려…… 바늘구멍 같은 게 나 있어……."

마치 주문을 외우는 것 같았다.

벌떡 일어난 나오키가 아사미의 손에서 그것을 낚아챘다. 그리고 쓰레기통에 집어던졌다.

"아무것도 아니야."

"거짓말. 네가 서랍을 열었잖아. 왜 그런 걸……."

거기까지 말하고 숨을 삼켰다. 눈을 크게 뜨고 나오키를 올려다보았다.

"그거, 쓸 생각이었어? 방금 나를 넘어뜨린 게 억지로라도 그걸 써서 섹스를 하기 위한 거였어?"

나오키는 대답을 할 수 없었다. 싱크대로 다가가 컵에 수돗물을 받아 마셨다.

너무해, 아사미가 말했다.

"나를 임신시키면 된다고 생각했어?"

타일이 붙은 벽을 바라보았다. 아사미를 쳐다볼 수가 없었다.

"대답해. 나를 임신시켜서 어쩔 작정이었어? 결혼도 하지 않았는데 애부터 만들다니, 우습다고 생각하지 않아?"

나오키는 휴우, 한숨을 쉬며 천천히 몸을 돌렸다. 아사미는 여전히 무릎을 꿇고 앉아 있었다.

"너랑 결혼해서 가정을 꾸리고 싶었어. 우리 애를 갖고 싶었어. 그뿐이야."

"그렇다고 이런 식으로……."

아사미는 고개를 저었다. 눈에 점점 눈물이 고였다. 그 눈물이 흘러넘쳐 뺨을 타고 계속 흘러내렸다.

"나를 어떻게 생각한 거야? 나는 네 애인이라고 생각했는데."

"나도 마찬가지야."

"아니야. 이런 짓은 애인한테 할 수 있는 짓이 아니야. 넌 내 몸을 도구로 여겼을 뿐이야. 분명 내 생식 능력을 이용하려고 했잖아? 어떻게 그런 짓을 할 수 있지?"

"이야기해도 찬성하지 않을 거라고 생각했어."

"당연하지."

아사미가 단호하게 내뱉었다.

"그런 짓을 해서 임신을 시키려 하다니……. 비열해. 더러운 짓이라고 생각하지 않아?"

나오키는 눈을 감았다. 대꾸할 말이 없었다. 비열하다는 것은 잘 알고 있었다. 하지만 달리 방법이 없었다.

"임신만 하면 네 형 문제가 들통 나도 우리 부모가 반대하지 않을 거라고 생각했어?"

나오키는 고개를 끄덕였다. 이제 얼버무리기도 귀찮았다.

"왜 그런 거야? 형 이야기를 숨긴 것도 그렇지만, 네가 하려고 한 짓은 더 이상해. 왜 나랑 의논해서 함께 해결할 생각을 하지 않은 거지?"

나오키는 고개를 들었다. 눈이 마주쳤다. 나오키는 픽 웃었다.

"뭐야, 뭐가 우스워?"

"넌 몰라. 세상도 모르고 자기 자신도 몰라."

"너한테 그런 소리 듣고 싶지 않아."

아사미는 새빨갛게 충혈된 눈으로 나오키를 노려보았다.

"듣고 싶지 않겠지만 그게 현실이야."

나오키는 다시 고개를 돌렸다.

잠시 뒤, 아사미가 일어서며 말했다.

"나, 갈래."

나오키는 고개를 끄덕였다.

"그게 좋을 거야."

"시간이 좀 필요할 거야. 하지만 네 생각은 도저히 이해할
수 없을 것 같아."

"그럼 어떻게 할 거야?"

"모르겠어. 그때 가서 생각해봐야지."

"흐음."

아사미가 신발을 신고 나갔다. 닫힌 문을 바라보다가 나오
키는 다다미 위에 드러누웠다. 웃을 일이 아닌데도 왠지 자
꾸만 웃음이 났다.

나오키는 두 시간 정도 같은 자세로 멍하니 있었다. 움직일 기력도 없었다.

그때 초인종이 울렸다. 천천히 일어났다.

문을 연 나오키는 눈이 휘둥그레졌다. 문 앞에 아사미의 아버지가 서 있었다.

"좀 들어가도 되겠나?"

"예…… 괜찮습니다만."

나카조는 방을 둘러보면서 들어왔다. 나오키는 방석을 꺼냈다.

"커피라도 끓이겠습니다."

"아니야, 됐네. 바로 일어날 거니까."

나카조는 주위를 둘러보며 말했다.

"일하면서 공부한다니 힘들겠군. 체력도 필요할 테고, 시간적으로나 금전적으로 여유가 없겠지."

나오키는 말없이 고개를 끄덕였다. 상대의 진의를 알 수가 없었다.

"다카후미한테 자네 형 이야기를 들었네. 일단 놀랐지. 하지만 자네가 그걸 숨긴 건 충분히 이해할 수 있네. 같은 입장이었다면 나도 그랬을 걸세. 또 그런 처지인데도 일을 하며 대학에 다니고 있다는 데 경의를 표하네. 나라면 그렇게 할 수 있었을지 자신이 없군."

그러곤 양복 안주머니에서 봉투를 꺼냈다. 그걸 나오키 앞에 내려놓았다.

"이걸 받아주지 않겠나?"

"뭡니까?"

"보면 알아."

나오키는 봉투를 집어 들었다. 안을 들여다보니 만 엔짜리 지폐 뭉치가 들어 있었다.

"내가 기부하는 거라고 생각해도 괜찮네. 고학생에게 주는 도움일세."

나오키는 나카조의 얼굴을 보았다.

"그 대신에……라는 겁니까?"

"그렇다네."

나카조는 고개를 끄덕였다.

"아사미를 포기해주게."

나오키는 휴우, 하고 한숨을 내쉬었다. 손에 든 봉투를 쳐다보고 나서 고개를 들었다.

"아사미가 이 사실을 알고 있습니까?"

"아사미? 그 녀석에겐 아직 말도 하지 않았네. 이야기하지 않을지도 모르고."

"이런 걸 아사미가 납득할 거라고 생각하지는 않습니다만."

"어렸을 때는 부모 마음을 이해하지 못하는 법이야. 하지만 언젠가는 이해할 때가 오지. 이야기하지 않을지도 모른다는 것은 그런 뜻일세. 지금 당장은 아니고, 나중에 때를 봐서 이야기할지도 모른다는 이야기일세."

"어른들의 방식이군요."

"빈정거리는 것일 테지만, 그런 셈이지."

"아사미는 지금 어디에 있죠?"

"자기 방에 있을 거야. 집사람하고 다카후미가 지키고 있지. 그 녀석은 화가 나면 무슨 짓을 할지 몰라서."

나오키는 다시 한 번 봉투를 보았다. 10만 엔이나 20만 엔 정도가 아니다. 지금까지 만져본 적이 없는 액수임에 틀림없다.

나오키는 봉투를 나카조 앞에 내려놓았다.

"이건 받을 수 없습니다."

그런 반응이 그다지 의외는 아니었는지 나카조가 살짝 고개를 끄덕여 보였다. 그러나 단념할 생각도 없는 모양이었다. 방석에서 엉덩이를 살짝 움직이더니 갑자기 두 손을 다다미에 짚고 머리를 깊숙이 숙였다.

"부탁이네. 부디 우리 뜻에 따라주게."

고압적이기만 했던 나카조였기에 그런 행동은 뜻밖이었다. 나오키는 당황해서 뭐라 대답을 해야 할지 몰랐다. 하지만 냉정함을 잃어서는 안 된다. 나오키는 한편으론 놀라면서, 무릎을 꿇은 것은 나카조가 미리 준비한 퍼포먼스가 틀림없다고 생각했다.

"고개를 드십시오."

"받아주겠나?"

고개를 숙인 채 나카조가 물었다.

"어쨌든 고개를 드십시오."

"자네가 대답하기 전에는."

그렇게 말하며 나카조는 고개를 들려 하지 않았다.

머리를 조아리는 정도는 아무것도 아니라고 생각할 수도 있다. 하지만 실제로 그렇게 하는 사람은 그리 많지 않을 것이다. 고압적인 자세를 유지하면서 자기주장을 관철하는 방법도 없지는 않을 것이다. 나카조를 바라보며 이게 딸에 대한 부모의 애정인가보다 싶었다.

"왜 이렇게까지 하시는 거죠? 자존심을 버리면서까지……."

"딸을 위해서지. 그 애의 행복을 위해서라면 무슨 짓이라도 할 걸세."

"저와 함께 사는 게 아사미에게 불행이라는 말씀이시군요."

그러자 나카조는 잠시 침묵한 뒤 고개를 살짝 들었다.

"정말 말하기 힘들지만, 그렇다네. 형이 사건을 일으킨 이후 자넨 행복했나? 많은 고생을 하고 불편한 일들을 당하지 않았나?"

긍정하는 대신 나오키는 심호흡을 한 번 했다.

"아사미가 자네와 함께 살면 그 고통을 그 애도 짊어지게 될 걸세. 부모 입장에서 그걸 알면서 그냥 둘 수야 없지. 부디 자네가 이해해주기 바라네."

"그 논리를 인정하면 저는 영원히 아무하고도 결혼할 수 없다는 이야기가 되겠군요."

"나하고는 생각이 다른 사람도 있겠지. 그런 상대를 찾게."

그렇게 말하며 다시 고개를 숙였다. 나오키는 한숨을 내쉬었다.

"이제 됐습니다. 알겠습니다. 고개를 들어주십시오."

"그러면 내 말을……?"

나오키는 고개를 끄덕였다.

"예, 아사미를 포기하겠습니다."

나카조가 고개를 들었다. 안도감과 경계심이 뒤섞인 표정이었다. 그 표정을 바꾸지 않으며 고맙네, 라고 말했다.

"하지만 이 돈은 받을 수 없습니다."

봉투를 나카조 쪽으로 조금 더 디밀었다.

"받아주지 않으면 곤란한데."

나카조가 침착하게 말했다. 그 말 속에서 어떤 다른 의도가 숨겨져 있다는 걸 느꼈다.

"거래를 하자는 겁니까?"

나오키가 말했다. 나카조는 부정하지 않았다.

"그런 표현이 적합한지 어떤지는 모르겠네만."

"그러니까 앞으로 아사미한테 접근하지 않겠다, 연락하지 않겠다, 이런 약속을 하고, 그 약속을 깼을 때는 이 돈을 반환한다. 이런 계약을 맺자는 거군요."

나카조가 입을 다물었다. 나오키는 자신의 짐작이 어긋났다고 생각했다. 이윽고 상대의 난처해하는 표정을 쳐다보다 문득 뭔가가 떠올랐다.

"그렇군요? 그것만으로는 불충분한 거군요. 제가 아사미와, 나카조 아사미와 교제했다는 사실을 누구에게도 말하지 말 것, 그런 조항도 포함된 거군요."

"심하다고 생각할지 모르지만, 그렇다네."

그러면 그렇지, 싶었다. 그래서 저자세로 일관하고 있는 것이다. 아사미와 헤어지게 하는 건 얼마든지 가능하지만 입막음까지는 불가능하다고 판단한 것이다.

"돈은 되돌려드리겠습니다. 받을 수 없습니다."

나오키는 다시 반복했다.

"돈을 받지 않더라도 입 밖에 낼 생각은 없다는 뜻인가?"

나오키는 고개를 저었다.

"아뇨. 아사미와의 일은 비밀로 하지 않겠습니다. 여기저기 떠들고 다닐 생각입니다. 그래서 돈을 받을 수 없다는 겁니다."

순간 나카조의 얼굴이 일그러졌다. 곤혹스럽고 당황하는 표정이 역력했다. 나오키에 대한 증오심까지 드러냈다. 하지만 그래봤자 별 의미가 없다는 걸 이내 깨달은 듯했다. 체면을 내동댕이치고서라도 나오키에게 애원하지 않을 수 없다는 초조함이 그대로 나타났다. 좀 전에 마치 연극처럼 무릎을 꿇었을 때와는 비교도 되지 않을 만큼 절박한 표정을 지었다. 그걸 보며 나오키는 그만 받아들이기로 했다. 나오키가 말했다.

"농담입니다. 그러지 않을 겁니다."

허를 찔린 듯 이번에는 나카조의 얼굴에서 표정이 사라졌다. 눈만 껌뻑거렸다.

"걱정하지 않으셔도 됩니다. 아사미와의 일은 없었던 걸로 하겠습니다. 남들한테 말해봤자 한 푼도 득이 될 게 없겠죠. 그러니 돈은 필요 없습니다. 받을 이유가 없습니다."

"정말 괜찮겠나?"

아직 반신반의하는 눈빛이다.

예, 하며 나오키는 고개를 끄덕였다.

나카조는 약간 망설이더니 결국 봉투를 다시 품에 넣었다. 교섭이 끝났으니 이런 누추한 곳에서 어서 빨리 떠나고 싶은 모양이다.

"아사미한테 잘 전해주십시오."

나오키는 그렇게 말하고 바로 고개를 저었다.

"아니, 아무 말도 전하지 않는 게 좋겠군요."

나카조가 고개를 끄덕이며 일어섰다.

"자네도 잘 지내게."

문이 닫힌 뒤에도 나오키는 그대로 앉아 있었다. 하루 사이에 무척 많은 일들을 겪었다. 여러 사람이 왔다가 떠났다. 그리고 지금은 혼자 남았다.

예정된 결말에 이르렀을 뿐이라고 스스로를 타일렀다. 포기하는 것에는 이미 익숙했다. 앞으로도 분명 또 이럴 것이다. 이런 일들이 반복되는 게 내 인생이다.

9

다음 날부터 나오키는 집을 비워두기로 했다. 집에 있으면 아사미가 찾아올 게 틀림없다. 아사미가 순순히 자기 아버지 지시에 따를 것 같지는 않았다. 또한 아버지와 나오키가 한 약속도 받아들일 리가 없다.

나오키는 아사미를 만나지 않기로 결심했다. 얼굴을 보면 괴로울 것이다.

그러나 아사미는 'BJ'로 찾아올 게 분명하다. 가게에서는 피할 곳이 없다. 나오키는 지배인에게 전화를 걸어 잠시 쉬게 해달라고 했다.

집을 나오기는 했지만 갈 곳이 없었다. 생각 끝에 나오키가 연락한 사람은 시라이시 유미코였다.

"넌 내 편이라고 했지?"

유미코의 방에서 나오키가 물었다.

"날 좀 도와줘."

"부잣집 아가씨를 손에 넣는 걸 도와달라고?"

유미코가 물었다. 나오키는 고개를 저었다.

"아니, 그 반대야."

나오키는 사정 이야기를 했다. 모든 걸 털어놓을 수 있는 상대는 유미코뿐이었다.

이야기를 다 들은 뒤, 유미코는 우울한 표정을 지으며 입을 다물었다. 나오키는 유미코가 무슨 생각을 하는지 알 수 없어 불안한 마음으로 기다렸다.

이윽고 유미코가 고개를 저었다.

"너무 심하네."

"뭐가?"

"모두 다."

그렇게 말하며 유미코는 한숨을 내쉬었다.

"어딜 가더라도 넌 형 문제로 힘이 들 거야. 그 때문에 모든 걸 빼앗기겠지. 전에는 음악. 이번엔 애인. 이런 말도 안 되는 일이 어디 있어?"

"이제 됐어, 그런 건. 별수 없지."

"정말 괜찮아? 그 아가씨 포기할 수 있어?"

"포기하는 데는 이미 익숙해."

나오키는 힘없이 웃었다.

그런 나오키를 바라보며 유미코가 눈썹을 찌푸렸다. 두통을 참듯이 이마를 손으로 짚는다.

"네가 그런 표정 짓는 것 보고 싶지 않아. 밴드 문제 이후 넌 변했어. 방금 말도 안 되는 일이라고 했지만, 가장 심한 건 네가 변했다는 거야. 예전의 너라면 애인한테 일부러 임신을 시키겠다는 생각 따위는 하지 않았을 거야."

나오키는 고개를 숙이고 목덜미를 긁었다.

"난 지저분한 놈이야."

"넌 원래 그런 사람이 아닌데……."

"난 새삼 깨달았어. 내 처지를 말이야. 아사미 아버지 말이 맞아. 내가 누군가와 결혼하면, 그 사람도 지금 내가 겪고 있는 고통을 똑같이 짊어지게 될 거야. 애를 낳으면 그 애도 마찬가지가 되겠지. 그걸 알면서 누군가와 결혼한다는 건 말도 안 돼."

나오키는 머리를 설레설레 저었다.

"헤어지라는 것뿐 아니라 사귄 사실까지 비밀로 해달래. 그 근엄한 아사미 아버지가 아무리 연극이라고는 해도 무릎까지 꿇어가면서 그런 말을 했어. 도대체 난 뭘까?"

유미코는 괴로운 표정을 지으며 나오키의 말을 듣고 있었다. 입고 있는 운동복 소맷자락을 잡아당겼다 걷어 올렸다 하며.

나오키가 한숨을 내쉬었다.

"그러니 좀 도와줘. 아사미는 아마 날 만나려고 할 거야. 고집이 세서 부모 지시에 굴복당하는 걸 도저히 받아들일 수 없겠지. 나에 대한 마음과는 별도로 자기 고집을 부리려고 들 게 틀림없어. 하지만 내 입장에서는 그런 고집도 이젠 무의미해."

"내가 뭘 해주면 되지?"

"어려운 건 아니야. 당분간 내 방에서 지내면 돼."

"네 방에서?"

"그래. 분명 아사미가 찾아올 거야. 그러면 이렇게 말해줘. 어디로 갔는지 모르겠다, 당분간 돌아오지 않을 거다, 이렇게. 아마 네가 나하고 무슨 관계냐고 물어보겠지. 그때는 이렇게 대답해."

나오키는 유미코의 눈을 바라보며 말을 이었다.

"애인이라고. 오래 전부터 사귀어왔다고 말이야. 툭하며 바람을 피워서 골치를 썩였는데 또 그런 모양이라고…… 그렇게 말해줘."

유미코가 얼굴을 찡그렸다. 앞머리를 쓸어 올리며 한숨을 크게 내쉬었다.

"그런 말은, 할 수 없어."

"부탁해. 그렇게라도 하지 않으면 아사미가 받아들이지 못할 거야."

"하지만."

"만약 네가 싫다면 다른 여자한테 부탁할 수밖에 없어. 자세한 사정 이야기는 하지 않더라도 따라붙는 여자애를 떼어내기 위한 일이라면 재미있어하며 도와줄 여자애가 몇 명 있어."

그 말을 듣더니 유미코가 나오키를 쏘아보았다. 말도 안 되는 소리를 한다고 핀잔하는 눈이 아니었다. 어쩌면 나오키의 여자관계를 짐작할 수 있는 이야기였기 때문인지도 모른다.

"언제까지 있으면 되는 거야?"

"일단 일주일 정도? 그동안 아사미가 찾아올 거야. 만약 오지 않으면 그때 가서 다시 생각하자. 어쩌면 오지 않을지도 모르지. 그럼 그걸로 그만인 거고."

"그렇게 해도 괜찮겠어?"

유미코가 고개를 꼬았다.

"네가 다른 여자하고 헤어진다니까 나야 좀 그렇지만……, 기분이 좋지는 않아."

"나는 기분이 너보다 더 좋지 않아."

그날부터 두 사람은 방을 바꾸어 지내게 되었다. 나오키는 학교에도 가지 않았다. 아사미가 숨어서 기다릴지도 모른다고 생각했기 때문이다. 유미코의 방은 깔끔하게 정돈되어 있어 가능하면 어지르지 않도록 조심하며 지냈다. 식사는 외식을 하거나 편의점 도시락으로 해결했다.

그런 생활을 시작한 지 사흘째 되던 날이었다. 텔레비전을 보고 있는데 갑자기 문이 열리고 유미코가 들어왔다.

"뭐 필요한 물건이라도 있어?"

나오키가 물었다.

하지만 유미코는 고개를 저었다.

"계획대로 안 됐어."

나오키가 뭐? 하고 입을 여는 순간, 유미코 뒤에서 누군가 가 나타났다. 아사미였다. 아랫입술을 깨물고 있었다.

"유미코, 너……."

"아니야. 난 시킨 대로 했어. 하지만 얘가……."

"내가 그런 연극에 속아 넘어갈 줄 알았어?"

아사미가 그를 내려다보며 말했다.

"난 밖에 나가 있을게."

그렇게 말하고 유미코는 방을 나갔다.

아사미가 신발을 벗고 방으로 들어왔다. 그리고 나오키 앞에 무릎을 꿇고 앉았다.

"왜 숨은 거야? 그러는 거 너답지 않아."

"너하고 만나는 게 괴로웠어."

"나하고 헤어질 생각이었기 때문이겠지. 그렇다면 헤어지지 않으면 되잖아."

"그럴 수는 없어."

"왜? 아버지한테 무슨 소리를 들었는지 알아. 아버지도 네가 헤어지기로 약속했다고 했어. 하지만 난 도무지 이해할 수가 없어. 왜야?"

흥분해서 말하는 아사미를 보며 나오키는 오히려 마음이 차분해졌다. 이 여자는 역시 고집을 부리고 있을 뿐이라는 생각이 들었다.

아사미가 말했다.

"그 뒤에 생각해봤어. 그 방법이 그다지 나쁜 건 아닐지도 모른다고."

"그 방법이라니?"

아사미는 숨을 고르고 나서 말했다.

"그러니까, 그 아기 만드는 거……."

나오키는 고개를 숙였다. 다시는 생각하고 싶지 않은 일이었다.

"그때는 나하고 의논하지 않았기 때문에 화가 났지만 함께 살려는 두 사람이 아기를 만드는 것 자체는 결코 나쁜 일이 아니야. 그렇게 하면 부모를 설득하기도."

"이제 그만두자."

나오키는 아사미의 말을 가로막았다.

이유를 묻는 눈빛으로 아사미가 바라보았다. 그 눈을 마주 보며 나오키는 말했다.

"내 상황이 네가 생각하는 것처럼 그렇게 만만하지는 않아. 너와 맺어지면 그걸 극복할 수도 있겠다고 생각했지만 아무래도 아닌 것 같아. 임신을 한다 해도 네 집안사람들이 도와주진 않을 거야. 자칫하면 너만 의절을 당할 거야."

"그래도 상관없잖아? 우리 둘이 힘을 모으면……."

"나 하나만으로도 힘들어. 너하고 아기까지 있으면 더 힘들 거야. 난 도저히 헤쳐 나갈 자신이 없어."

아사미는 눈을 동그랗게 뜨고 나오키를 찬찬히 바라보았다. 그리고 천천히 고개를 저었다.

"나카조 가문을 떠난 내겐 관심이 없다는 뜻이야?"

"결국 그런 이야기가 되나?"

아사미는 나오키를 계속 노려보았다. 나오키의 가슴 깊은 곳에 있는 무언가를 어떻게 해서든 투시하려는 눈빛이었다. 나오키는 그런 시선을 견딜 수 없어 외면했다.

"이제 됐어."

"이제 됐다니……?"

"귀찮아. 어찌되건 상관없어."

"나도?"

"……그래."

아사미가 숨을 들이키는 기척이 느껴졌다.

"그래, 알았어."

아사미는 일어서서 구두에 발끝만 걸친 채 서둘러 나갔다. 문이 닫히는 바람에 형광등 아래서 먼지가 일었다.

유미코가 들어왔다.

"괜찮아?"

작은 목소리로 물었다.

"괜찮아."

나오키는 일어서며 대답했다.

"정해진 스토리지."

4장

아름다운 사람들

1

　면접관은 세 명이었다. 한가운데 앉은 안경 쓴 사람은 50대, 나오키 오른쪽에 앉은 사람은 그보다 약간 아래인 듯했다. 왼쪽에 있는 사람은 상당히 젊어서 서른이 약간 넘은 것 같았다.

　질문은 주로 가운데 앉은 사람이 했다. 우리 회사를 선택한 이유는 뭔가, 만약 입사하게 되면 어떤 업무를 맡고 싶은가, 자신이 남보다 뛰어나다고 생각하는 점은 무엇인가 등등 뻔한 질문을 던졌다. 미리 예상했던 질문이라 나오키는 술술 대답할 수 있었다.

　면접에는 큰 의미가 없다고 들었다. 말하자면 면접관의 감성에 맞느냐 안 맞느냐가 문제다. 대답을 잘했다고 해서 좋은 인상을 줬다고는 할 수는 없다. 면접관들은 학교 성적과 필기시험을 통해 입사 희망자의 실력을 대략은 알고 있다. 나머지는 마음에 드느냐 안 드느냐 하는 문제다. 여학생의 경우는 외모가 상당히 영향을 미치는 모양이다. 그럴 수도 있다기보다 당연히 그럴 거라고 나오키는 생각했다. 취직 준비 때문에 성형수술을 받는 여학생도 있다고 들었다. 눈살을 찌푸리는 사람도 있을 테지만, 나오키는 그게 잘못은 아니라고 생각했다.

그러면 남학생의 경우는 어떨까? 면접관은 대부분 남자다. 그 남자들이 원하는 이상적인 입사 지원자는 어떤 모습일까? 개성 있고 생기 넘치면 매력적인 사람일 것이다. 하지만 회사 입장도 과연 그럴까? 상사가 원하는 건 개성보다 충성심 아닐까? 그렇다고 무색무취한 타입만 환영을 받는 것 아닐 것이다. 결국 과유불급이라는 얘기다. 지나치게 개성적이어도 안 되고, 너무 평범해서도 안 되는 것이다.

"부모님이 안 계시는군."

가운데 앉은 사람이 손에 든 자료를 보며 말했다.

나오키는 아버지와 어머니가 돌아가신 경위를 간략하게 설명했다. 이 부분은 문제될 게 없었다. 중요한 것은 그다음이다.

"형님이 계신 것 같은데, 지금 무얼 하시나?"

드디어, 하는 생각이 들었다. 몇 차례 면접을 보았지만 꼭 나오는 질문이다. 나오키는 방어 태세에 들어갔다. 물론 그런 긴장을 상대방이 눈치채게 해서는 안 된다.

"미국에서 음악 쪽 공부를 하고 있습니다."

세 명의 면접관이 다소 의외라는 표정을 지었다. 특히 왼쪽에 있는 젊은 면접관이 흥미를 느낀 모양이다.

"미국 어디서 공부하십니까?"

젊은 면접관이 물었다.

"뉴욕입니다. 하지만 정확한 위치는 모릅니다. 가본 적이 없어서요."

나오키는 미소를 지었다.

"음악 분야라면, 구체적으로?"

"드럼이 위주고, 타악기 전반이라고 합니다. 잘은 모르겠습니다."

"다케시마 츠요시 씨……인가? 그쪽에서 활동하고 계신 건가요?"

나오키는 웃으며 고개를 갸웃거렸다.

"글쎄요. 아직 배우는 중이라고 들었습니다."

"음악 공부를 하러 미국엘 가다니, 대단하군요. 실례지만 음악을 할 수 있을 만큼 여유 있는 환경은 아니었을 텐데요."

나오키는 차분하게 대답했다.

"그래서 드럼을 한 겁니다. 말씀하신 것처럼 악기를 살 만한 경제적인 여유가 없었기 때문에 기타나 피아노 같은 건 할 수가 없습니다. 하지만 드럼은 아무 거나 주변에 있는 걸 두드리기만 하면 됩니다. 아프리카 원주민들의 주요 악기가 타악기인 것과 마찬가지 이치죠."

젊은 면접관이 살짝 고개를 끄덕였다. 나머지 두 사람은 그다지 관심이 없다는 표정이었다.

별로 의미 없는 질문을 몇 가지 한 뒤 면접이 끝났다. 결과는 일주일 이내에 우편으로 통지한다고 했다. 회사를 나온 나오키는 크게 기지개를 켰다.

입사시험을 치른 회사가 벌써 스무 군데가 넘었다. 하지만 합격 통지서를 보내온 회사는 한 곳도 없었다. 처음엔 매스컴 쪽, 특히 평소 원하던 출판사 쪽 시험을 치렀다. 하지만 이제 업종은 상관없다. 일단 취직만 되면 좋겠다고 생각했다. 지금 막 시험을 치르고 나온 곳은 식품회사였다. 전에는 생각도 하지 않던 업종이다.

학교 성적은 어느 정도 자신이 있었다. 통신 교육 과정을 거쳐 편입했지만 그게 입사시험 때 마이너스 요인이 되지는 않을 거라고 생각했다. 면접에서 크게 실수를 한 기억도 없다. 그런데 왜 채용이 되지 않는 걸까?

결국 가족이 없다는 게 큰 결점이라는 생각이 들었다. 회사 입장에서는 가능한 한 신원이 확실한 사람을 쓰고 싶어 할 것이다. 성적이나 인간성에서 큰 차이가 없다면 신원이 보증된 사람을 뽑는 게 당연하다.

너무 큰 회사를 목표로 한 거 아닐까? 며칠 전 취업 지도교수가 그런 말을 했다. 그리고 성적에 자신이 있다면 아예 소수 정예를 뽑는 회사에 응시하는 게 채용될 가능성이 높다고 했다. 아마 교수도 나오키가 합격되지 않는 원인이 가족 문제 때문이라고 보았을 것이다.

그때는 애매하게 대답했지만, 사실 나름대로 생각한 게 있었다. 채용 인원이 적은 회사에 응시하는 게 더 유리하다는 건 알고 있다. 하지만 그런 회사라면 한 사람 한 사람에 대한 조사도 철저하게 할 우려가 있다. 그게 어느 정도일지는 모르지만 형이 정말로 미국에 가 있는지 어떤지, 가지 않았다면 어디 있는지, 그런 정도는 조사할 거란 생각이 들었다. 다케시마 나오키의 형이 실제로 어디서 무얼 하고 있는지가 밝혀지면 절대로 자기를 채용하지 않을 것이다. 하지만 그런 이야기를 교수에게 할 수는 없었다. 츠요시에 대해서는 학교에서도 아무도 몰랐기 때문이다.

편의점에서 도시락을 사가지고 니자에 있는 아파트로 돌아왔을 때는 이미 날이 저물었다. 이곳으로 이사한 지 1년이 지났다. 역에서 버스를 갈아타고, 내려서 다시 10분가량 걸어야 하지만 집세는 전에 살던 방보다 더 쌌다.

문을 열고 안에 있는 우편함을 들여다보았다. 입사시험을 치른 회사에서 온 통지서는 없었다. 그 대신 편지 한 통이 들어 있었다. 그 이름을 보고 나오키는 미간을 찌푸렸다. 눈에 익은 필적이었다.

나오키, 잘 지내니?

네가 이 편지를 받아볼 수 있으면 좋겠구나. 무사히 도착했다는 이야기가 될 테니까. 실은 한동안 네 주소를 몰라 편지를 보내지 못했다. 1년쯤 전에 편지가 되돌아왔다. 그래서 네가 다닌 고등학교의 담임이던 우메무라 선생님께 편지를 쓰기로 했단다. 하지만 우메무라 선생님의 주소를 몰라 그냥 학교로 보냈지. 여기서는 편지 보낼 사람을 추가할 때 수속이 필요하기 때문에 좀 번거롭단다. 하지만 공립 고등학교 교사에게 보내는 것이니 특별한 문제는 없을 거라고 생각했는지 허가가 나왔다. 그랬더니 바로 우메무라 선생님한테 답장이 왔더라. 네가 이사했다는 연락을 받았다고 하시더군. 그리고 네 새 주소도 가르쳐주셨다. 너도 여러 모로 바쁠 테니 내게 새 주소를 알려주는 걸 잊은 모양이구나. 하지만 어쨌든 이렇게 새 주소를 알게 되었으니 마음 놓기 바란다.

니자라면 오이즈미 학원이나 샤쿠지이 근처이겠구나. 그 소식을 듣고 그리운 마음이 들었다. 샤쿠지이는 전에 일하러 가본 적이 있다. 거기 있는 공원에 큰 연못이 있는데 악어가 산다는 소문을 듣고 직장 동료와 함께 찾아보았지만 실패했단다. 지금 사는 곳이 공원 근처니? 만약 공원에 갈 일이 있으면 악어가 어떻게 되었는지 알려주기 바란다.

우메무라 선생님의 편지에도 적혀 있던데, 이제 슬슬

취직을 해야 할 시기 아니니? 요즘에는 취직하기가 쉽지 않다던데 걱정이구나. 하지만 대학까지 다녔으니 분명 잘 될 거라고 생각한다. 힘을 내기 바란다.

바쁠 거라고는 생각하지만 엽서라도 보내다오. 이 편지가 도착했는지 어떤지, 그것만이라도 괜찮다.

나는 잘 지내고 있다. 요즘 약간 살이 찐 것 같다. 다른 사람들이 그러는데, 편해서 그렇다고 하는구나. 지금 주로 하는 일은 선반 다루는 작업이다.

그럼 다음 달에 또 편지 쓰마.

츠요시

형이 보낸 편지를 대충 훑어보고 나오키는 입술을 깨물며 편지지를 찢었다. 자기한테 물어보지도 않고 주소를 가르쳐준 우메무라 선생을 원망하며 담임에게 새 주소를 알려준 걸 후회했다.

츠요시하고는 관계를 끊을 작정이었다. 물론 핏줄이야 어찌할 수 없을 것이다. 하지만 자기 인생에서 형이란 존재를 말소하는 것은 가능할 것이다. 이사한 곳을 알리지 않은 것도 그 때문이다. 인연을 끊고 싶다는 내용의 편지를 쓸까도 생각했다. 하지만 역시 그럴 수는 없었다. 츠요시가 범죄를 저지른 것은 자기를 대학에 보내고 싶었기 때문이다. 그런 동생이 인연을 끊자는 편지를 보낸다면, 츠요시의 심정이 어떨까. 너무 잔인한 짓이다.

하긴 이사를 하면서 알리지 않은 것도 잔인하기는 마찬가지다. 하지만 나오키는 형이 부디 지금 자신의 처지나 심정을 이해해주길 바랐다. 오래 사귄 애인과 헤어지고 싶을 때의 심정이 바로 이런 것 아닐까. 그게 자기중심적인 생각이라는 건 나오키도 충분히 알고 있었다.

나오키가 기대하던 합격 통지서는 그로부터 일주일 뒤에 왔다. 전자제품 양판점으로 유명한 회사였다. 면접 때 어느 정도 느낌이 왔던 곳이다. 가족 이야기는 거의 묻지 않았었다.

취직이 되었다는 사실을 알릴 상대는 거의 없었다. 여러 모로 걱정해준 우메무라 선생에게도 알리고 싶은 마음이 들지 않았다. 선생이 츠요시한테 연락할까 두려웠다.

결국 시라이시 유미코밖에 없었다. 그것도 일부러 연락한 게 아니라, 유미코한테 전화가 왔을 때 겸사겸사 말했을 뿐이다. 유미코는 나오키가 취직되지 않는 걸 걱정하던 터였다.

취직 축하 파티를 하자고 유미코가 말해서 이케부쿠로에 있는 이자카야에서 만났다.

"정말 잘됐다. 자꾸 늦어져서 걱정했어. 올해는 작년보다 취직하기가 더 힘들다는 이야기도 들리고."

생맥주를 한 모금 마신 뒤 유미코가 말했다.

"게다가 신세이전기라면 일류 회사잖아."

"일류는 아니야. 뭐 아키하바라에서는 이름이 통하는 회사이기는 해도."

"그게 어디야? 취직이 되었으니 다행이지."

"그렇지."

나오키는 야키도리를 안주로 맥주를 마셨다. 무척 맛이 있었다.

"형한테도 알렸지? 분명 기뻐할 거야. 무지하게."

유미코가 기쁘다는 듯 말했다. 그 표정이 나오키에게는 촐랑거리는 것처럼 보였다.

표정이 어두워졌다는 걸 눈치챘는지, 유미코가 나오키의 눈치를 살폈다.

"왜 그래?"

"그냥."

쌀쌀맞은 목소리로 대답했다.

"혹시…… 알리지 않은 거야?"

나오키는 대답하지 않고 시샤모(바다빙어)를 씹었다. 유미코의 시선을 피하며 한숨을 길게 내쉬었다.

유미코가 탄식하듯 말했다.

"왜? 알리면 좋을 텐데."

"쓸데없는 참견 마."

"참견이긴 하지만……. 기뻐할 거야, 형이. 기쁘게 해주고 싶지 않아?"

나오키는 말없이 맥주를 마셨다. 기분 탓인지 맛이 없어진 것 같다.

"나오키."

나오키는 짜증이 났다.

"시끄러. 이제 형한테 연락하지 않기로 했어."

"어째서?"

"어째서, 어째서. 왜 이렇게 귀찮게 굴어? 내 문제니까 내 버려둬."

유미코는 주눅이 들었는지 고개를 숙였다. 하지만 시선은 나오키를 바라보고 있었다.

"형 때문에 좋아하는 사람과 헤어져서?"

"시끄럽다니까. 자꾸 그런 소리 하면 패버릴 테야."

저도 모르게 큰 소리를 냈다. 주위에 있는 손님들이 쳐다보았다. 나오키는 맥주잔을 비우고 점원에게 한 잔 더 주문했다.

"때리고 싶으면 때려도 돼."

유미코가 작은 목소리로 말했다.

"누가 그러고 싶대?"

"난 그냥 형 심정도 이해해줘야 한다고 생각할 뿐이야. 형을 범죄자라고 여기는 것 같은데, 그건 잘못이야. 지금은 징역을 살고 있잖아. 범죄는 과거에 저지른 것이고."

"세상 사람들은 그렇게 생각하지 않아."

"세상 사람들이 뭐야? 그 사람들은 그 사람들 멋대로 생각
하라고 하면 그만 아니야?"

"그게 통하지 않는단 말이야. 이번 취직만 해도 그래. 형이
외국에 가 있다고 거짓말을 해서 겨우 합격 통지서를 받았
어. 교도소에 들어가 있다고 해봐. 바로 끝장이야."

점원이 새 맥주잔을 가져왔다. 나오키는 그걸 받아들자마
자 단숨에 반 정도를 들이켰다.

"그렇다고 형하고 연락을 끊다니, 그건 말도 안 돼. 그러면
너도 세상 사람들과 다를 게 없잖아."

나오키는 한숨을 쉬었다.

"어쩔 수 없어. 연락을 주고받으면 언젠가는 들통이 나게
돼 있어. 지금까지 내내 그랬잖아. 형한테서 온 편지가 늘 내
발목을 잡았어."

이런저런 일들이 머릿속을 스쳐갔다. 나오키는 그걸 떨쳐
내려고 머리를 저었다.

"하지만 어차피 이번에도 편지는 왔잖아."

"내년에 이사할 생각이야."

"또? 이사한 지 얼마나 됐다고? 그럴 돈이나 있어?"

"어떻게든 해봐야지. 밤에는 'BJ' 일을 해야 하지만 지금부

터 낮에 시간제 아르바이트를 두세 달 하면 보증금이나 부동
산중개소 수수료 정도는 모을 수 있을 거야."

"그렇게 형한테서 도망치고 싶어?"

유미코가 슬픈 눈빛을 보였다.

"이제 지긋지긋해."

거품이 달라붙은 잔을 바라보며 나오키는 말했다.

"형 문제가 드러날 때마다 길을 잃고 말아. 그런 일이 반복
되다보면 언젠가는 분명 형을 원망하게 될 거야. 그렇게 되
는 게 무서워."

그렇지만, 말을 하려다 유미코가 입을 다물었다.

그 뒤 얼마 지나지 않아 나오키는 도로공사 아르바이트를
시작했다. 학교에는 거의 가지 않았다. 졸업에 필요한 학점
은 모두 따두었다. 졸업논문은 일요일에만 쓰기로 했다.

밤낮없이 일을 해 육체적인 피로가 한계에 가까웠다. 하지
만 자신의 인생을 위해서라고 생각하며 힘을 냈다. 한 달에
한 번 꼬박꼬박 오는 츠요시의 편지가 나오키에게 더욱더 의
욕을 불러일으켰다. 이 편지가 오지 않을 곳으로 이사 가기
위해서라도 열심히 일해야 한다고 스스로를 격려했다.

나오키는 형의 편지를 읽지 않았다. 봉투만 힐끔 보고 바로
쓰레기통에 버렸다. 내용을 읽으면 정에 끌리고 말 거라는
걸 알고 있었다.

그렇게 3월을 맞이했다. 열심히 일했지만 돈은 별로 모이지 않았다. 첫 출근을 하려면 양복과 구두 등 준비해야 할 게 많았기 때문이다. 이사는 당분간 무리일 듯했다. 출근을 시작하면 당연히 아르바이트는 할 수 없다.

졸업식 날, 이미 알고 있었다는 듯 츠요시의 편지가 왔다. 그날은 아르바이트가 없는 날이라 방에 누워 있었다. 졸업식에 참석할 생각은 없었다.

여느 때 같으면 읽지도 않고 버렸을 것이다. 편지를 뜯어본 것은 일시적인 변덕에 불과했다. 어차피 중요한 내용 따윈 적혀 있지도 않을 테니까.

하지만 편지를 읽다가 이부자리에서 벌떡 일어났다.

나오키, 잘 지내니? 이제 곧 졸업이겠구나. 네가 대학생이 되었을 때 정말 기뻤는데 무사히 졸업할 수 있다니 마치 꿈만 같구나. 하늘나라에 계신 어머니께 네 멋진 모습을 보여드리고 싶다. 아, 물론 나도 보고 싶지만.

게다가 다음 달부터는 회사원이라니. 정말 훌륭하구나. 난 신세이전기라는 회사를 잘 모르지만.

나오키는 편지를 손에 든 채 유미코에게 전화를 걸었다. 하지만 부재중 메시지가 흘러나올 뿐이었다. 그제야 오늘이 평

일이라는 걸 깨달았다. 유미코는 회사에 출근했을 것이다.

저녁때까지 기다릴 수가 없었다. 시계를 보며 뛰어나갔다.

나오키가 향한 곳은 도자이자동차 본사 공장이었다. 예전에 일하러 다녔던 곳이다. 눈에 익은 문을 지나 공장으로 들어갔다. 당당한 자세로 들어가면 수위도 불러 세우지 않는다는 걸 알고 있었다.

마침 점심시간이었다. 작업복을 입은 종업원들이 한가로이 걷고 있었다. 나오키는 자기가 일하던 폐기물 처리장으로 향했다.

두 남자가 고철더미 옆에서 도시락을 먹고 있었다. 두 사람 모두 30대로 보였다. 다테노의 모습은 보이지 않았다. 나오키는 안도하며 건물 뒤로 몸을 숨겼다. 바로 옆에 있는 공장의 입구가 보이는 곳이었다.

이윽고 종업원들이 돌아오기 시작했다. 점심시간이 끝나가는 모양이다. 시선을 움직였다. 유미코가 다른 여종업원과 이야기를 나누며 걸어오고 있었다. 나오키는 빠른 걸음으로 다가갔다.

부르기도 전에 유미코가 나오키를 보았다. 놀라는 표정을 지으며 멈춰 섰다.

"왜 그러니?"

함께 있던 친구가 물었다.

"아무것도 아니야. 먼저 들어가."

친구가 나오키를 수상하다는 듯 쳐다보면서 지나갔다. 그 동안 유미코는 고개를 살짝 숙이고 나오키의 눈치를 살폈다.

"잠깐 이리 와."

나오키는 유미코의 팔을 잡았다.

공장 모퉁이를 돌아선 다음 유미코의 팔을 놓았다. 주머니 에서 편지를 꺼내 눈앞에 디밀었다.

"어떻게 된 거야, 이거?"

"뭐가?"

유미코가 잡혔던 손목을 문질렀다.

"뭐가라니! 형 편지 말이야. 내가 취직한 걸 알고 있어. 회 사 이름까지. 네가 가르쳐줬지?"

유미코는 대답하지 않았다. 고개를 돌려 시선을 피했다.

"너밖에 없어. 난 아무한테도 말하지 않았어. 형한테 알릴 사람은 너밖에 없어. 솔직히 말해."

유미코는 휴, 한숨을 내쉬고 나오키를 노려보았다.

"내가 알렸어. 잘못한 거야?"

"당연하지. 너 지난번에 내가 한 말 잊었어? 형한테 연락하 지 않겠다고 했잖아."

"그래서 대신 내가 했어. 상관없잖아. 편지를 쓰건 내 자유 잖아."

"너 정말."

나오키는 얼굴을 찡그렸다. 자칫하면 때릴 뻔했다. 그걸 간신히 참은 것은 유미코의 시선이 자신의 등 뒤를 보고 있었기 때문이다. 뒤를 돌아보니 공장의 반장 같은 남자가 달려오고 있었다. 아까 그 친구가 알렸을 것이다.

"어서 가."

유미코가 나오키의 귓가에 속삭였다.

"뭐야, 당신. 시라이시한테 무슨 볼일이 있나?"

반장의 미간에 주름이 새겨졌다.

"제 친척이에요. 집안일로 알릴 일이 있어서."

유미코가 얼른 얼버무렸다.

"무슨 일이 있어?"

"예, 약간. 하지만 별일 아니에요."

그러곤 나오키를 올려다보았다.

"고마워. 나중에 연락할게. 숙모님께도 안부 전해줘."

유미코가 눈으로 빨리 돌아가라고 애원했다.

여기서 소란을 부릴 수는 없었다. 나오키는 성이 풀리지 않았지만 돌아섰다. 여전히 수상하다는 눈으로 쳐다보는 반장에게 고개를 숙여 인사하고 그 자리를 떠났다.

공장 문으로 가다가 폐기물 처리장 앞을 지났다. 아까 도시락을 먹던 두 사람이 무뚝뚝한 표정으로 고철을 정리하고 있었다. 예전의 자기 모습이 거기 있었다.

　다시는 저런 곳으로 돌아가고 싶지 않았다.

　편치 않은 마음으로 집에서 무의미한 시간을 보냈다. 밤 7
시가 지났을 무렵 초인종이 울렸다. 열어보니 유미코가 서 있
었다.

　"미안해. 전화하는 것보다 이리 오는 게 빠르겠다고 생각해
서."

　"용케 알아냈군."

　"응, 도중에 파출소에다 물어봤어. ……들어가도 돼?"

　"들어와."

　지금 사는 방에 유미코가 오기는 처음이었다. 실내를 둘러
보면서 바닥에 앉았다.

　"이사할 거야?"

　"돈이 모이면."

　"형하고 연락할 생각은 정말 없는 거야?"

　"참 끈덕지네."

　유미코는 잠시 말이 없다가 천천히 고개를 끄덕였다. 옆에
있는 백에서 봉투를 꺼내 나오키 앞에 내려놓았다.

　"이거 써."

　"뭐야?"

　"보면 알아."

나오키는 봉투 안을 들여다보았다. 만 엔짜리 지폐가 30장 정도 들어 있었다.

"그 정도면 이사할 수 있어?"

유미코가 물었다.

"왜 이러는 거야?"

"이유는 없어. 이사하고 싶지만 돈이 없어서 못하잖아? 그래서 빌려주는 거야."

"전에는 반대했잖아?"

"전에는 그랬지. 하지만 지금은 좀 달라. 그렇게 하는 게 너를 위해서 낫겠다는 생각이 들었어. 어쩌면 네 형을 위해서도……."

그렇게 말하며 고개를 숙였다.

나오키는 봉투와 유미코를 번갈아보았다. 가능하면 출근하기 전에 이사를 하고 싶었다. 서둘러 방을 찾으면 아직 늦지 않았을 것이다.

"니시카사이 쪽에서 근무하게 될 것 같아. 그저께 통지를 받았어. 입사식은 영업소별로 하고."

"니시카사이……? 여기선 꽤 머네."

"응. 그런 이유 때문에도 이사하고 싶었어."

"그럼, 이 돈이 도움이 될까?"

나오키는 살짝 고개를 끄덕이고 최대한 빨리 갚을게, 했다.

"나오키, 정말 형하고는 연락을 하지 않을 거야?"

"그럴 생각이야. 난 이제부터 형하고 관계없는 인간이 될 거야."

유미코는 한숨을 쉬며 그래? 하고 중얼거렸다.

다음 날, 나오키는 일찌감치 에도가와 구로 가 부동산중개소 두 군데를 찾았다. 두 번째 중개소에서 알맞은 방을 소개받았다. 회사까지 자전거로도 다닐 수 있는 거리였다. 보증인을 세우지 않는 대신 보증금을 더 내기로 했지만 유미코한테 빌린 돈으로 충분했다.

4월이 되자, 이사한 집에서 회사로 첫 출근을 했다. 몸도 마음도 다시 태어난 기분이었다. 이번에야말로 남들과 같은 생활을, 뒤에서 손가락질 받거나 부당한 차별을 받지 않는 생활을 하겠다고 맹세했다.

한 달 동안 연수를 받은 뒤, 정식으로 부서 배치를 받았다. 컴퓨터 매장이었다. 가장 바쁘고 힘든 부서라는 얘길 들었기 때문에 긴장은 되었지만 그만큼 의욕도 솟았다.

회사 로고가 들어간 점퍼를 입고, 찾아오는 손님들을 맞는 나날이 시작되었다. 진열된 상품은 물론 취급하지 않는 제품, 앞으로 발매될 제품에 대해서도 정확하게 알아야 했기 때문에 아파트에 돌아와서도 공부를 해야 했다. 나오키는 자료를 모두 훑어보고, 휴일에는 서점이나 도서관에 가서 컴퓨

터 관련 지식을 쌓았다. 물론 지식만 있다고 점원으로 일할
수 있는 건 아니다. 선배들의 손님 다루는 법을 관찰하며 테
크닉을 배웠다. 컴퓨터 잡지를 읽는 한편 정확한 경어 사용
법에 관한 책도 들여다보았다. 다케시마 나오키라는 인물이
어엿한 사회인이라는 걸 모든 사람에게서 인정받고 싶었다.

그런 보람이 있어서인지, 3개월이 지났을 무렵 '다케시마
는 쓸 만한 녀석'이라는 평가를 받게 되었다. 나오키는 만족
했다. 이대로 무사히 상승기류를 타고 올라갈 수 있으면 좋
겠다고 생각했다.

츠요시의 편지는 오지 않았다. 회사 이름 말고는 새 주소를
모르니 당연한 일이다. 그렇게 몇 개월이 흘렀다.

2

그날 아침, 여느 때와 다름없이 자전거로 출근하니 매장 건
물 앞에 순찰차 두 대가 서 있었다. 경찰관의 모습도 보였다.
건물 안으로 들어가려 하자 사원증을 보여달라고 했다.

"무슨 일이 있었습니까?"

사원증을 보여주면서 물었지만 제복을 입은 젊은 경찰관은
대답을 해주지 않았다. 귀찮아서가 아니라 대답을 해야 좋을

지 어떨지 판단이 서지 않는 것처럼 보였다.

나오키가 일하는 컴퓨터 매장은 2층에 있었다. 매장 안쪽에 작은 탈의실이 있어, 거기서 옷을 갈아입게 되어 있다. 타임 레코더도 거기 있었다. 그렇지만 계단 앞에서 경찰관이 나오키 앞을 가로막았다.

"매장에는 갈 수 없습니다."

무뚝뚝한 경찰관이 퉁명스러운 말투로 말했다.

"엘리베이터를 타고 5층으로 가십시오."

5층에는 사무실이 있었다.

"무슨 일이 있었습니까?"

나오키는 여기서도 다시 한 번 물었다.

"설명은 나중에 할 겁니다."

경찰관은 귀찮다는 듯이 손을 내저었다.

다른 종업원들도 계속 출근했다. 그들도 나오키와 똑같은 취급을 받았다. 아침인사도 하는 둥 마는 둥 서로 무슨 일이냐고 물었다.

"창고 쪽에도 경찰관이 여러 명 있더라."

오디오 매장에서 일하는 선배가 작은 목소리로 말했다.

창고는 점포 뒤에 있다. 도로를 사이에 두고 건너편이었다. 재고품 같은 것은 대부분 그곳에 보관한다.

5층으로 가니, 매장에 들어가지 못한 종업원들이 이미 여러 명 기다리고 있었다. 의자가 많지 않아 대부분 통로에 선 채 이야기를 나누었다.

아마도 도둑이 들었던 모양이다. 오늘 발매 예정인 게임기 70대를 비롯해 게임 소프트웨어, 컴퓨터 소프트웨어, 컴퓨터 본체 등을 매장에서 몽땅 훔쳐갔다고 한다. 창고 쪽에는 피해가 없었다.

"아, 여러분, 잠깐 조용히 해주세요."

백발의 지점장이 소리쳤다.

순간 모두가 입을 다물고 지점장을 바라보았다.

"이야기를 들은 사람도 있을 테지만 어젯밤…… 어쩌면 오늘 아침 이른 시간일지도 모릅니다만, 이곳에 도둑이 들었습니다. 피해 상황은 아직 정확하게 파악되지 않았지만 게임 매장, 컴퓨터 매장을 중심으로 털어간 모양입니다. 그래서 적어도 오전 중에는 매장에 들어갈 수 없습니다. 매장 말고도 들어갈 수 없는 곳이 몇 군데 있습니다. 에, 그래서 현재, 오늘은 임시로 영업을 하지 않을 계획입니다만, 여러분은 경찰 수사에 협조를 해주셔야 합니다. 지금부터는 경찰의 지시에 따라주시기 바랍니다."

지점장의 말투는 침착했지만 그 표정엔 긴장감이 흐르고 있었다. 몇 번이나 입술을 핥는 것이 멀찍이 떨어진 나오키에게도 보였다.

이어서 낯선 남자가 앞으로 나왔다. 지점장이 고개를 숙이는 것으로 보아 경찰 책임자인 듯했다. 양복을 입었지만 눈초리엔 샐러리맨에게서는 볼 수 없는 날카로움과 음습함이 깃들어 있었다.

남자는 이름도 밝히지 않고 각 부서별로 나누어서 대기할 것, 함부로 이동하지 말 것, 어디로 갈 때는 주위에 있는 경찰관에게 말할 것 등을 빠른 말투로 이야기했다. 너희들을 위해 우리가 수사를 하는 것이니 뭐든 시키는 대로 하는 게 당연하다는 태도가 노골적으로 드러나, 주위에서 불만의 목소리가 흘러나왔다.

"뭐야, 저 아저씨. 아무런 설명도 해주지 않을 건가?"

"대기하라니. 어디서 대기하라는 거야? 우린 매장 말고는 갈 곳이 없는데."

"도대체 언제까지 기다리라는 거야?"

결국 사무실에서 부서별로 모여 기다리게 되었다. 의자가 부족해 책상에 걸터앉거나 바닥에 앉는 직원도 생겨났지만 뭐라 하는 사람은 없었다.

"하필이면 오늘 도둑을 맞다니. 운도 없네."

노다라는 남자 직원이 말했다. 나오키보다 두 살 위였다.

"그게 발매되는 날이잖아. 매상이 상당히 오를 걸로 예상했는데."

'그게' 무엇인지는 다들 알고 있다. 새로 발매된 게임기를 가리키는 말이다.

"예약은 어떻게 되는 겁니까?"

나오키가 물었다. 인기 게임기라서 발매 전부터 예약이 상당히 많이 들어와 있었다.

"아아, 이제 곧 오픈할 시간인데. 갑자기 영업을 하지 않게 되었으니 고객들 항의 전화가 쏟아질 거야, 분명히."

"하지만 순찰차가 와 있으니 항의는 못할 거예요. 뭔가 사건이 터졌다는 걸 눈치채겠죠."

"바보. 손님들이 그런 것까지 생각할 것 같아?"

노다의 예언은 적중했다. 오픈 시간 몇 분 전부터 사무실 전화벨이 연신 울려대기 시작한 것이다. 나오키도 정신없이 전화를 받았다. 전화 내용은 거의 같았다. 도둑맞은 게임기가 언제 다시 들어오느냐는 문의였다. 사건을 알고 있다는 건 그 손님이 오픈하기 전부터 와 있었다는 얘기다. 그 정도 열성이라면 현장에 묶여 있는 종업원의 입장 따위는 생각할 여유도 없고, 오로지 갖고 싶은 게임기 생각으로 머릿속이 가득할 것이다. 사건 직후라 아직 물건이 언제 들어올지 알 수 없다고 대답하면 불같이 화를 낼 게 뻔했다. 그저 지금 조사 중이기 때문에 한시라도 빨리 물건을 들여올 수 있도록 노력하겠습니다, 라고 대답하는 게 전부였다. 하지만 손님들은 순순히 물러서지 않았다. 그래서 전화 한 통에 10분이 넘게 걸리기도 했다.

"도둑질을 하더라도 좀 시기를 봐가면서 하던지. 다른 날이었다면 우리가 이런 일까지 하지 않아도 될 텐데."

전화 응대가 일단락되자 노다가 말했다.

"하지만 다른 날이라면 안 했겠죠."

나오키가 말했다.

"왜?"

"그야 범인의 주요 목적은 새로 발매된 게임기였을 테니까요."

"아, 그도 그렇군."

노다가 턱을 쓰다듬었다.

나오키도 어제 게임 매장 담당자 둘이서 게임기를 옮기는 걸 보았다. 그때 내일은 매장이 붐빌 것 같다는 생각을 했었다.

컴퓨터 매장 책임자인 가와무라가 다가왔다. 차분한 얼굴이었다. 컴퓨터 매장은 가와무라와 노다, 그리고 나오키 세 명이 담당했다.

"어이, 두 사람 이리 와봐."

가와무라가 작은 목소리로 말했다. 아직 30대 초반이지만 머리숱이 적어 약간 나이가 들어 보인다.

"또 불만 처리 담당입니까?"

노다가 짜증난다는 듯이 말했다.

"아니, 지문을 찍어달래."

나오키는 가와무라의 얼굴을 쳐다보았다.

"지문? 왜 우리 지문을?"

"우리가 의심이라도 받고 있는 겁니까?"

노다가 설마 그럴 리 없지, 하는 말투로 물었다.

"녀석들 말에 따르면 소거법(消去法)이라나."

가와무라가 걸어가며 작은 목소리로 말했다.

"현장에서 나온 지문 중 종업원 것을 제외하면 나머지 지문 가운데 범인의 것이 있다고 보는 거지."

"에이, 범인이 지문 같은 걸 남겼을까요?"

노다가 입을 비죽거렸다.

"게다가 현장이라고 해봐야 매장이잖아요. 손님들 지문이 여기저기 남아 있을 거예요. 어떻게 범인 지문을 알아낸다는 건지."

가와무라가 멈춰 섰다. 주위에 사람이 없다는 걸 확인하고 나오키와 노다 쪽으로 얼굴을 가까이 가져왔다.

"두 사람한테만 하는 이야기인데, 경찰은 내부에 범인이 있다고 보는 것 같아."

엥? 하며 노다가 몸을 뒤로 젖혔다. 가와무라는 얼굴을 찡그리며 집게손가락을 입술에 댔다.

"범인이 게임기를 노린 것은 분명해. 하지만 어떻게 오늘 매장에 게임기가 있을 거라는 사실을 알았느냐, 경찰은 그 점에 주목하고 있어."

"오늘 그 게임기가 발매된다는 것은 누구나 다 알고 있습니다."

노다가 바로 말했다.

그러나 가와무라는 표정을 풀지 않았다.

"경찰 말에 따르면, 일반적인 도둑이라면 창고를 노렸을 거래. 창고에 침입하려고 한 흔적이 없으니 처음부터 게임기가 매장에 있다는 걸 알고 있었다는 것으로 받아들일 수밖에 없다는 거지."

"그래서 내부에……?"

나오키의 말은 귀담아 듣지도 않고 가와무라가 말했다.

"그 게임기를 매장으로 옮긴 건 어제 영업을 끝내고 나서니까."

지문을 찍은 것은 나오키와 노다만이 아니었다. 다른 매장 사람들도 차례로 경찰 감식반이 대기하고 있는 방으로 불려 갔다.

지문을 채취한 뒤에는 각 매장별로 조사를 받았다. 나오키에게 이야기를 들으러 온 것은 후루카와라는 형사였다. 30대 중반으로 보였다. 체격이 좋고, 머리를 짧게 깎았다.

질문 내용은 예상했던 대로였다. 새로 발매된 게임기가 매장에 들어온 것을 알고 있었는지, 알고 있었다면 그걸 외부인에게 말한 적이 있는지.

나오키는 알고 있었지만 누구에게도 말하지 않았다고 대답했다. 노다와 가와무라의 대답도 같았다.

"그럼 최근 뭔가 이상한 일은 없었습니까?"

"이상한 일?"

가와무라가 형사의 말을 되뇌었다.

"무슨 이야기든 괜찮습니다. 수상한 사람을 봤다거나, 이상한 손님이 왔었다거나."

나오키와 노다, 가와무라는 얼굴을 마주보았다. 두 사람 다 당황하고 있었다. 나오키는 자기도 마찬가지 표정을 짓고 있을 거라고 생각했다.

"어떻습니까?"

후루카와가 초조하다는 듯 재촉했다.

"아뇨, 그게 그렇게 말씀하셔도……"

가와무라가 머리를 긁적이며 나오키와 노다를 쳐다보았다.

"아무것도 없습니까?"

가와무라가 머뭇머뭇 말했다.

"없다고 해야 할까……? 여긴 양판점이니까요. 하루에 수많은 손님들이 드나듭니다. 실제로 물건을 사는 사람보다 잠간 구경하고 가는 사람이 훨씬 많죠. 그런 사람들을 일일이 기억할 수도 없는 노릇이고. 물론 그중엔 태도가 좀 이상한 사람도 있습니다만, 그런 사람한테 신경을 쓰다보면 일을 할 수가 없죠."

선배의 말에 나오키와 노다도 고개를 끄덕였다. 가와무라가 두 사람의 심정을 대변해준 셈이었다.

형사는 불만스러운 듯했지만 더 이상 캐묻지 않았다.

이날 나오키는 결국 업무가 끝날 시각 가까이까지 붙들려 있었다. 집으로 돌아오는 길에 들른 식당 텔레비전에서 그 사건에 관한 뉴스를 보았다. 나오키는 긴 시간 붙들려 있었지만 아무런 정보도 얻지 못했었다. 하지만 뉴스를 보니 사건의 개요를 알 수 있었다. 뉴스에 따르면, 매장 건물 셔터는 강제로 열었지만 출입구 자물쇠는 부순 흔적이 없는 모양이다. 또한 방범 카메라가 케이블이 절단되어 작동하지 않았다고 한다. 훔쳐간 것이 상당히 부피가 나가는 물건임을 감안하면 범인은 여러 명, 그것도 상당히 능숙한 패거리일 것으로 짐작된다고 했다.

나오키가 집에 돌아오자마자 전화벨이 울렸다. 유미코한테서 온 전화였다. 유미코도 사건에 대해 알고 있었다.

"큰일이 있었데? 너희 매장도 피해가 있었어?"

"컴퓨터 소프트웨어를 도둑맞았어. 오늘은 그래서 전표 정리 같은 일을 하느라 힘들었어. 형사가 여러 가지 질문을 하고 지문을 채취하고. 형편없는 하루였어."

"지문? 네 지문은 왜 찍은 거야?"

"소거법이라나. 경찰은 내부자의 범행으로 의심하는 모양이야."

가와무라한테 들은 이야기를 해주었다.

"에이, 그게 무슨 소리야. 네가 그런 짓을 할 리가 없잖아."

"경찰에는 경찰 나름의 절차라는 게 있겠지. 그리고 뉴스를 보고 안 건데, 내부에 범인이 있다고 의심한 근거는 게임기 문제만이 아닐 거야, 아마."

"그거 말고 또 뭐가 있어?"

"방범 카메라가 작동하지 않았다거나 문의 자물쇠가 부서지지 않은 등 점포 사람이 관련된 흔적이 여러 군데 있는 모양이야."

"흐음……. 아니, 그럼 정말로 직원들 가운데 범인이 있다는 거야?"

"설마 그럴 리야 없을 거라고 생각은 하지만."

"……나오키, 내일도 일 나가?"

"가야지. 그래서 오늘도 준비하느라 바빴어. 매장 이미지가 나빠지지 않도록 내일은 평소보다 더 열심히 일하라고 하더군."

"저어, 괜찮아?"

"뭐가?"

유미코는 잠시 입을 다물었다가 작은 목소리로 말했다.

"그게, 범인이 내부에 있을지도 모르잖아?"

나오키는 수화기를 든 채 웃었다.

"그래서, 뭐가 어떻다는 거야?"

"그러니까, 위험하지 않은가 싶어서. 무슨 대단한 조직이 저지른 범죄 같다고 뉴스에서 그러던데."

"그럴지도 모르지만 강도를 당한 건 아니야. 그냥 도둑이지."

"그래?"

하지만 유미코는 여전히 걱정이 되는 모양이었다.

"쓸데없이 공연한 걱정 하지 마. 그보다 그 돈 말이야, 이번 보너스 받으면 나머지도 갚을게."

유미코한테 빌린 돈 이야기였다. 일부는 여름 보너스가 나왔을 때 갚았다.

"그건 언제 갚아도 괜찮은데."

"그럴 수야 없지."

그 뒤로 조금 더 이야기하고 전화를 끊었다. 유미코는 요즘 츠요시 얘길 꺼내지 않았다. 나오키가 기분 나빠한다는 걸 알기 때문일 것이다.

사건이 일어난 지 닷새째 되는 날이었다. 매장에서 여자 손님에게 컴퓨터에 대해 설명하고 있는데 가와무라가 곁으로 다가와 귓속말을 했다.

"여긴 나한테 맡기고 5층으로 가봐."

나오키는 놀라서 선배의 얼굴을 바라보았다.

"지금 당장 말인가요?"

응, 하고 가와무라가 고개를 끄덕였다.

"무슨 일인지는 잘 모르겠지만 자네를 불러달라더군."

"예……"

영문을 알 수 없었다. 고개를 갸웃거리며 직원용 엘리베이터로 향했다.

5층 사무실에서는 직원들이 제각각 책상에 앉아 분주하게 일을 하고 있었다. 도난 사건의 영향이 적지 않을 텐데 이미 여느 때와 같은 모습을 되찾고 있는 것 같았다.

멍하니 서 있는데 옆에서 누가 불렀다. 머리가 벗겨진 총무과장이 다가왔다.

"근무 중에 미안하네."

"아, 아뇨."

"잠깐 이리 와주지 않겠나?"

그렇게 말하며 총무과장이 나오키의 등을 밀었다.

사무실 구석에 커튼을 친 공간이 있었다. 그 안으로 데리고 들어갔다. 회의용 테이블이 놓여 있고, 두 명의 남자가 앉아 있었다. 한 남자는 아는 얼굴이었다. 후루카와 형사였다. 그러니 다른 한 명도 형사일 것이다.

후루카와가 근무 중에 불러서 미안하다고 사과했다. 무척 사무적인 말투였다.

"좀 확인해보고 싶은 게 있습니다."

후루카와가 말했다.

"무슨 일입니까?"

"지금 하는 이야기를 기분 나쁘게 듣진 말아주십시오. 우리는 이번 사건을 모든 방향에서 수사해야 한다고 생각하고 있습니다. 솔직히 말하면 내부에 공범자가 있을 가능성도 있다고 봅니다. 그래서 직원 모두에 대해 알고 싶습니다. 프라이버시를 침해하려는 건 아니지만 가족 가운데 어떤 사람이 있는지, 뭐 그런 것 말입니다."

형사의 말이 무슨 뜻인지 금방 알 수 있었다. 물론 그럴 필요가 있을 것이다. 동시에 왜 자기가 불려왔는지도 짐작이 되었다. 그 짐작이 빗나가기를 기도했다.

하지만 그 기도는 소용이 없었다. 후루카와가 나오키의 이력서를 꺼냈다.

"형님이 있죠?"

그렇게 말하며 형사가 나오키를 쏘아보았다.

3

나오키는 총무과장을 바라보았다. 형사가 회사에서 알아낸 게 어디까지일까? 혹시 단순히 가족 유무에 관해서만 조사하고 있는 건 아닐까?

"예, 형이 있습니다."

일단 형사를 향해 고개를 끄덕였다. 이력서에 적혀 있으니 거짓말을 할 수는 없었다.

"미국 쪽에 가 계신다고요. 음악 공부를 하기 위해서……라고 했던가?"

"예, 뭐."

온몸이 화끈거렸다. 심장이 빨리 뛰기 시작했다.

"미국 어디죠?"

"뉴욕 부근……입니다. 저어, 저는 잘 모릅니다. 전혀 연락을 하지 않아서."

나오키의 말을 후루카와는 미심쩍은 표정으로 듣고 있었다. 이력서를 테이블에 내려놓더니 손깍지를 끼고 약간 몸을 앞으로 내밀었다.

"그게 정말입니까?"

"예? 무슨 말씀이죠?"

형사가 끈적끈적한 시선으로 나오키를 바라보았다. 나오키는 입언저리를 손등으로 닦았다.

"취업 비자를 받았습니까? 아니면, 유학 형식인가요?"

나오키는 아래를 보며 고개를 저었다.

"잘 모릅니다."

"어쨌든, 한 번도 귀국하지 않았을 리는 없겠죠? 최근에 일본으로 돌아온 게 언제죠?"

나오키는 대답할 수가 없었다. 섣불리 이야기했다가는 바로 거짓말이 탄로 날 것 같았다.

힐끔 총무과장을 쳐다보았다. 과장은 팔짱을 낀 채 불쾌한 표정을 짓고 있었다.

"대답하기 힘든 사정이라도 있습니까?"

형사가 물었다.

"아뇨, 저어……. 형에 대해서는 잘 몰라서."

"하지만 형제니까 뭔가 알고 있는 게 있을 것 아닙니까? 만약 정말로 행방을 모른다면 우리가 본격적으로 조사를 해야겠지만."

"이번 사건과 우리 형이 무슨 관계가 있다는 겁니까?"

"그건 모릅니다. 그래서 조사해보려는 겁니다. 우리로선 당신 이야기를 그대로 받아들일 수 없으니까요. 아, 당신을 못 믿는다는 게 아닙니다. 그냥 필요한 절차일 뿐입니다."

나오키도 형사의 말을 충분히 이해했다. 하지만 여기서 츠요시 이야기를 꺼내고 싶지는 않았다.

형사가 말했다.

"혹시, 총무과장님이 계셔서 말하기 힘든 건가? 만약 그렇다면 과장님께 자리를 좀 비켜달라고 해야겠군."

나오키는 헉, 소리를 내고 말았다. 마음속의 갈등을 들킨 것 같았다.

총무과장이 엉거주춤 일어났다.

"비켜줄까? 난 괜찮네."

나오키는 살짝 고개를 끄덕였다. 동시에 이제는 이 회사에 다닐 수 없게 될 거라는 생각을 굳혔다.

총무과장이 나갔다. 형사가 한숨을 한 번 내쉬었다.

"이런 일을 오래 하다보면 독특한 감이라는 게 생기죠. 비과학적이라고 생각할지 모르지만 사실입니다. 당신 이력서를 보자 뭔가 감이 오더군요. 형에 관한 이야기가 마음에 걸렸습니다. 뭔가 숨기고 있다 싶었죠. 그래서 당신을 만나보겠다고 했습니다. 아무래도 감이 정확했던 것 같군요. 그래, 형님은 지금 어디 있죠?"

나오키는 입술을 핥으며 앞머리를 쓸어 올렸다.

"교도소에 있습니다."

"예에."

후루카와는 놀라지 않았다. 어느 정도 예상한 대답이었는지 모른다.

"죄목은?"

"꼭 말해야 합니까?"

"하기 싫으면 안 해도 괜찮지만 어차피 알게 될 겁니다. 간단하게 알아볼 수 있으니까. 우리가 알아보고 다시 당신한테 확인하는 것도 기분 좋은 일은 아닐 텐데요."

형사는 말재주가 뛰어났다. 나오키는 어쩔 수 없이 고개를 끄덕였다.

"무슨 죄를 지었죠?"

후루카와가 다시 물었다.

나오키는 형사의 얼굴을 똑바로 바라보며 대답했다.

"살인강도."

예상을 벗어난 대답이었는지 후루카와의 눈이 잠깐 휘둥그레졌다.

"언제 이야깁니까?"

"약 6년 전……?"

"흐음, 그렇군요. 그래서 미국에 가 있는 것으로 이야기한 겁니까? 뭐 이해가 안 되는 것도 아니죠. 요즘은 취직이 힘드니까."

후루카와가 테이블 위에 두 팔꿈치를 얹고 손바닥으로 턱을 괴었다. 그리고 눈을 감았다.

"이 문제를 우리가 회사 쪽에 발설할 일은 없을 겁니다."

눈을 뜨고 나서 후루카와가 말했다.

이미 늦었을 거라고 생각하면서 나오키는 고개를 끄덕였다.

하지만 경찰이 츠요시의 범죄 사실을 회사에 이야기하지 않은 것은 사실인 모양이었다. 그 증거로 회사 쪽이 어떻게 든 형에 대해 알아내려고 애썼다는 걸 들 수 있다. 예를 들면 같은 매장에서 일하는 노다와 가와무라가 총무과장에게 불려가 형에 관한 질문을 받기도 했다. 물론 두 사람 모두 아는 게 없다고 대답했다.

하지만 츠요시의 존재가 알려지는 것은 시간문제였다. 마음만 먹으면 간단하게 알아볼 수 있을 것이다. 조사회사에 의뢰하면 그만이다.

그리고 드디어 그날이 찾아왔다. 도난 사건이 일어난 지 약 한 달이 지났을 때였다. 나오키는 다시 총무과장에게 불려갔다. 그날은 형사들 대신 인사부장이 기다리고 있었다.

총무과장이 먼저 입을 열었다. 회사는 종업원의 가정환경에 관해 정확히 파악해둘 필요가 있다고 생각하며, 입사시험 때 이야기한 내용에 허위 사실이 있다면 그냥 넘어갈 수 없다, 그래서 자네 형에 관해 각 방면으로 알아보았다, 이런 이야기를 책 읽듯이 늘어놓았다.

이어서 총무과장은 츠요시가 저지른 범죄, 재판의 진행 과정과 결과, 수감된 교도소 등등 나오키조차 제대로 알지 못하는 내용을 줄줄이 읊었다. 조사보고서를 그대로 인용한 건지도 몰랐다.

"이상의 내용이 틀림없나?"

머리가 벗겨진 총무과장이 물었다.

"맞습니다."

나오키는 억양 없는 말투로 대답했다.

"형사들이 지적한 것도 이 문제였군."

"예."

음, 하는 소리를 내며 고개를 끄덕이고 총부과장이 옆에 앉은 인사부장을 쳐다보았다. 머리를 올백으로 넘기고 금테 안경을 쓴 인사부장은 매우 불쾌한 표정을 짓고 있었다.

"왜 미국에 가 있다고 거짓말을 한 건가? 물론 그렇게 대답하는 게 취직에 도움이 될 거라고 생각했겠지만, 아무리 그래도 이런 중요한 사실을 숨기다니. 좀 질이 나쁘다고 생각하지 않나?"

나오키는 고개를 들었다. 인사부장과 눈이 마주쳤다.

"질이 나쁘다고요?"

"그렇지 않은가?"

"모르겠습니다."

나오키는 머리를 저으며 고개를 숙였다.

왜 질이 나쁜 거냐고 대들고 싶은 마음이 굴뚝같았다. 취직하는 것은 자신이다. 형이 아니다. 그런데 형 문제에 대해 거짓말을 한 게 그렇게 나쁜 짓일까? 누구에게도 폐를 끼칠 일이 없지 않은가.

이어서 츠요시에 관해 몇 가지 질문을 받았지만, 자신을 앞으로 어떻게 처리할 것인지에 대해서는 이렇다 할 이야기가 없었다. 어쩌면 지금 당장 사표를 내라고 할지도 모른다는 각오를 했지만 그런 일은 없었다.

하지만 그날을 시작으로 나오키를 둘러싼 환경이 바뀐 건 분명했다. 종업원들 사이에 나오키의 형에 대한 소문이 퍼지는 데는 별로 긴 시간이 걸리지 않았다. 같은 매장에서 일하는 노다와 가와무라의 서먹서먹한 태도만 봐도 쉽게 알 수 있다.

그렇다고 특별히 부당한 취급을 당하는 일은 없었다. 오히려 노다나 가와무라는 지금까지보다 더 신경을 써주었다. 나오키가 일이 많아 야근이라도 하면 너무 무리하지 말라고 하기도 했다. 물론 그렇다고 해서 마음이 편했던 것은 아니다.

도난 사건의 범인은 사건 발생 이후 정확하게 2개월 만에 체포되었다. 외국인을 포함한 패거리로, 그들 중에 1년 전까지 신세이전기 니시카사이 매장에서 일했던 사람이 있었다. 그 사람이 매장 안의 구조와 도난 방지 장치에 관한 정보를 제공했던 것이다. 새로 발매된 게임기가 판매 전날이면 매장으로 옮겨진다는 정보도 그 사람이 제공했다.

그 사건을 계기로 사내 안전 관리 시스템이 크게 바뀌었다. 단순히 도난 방지 시스템을 보완하는 수준이 아니라 직원들의 인간관계까지 포함한 내용이었다. 사건과 관련된 예전 직원이 많은 빚을 졌고, 그것을 갚기 위해 범행에 가담했다는 게 밝혀졌기 때문이기도 하다.

모든 종업원이 다시 가족 관계나 취미, 특기, 상벌 관계 등의 내용을 적어 회사에 제출했다. 대출받은 액수를 적는 칸도 있었다. 쓰고 싶지 않은 것은 일단 빈칸으로 놔둬도 된다고 했지만, 공연히 오해받는 것보다 쓰는 게 낫다고 생각해 직원 대부분이 가능한 한 칸을 다 채우려고 애썼다.

"이런 게 무슨 도움이 된다는 거야? 찜찜한 내용은 쓰지 않으면 그만 아냐?"

노다가 볼펜을 한 손에 들고 불평을 늘어놓았다.

"전에 근무했던 사람이 관련됐으니 회사 입장에서야 뭔가 대책을 세워야겠지. 하긴 이걸 쓰게 하자고 제안한 녀석도 아마 아무런 소용이 없다는 걸 알고 있을 거야."

가와무라가 달래듯이 말했다.

나오키는 두 사람과 다른 생각을 했다. 혹시 이런 아이디어를 낸 게 총무과장 아닐까 싶었다. 나오키의 경우를 보고, 직원 중에 상상도 못한 비밀을 간직한 사람이 있을지도 모른다는 걸 깨달았는지 모른다. 그래서 이번 기회에 그런 비밀을 최대한 파악해두자고 생각한 것 아닐까?

나오키는 가족 칸에 츠요시의 이름을 적고, 그 옆에 '지바 교도소에 복역 중'이라고 적었다.

그러고 나서 한동안은 아무 일 없이 지나갔다. 나오키는 매일 정해진 시각에 출근해 제복으로 갈아입고 매장에 나갔다. 불경기라지만 컴퓨터 매장은 바빴다. 신제품에 관해 묻는 사람, 매뉴얼에도 없는 내용을 묻는 사람 등등 매장을 찾아오는 손님은 각양각색이었다. 나오키는 어떤 손님에게든 실수 없이 대응했다. 손님의 질문엔 거의 대답을 해주었고, 아무리 무리한 요구도 최대한 들어주려고 애썼다. 노다나 가와무라보다 많이 판다는 자신감도 있었다.

이대로 계속 지낼 수 있을지도 모르겠다는 희망이 들기 시작할 무렵이었다. 갑자기 인사이동이 발표되었다. 나오키는 인사부장에게 불려가 직접 명령을 들었다. 나오키가 발령받은 새 부서는 물류부였다.

"그쪽에서 젊은 사람이 필요하다고 해서 말이야. 자넨 아직 우리 회사에 들어온 지 얼마 되지 않았으니 부서를 옮겨도 별 지장이 없을 것 같아 그렇게 결정했네."

나오키는 납득할 수 없었다. 발령장을 받아들 수가 없었다.

"역시 그게 문제입니까?"

"그거라니?"

"형 문제 말입니다. 교도소에 있는 형 때문에 제 부서가 바뀐 겁니까?"

인사부장은 몸을 뒤로 크게 젖히고 나서 책상에 팔을 얹었다.

"그렇게 생각하나?"

"그렇습니다."

단호하게 대답했다.

"그래? 뭐 자네가 어떻게 생각하건 그건 자네 자유겠지. 다만 기억해둬야 할 게 있네. 샐러리맨에게 부서 이동은 피할 수 없는 거야. 부당한 인사를 당했다고 불만을 품는 사람이 한둘이 아니지. 자네만 그런 게 아니란 말일세."

"불만이 있다는 게 아니라 이유를 알고 싶을 뿐입니다."

"말했지 않나. 이유는 단 하나, 자네가 샐러리맨이기 때문일세."

그렇게 말하더니 더 이야기할 게 없다는 듯 자리에서 일어섰다. 나오키는 그 뒷모습만 바라볼 수밖에 없었다.

"그게 뭐야? 이건 확실하게 항의해야 해. 말도 안 되잖아."

생맥주잔을 한 손에 들고 유미코가 입을 삐죽 내밀었다.

두 사람은 긴시초에 있는 이자카야에 앉아 있었다. 나오키가 유미코를 불러냈다. 푸념을 하기 위해서였지만 유미코는 불러내준 것을 기뻐하는 것 같았다.

"어떻게 항의하지? 인사이동은 샐러리맨의 숙명이라고 하면 할 말이 없잖아."

"하지만 이상하잖아. 넌 매장 실적도 좋았다며."

"그런 건 아마 별로 상관없을 거야."

"내가 편지를 쓸 거야. 신세이전기 사장한테 항의하겠어."

유미코의 말에 나오키는 입안에 든 맥주를 내뿜을 뻔했다.

"하지 마. 그런 짓 하면 오히려 더 찍힐 거야. 이제 됐어."

"뭐가 됐어?"

"잘리지 않은 것만 해도 다행이지. 지금까지는 형 문제가 들통 나면 그걸로 끝장이었어. 아르바이트할 때도 그랬고, 밴드 데뷔할 때도 그랬어. 모든 걸 빼앗겼지."

"애인도…… 그랬고."

유미코가 눈치를 살폈다.

나오키는 한숨을 내쉬며 고개를 돌렸다. 그대로 맥주를 들이켰다.

"잘리지 않은 것만 해도 다행이야. 난 이미 단념했어."

"단념이라니?"

"내 인생 말이야. 난 이제 평생 제대로 된 무대에 설 수 없을 거야. 밴드를 하면서 무대에 못 서는 것처럼 전자제품 판매회사에 근무하면서도 매장에는 나갈 수가 없는 거지."

"나오키……."

"이제 됐어. 이제 다 포기했어."

그렇게 말하고 잔에 남아 있던 맥주를 단숨에 들이켰다.

새로운 업무는 알기 쉽게 이야기하면, 창고지기였다. 포장된 제품을 반입하거나 매장으로 옮기고, 재고를 관리하는 것이었다. 제복은 컬러풀한 점퍼에서 회색 작업복으로 바뀌었다. 작업모까지 썼다. 제품 상자를 핸드 리프트나 짐수레로 운반하면서 결국엔 형과 같은 일을 하게 되었다고 생각했다. 츠요시는 이삿짐센터 짐꾼이었다. 그러나 허리 통증 때문에 일을 할 수 없게 되었고, 고민 끝에 남의 집 담을 넘었다.

나는 어떻게 될까? 만약에 몸이 불편해지면 어떻게 될까? 회사가 다른 일을 마련해주면 다행이다. 하지만 그렇지 않을 경우에는? 회사를 그만둘 수밖에 없는 걸까? 그리고 돈이 궁해져 결국 남의 것을 훔칠 생각을 하게 될까? 설마 그럴 일은 없을 것이다. 그러나 츠요시도 자기가 도둑질을 하러 들어갔다 충동적으로 노파를 죽이게 되리라고는 상상조차 못했을 것이다. 나에겐 그런 형과 같은 피가 흐르고 있다. 그리고 세상 사람들이 두려워하는 게 바로 그 피다.

4

창고에서 상품 재고를 체크하고 있는데, 등 뒤에서 인기척이 났다. 뒤를 돌아보니 덩치 작은 사람이 웃으며 서 있었다. 갈색 양복에 비슷한 색 넥타이를 맸다. 나이는 예순이 넘어 보였다. 이마는 벗겨졌고 남은 머리카락도 백발이다.

무슨 일입니까? 나오키가 물었다. 외부인은 아닐 거라고 생각했다. 큰 문은 물품을 반입할 때 말고는 닫혀 있고, 창고 입구엔 접수처가 있다. 접수 담당자인 아르바이트 중년 여자는 아무렇게나 외부인을 들여보낼 만큼 무책임하지 않았다.

"아, 신경 쓰지 말게. 하던 일이나 계속하게."

그 사람이 말했다. 말투에 여유와 위엄이 배어 있었다.

예, 대답하고 나오키는 손에 든 전표로 시선을 떨어뜨렸다. 하지만 그 인물이 신경 쓰여 작업에 쉽사리 집중할 수가 없었다.

그러자 누군지 모를 그 남자가 말했다.

"이쪽 업무는 익숙해졌나?"

나오키는 남자를 쳐다보았다. 상대방은 미소를 짓고 있었다. 예, 그럭저럭, 이라고 대답했다.

"그래? 우리 회산 유통 시스템이 생명선이야. 그만큼 창고 업무가 중요하단 얘기지. 잘 부탁하네."

예, 하며 고개를 끄덕이고 나오키는 남자의 웃는 얼굴을 다시 쳐다보았다.

"저어……."

응, 하며 상대방이 턱을 살짝 들었다.

"본사에서 나오신 분입니까?"

나오키의 질문에 상대는 더 활짝 웃었다. 주머니에 두 손을 찔러 넣고 나오키에게 다가왔다.

"뭐 그렇지. 빌딩 3층에 있네."

"3층……이라고요?"

그 대답을 듣고도 얼른 무슨 소린지 알 수가 없었다. 본사에 가본 것은 면접 때뿐이었다.

우회적으로 표현한 것이 통하지 않았다는 걸 깨달았는지 남자가 코 아래를 문지르며 말했다.

"3층엔 임원들 방이 있지. 그중 제일 안쪽에 있는 게 내 방일세."

"임원실, 제일 안쪽……?"

그렇게 중얼거리고 몇 초가 지난 뒤에야 나오키는 눈을 동그랗게 뜨며 입을 쩍 벌렸다.

"아니, 그럼?"

입술을 핥으며 침을 삼켰다.

"사장님……이십니까?"

"그래, 히라노일세."

나오키는 차렷 자세를 취했다. 히라노가 사장의 성이라는 것 정도는 알고 있었다. 등을 쭉 펴면서 사장이 왜 이런 곳까지 찾아왔을까 생각했다.

"다케시마라고 했지?"

"아, 예."

상대방이 자기 이름을 알고 있다는 데 놀랐다.

"이번 인사이동이 부당하다고 생각하나?"

갑작스러운 질문에 나오키는 할 말을 잃었다. 아무런 생각도 나지 않았다. 그런 나오키의 상태를 눈치챘는지 히라노 사장이 쓴웃음을 짓고, 고개를 끄덕이며 어깨를 두드렸다.

"갑자기 사장한테 이런 질문을 받으니 예, 그렇습니다, 라고 할 수도 없겠지. 아, 그렇게 긴장하지 말고 그냥 잘 아는 아저씨라고 생각하게."

그렇게 말하더니 옆에 있는 골판지 상자에 걸터앉았다. 텔레비전이 들어 있는 상자다.

"자네도 이리 앉지."

"아뇨, 저어……."

머리를 긁적였다.

사장은 후후후, 하고 웃었다.

"상품 위에는 절대로 앉지 마라, 그렇게 교육을 받았겠지.

회사 전체가 그러는 모양이더군. 나는 그런 명령을 한 적이 없지만 말이야. 뭐 괜찮지 않겠나? 아무도 보지 않는데."

"예."

아무리 사장 말이라 해도 역시 앉을 수는 없었다. 나오키는 손을 등 뒤로 돌려 잡고 이른바 열중쉬어 자세를 취했다.

사장이 발을 꼬며 나오키를 위아래로 훑어보았다.

"여기 인사 문제는 이쪽 인사부에 맡기고 있다네. 그래서 자네 부서 이동 문제에는 난 관여하지 않았어. 그 경위에 관해서도 좀 전에 알게 되었을 뿐이네."

나오키는 고개를 숙였다. 사장이 무슨 이야기를 하려는 건지 전혀 짐작이 가지 않았다.

"그렇지만 말이야, 나는 인사부의 조치가 잘못되지 않았다고 생각하네. 당연한 일을 했을 뿐일세."

나오키는 고개를 숙인 채 코로 크게 숨을 쉬었다. 숨을 토하는 소리가 사장의 귀에도 들렸을 것이다.

"자네는 이렇게 생각하고 있겠지? 차별당하고 있다고. 교도소에 들어간 건 내가 아닌데 왜 내가 이런 취급을 받아야 하느냐고."

나오키는 고개를 들었다. 히라노 사장의 목소리에서 조금 전까지의 웃음이 느껴지지 않았기 때문이다. 실제로 사장은 웃고 있지 않았다. 진지한 눈빛으로 말단 창고 담당자를 바라보고 있었다.

"지금까지 그런 일을 겪지 않았나? 부당한 대우를 받은 일."

나오키는 천천히 고개를 끄덕였다.

"있었습니다, 여러 모로."

"그랬겠지. 그때마다 괴로웠겠지. 차별에 대해 분노하기도
했을 테고."

긍정하는 대신 나오키는 입을 다물고 눈을 깜빡거렸다.

"차별은 당연한 거야."

히라노 사장이 조용히 말했다.

나오키는 눈을 크게 떴다. 차별은 나쁘다는 이야기를 할 거
라고 생각했기 때문이다.

"당연……하다고요?"

사장이 말했다.

"당연하지. 사람들은 대부분 범죄에서 멀리 떨어져 있고 싶
어 하네. 사소한 관계 때문에 이상한 일에 말려들 수도 있으
니까 말이야. 따라서 범죄자나 범죄자에 가까운 사람을 배척
하는 것은 아주 당연한 행위일세. 자기방어 본능이라고나 해야
할까?"

"그럼 저처럼 가족 중에 범죄자가 있는 놈은 어떻게 해야
합니까?"

"어쩔 수 없다고 해야 하나?"

사장의 말에 나오키는 분노를 느꼈다. 그런 이야기를 하기 위해 굳이 여기까지 찾아온 건가?

나오키의 속마음을 들여다본 듯 사장이 말을 이었다.

"범죄자는 그걸 각오해야 해. 자기만 교도소에 들어가면 끝나는 문제가 아니야. 자기만 벌을 받는 게 아니라는 걸 인식해야 한다는 말일세. 자넨 자살에 관해 너그러운 편인가?"

"자살이요?"

갑자기 화제가 바뀌어 나오키는 당황했다.

"죽을 권리가 있다고 생각하느냐 묻는 걸세."

나오키는 잠깐 생각하고 나서 대답했다.

"그런 권리는 있다고 생각합니다. 자기 목숨이니 어떻게 하건 자기 자유 아닐까요?"

"과연. 요즘 젊은이다운 의견이로군."

히라노 사장이 고개를 끄덕였다.

"그럼, 살인에 대해서는 어떤가? 너그러운 편인가?"

"설마요."

"그렇겠지. 그럼, 살인에 대해서는 왜 너그럽지 못한 거지? 살해당한 사람에게는 의식도 뭣도 없으니, 더 살고 싶다는 욕구도 목숨을 빼앗겼다는 분노도 없을 텐데."

"하지만 그건…… 남을 죽여도 괜찮다면 자기도 살해당할 우려가 있고, 그런 것은 역시 좋지 않겠죠."

"하지만 그건 죽을 각오가 되어 있는 사람에게는 통하지 않는 이유겠군. 자기는 살해당해도 상관없다고 생각하고 있는 셈이니까. 그런 사람에겐 뭐라고 설득할 텐가?"

"그런 경우에는……."

나오키는 입술을 핥았다.

"가족이나 사랑하는 사람이 있을 텐데, 그런 사람들을 슬프게 만드는 일이니 그러지 말라고……."

"그렇지."

사장은 만족스러운 듯 표정을 풀었다.

"바로 그걸세. 사람에게는 관계라는 게 있네. 사랑이나 우정 같은 것 말일세. 누구도 그런 걸 함부로 끊어서는 안 되지. 그래서 살인을 해서는 절대로 안 되는 걸세. 그런 의미로 보면 자살 또한 나쁜 거지. 자살이란 자기 자신을 죽이는 거야. 예를 들어 어떤 사람이 죽기를 원한다 해도 주위 사람들까지 그렇게 되기를 바란다고는 할 수 없지. 자네 형은 말하자면, 자살을 한 셈이야. 사회적인 죽음을 선택한 거지. 하지만 그 일로 인해 남겨진 자네가 얼마나 고통스러워할 것인가는 생각하지 않았어. 자신이 벌을 받는 걸로 끝나는 게 아닐세. 자네가 지금 겪고 있는 고난까지도 자네 형이 저지른 죄에 대한 형벌이란 말일세."

"차별을 받아 화가 나면 형을 원망하라는 말씀이군요."

"자네가 형을 원망하건 어쩌건 그건 자네 자유지. 다만 남을 원망하는 건 이치에 맞지 않는다는 이야기를 하는 것뿐일세. 좀 더 알기 쉽게 말하면, 자신이 죄를 지으면 가족도 고통을 받게 된다는 걸 모든 범죄자들이 깨달아야 한다는 이야기지."

담담하게 말하는 히라노의 얼굴을 마주보았다. 지금까지 부당한 취급을 많이 받아왔지만, 그걸 정당화하는 의견을 듣기는 이번이 처음이었다.

"하기야 초등학교 같은 데서는 이런 식으로 가르치지 않겠지. 범죄자의 가족 또한 피해자니 넓은 마음으로 받아들여야 한다, 이런 식으로 가르치지 않을까? 학교뿐만 아니겠지. 일반인들의 의식도 마찬가지야. 형 문제는 자네 주변에도 소문이 났을 거라고 생각하는데, 그 때문에 누가 못살게 구는 경우가 있었나?"

나오키는 고개를 저었다.

"아뇨. 오히려 전보다 다들 신경을 써줍니다."

"그렇겠지. 그 이유를 알겠나? 자네가 측은해서 다들 친절하게 대해줘야 한다고 생각한 걸까?"

"아니라고 생각합니다."

"그럼 왜 그런다고 생각하지?"

"왜 그러는지…… 이유는 잘 설명할 수 없지만, 사람들 사이에서 그런 분위기를 느낄 순 있죠."

나오키의 대답에 만족스럽다는 듯 사장이 고개를 끄덕였다.

"실은 자네를 어떻게 대해야 좋을지 몰라 다들 난처한 걸세. 사실은 얽히고 싶지 않겠지. 하지만 노골적으로 그런 태도를 보이는 것은 도덕적이지 못하다고 생각하고 있을 거야. 그래서 필요 이상으로 신경을 쓰며 대하게 되지. 역차별이라고 하는 말이 바로 그거야."

사장의 말에 나오키는 반론을 할 수 없었다. 예전 부서에 있을 때 느꼈던 부자연스러운 위화감은 바로 그것 때문이었다고 할 수 있다.

"인사부의 조치가 잘못되지 않았다고 한 건 그런 상황을 감안해서 한 이야기일세. 차별이건 역차별이건 다른 종업원이 업무 이외의 일로 신경을 쓰게 되면 고객들에게 정상적인 서비스를 할 수 없겠지. 그래서 차별이나 역차별이란 것이 없어지지 않는 이상 자네를 다른 부서로 옮길 수밖에 없었던 걸 거야. 그런 문제로 인한 악영향을 최소화할 수 있는 부서로 말일세."

그게 이 어두컴컴한 창고란 말인가. 이런 생각을 하며 나오키는 고개를 떨구었다.

"오해해서는 곤란하네. 자네를 믿을 수 없다는 게 아니야. 범죄자의 동생이니 같은 피가 흐르고 있다, 그래서 마찬가지로 나쁜 짓을 저지를 우려가 있다, 그런 비과학적인 생각은 하지 않았겠지. 만약 자네를 믿지 않았다면 이 부서에도 두지 않았을 거야. 회사 입장에서 중요한 것은 그 사람의 인간성이 아니라 사회성일세. 지금 자네는 중요한 것을 잃은 상태야."

자네 형은 말하자면, 자살을 한 셈이야. 사회적인 죽음을 선택한 거지. 나오키는 좀 전에 히라노 사장이 한 말을 곱씹었다. 그렇다면 츠요시가 선택한 것은 자신의 사회적인 죽음만이 아니었다는 건가?

"그렇지만 말일세, 진짜 죽음과 달리 사회적인 죽음에서는 되살아날 수가 있지."

히라노가 말했다.

"그 방법은 하나밖에 없어. 착실하게 사회성을 되찾는 거야. 다른 사람과의 끈을 하나씩 늘려갈 수밖에 없어. 자네를 중심으로 거미줄 같은 관계가 만들어지면 누구도 자네를 무시할 수 없을 거야. 그 첫걸음을 뗄 곳이 바로 여길세."

그렇게 말하며 바닥을 가리켰다.

"여기부터 시작하라는 말씀인가요……?"

"불만인가?"

나오키는 바로 고개를 저었다.

"아뇨. 사장님 말씀은 잘 알겠습니다. 하지만 제가 할 수 있을까 싶어서."

그러자 히라노가 입을 히죽 벌리며 웃었다.

"자네라면 할 수 있을 거야."

"그럴까요? 사장님께선 나 같은 놈을 전혀 모르셔서……."

자기도 모르게 자신을 '나'라고 해버렸다는 걸 깨달았다. 고쳐 말하려고 고개를 드니 히라노가 품에서 뭔가를 꺼내고 있었다.

"분명히 나는 자네에 대해 거의 모르네. 하지만 말이야, 자네한테 사람의 마음을 사로잡는 힘이 있다는 것만은 알고 있어. 그런 게 없다면 이런 게 나한테 올 리가 없지."

히라노가 꺼낸 것은 한 통의 편지였다. 나오키가 손을 내밀자 히라노는 얼른 그것을 거둬들였다.

"아쉽지만 자네에겐 보여줄 수가 없네. 이 편지를 보낸 사람이 자기가 이런 것을 써 보낸 걸 자네한테 절대로 이야기하지 말아달라고 부탁했거든. 자기가 멋대로 이런 일을 했으니 이걸 읽고 불쾌해졌다 해도 자넬 야단치지는 말아달라고 하더군."

나오키는 그제야 왜 이런 상황이 벌어졌는지 짐작되었다. 편지를 쓸 사람은 한 명뿐이다.

"보낸 사람이 누군지 짐작이 가는 모양이군."

히라노가 말했다.

"그렇다면 어떤 내용인지도 짐작이 가겠지. 자네가 지금까지 얼마나 고생해왔는지, 지금도 얼마나 고민하고 있는지, 그리고 자네가 인간적으로 얼마나 훌륭한지를 이 편지의 주인은 구구절절 이야기하고 있네. 그리고 부디 자네를 도와달라고 부탁했어. 뛰어난 문장은 아니지만 감동을 받았네."

"그 녀석이……."

나오키는 두 주먹을 쥐었다.

"아까 나는 첫걸음을 뗄 장소가 여기라고 했네. 하지만 정정하는 게 좋을지도 모르겠군. 왜냐하면 자넨 이미 한 가닥 실은 손에 넣었으니까. 적어도 이 편지를 보낸 사람과는 마음이 이어져 있어. 남은 일은 그걸 두 가닥, 세 가닥 늘려가는 것뿐일세."

히라노는 편지를 주머니에 다시 넣고, 가만히 나오키의 눈을 바라보았다. 이 편지를 보낸 사람의 기대를 저버렸다간 네 미래는 없다고 단언하는 듯한 시선이었다.

나오키는 심호흡을 하고 나서 말했다.

"노력해보겠습니다."

"기대하고 있겠네."

히라노는 편지를 넣은 주머니를 두 번 두드리더니 나오키를 등졌다. 자그마하고 야윈 사장의 뒷모습이 나오키에게는 크게만 보였다.

그날, 일이 끝난 뒤 나오키는 곧바로 집으로 가지 않고 전차를 탔다. 행선지는 당연히 편지를 보낸 사람이 있는 곳이었다. 손잡이에 매달려 흔들리면서도 그는 사장의 말 한마디 한마디를 되새겼다.

그럴지도 모른다고 생각했다. 자신이 지금 겪고 있는 곤경은 츠요시가 저지른 죄에 대한 벌의 일부다. 범죄자는 자기 가족의 사회성까지도 죽일 각오를 해야 한다. 그걸 보여주기 위해 차별은 필요한 것이다. 나오키는 지금까지 그런 생각을 해본 적이 없었다. 남들이 자기를 마땅치 않게 보는 것은 그 사람들이 성숙하지 못하기 때문이라고 생각했다. 그건 말이 안 된다며 운명을 저주했다.

결국 투정이었는지도 모른다. 차별은 있을 수밖에 없다. 문제는 바로 거기서부터 시작된다. 자신이 과연 그런 입장에서 노력을 해왔는지 생각했다. 나오키는 속으로 고개를 지었다. 언제나 체념만 했다. 체념하며 비극의 주인공인 척했을 뿐이다.

유미코의 아파트에 도착해서 초인종을 눌렀다. 하지만 응답이 없었다. 우편함에도 우편물이 그대로 있었다. 아직 돌아오지 않은 모양이다. 오기 전에 전화를 걸어보지 않은 게 후회되었다.

어디 가서 시간을 죽일까, 아니면 이대로 문 앞에서 기다릴까 망설였다. 유미코에게도 사생활은 있다. 때로는 직장 동료들한테 붙들려 술을 한잔하러 갈 때도 있을 것이다.

카페에라도 가서 조금 기다렸다가 전화를 걸어볼까. 그러면서 아무 생각 없이 우편함을 보았을 때였다. 거기 꽂혀 있는 봉투 가운데 하나가 나오키의 눈길을 끌었다. 정확하게 이야기하면 봉투 뒤에 적혀 있는 우편번호의 숫자가 눈길을 끌었다. 눈에 익은 숫자였다.

설마, 하면서 나오키는 봉투를 꺼냈다.

겉봉을 본 순간 온몸에 소름이 돋았다. 도저히 믿을 수 없었다.

'다케시마 나오키 귀하' 지겨울 정도로 눈에 익은 필체가 거기 있었다.

5

나오키, 잘 지내니?

성급한 소리일지 모르지만 올해도 눈 깜빡할 사이에 저무는 것 같구나. 너는 올해 어땠니? 나는 늘 마찬가지라고 해야 할까? 알고 지내던 사람들이 몇 명 출소했지만 그 대신에 새로운 사람들이 들어왔단다. 그런데 지난주엔 재미있는 녀석이 들어왔어. 탤런트 시무라 켄(志村けん :

본명은 시무라 야스노리. 일본을 대표하는 코미디언이자 가수, 배우)을 닮은 녀석이야. 다들 시무라 켄 흉내를 시키려고 한단다. 본인은 싫어하지만 꼭 그렇지만도 않은 것 같다. 그런 녀석인데, 여기 들어온 이유를 듣고 약간 놀랐다. 사람이란 겉만 보고 판단할 수 없다고 하던데 정말이더구나. 자세한 이야기를 해주고 싶지만 그런 내용을 쓰면 안 되기 때문에 나중에 여기서 나간 뒤에나 이야기할 수 있겠다.

왠지 요즘에는 여기서 나가면 어떻게 하겠다는 이야기가 많구나. 네가 그런 이야기를 편지에 적어 보내기 때문일 거다. 그러고 보니 지난달 편지에는 내가 여기서 나가면 제일 먼저 어머니 묘소에 성묘를 가자고 했었지? 그 글을 읽고 너무 기뻤다. 나도 물론 어머니 묘소에 성묘하러 갈 생각이다. 하지만 역시 제일 먼저 해야 할 건 오가타 씨 묘소를 찾아가는 일일 것 같다. 오가타 씨 묘소에서 사죄를 드리고 난 다음이라야 다른 곳에 갈 수 있는 거라고 생각한다.

이런, 또 출소한 뒤의 이야기를 썼구나. 아직도 한참 남았는데 말이야. 난 될 수 있으면 그런 생각 하지 않으려 한다. 어쨌든 하루하루를 열심히 살 뿐이다. 그래도 네가 내 출소 뒤의 일까지 생각해준다는 건 너무 고맙구나. 역시 형제란 참 좋은 거다. 내게 동생을 낳아주신 어머니에게 새삼 감사드리고 싶구나.

올해부터 매달 꼬박꼬박 답장을 보내주어 기쁘다. 솔직히 전에는 좀 쓸쓸했단다. 하지만 너무 무리하지는 말아라. 전자제품 판매하는 게 쉽지 않은 일일 테니까. 건강에 늘 신경 써라. 답장은 마음 내킬 때만 보내면 된다.

앞으로 추워질 텐데 감기 조심하고. 또 편지 쓰마. 그럼 이만.

츠요시

지긋지긋할 정도로 눈에 익은 글씨를 보자 편지지를 쥔 손이 떨렸다. 머릿속에서는 여러 가지 의문이 떠올랐다. 왜 여기에 이런 편지가 와 있는 걸까? 츠요시가 대체 무슨 이야기를 하고 있는 거지? 지난달에 보낸 편지라니, 그게 뭘까?

겉봉의 수신인 부분을 보면 한 가지 의문은 쉽게 풀렸다. 거기 적혀 있는 건 유미코의 아파트 주소였다. 주소에 이어 '시라이시 씨 댁 내'라고 적혀 있다.

결국 츠요시는 여기가 나오키의 새 주소인 줄 알고 편지를 보내고 있다는 이야기다. 왜 그렇게 믿는가에 대한 답은 하나뿐이다.

그때 계단을 올라오는 발소리가 들렸다. 나오키는 그쪽으로 고개를 돌렸다. 유미코가 올라오고 있었다. 나오키를 보자 유미코의 표정이 확 밝아졌다.

"나오키, 왔어?"

유미코가 달려왔다.

"웬일이야?"

"이게 뭐지?"

나오키는 들고 있던 봉투와 편지지를 유미코 얼굴 앞에 디밀었다.

유미코의 표정이 어두워졌다. 고개를 숙이고 눈을 계속 깜빡였다.

"이게 뭐냐고 묻고 있잖아. 대답해."

"설명할 테니 일단 안으로 들어가."

그렇게 말하며 방문 자물쇠를 열었다.

"이렇게 멋대로. 대체 어쩌려고."

"제발 안으로 들어가."

유미코가 뒤를 돌아보며 애원하는 눈빛으로 나오키를 바라보았다. 나오키는 한숨을 내쉬고 유미코 뒤를 따라 방으로 들어갔다.

흰색 코트를 벗고 유미코가 작은 싱크대 앞에 섰다.

"나오키, 커피 괜찮아?"

"빨리 설명해. 어떻게 된 거냐니까!"

나오키는 편지지와 봉투를 바닥에 내던졌다.

유미코는 주전자를 불 위에 얹더니 말없이 편지지와 봉투를 집어 들었다. 편지지를 조심스럽게 접어 봉투 안에 넣고, 전화기 옆 벽에 걸린 편지꽂이에 넣었다. 거기에는 같은 봉투가 여러 개 꽂혀 있었다. 모두 나오키의 눈에 익은 글씨에, 수신인은 나오키로 되어 있을 것이다.

"미안해."

바닥에 무릎을 꿇고 앉아 유미코가 고개를 숙였다.

"뭐야, 그게. 어울리지 않게 정중하게 사과를 하다니, 날 놀리는 거야?"

유미코가 휴우, 하고 한숨을 내쉬었다.

"내가 멋대로 행동했어. 하지만 내가 잘못한 거라고는 생각하지 않아."

"나한테 말도 않고 형한테 편지를 보냈지? 내가 여기로 이사한 것처럼 써서 형이 이리 편지를 보내게 만들었잖아. 그게 잘못이 아니라는 거야?"

"법률적으로 이야기하면 잘못한 거겠지."

고개를 숙인 채 유미코가 말했다.

"법률적으로만이 아니라 인간적으로도 잘못이지. 내 이름으로 편지를 보내고, 멋대로 형한테서 온 편지를 읽었잖아."

유미코는 침을 삼켰다.

"그건……, 형의 편지를 펼쳐보는 건 늘 마음에 걸렸어. 하지만 그걸 읽지 않으면 답장을 쓸 수 없으니까."

"그러니까, 왜 그런 짓을 했냐고 묻잖아. 네가 내 이름으로 형과 편지를 주고받다니. 대체 어쩌려고 그런 거야?"

"그건."

유미코가 살짝 고개를 들었다. 하지만 나오키의 얼굴을 보려고 하지는 않았다. 속눈썹이 젖어 있다.

"네가 더 이상 편지를 쓰지 않겠다고 해서. 새 주소를 가르쳐주지 않겠다고 해서."

"그게 너하고 무슨 상관이 있다는 거야?"

"상관은 없지만……. 그래, 너무 슬프지 않아? 형제인데, 이 세상에 단 하나뿐인 혈육인데 더 이상 연락을 하지 않겠다니."

"그건 전에도 이야기했잖아. 난 형하고 인연을 끊을 거라고. 형 편지가 오지 않는 곳에서 형하고 상관없이 세상을 살고 싶다고."

"그러는 게 무슨 의미가 있어?"

"의미 따위 모르겠어. 그냥 이 세상 사람들이 이상한 눈으로 바라보는 게 지긋지긋해. 차별 따위 받고 싶지 않아."

그렇게 소리치고 나서야 정신이 퍼뜩 들었다. 자기가 내뱉은 차별이라는 말이 가시처럼 가슴을 찔렀다. 동시에 몇 시간 전 히라노 사장이 했던 말이 떠올랐다.

유미코가 천천히 그를 올려다보았다. 두 뺨에서 눈물이 흐르고 있었다.

"도망친다 해도 현실은 변하지 않아. 네가 아무리 도망치려고 발버둥 쳐도 소용없을 거야. 그렇다면 당당하게 맞서는 게 낫다고 생각하지 않아?"

그 말이 나오키의 마음에 더욱 와 닿았다. 그렇다. 지금까지 나는 투정만 부려왔을 뿐이다. 그리고 조금 전, 차별을 인정한 상태에서 어떻게 살아갈지를 모색하고 노력해야 한다고 결심했었다.

나오키는 입술을 꾹 다물고 유미코 앞에 무릎을 꿇었다. 어깨에 살짝 손을 얹었다. 유미코가 뜻밖이라는 듯 눈을 크게 떴다.

"미안해."

나오키는 짧게 중얼거렸다.

놀란 듯 유미코의 입술이 벌어졌다.

"오늘은 이럴 생각이 아니었는데. 유미코한테 고맙다는 이야기를 하고 싶었어."

"고맙다고?"

"사장님한테 보낸 편지 말이야. 그거 네가 쓴 거지?"

"아아······."

유미코가 살짝 고개를 끄덕였다.

"그것도 쓸데없는 참견이었는지 모르지만……."

나오키는 고개를 저었다.

"사장님이 나를 만나러 와주셨어. 그리고 여러 가지 말씀을 해주셨지. 크게 도움이 되었어. 지금까지 내가 얼마나 엉터리였는지 깨달았어."

"그렇다면 사장님께 편지 보낸 거 화내지 않을 거야?"

"응, 그리고……."

나오키는 편지꽂이를 쳐다보았다.

"형한테 편지한 것도 화낼 일이 아닌 것 같아. 교도소에 있는 형한테 위안이 되는 건 내 편지밖에 없을 테니까."

말없이 고개를 끄덕이는 유미코를 바라보며 나오키가 물었다.

"그런데 내 글씨가 아니라는 걸 형이 모를까?"

그러자 유미코가 생긋 웃으며 책상 위를 가리켰다.

거기엔 싸구려 워드프로세서가 놓여 있었다.

6

나오키, 잘 지내지?

또 이사를 했구나. 그렇게 자꾸 이사를 하면 보증금이

나 중개 수수료가 많이 들지 않니? 뭐 직장 때문이라니 어쩔 수 없기야 하겠구나.

새 주소에는 '시라이시 댁 내'라고 적혀 있더구나. 그러면 시라이시 씨란 분 댁에서 하숙을 하고 있는 모양이네. 하숙이라면 식사 같은 것도 주는 거니? 그렇다면 좋겠는데. 취직한 지 얼마 되지 않아서 여러 모로 바쁠 테니까 말이다. (후략) 4월 20일자 소인.

나오키, 잘 지내니?

이렇게 빨리 답장이 올 줄은 몰랐기 때문에 솔직히 놀랐다. 편지를 쓸 틈이 나니? 아니, 물론 난 기쁘다. 네가 바로 답장을 보내주다니. 전혀 생각도 못했다. 그런데 지난달 편지에 적는다는 걸 깜박 잊었는데, 워드프로세서를 쓰는구나. 네 글씨를 볼 수 없는 게 좀 섭섭하기는 하지만 아무래도 워드프로세서로 쓰는 게 더 편할 것 같구나. 어쨌든 전자제품을 다루는 직업이니 워드프로세서 정도는 잘 다뤄야겠지. 지금은 여기 들어오는 녀석들 가운데도 컴퓨터를 쓰는 녀석들이 많이 있다. 컴퓨터를 나쁜 쪽으로 써서 잡혀온 녀석도 있지. 어떤 죄를 지었는지는 여기적을 수 없지만 말이야. (후략) 5월 23일자 소인.

나오키.

벌써 푹푹 찌는 날들이 이어지는구나. 비도 자주 와서 여기저기 곰팡이 냄새 때문에 골치다. 빨래를 마음대로 할 수가 없으니 불편하다. 땀을 흘리지 않을 수는 없는 노릇이라 될 수 있으면 옷에 땀이 젖지 않도록 신경 쓰고 있다. 그래서 대부분의 경우에는 옷을 벗고 지낸단다. 그렇게 지내는 녀석이 많다보니 방 안이 늘 목욕탕 같구나.

일이 많이 힘든 모양이구나. 외울 게 너무 많다고 지난번 편지에 썼던데, 머리 좋은 네가 그런 소리를 할 정도니 상당히 어렵겠지. 매일 집에 자료를 갖고 와서 공부하는 거니? 대단하구나. 나 같으면 그러지 못할 거다. (후략) 6월 20일자 소인.

나오키, 잘 지내니?

편지 잘 읽었다. 좋겠구나, 보너스라니. 그 단어를 나도 한번 써보고 싶었다. 보너스가 나왔어, 라고 말이야. 얼마나 나왔는지 궁금하지만 네가 비밀이라니 할 수 없구나. 그래도 보너스란 말에 새삼 네가 회사원이 되었다는 실감이 들었다. 정말 거기까지 가느라 애썼다. 너는 정말 훌륭하구나. 일하면서 대학에 다니고 어엿하게 취직을 했다니. 네가 내 동생이라는 게 자랑스럽다. 아니, 실제로 같

은 방에 있는 녀석들한테 자랑하기도 한단다. 내 동생은
이렇게 대단하다고 말이야. (후략) 7월 22일자 소인.

츠요시의 편지를 읽다보니 눈시울이 뜨거워졌다. 츠요시는
자기 편지를 시라이시 유미코라는 알지도 못하는 여자가 읽
고 있다는 것도 모르고, 그리고 그 여자가 나오키의 이름으
로 답장을 보내고 있다는 것도 모르고 기쁜 마음으로 편지를
썼다. 아마 츠요시는 동생한테서 온 편지를 가장 큰 위안으
로 삼고 있을 것이다. 나오키는 지금까지 자기 편지가 형한
테 그토록 큰 힘이 되리라곤 생각도 해본 적이 없었다.
　나오키는 편지에서 눈을 들고, 옆에서 고개를 숙이고 있는
유미코를 쳐다보았다.
　"네가 나한테 회사 이야기 같은 걸 이것저것 캐물은 이유를
이제야 알겠어. 형한테 쓸 내용을 얻기 위해서였구나."
　유미코가 미소를 지었다.
　"그런 이유 때문만은 아니었어. 나도 네 이야기를 듣고 싶
었어."
　"그런데 형이 내가 쓴 게 아니라는 걸 눈치채지 못하나?"
　"그야 여러 모로 조심하니까."
　나오키는 아까 위치로 돌아가 책상다리를 하고 앉았다.
　"그렇군. 그런데…… 왜지?"

"뭐가?"

"전부터 묻고 싶었는데, 왜 나를 위해 이렇게까지 애를 쓰는 거지?"

"그야……."

유미코가 약간 삐친 표정을 지으며 고개를 숙였다.

"나도 생각을 해봤어. 지금까지 내가 형 이야기를 하면 누구나 나한테서 떠나갔어. 하지만 그러지 않은 사람이 있어. 딱 한 사람. 그 사람은 떠나지 않았어. 바로 너야. 왜지?"

"떠나면 좋겠어?"

"그렇지 않다는 건 너도 잘 알잖아?"

유미코가 살짝 웃으며 생각에 잠겼다. 그런 뒤, 고개를 숙인 채 입을 열었다.

"나도 마찬가지니까."

"마찬가지?"

"우리 아버지 말이야, 개인파산 신청을 했어."

그렇게 말하고 고개를 들었다.

"어처구니없는 이야기지만……. 아버지가 마작으로 도박에 빠져서 엄청 많은 빚을 졌어. 아마 질 나쁜 녀석들한테 붙잡힌 걸 거야."

"그 마작으로 잃은 돈을 갚지 못해서 파산 신청을 한 거야?"

유미코가 고개를 저었다.

"마작에서 잃은 돈을 갚기 위해 여기저기서 빚을 냈어. 카드회사나 사채업자 같은 데서…… 생각만 해도 소름이 끼쳐. 매일매일 빚 독촉을 받고……."

억지로 웃음을 지어 보이며 말을 이었다.

"나를 윤락업소에 팔아넘기겠다는 놈도 있었어."

그 말을 들으니 나오키도 소름이 끼쳤다.

"친척들이 좀 도와주기는 했지만 모래밭에 물 붓기였지. 결국 야반도주하듯 이사를 나왔어. 그다음엔 개인파산 판정을 받을 때까지 숨을 숙이고 지냈지. 나는 친척 집에 맡겨졌고. 그럭저럭 고등학교는 졸업했는데, 이번엔 회사에 들어가기가 너무 힘들었어. 아버지 문제가 들통 나면 취직할 수 없을 테니까 말이야."

"아버지는 지금……?"

"빌딩청소회사에서 일해. 어머니도 파트타임으로 일을 나가지. 하지만 벌써 몇 년이나 만나지 못했어. 아버지는 우릴 볼 면목이 없다고 생각하는 모양이야."

유미코가 나오키를 바라보며 방긋 웃었다.

"어처구니없는 이야기지?"

나오키는 뭐라 할 말이 없었다. 유미코에게 그런 아픈 과거가 있으리라고는 상상도 못했다. 언제나 자기를 격려해주었기에 아마 풍족한 환경에서 자랐을 거라고 멋대로 생각했다.

"항상 도망 다니며 생활했기 때문에 이제 도망치는 건 싫어. 다른 사람이 도망 다니는 것도 싫어. 그래서 너도 도망치지 않았으면 했어. 그뿐이야."

유미코의 눈에서 눈물이 한 방울 흘러내렸다. 나오키가 손을 뻗어 손가락 끝으로 눈물을 닦아주었다. 유미코가 그의 손을 자기 두 손으로 꼭 감쌌다.

5장

이매진 Imagine

1

나오키, 잘 지내니?

여기는 요즘 푹푹 찌다가도 갑자기 날씨가 변덕을 부린
단다. 점점 여름이 가까워지는 모양이다. 올해 여름 장마
는 비가 제대로 오지도 않는구나. 또 물 부족 사태가 일어
나지 않을까 좀 걱정이 된다. 물이 부족하면 교도소 안에
서도 물을 절약하라고 한단다.

그런데 미키는 건강하지? 지난번에 보내준 사진 매일
보고 있다. 태어나서 얼마 되지 않았을 때는 나오키를 많
이 닮은 것 같더니 요즘 사진을 보면 역시 제수씨를 닮은
것 같다는 생각이 드는구나. 하긴 엄마 아빠를 닮은 거야
당연한 일이지만. 여기 있는 동료에게 물어보니 엄마를
닮는 시기와 아빠를 닮는 시기가 따로 있어서 그게 번갈
아온다고 하더라. 그러다 맨 나중에 누구를 닮느냐는 운
이래. 어렸을 때는 못생겼는데 어른이 되면서 미인이 되
기도 하고, 그 반대인 경우도 있는 게 다 그 때문이래. 그
게 정말 맞는 이야기인지는 모르지만 말이야. 어찌되었든
너희 부부는 미남 미녀 커플이니 미키는 틀림없이 미인이

될 거야. 아니, 세 살인데도 벌써 그렇게 미인이잖니? 이렇게 예쁘니 분명히 이웃 사람들도 귀여워할 거다. 하지만 조심하거라. 세상에는 좋지 않은 생각을 하는 놈들도 있으니까. 유괴당하지 않도록 잘 보살피기 바란다. 미키에게서 눈을 떼면 안 된다. 겁주려는 건 아닌데, 미키 생각만 하면 자꾸만 걱정이 된다. 만난 적도 없는데 꿈에 나올 정도니까. 그래도 세 살이면 한창 귀여울 때겠구나. 슬슬 손도 덜 가게 될 나이 아닐까?

이건 나 혼자 생각인데, 미키가 혼자 크는 게 측은하지 않니? 둘째 아이는 아직 없니? 물론 돈이야 더 들 테지만 형제란 좋은 거다. 하기야 내가 이런 말을 하면 네가 웃을지도 모르겠구나. 이 바보 같은 형은 전혀 도움도 되지 않으니 말이다.

공연한 소리를 썼는지도 모르겠다. 기분 나쁘게 생각하지 말아다오. 그럼 또 다음 달에 편지 보내마.

츠요시

추신 : 미키 사진 더 보내줄 수 있으면 보내다오.

사택인 선하이츠가사이로 퇴근하다보니 마에다 씨 부인이 나무에 물을 주고 있었다. 1층에 사는데, 유미코와도 친하게 지낸다. 남편은 신세이전기 니시카사이 지점의 가전매장 담당자였다.

선하이츠가사이는 두 동에 각각 여덟 가구씩 산다. 그중 한 개 동을 사택으로 쓰고 있었다.

"안녕하세요?"

나오키가 인사를 하자 마에다 부인이 뒤를 돌아보더니 바로 미소를 지었다.

"어머, 퇴근하세요? 오늘은 일찍 돌아오시네요."

"물건이 잘 팔리지 않으면 배송 일도 없으니까요."

"정말 큰일이네요. 우리 집 양반도 전에는 세일을 하면 팔렸는데 지금은 가격을 내려도 손님이 없다며 한숨을 쉬더군요."

"정말 걱정입니다."

고개를 한 번 숙이고 나오키는 계단을 올라갔다. 마에다 씨 집 바로 위가 나오키의 집이었다.

문을 열자 음식 냄새가 났다. 유미코가 주방에서 뭔가 맛을 보고 있었다. 그 손길을 멈추고 입가에 웃음을 지었다.

"수고했어. 일찍 오네."

"마에다 부인도 같은 소리를 하던데."

주방 안쪽으로 방이 두 개 있다. 한쪽은 침실이고 또 한쪽은 거실로 쓴다. 나오키는 상의를 벗으면서 거실을 보았다. 미키가 카펫 위에서 자고 있다. 유미코가 담요를 덮어주었을 것이다. 옆에는 미키가 좋아하는 강아지 인형이 놓여 있었다.

"조금 전에 약간 일찍 밥을 먹였어. 그랬더니 바로 자네. 오늘은 놀이터에 가서 놀았기 때문인지 피곤한 모양이야. 미키가 너무 열심히 놀아서."

"놀이터에는 좀 익숙해졌나?"

옷을 갈아입으며 나오키가 물었다.

"익숙해진 정도가 아니야. 매일 가고 싶어 해서 큰일이야. 아무래도 애들은 밖에서 노는 게 신이 날 테니까."

"그야 그렇겠지."

나오키는 옷을 갈아입고 손을 씻은 뒤 식탁에 앉았다. 유미코가 얼른 음식을 옮겨왔다.

"친구는 생겼나?"

나오키가 물었다.

"응. 제일 먼저 만난 에미짱하고 세리나짱이 제일 친한가? 하지만 닷짱이라는 남자애하고도 놀아. 닷짱은 미키보다 두 달 어린데 덩치가 꽤 커. 깜짝 놀랐어."

"거칠게 굴지는 않겠지?"

"괜찮아. 우리가 지켜보고 있고 닷짱도 착한 아이니까."

유미코의 말을 듣고 나오키는 안심했다. 딸 하나뿐이라 그렇기도 하지만, 유미코가 무사히 놀이터에서 놀기 시작한 게 대견했다.

유미코가 차린 음식을 먹으며 미키의 잠든 얼굴을 바라보았다. 이렇게 평온하고 안정된 시간을 보내는 날이 오리라고는 생각 못했다. 그러나 이건 분명 현실이다. 별것 아닌 평범한 나날이지만 나오키에게는 보물 같은 시간들이었다.

동거를 시작한 지 얼마 되지 않아 유미코가 임신을 했다. 사실 나오키는 고민했지만 유미코는 그런 눈치를 전혀 보이지 않았다. 임신했다는 말을 할 때도 축하해, 오늘부터 아빠라고 부를게, 라고 했다.

혼인신고만 하고 결혼식은 올리지 않았다. 그래도 교회가 보이는 공원에서 싸구려 반지를 유미코에게 선물했다. 두 사람만의 의식이었다.

애가 생겨 유미코의 방에서 계속 지낼 수는 없었다. 나오키는 사택을 신청했다. 경쟁률이 상당히 높았지만 용케 당첨되었다.

"넌 아버지로서 최초의 의무를 해낸 거야."

유미코가 그렇게 말하며 웃었다.

뽑기 운이 나쁜 편인데 당첨이 되었다고 말하자 유미코가 약간 진지한 표정으로 고개를 끄덕였다.

"지금까지는 너무 나빴지. 하지만 앞으로는 무슨 일이든 잘 풀릴 거야."

그렇게 되면 좋겠다고 생각하며 나오키도 고개를 끄덕였다.

이사, 유미코의 퇴직, 아이 낳을 준비, 그리고 출산, 그렇게 계속 상황이 바뀌었다. 나오키는 닥치는 일들을 처리하기에도 벅찼다. 유미코가 오히려 침착했다. 상황이 정신없이 변해갈 때마다 유미코는 늘 말했다. 츠요시에게 편지를 보내야 한다고.

"빨리 아주버님께 알려야지. 분명 깜짝 놀라겠지만 기뻐하시지 않을까?"

동거를 시작한 뒤에나 결혼한 뒤에나 유미코는 늘 츠요시에게 편지하는 걸 신경 썼다. 바쁘거나 마음이 내키지 않아 편지를 쓰지 않고 있으면 반드시 독촉을 했다.

"미키가 걷기 시작했다는 거 아주버님께 알려드렸어? 뭐? 아직 편지 안 했다고? 빨리 쓰지 않으면 아주버님이 다음 편지를 먼저 보내시겠네. 지지난 달에도 그랬잖아. 미키 이야기를 써. 이번 달 빅뉴스로는 역시 그게 최고일 거야. 아아, 그렇지. 사진도 넣어 보내드리면 어떨까?"

유미코가 이렇게 말해주는 게 나오키는 고마웠다. 하지만 한편으론 약간 불안하기도 했다. 츠요시의 편지를 좀 지나치게 의식하는 것 같았기 때문이다.

내가 열등감을 느끼지 못하도록 무리를 하는 게 아닐까, 그런 생각이 들 때가 이따금 있었다.

식사가 끝났을 때, 현관 초인종이 울렸다. 나오키는 문 안쪽에 서서 렌즈를 통해 밖을 보았다. 머리 긴 여자가 서 있었다. 바로 옆에도 누군가가 있는 것 같았다.

"예, 무슨 일입니까?"

문을 열기 전에 물어보았다.

"늦은 시간에 죄송합니다. 이제 곧 이사 올 사람입니다만, 먼저 인사를 드리려고."

여자 목소리가 들려왔다.

나오키는 문을 열었다. 밖에는 역시 두 사람이 서 있었다. 여자 뒤에 있는 남자는 어디서 본 적이 있는 것 같은데 금방 기억이 나지는 않았다.

"이런 시간에 죄송합니다."

여자가 다시 한 번 사과하며 고개를 숙였다. 남편으로 보이는 남자도 함께 고개를 숙였다.

"마치야라고 합니다. 내일 202호실로 이사 올 예정인데요, 여러 모로 시끄럽게 해드릴 것 같아서 미리 양해 말씀 드립니다."

또렷한 말투였다. 아마 씩씩한 성격일 것이다. 남편 쪽은 말없이 그냥 서 있기만 했다.

"아, 그러시군요."

나오키도 웃는 얼굴로 대답했다.

"뭐 도울 일이 있으면 부담 없이 말씀해주세요. 내일은 저도 집에 있을 테니까요."

내일은 휴일이었다. 물론 그래서 이 사람들도 내일로 이사를 잡았을 것이다.

"감사합니다. 아, 이거 별것 아니지만, 받아주세요."

여자가 작은 상자를 내밀었다. '町谷(마치야)'라고 적인 종이가 붙어 있었다.

"아니, 뭘 이런 것까지."

꾸러미를 받아들고 뒤를 돌아보았다. 유미코가 서 있었다.

"202호실로 이사 오실 거래."

유미코도 웃음을 지어 보였다.

"혹시 궁금하신 거 있으면 물어봐주세요."

감사합니다, 하며 여자가 고개를 숙이고 돌아갈 눈치를 보였다. 하지만 남편 쪽은 왠지 나오키의 얼굴을 빤히 바라보고 있었다. 이윽고 그가 입을 열었다.

"혹시 컴퓨터 매장에 있던, 다케시마? 신입사원 때."

"아, 예······."

제법 오래 전 이야기를 꺼내는 바람에 당황했다. 다시 상대방의 얼굴을 보니, 그제야 문득 기억이 되살아났다.

"아, 전에 경리과에 계셨던······?"

"그래, 마치야일세. 이번에 이쪽으로 돌아왔어. 지금까진 가메이도 쪽에서 근무했고."

마치야가 중얼거리듯이 소곤소곤 말했다.

"그러셨군요."

컴퓨터 매장에 있을 때 두세 번 얼굴을 본 적이 있다. 나오키보다 한 해 선배일 것이다.

"이 사택에 자네가 있을 줄은 몰랐네."

마치야가 나오키의 시선을 피하며 손가락 끝으로 이마를 긁었다.

"친한 분?"

마치야의 아내가 물었다.

"아니, 친한 정도는 아니고."

마치야가 변명하듯이 대답하더니 나오키와 유미코를 번갈아보았다.

"그럼 나중에 보세."

"알겠습니다."

문이 닫히자마자 유미코가 말했다.

"왠지 기분이 나쁘네."

"왜?"

"자꾸 빤히 쳐다보던걸. 부인은 경어를 쓰는데 남편은 자기가 후배라는 걸 확인하자마자 반말을 쓰고."

"회사라는 조직이 다 그렇지 뭐."

자물쇠를 걸면서 애써 밝은 말투로 말했다. 실은 내심 불길한 예감이 들었다. 컴퓨터 매장에 있었던 기간은 그리 길지 않았다. 하지만 그 짧은 기간에 츠요시 문제가 드러나 직장 동료들이 색안경을 끼고 보게 되었던 것이다. 그리고 마치야는 그 무렵의 일들을 알고 있다.

'설마!' 나오키는 살짝 고개를 저었다. 이미 오래 전 일이다. 마치야도 잊었을 게 틀림없다.

미키가 잠에서 깼는지 응석을 부리기 시작했다.

다음 날 오전 10시쯤, 아파트 옆에 가구업자의 대형 트럭이 도착했다. 작업복을 입은 일꾼 여럿이 바쁘게 움직이며 202호실로 짐을 옮기는 걸 나오키는 방 창문 너머로 바라보았다. 들여오는 가구는 모두 새것이라 반짝반짝 윤이 났다. 문득 자기가 이사 올 때 산 새것이라곤 테이블뿐이었던 게 생각났다. 이삿짐센터도 부르지 않고 젊은 부부 둘이서 끙끙거리며 짐을 옮기는 게 보기 딱했던지, 아래층의 마에다 부부를 비롯해 이웃 선배들이 짐 옮기는 걸 거들어주었었다. 그게 계기가 되어 친해졌다고도 할 수 있다.

마치야 부부의 이사는 오후 3시쯤 끝났다. 나오키가 도와주러 나갈 일은 없었다.

"마치야 씨 부인이 굉장한 부잣집 딸인 모양이야."

시장을 보고 돌아온 유미코가 냉장고에 음식을 집어넣으며 말했다.

"친정이 세다가야에 있고, 아버지가 무슨 회사 임원이래."

"누구한테 들었어?"

"마에다 씨. 슈퍼마켓에서 만났어."

벌써 새로 이사 온 집 소문이 퍼진 모양이다. 자기들이 이사 왔을 때도 분명 이런저런 소문이 났을 거라고 생각했다. 하지만 다행히 형 얘기는 알려지지 않았던 모양이다.

그날 밤 늦은 시간, 유미코가 흔드는 바람에 나오키는 눈을 떴다. 아내가 그의 얼굴을 들여다보고 있었다.

"왜 그래?"

잠이 덜 깬 눈으로 물었다.

"뒤에서 이상한 소리가 나."

"이상한 소리? 아파트 뒤편에서?"

응, 하며 유미코가 고개를 끄덕였다. 아파트 뒤에는 사람이 간신히 지나다닐 정도의 공간이 있었다.

"도둑고양이 아닐까?"

"그건 아니야. 창문으로 내다봤는데 어두워서 잘 안 보여."

나오키는 이부자리에서 기어 나와 뒤로 난 창문을 열었다. 역시 어두워서 아무것도 보이지 않았다.

"아무 소리도 안 들리는데."

"좀 전엔 들렸어. 무서워. 아무 데나 불을 지르는 놈이면 어쩌지?"

"설마."

나오키는 웃어 보였지만, 그 말을 듣자 불안해졌다. 파자마를 벗었다.

"알았어. 잠깐 나가보고 올게."

얼른 옷을 갈아입은 다음 플래시를 들고 밖으로 나갔다. 다른 집들은 불이 꺼져 있었다.

아파트 뒤로 돌아 플래시 스위치를 켰다. 골판지 상자 몇 개가 눈에 들어왔다. 접힌 채 세워져 있다. 이삿짐센터의 로고가 보였다.

나오키는 플래시를 끄고 돌아섰다. 계단을 올라가는데 맞은편에서 사람 그림자가 나타났다. 마치야였다. 접은 골판지 상자를 손에 들고 있었다.

"어……."

마치야가 난처한 표정을 지었다.

"이사를 하고 나면 골판지 상자 처리가 골치죠?"

나오키가 조용히 말했다.

"놔둘 곳이 없어서."

마치야가 혼잣말처럼 말했다.

"그렇지만 저 뒤에 놔두면 곤란해요. 화재 우려 때문에 금지되어 있거든요."

"이삼 일만이야. 바로 버릴 건데 뭐."

396

"그래도 골판지 상자는 버리는 날이 정해져 있는데. 여기 사는 분들은 규칙을 아주 엄하게 지켜서."

"시끄러! 알았다고."

나오키의 말을 가로막더니 마치야가 혀를 끌끌 차며 돌아섰다.

2

한동안 평온한 나날이 이어졌다. 변화라고 해봐야 마치야의 아내가 임신했다는 사실이 알려진 정도였다. 이사 온 지 두 달도 되지 않아 배가 불러오는 것이 눈에 띄게 표시가 났다.

"속도위반이야."

임신 소문을 듣고 온 유미코가 저녁 준비를 하며 재미있다는 듯이 말했다.

"분명 표시가 나기 전에 서둘러 식을 올렸을 거야."

"우리랑 마찬가지네?"

"맞아. 그래도 우리가 선배지. 뭔가 축하 선물을 해야겠어."

나오키는 웃으며 고개를 끄덕였지만 마음 한구석이 개운치 않았다. 마치야와는 아주 이따금 회사에서 얼굴을 마주친다. 하지만 늘 묘하게 서먹서먹한 태도를 보였다. 인사를 해도 마지못해 받을 뿐이었다.

그날 밤 일을 아직 마음에 두고 있는 걸까. 나오키 입장에서는 나름대로 친절하게 도움말을 해준 것에 불과했지만, 마치야 입장에서는 자존심이 상했을지도 모른다. 설마, 하는 생각도 들었다. 그 정도 일을 계속 마음에 담아두고 있을 사람은 아닌 것 같았다.

그로부터 사흘 뒤, 회사에서 돌아오자 현관에 커다란 종이봉투가 놓여 있었다. 안을 들여다보니 새로 산 종이기저귀였다. 어떻게 된 거냐고 묻자, 유미코는 떨떠름한 표정을 지으며 한숨을 쉬었다.

"약국에서 받았어. 포인트를 모으면 상품과 교환해주거든."

"왜 종이기저귀를 받았어? 미키는 이제 필요 없잖아?"

"달리 마땅한 게 없었어. 종이기저귀라면 마치야 씨한테 선물할 수 있을 것 같아서."

"아아, 그렇지."

나오키는 고개를 끄덕였다.

"그럼 내일이라도 갖다드려. 좀 성급할지도 모르지만 좋아하지 않을까?"

그러자 유미코가 어깨를 움츠리며 아랫입술을 삐죽 내밀었다.

"그렇지 않았어."

"그렇지 않았다니, 무슨 소리야?"

"아까 가지고 갔었어. 그런데 필요 없대."

"응? 설마. 분명히 필요 없다고 말했어?"

"그야 말투는 정중했지. 우리는 종이기저귀는 쓰지 않을 생각이니 모처럼 가져오셨지만 이건 다른 집에 드리세요, 그런 식으로 말했어."

"종이기저귀를 쓰지 않을 건가?"

"안 쓰는 엄마들이 있는 건 사실이야. 그걸 쓰면 기저귀 떼는 게 늦어지고, 아기가 너무 편해서 좋지 않거든. 우리도 미키한텐 될 수 있으면 종이기저귀를 쓰지 않으려고 했잖아."

"그렇지만 외출할 때는 편리하잖아."

유미코가 고개를 저었다.

"그렇게 이야기했는데도 어쨌든 필요 없대. 그렇게 말하는데 억지로 들이밀 수도 없잖아."

"그래서 도로 가져왔다는 거야?"

나오키는 종이봉투를 바라보며 고개를 갸웃거렸다. 육아에 관해서야 모든 부모들이 제각각 규칙이 있겠지만, 남이 선물이라고 들고 온 것을 받지 않는 경우가 있을까? 쓰건 쓰지 않건 받아두고 나서 생각하면 되는 것 아닐까? 적어도 자기 같으면 그렇게 하지는 못할 거라는 생각이 들었다.

"이럴 줄 알았으면 차라리 간이 응급세트를 갖다 주는 건데 그랬어."

유미코가 시무룩하게 말했다.

마치야 부부에 관한 소문이 돈 것은 그로부터 약 한 달 뒤의 일이었다. 토요일 저녁, 미키를 데리고 쇼핑을 하러갔던 유미코가 돌아오자마자 이렇게 말했다.

"마치야 씨 부인이 오늘 놀이터에 나왔어."

"놀이터에? 아직 아기를 낳지 않았잖아?"

"아기를 낳기 전부터 나오는 여자도 있어. 출산에 대해 다른 엄마들한테 조언을 듣고, 아기를 낳은 뒤에도 금방 친해질 수 있으니까."

"당신도 조언을 해줬어?"

"나는 별 이야기 안 했어. 놀이터에 나오는 엄마들 중에서 난 아직 신참 축이니까. 굳이 나설 일도 없고."

"어렵군."

이야기는 그걸로 끝났다. 그래서 나오키도 특별히 마음에 담아두지 않았다. 유미코도 큰 의미가 있다고는 생각하지 않았을 것이다. 두 사람은 지금처럼 평온한 나날이 내내 계속될 것으로 믿었다.

바로 그 무렵부터 일이 바빠졌다. 그렇다고 회사 영업이 활발해져서는 아니었다. 오히려 그 반대였다. 영업이 안 돼 대규모 인원 정리를 하는 바람에 결과적으로 한 사람이 처리해야 할 업무 부담이 늘어났던 것이다. 야근으로 늦게 귀가하는 날이 계속되었다. 집에 오면 귀여운 딸은 이미 잠들어 있고, 유미코의 이야기를 들으며 혼자 늦은 저녁을 먹었다. 유미코의 이야기도 별로 흥미로운 내용은 없었다. 어디서 세일을 한다기에 물건을 잔뜩 사왔다거나 텔레비전에서 재미있는 프로그램을 했다거나 하는 얘기뿐이었다. 결혼하면 화제가 궁해진다더니 정말 그런가보다고 생각하며 나오키는 적당히 맞장구를 쳐주었다.

뭔가 문제가 있다는 걸 눈치챈 것은 어느 휴일 오후였다. 신문을 읽고 있는데 미키가 옷자락을 잡아당겼다.

"으응, 놀이터 가자."

"놀이터? 아아, 그래."

나오키는 창밖을 내다보았다. 구름이 별로 없어 비가 올 염려는 없을 것 같았다.

그때 빨래를 널고 있던 유미코가 말했다.

"아빠 피곤해. 나중에 엄마가 데리고 갈게."

"괜찮아, 놀이터 정도는. 나도 가끔은 미키랑 산책하고 싶어."

"그럼 다른 데로 가자. 셋이서 외출할까?"

"좋아, 어디 갈래?"

나오키는 딸의 얼굴을 보았다.

"유원지에 갈까? 아니면 동물원이 좋겠니?"

미키는 고개를 저었다.

"미키 놀이터 갈래. 에미짱하고 세리나짱하고 놀고 싶어."

나오키는 아내를 올려다보았다.

유미코가 미키 앞에서 허리를 굽혔다.

"그럼 조금 있다가 엄마랑 함께 가자. 그때까지 좀 기다려."

"싫어. 그 놀이터엔 가고 싶지 않아."

"그 놀이터?"

나오키는 아내와 딸의 얼굴을 번갈아보았다.

"무슨 소리야? 다른 데도 놀이터가 있나?"

유미코는 대답하지 않고 고개를 숙였다. 침을 삼키는 소리
가 들린 것 같았다. 그러자 미키가 말했다.

"그 놀이터엔 세리나짱 없어. 에미짱도 없는걸."

"없어? 왜? 어디로 데리고 다니는데?"

유미코에게 물었다.

유미코는 체념한 듯이 한숨을 쉬었다.

"요즘 다른 놀이터에 다녀."

"다른 놀이터? 왜?"

"왜라니……. 그냥 쇼핑하기 편해서. 그쪽이 차도 덜 지나
다니고."

"그게 무슨 소리야? 그런 이유로 애의 즐거움을 빼앗지 마.

불쌍하잖아."

하지만, 무슨 말인가를 하려다 유미코가 입을 다물었다.

"알았어. 좋아, 미키. 그럼 아빠랑 가자. 아빠가 늘 가던 놀이터에 데려가줄게."

만세, 하며 미키가 두 팔을 치켜들었다.

"잠깐. 그럼 내가 데리고 갈게. 자기는 쉬고 있어."

유미코가 말했다.

"뭐야, 갑자기. 됐어, 내가 데리고 갈게."

"자기는 집에 있어. 오늘 아파트 관리회사에서 전화가 올지도 몰라. 자기하고 통화하게 해달라고 하던데."

"그런 이야기 처음 듣는걸."

"내가 깜빡했어. 미키, 그럼 잠깐만 놀다 오자."

그렇게 말하며 유미코는 나갈 채비를 시작했다.

아내와 딸이 나간 뒤, 나오키는 방에 누워 텔레비전을 보기 시작했다. 하지만 공교롭게도 볼 만한 프로그램이 없어 금방 따분해졌다. 전화기를 바라보았다. 관리회사에서 전화가 올 거라고 했는데 대체 무슨 용건일까? 언제 올지도 모르는 전화를 기다리느라 하루 종일 집에 있어야 하다니. 어처구니가 없었다.

관리회사에 전화를 걸어보았다. 하지만 호출음이 여러 번 울린 다음 들려온 것은 부재중 메시지였다. 관리회사도 휴일

에는 쉰다. 급한 연락이 있으신 분은 다음 전화번호로 걸어
주십시오, 라는 메시지가 나왔지만 그걸 다 듣기도 전에 전
화를 끊었다.

뭐야, 이게. 이 사람이 뭔가 잘못 알았군.

나오키는 지갑과 열쇠를 집어 들었다. 자기도 딸이 놀이터
에서 노는 모습을 보고 싶었다.

미키가 가는 놀이터는 아파트에서 걸어서 5분 정도 거리에
있다. 걸어가면서 살짝 고개를 갸웃거렸다. 유미코는 쇼핑하
기 편하다며 요즘은 미키를 다른 놀이터로 데려간다고 했다.
그런데 이쪽 놀이터가 쇼핑하기에 불편하다고는 도저히 생
각할 수 없었다. 교통량도 별로 많지 않았다.

놀이터가 보였다. 나오키는 장난기가 동했다. 몰래 다가가
아내와 딸을 놀라게 해주려고 생각했다.

놀이터 주위엔 나무들이 심어져 있었다. 나오키는 나무 뒤
에 숨어서 움직였다. 아내와 딸은 틀림없이 모래밭과 그네가
있는 곳에 있을 것이다. 미키가 거길 좋아한다는 이야기를
들은 기억이 있다.

놀이터 한복판에서는 초등학생으로 보이는 소년들 몇이 축
구 흉내를 내며 놀고 있었다. 배드민턴을 치는 커플의 모습
도 보였다.

이윽고 모래밭 근처까지 왔다. 나무 뒤에 숨어 고개를 내밀

었다. 바로 미키의 모습이 보였다. 모래밭에서 뭔가를 만들고 있다. 유미코도 그 옆에 쭈그리고 앉아 있다.

다른 애들은 보이지 않았다. 모처럼 왔는데 세리나짱하고 에미짱을 만나지 못한 모양이다. 다들 모이는 시간이 특별히 정해져 있지는 않을 거라는 생각이 들었다.

막 아내와 딸을 부르려 할 때였다. 미키가 갑자기 일어서더니 나오키 반대쪽을 바라보았다.

그쪽엔 미키와 비슷한 또래의 여자애가 어머니로 보이는 여자의 손을 잡고 걷고 있었다. 여자애 손엔 작은 바구니가 들려 있다. 모래밭에서 놀기 위한 도구인 모양이다. 나오키는 이제야 미키 친구가 나온 모양이라고 생각하며 안도했다.

하지만 그 어머니로 보이는 여자는 유미코를 보고 고개를 한 번 숙이더니 딸애 손을 잡아당겼다. 그러곤 이내 반대 방향으로 걷기 시작했다. 여자애의 볼멘 표정이 나오키에게도 보였다. 미키는 그런 두 사람을 가만히 바라보고 있었다. 이윽고 유미코가 딸의 관심을 모래밭으로 되돌리려는 듯 모종삽을 미키에게 내밀었다.

그걸 본 나오키는 어떤 상황인지 금세 눈치챘다. 유미코가 미키를 이 놀이터에 데리고 오지 않게 된 이유를 알게 되었다. 그 사실을 남편에게 이야기하지 않은 아내의 심정도.

나오키는 나무 뒤에서 걸어 나왔다. 말없이 아내와 딸에게

다가갔다.

먼저 그를 발견한 사람은 유미코였다. 하지만 아무 말도 하지 않았다. 그저 눈만 크게 떴을 뿐이다. 남편의 표정에서 그가 모든 알고 있다는 걸 눈치챈 모양이었다.

"아빠."

미키가 나오키를 보았다. 딸이 좋아하면서 달려왔다. 그러다 모래밭에 넘어졌지만 바로 일어났다. 그래도 여전히 웃는 얼굴이었다.

나오키는 허리를 굽혀 딸과 얼굴을 마주보았다.

"모래밭에서 놀고 있었니?"

"응. 그치만 세리나짱은 없어. 에미짱은 가버렸고."

조금 전 그 아이가 에미짱인 모양이다.

"그래?"

나오키는 딸의 머리를 쓰다듬은 뒤 일어서서 아내를 바라보았다. 유미코는 고개를 숙이고 있었다.

"그래서 그런 거야?"

"봤어?"

응, 하며 나오키는 고개를 끄덕였다.

"내가 걱정돼서 이야기하지 않았구나."

"말하기도 힘들고……."

그랬을 거라고 생각했다. 지금까지 여러 차례 반복된 일들이 떠올라 아내에게 할 말이 없었다.

벤치에 걸터앉아 딸이 모래밭에서 노는 걸 바라보며 나오키는 아내에게서 사정 이야기를 들었다. 그렇다고 아내가 실제 어떤 일이 일어났는지를 알고 있는 건 아니었다. 아내의 말을 빌리면 어느 날 갑자기 다들 태도가 변했다, 고 했다.

"특별히 무슨 소리를 들었거나 노골적으로 심술궂게 굴거나 한 일은 없지만 왠지 변했어. 서먹서먹하다고 해야 할까? 인사를 하면 받아주기는 하지만 전처럼 멈춰 서서 이야기를 나누는 일도 없어졌어. 쇼핑을 하러 가서 우연히 마주쳐도 금방 다른 데로 가버려. 놀이터에서도 마찬가지고."

"미키가 따돌림을 당하나?"

"그런 건 아니라니까. 그냥 우리가 나오면 다들 얼른 돌아가버려. 우리가 먼저 와 있으면 아무도 가까이 오지 않고. 조금 전처럼."

"그래서 다른 놀이터에 다니게 된 거야?"

뭐 그렇지, 라고 유미코가 대답했다.

"우리가 있으면 다른 애들이 여기서 놀 수 없어. 그러면 측은하잖아, 애들이."

그러곤 휴우, 하고 한숨을 내쉬었다.

"물론 기분이 나쁘기는 하지만……."

나오키는 팔짱을 꼈다.

"왜 그렇게 된 거지?"

유미코는 대답하지 않았다. 몰라서 대답을 않는 게 아니라 알면서도 말하지 않는 것이다. 나오키도 짐작이 가지 않는 것은 아니었다.

마치야 부부가 원인일 거라고 생각했다. 나오키의 형이 복역 중이라는 걸 아는 사람은 마치야뿐이다. 그리고 유미코 말에 따르면 이웃 사람들 분위기가 이상해지기 시작한 것은 그들이 이사를 오고부터이다.

마치야의 부인이 놀이터에 나왔다는 이야기를 들은 기억이 났다. 틀림없이 그 여자가 놀이터에 나온 엄마들에게 다케시마 집안의 비밀을 이야기했을 것이다. 언젠가 유미코가 종이 기저귀를 갖고 갔을 때 받지 않았던 것도 지금 생각하면 납득이 간다.

골판지 상자 때문일까? 나오키는 기억을 더듬었다. 그날 밤의 일이 불씨가 되어 마치야가 그런 이야기를 퍼뜨린 걸까?

"이사를 갈 수밖에 없으려나?"

나오키는 힘없이 중얼거렸다.

뭐라고? 그런 표정으로 유미코가 나오키를 바라보았다. 그 얼굴을 바라보며 나오키는 말을 이었다.

"어쩔 수 없잖아. 나는 견딜 수 있지만 당신이나 미키를 불편하게 만들고 싶지는 않아. 다른 곳으로 이사 가자."

유미코가 눈썹을 찡그렸다.

"자기, 무슨 소릴 하는 거야?"

"응?"

"응, 이라니?"

유미코가 오래간만에 간사이 사투리를 썼다.

"결혼하기 전에 약속한 거 잊었어? 어떤 일이 있어도 앞으로는 더 이상 도망 다니지 않으며 살자고 했잖아. 이웃 사람들이 피하는 게 뭐가 대단해? 별것 아니야. 적어도 자기가 지금까지 당해온 일에 비하면 아무것도 아니야. 괜찮아. 난 견딜 수 있어. 견뎌낼 거야."

"하지만 미키도 있고……."

나오키의 말에 유미코가 고개를 숙였다. 하지만 바로 고개를 들었다.

"미키는 내가 지킬 거야. 절대로 그 애가 마음의 상처를 입지 않게 할 거야. 그리고 또 하나, 저 아이에겐 콤플렉스를 갖게 하고 싶지 않아. 부모가 도망 다니면 애들까지 비굴해져버려. 그렇게 생각하지 않아?"

나오키는 유미코의 진지한 눈빛을 바라보았다. 그리고 미소를 지었다.

"그래. 부끄러운 모습을 보일 수야 없지."

"힘내서, 미키 아빠."

유미코가 나오키의 어깨를 가볍게 두드렸다.

3

　나오키, 잘 지내니?

　나는 요즘 약간 감기 기운이 있어서 자주 재채기를 한
단다. 하지만 같은 방에 있는 녀석들은 감기가 아니라 화
분증(花粉症)일 거라고 하는구나. 화분증이란 건 봄에만
생기는 것인 줄 알았는데, 그렇지 않은가? 그 녀석은 가
을에도 걸린다고 하더구나. 뭐 어쨌든 나는 감기약을 먹
고 있다. 별로 큰일은 아니다. 곧 낫겠지.

　그런데 우리 미키는 어떻게 지내니? 놀이방에는 잘 다
니나? 지난번에 제수씨가 보낸 편지를 읽다보니 아직 애
기처럼 굴어서 걱정이라고 하던데. 하기야 어머니들은 늘
엄격하니까. 게다가 제수씨는 다른 여자들보다 훨씬 똑똑
하니까 미키가 평범하면 성에 차지 않는 모양이지?

　그래서 지난번에도 잠깐 편지에 썼지만, 미키도 이제
손이 덜 가게 된 것 같고, 슬슬 둘째 애 만드는 걸 생각해
보면 어떻겠냐? 미키도 혼자면 쓸쓸하잖아. 그 문제에 대
해서는 제수씨도 아무 대답이 없던데. 역시 어려울지도

모르겠구나.

　이따금은 네 답장도 읽어보고 싶구나. 엽서라도 괜찮으
니 보내다오.

　그럼 다음 달에.

츠요시

　츠요시가 보낸 편지를 다시 읽으며 나오키는 한숨을 내쉬
었다. 여전히 태평한 소리만 하고 있다. 검열을 하기 때문에
과격한 내용은 쓸 수 없을 테지만 편지를 읽다보면 교도소
안엔 마치 악 따위는 존재하지 않는 것 같은 기분이 든다.

　요즘은 내내 답장 쓰는 일을 유미코한테 맡겼다. 원래 편
지를 잘 쓰지 못하고, 쓸 시간도 없었기 때문이다. 하지만
이따금은 자기가 직접 쓰는 게 좋을지도 모르겠다는 생각이
들었다.

　그렇지만, 무슨 이야기를 써야 할까.

　지금 심경을 그대로 쓰면 츠요시에 대한 불평이나 불만을
늘어놓게 될 것 같았다. 그렇다고 그런 마음을 숨기고 교도소
에 있는 사람을 위로하는 이야기만 쓸 수도 없었다. 그런 일들
을 매달 꼬박꼬박 해내고 있는 유미코가 새삼 대단해 보였다.

　시계를 보았다. 오후 2시가 지나고 있었다. 놀이방으로 미
키를 데리러 간 유미코가 아직 돌아오지 않았다. 늦어지는 이

유는 알고 있다. 하지만 그래서 더욱 마음이 놓이지 않는다.

몇 분 후 밖에서 소리가 났다. 문이 열리고 두 사람이 들어왔다.

"다녀왔습니다."

유미코가 남편을 보며 웃었다. 그리고 딸에게 주의를 줬다.

"양치질해. 손도 씻고."

미키는 대답도 하지 않고 세면대로 달려간다. 시킨 일을 서둘러 마치고 텔레비전을 보고 싶을 것이다. 딸은 요즘 좋아하는 만화영화에 정신이 팔려 있다.

"어땠어?"

나오키는 아내에게 물었다.

유미코는 떨떠름한 표정을 지으며 나오키 맞은편에 앉았다.

"일단 조심하라고 하긴 하겠지만 어린애들이라 구체적인 해결책은 없대."

"원장이 그렇게 말했어?"

응, 하고 유미코가 고개를 끄덕였다.

"그럼 어쩌라는 거야? 그냥 참고 살라는 얘기야?"

"나한테 화내지 마."

나오키는 한숨을 쉬었다.

미키가 화장실에서 나오더니 예상대로 텔레비전 스위치를 켰다. 익숙한 손놀림으로 비디오테이프를 넣더니 늘 앉는 위치에 자리를 잡았다. 저 자세를 취하면 말을 걸어도 대답하지 않고, 내버려두면 밥도 제대로 먹지 않는다.

"빙 돌려서 말하긴 했지만 놀이방을 옮기는 방법도 있대."

유미코가 말했다.

"골치 아프니 털어내겠다는 건가?"

"그렇지 않겠어?"

나오키는 혀를 차며 옆에 놓인 찻잔을 움켜쥐었다. 안이 비어 있다. 그걸 보고 유미코가 찻주전자를 닦기 시작했다.

미키 문제로 의논하고 싶은 게 있다며 놀이방에서 전화가온 것은 어제였다. 나오키는 자기가 가겠다고 했지만 유미코가 그럴 필요 없다고 고집을 부렸다.

"무슨 이야길 할지 대충은 알아. 전에도 잠깐 얘기가 있었으니까."

"미키가 뭘 잘못했나?"

"미키라고 해야 하나? 다른 애가 좀 그랬어."

"다른 애가? 무슨 일인데?"

말을 흐리는 유미코를 추궁해보니 사정이 이해가 되었다. 말하자면 그 '차별'이 미키에게도 일어나기 시작했던 것이다.

유미코가 말해주지 않으면 놀이방에서 무슨 일이 있었는지 나오키로선 알 방법이 없었다. 유미코가 이야기하고 싶어 하지 않는 내용은 더욱 그랬다. 실제로는 꽤 일찍부터 문제가 있었던 모양이다. 다른 아이들이 미키를 전혀 가까이 하려고 하지를 않았다. 놀이방 선생님이 그러면 못쓴다고 주의를 주면 한결같이 똑같은 얘기를 한다고 했다. 미키하고는 놀면 안 된다고.

놀이방 측에서 몇몇 보호자에게 그 문제를 제기했다. 하지만 누구도 다케시마 미키를 따돌리라는 말은 하지 않았다고 대답했다. 그러면서도 될 수 있으면 자기 아이가 미키를 가까이하지 않았으면 좋겠다는 속마음을 털어놓았다고 한다.

그 문제에 관한 의논이 오늘 있었던 것이다.

"원장 선생님 말씀에 따르면 이상한 소문이 난 것 같아. 이상하다는 표현이 맞는지는 모르지만."

"어떤 소문인데?"

"아주버니가 곧 출소할 거라는 소문. 그래서 교도소에서 나오면 우리 집으로 올 거라는."

"무슨 소리야, 그게?"

나오키는 눈썹을 찌푸렸다. 하지만 뜬금없는 말은 아니었다. 실은 비슷한 얘기를 들은 적이 있다. 최근 총무부 사람이 이런 말을 했다. 자네 형이 곧 석방된다는 게 사실인가, 라고.

그런 이야기는 전혀 듣지 못했다고 대답하자 그 남자 직원은 의심스러운 눈초리로 말했다.

"만약 그렇게 되면 빨리 알려주게. 그리고 만에 하나 일찍 출소하더라도 형님을 지금 살고 있는 사택에서 지내게 하는 건 피했으면 하네. 사택 규칙에도 부모, 배우자, 자식 이외에는 함께 살 수 없다고 되어 있으니까."

그럴 일은 없고 앞으로도 그럴 생각이 없다고 분명하게 대답했지만 그 직원은 별로 믿지 않는 것 같았다.

나오키는 미키를 바라보았다. 여전히 비디오에 빠져 있다. 딸애 행동이 이상하다는 걸 눈치채지 못한 어리석은 자신이 한탄스러웠다. 미키는 놀이방에 다니면서도 이야기를 나눌 상대나 함께 놀 아이들이 없었던 것이다. 그런 외로움을 견디기 위해 만화영화에 몰두했을 것이다. 저 작은 가슴이 얼마나 큰 상처를 입었을까. 그걸 생각하면 눈물이 쏟아질 것만 같았다.

"놀이방, 옮기는 게 좋을까?"

나오키가 힘없이 말했다.

새로 차를 끓이고 있던 유미코가 놀란 표정으로 눈을 동그랗게 떴다.

"어쩔 수 없잖아. 도망치지 않으며 살아가겠다고 약속했지만 미키를 지켜주는 게 최우선이니까."

"그래도……."

유미코는 말을 잇지 못했다.

아내가 속으로 얼마나 안타까워하고 있는지는 잘 알고 있다. 츠요시 문제가 이웃에 알려지고 나서도 아내는 결코 약한 소리를 하지 않았다. 무시하려는 사람에게도 적극적으로 인사를 하고, 동네의 주부 활동에도 솔선해서 나섰다. 지금까지 이 사택에서 살 수 있었던 것은 그런 아내의 노력이 있었기 때문이다.

하지만 그런 노력이 놀이방 안까지는 미치지 못했다. 놀이방만이 아니다. 앞으로 미키의 장래에 어떤 장애물이 기다리고 있을지 짐작조차 할 수 없다.

"아주버니 편지, 읽었어?"

유미코가 테이블 위를 쳐다보았다.

"응. 우리 심정은 알지도 못하고 태평한 소리나 하더군."

"답장 보내야겠네."

그러곤 편지로 손을 뻗었다.

"감기는 나으셨나?"

미소까지 짓는 아내를 보며 나오키는 말없이 살짝 고개를 저었다.

4

나오키가 히라노 사장과 다시 만날 기회를 얻은 것은 그로부터 얼마 지나지 않아서였다. 사장이 시찰을 위해 지점을 방문한다는 이야기를 동료들한테 들었다. 창고에도 들를 거라고 했다.

그날 오후, 히라노는 물류과장의 안내를 받으며 나오키가 있는 창고에 모습을 드러냈다. 물류과장 말고도 두 사람이 더 뒤를 따르고 있었다. 나오키는 쌓아올린 골판지 상자 옆에서 차렷 자세를 취했다. 물류과장이 혹시 질문을 받게 되면 나오키가 대답하라고 했었다.

히라노 사장은 지난번 만났을 때보다 약간 더 야위어 보였다. 그러나 허리를 꼿꼿하게 펴고, 천천히 걷는 자세는 전혀 변함이 없었다. 물류과장의 설명에 고개를 끄덕이며 이따금 주위를 둘러보았다.

히라노 일행이 나오키 옆으로 다가왔다. 나오키는 입술을 핥으며 호흡을 가다듬었다. 분명 말을 걸어올 거라고 확신했다. 자그마한 사장의 눈이 자기를 쳐다보기를 기다렸다.

하지만 나오키의 예상은 빗나갔다. 사장은 자기한테 시선조차 주지 않았다. 여전히 같은 보폭으로 과장의 설명을 들으며 고개만 끄덕일 뿐이었다. 몇 초 뒤, 나오키의 눈에 사장의 야윈 뒷모습이 들어왔다.

나오키는 실망하면서도 한편으론 그럴 수도 있겠다고 생각했다. 히라노 사장 입장에 보면 나오키는 수많은 사원 중 한 명에 불과하다. 몇 해 전 형이 교도소에 있는 직원과 이야기를 나눈 것은 기억할 테지만 얼굴까지는 기억 못할 게 틀림없다. 잊지 않았다는 게 오히려 이상한 일이다. 가령 기억한다 해도, 이제 와서 다시 이야기를 할 필요는 없을 것이다.

어처구니없는 짝사랑이었군. 나오키는 자조 섞인 웃음을 지었다.

사장의 시찰이 끝나고 약 한 시간가량 지났을 때였다. 물류 과장이 나오키에게 오더니 급히 매장 5층에 있는 회의실로 몇 가지 상품을 옮겨달라며 목록을 건넸다.

"이게 뭡니까?"

메모를 보며 나오키가 물었다.

"그걸 가져가면 돼. 빨리."

"그야 상관없지만."

"아마 불시 점검이겠지."

과장이 말했다.

"포장 상태 같은 걸 점검하려는 게 아닐까? 그러니 실수하지 않도록 부탁하네."

"알겠습니다."

이해가 되지 않았지만 나오키는 작업을 시작했다. 이런 일은 지금까지 한 번도 없었다. 지시받은 제품을 짐수레에 싣고 창고를 나섰다. 맞은편에 있는 매장 건물로 들어가 업무용 엘리베이터를 타고 5층으로 올라갔다.

회의실 문을 노크했지만 응답이 없었다. 이상하다고 생각하며 문을 열었다. 하지만 회의실엔 ㄷ자 모양으로 늘어선 탁자만 있을 뿐 아무도 없었다. 회의실은 이곳 말고 없다. 일단 상품을 내려놓으려고 상자를 옮기기 시작했을 때 문 여는 소리가 들렸다.

"물건은 여기 두면 되겠죠……?"

거기까지 말하다 멈췄다. 히라노 사장이 싱글싱글 웃으며 서 있었다. 혼자였다.

"아, 사장님……."

"거기 두면 되네."

히라노 사장이 뚜벅뚜벅 창 쪽으로 다가갔다. 거기서 밖을 바라본 뒤 나오키를 돌아보았다.

"오래간만이군. 잘 지내나?"

"예, 그럭저럭."

나오키는 안고 있던 상자를 바닥에 내려놓고 모자를 벗었다.

"과장한테 들었네. 결혼했다더군. 축전도 치지 못해 미안하네."

"아뇨, 결혼식도 제대로 올리지 않았습니다."

"그랬나? 하긴 식 같은 거야 안 올려도 상관없지. 어쨌든 축하하네. 들으니 애도 있다고 하던데. 모든 일이 잘 풀리고 있다고 생각해도 좋은 건가?"

"예, 그런……."

나오키는 웃었다. 자기가 생각해도 왜 웃는지 알 수 없었다. 표정이 약간 굳어졌다.

"아니, 뭐야? 아직 표정이 산뜻하지 않군. 뭐 하고 싶은 이야기라도 있나?"

히라노의 말에 용기를 얻어 고개를 들었다. 사장의 얼굴을 바라보았다.

"만약 사장님을 뵙게 되면 꼭 여쭤보고 싶은 게 있었습니다."

"뭔데?"

"전에 사장님께서 이렇게 말씀하셨습니다. 범죄자 가족이 세상 사람들에게 차별받는 것은 당연하다, 그건 오히려 필요한 것이다, 중요한 것은 거기서부터 사람과의 관계를 어떻게 쌓아가느냐이다, 라고요."

"응, 분명 그렇게 이야기했지."

"저는 그 말씀을 믿고 노력해왔다고 생각합니다. 그 결과 잘 풀린 일도 있습니다. 아내도 아주 잘해줘서, 평온한 하루하루를 보낼 수 있었습니다."

"있었다고? 과거형이군."

히라노 사장은 웃음을 머금은 채 가까이 있는 의자를 끌어당겨 앉았다.

"무슨 일이 있었던 모양이군."

"저나 아내는 괜찮습니다. 제가 처해 있는 입장도 이해하고, 거기서 도망쳐서는 안 된다는 각오도 하고 있습니다. 하지만 딸아이는……."

히라노의 얼굴에서 웃음이 사라졌다.

"딸에게 무슨 문제가 있었나?"

나오키는 고개를 숙였다. 그리고 더듬더듬 현재의 상황을 이야기했다. 딸의 마음을 다치게 하고 싶지 않다는 심정을 털어놓았다.

이야기를 다 듣더니 히라노가 고개를 몇 차례 끄덕였다. 의외의 이야기를 들었다는 표정은 아니었다.

"자네는 분명 그때 내가 한 말을 이해하고, 실생활에 반영하려 한 것 같군. 좋은 부인도 만난 것 같고. 참 잘된 일이네. 하지만 지금 자네 이야기를 듣고 나니 아쉬운 부분이 있네. 그건, 자네가 아직도 내 말을 완전히 이해하지 못한 것 같다는 걸세."

"제가 뭘 잘못 알고 있습니까?"

"오해라고 하면 자네한테 너무 심한 말이 되려나? 하지만 약간은 잘못 알아들은 것 같다는 느낌은 지울 수가 없군. 엄밀하게 얘기하면 자넨 아직도 투정을 부리고 있는 걸세. 자네나 자네 집사람이나 말이야."

나오키는 고개를 들었다. 어금니를 깨물었다. 자기는 몰라도 유미코까지 도매금으로 넘어가는 게 마음에 걸렸다.

"딸이 차별받는 것도 역시 받아들여야만 한다는 말씀입니까?"

이 문제만은 아무리 히라노 사장이라도 긍정하지 못할 거라고 생각했다. 하지만 돌아온 대답은 나오키의 예상을 완전히 벗어났다.

"그런 상황이라면 그래야겠지."

사장은 태연하게 말했다.

"생각해보게. 살인강도범이야. 그런 사람과 누가 이웃이 되고 싶어 하겠나? 전에도 말한 것 같은데."

"그건 알고 있습니다만⋯⋯."

"도망치지 않고 정직하게 살아가면 차별을 당하더라도 길이 열릴 것이다, 자네 부부는 이렇게 생각했겠지. 젊은이들다운 사고방식일세. 하지만 그것 역시 투정이라고 생각하네. 자네들은 주위 사람들이 모든 걸 고스란히 받아들여주기를 바라고 있겠지? 하지만 그렇게 해서 다른 사람들과 사귀게 되었다고 해보세. 심리적으로 어느 쪽이 더 부담이 클 거라고 생각하나? 자네들일까 주변사람들일까?"

"그야⋯⋯."

대답할 수가 없었다. 답을 몰랐기 때문이 아니다. 히라노 사장의 이야기를 이해 못한 것도 아니다.

"그럼 대체 어떻게 하라는 겁니까? 차별을 계속 견뎌낼 수밖에 없다는 말씀인가요? 어린 딸에게 그런 걸 요구해야 하는 겁니까?"

사장에게 따질 일이 아니라는 걸 알면서도 목소리가 날카로워졌다. 사장은 천천히 의자에 기대며 나오키를 올려다보았다.

"정정당당하다는 게 자네 부부의 키워드인 것 같으니 내가 감히 이야기하겠네. 언제 어느 때나 정정당당한 게 자네들에게 정말로 힘든 선택일까? 나는 그렇게 생각 안 하네. 다시 말하면, 매우 선택하기 쉬운 길을 걷고 있다는 생각밖에 들지 않네."

히라노는 나오키의 질문에는 대답하지 않았다. 입가에 미소를 짓더니 헛기침을 하며 시계를 보았다.

"이제 슬슬 다음 스케줄 시간이군. 수고했네."

그러더니 자리에서 일어섰다.

"잠깐만요. 답을 가르쳐주십시오."

"답 같은 건 없네. 내가 말하지 않았나? 이건 무엇을 어떻게 선택하느냐 하는 문제야. 자네가 스스로 선택하지 않으면 의미가 없지."

수고했네, 라고 히라노 사장이 다시 한 번 말했다. 눈빛이

엄해져 있었다.

나오키는 고개를 숙이고 방을 나왔다.

5

사장은 대체 무슨 말을 하고 싶었던 걸까.

엘리베이터에 타고 있는 동안에도 나오키는 그 생각을 했다. 정정당당하게 사는 것이 뭐가 잘못된 걸까? 사장은 선택하기 쉬운 길을 가고 있다고 말했지만 나오키는 그렇게 생각하지 않았다. 지금까지 있었던 일들을 되새겨보더라도 결코 편한 길은 아니었다. 유미코도 고생이 무척 많았다. 정정당당하게 살기 위해, 도망치지 않으며 살기 위해 그 모든 걸 감당해왔다. 혹시 그게 잘못이라는 말일까?

사장은 아무것도 모른다, 나오키는 이렇게 결론을 내릴 수밖에 없었다. 사장도 당연히 구경꾼에 불과할 뿐이다. 게다가 나오키에 관해 자세히 알지도 못한다. 그런 사람한테 가르침을 얻으려 한 것부터가 잘못이다.

그런 생각을 하며 창고로 돌아오자 과장이 달려왔다.

"다케시마, 큰일 났네. 얼른 집에 가보게."

숨을 헐떡이며 과장이 말했다.

"무슨 일이 있답니까?"

"자네 부인이 다친 모양이야. 자세한 건 알 수 없지만, 이 병원으로 옮겼다는군."

과장이 메모를 내밀었다.

"경찰에서 연락이 왔어."

"경찰이요?"

"아무래도 날치기를 당한 것 같아. 자전거를 타고 있다 넘어진 모양일세."

"자전거……?"

불길한 생각이 머리를 스쳤다. 하지만 일단은 그런 생각을 머릿속에서 떨쳐냈다.

"바로 가보겠습니다."

메모를 받아들었다.

옷을 갈아입은 뒤 바로 휴대전화로 집에 전화를 해보았다. 부재중 메시지만 나왔다. 회사를 나와 택시를 잡았다.

자전거를 타고 있다 넘어졌다. 그 말을 듣고 유미코가 얼마나 다쳤는지 걱정되었지만, 미키도 마음에 걸렸다. 사고가 날 때 미키는 어디 있었을까. 유미코는 자전거 뒷좌석에 어린이용 시트를 붙였다. 미키를 거기에 태우고 여기저기 다니는 일이 잦았다.

병원으로 가자 입구에 순찰차가 세워져 있었다. 타고 있는

사람은 없었다. 그걸 곁눈으로 보면서 현관으로 달려 들어갔
다. 접수처에서 이름을 대자 담당 여직원이 환자가 어디 있
는지 바로 가르쳐주었다.

나오키는 직원이 가르쳐준 대로 4층으로 올라갔다. 그곳
대기실 앞에 경찰관이 있었다. 나오키는 그쪽으로 다가갔다.
대기실 안에 유미코가 있었다. 팔에 붕대를 감고 있었다.

"유미코……."

대기실 입구에서 아내의 이름을 불렀다.

유미코는 양복을 입은 남자와 이야기를 나누고 있었다. 아
내가 나오키를 보더니 안도의 표정을 지었다.

"아……, 자기."

그러곤 앞에 있는 남자에게 말했다.

"남편이에요."

남자가 일어서서 자기소개를 했다. 관할 경찰서의 안도라
는 형사였다. 키는 그리 크지 않지만 넓은 어깨가 단단한 인
상을 풍겼다.

"다친 데는 괜찮아?"

나오키가 물었다.

"난 괜찮아. 타박상을 약간 입었을 뿐이야. 그보다는 미키
가……."

"미키……."

역시 그랬구나, 싶었다.

"미키도 자전거에 타고 있었어?"

유미코는 면목이 없다는 표정으로 고개를 끄덕였다.

"넘어지는 바람에 머리를 부딪쳐서……. 의식이 돌아오지 않아. 지금 응급실에 있어."

"뭐라고……?"

나오키는 얼굴을 찌푸렸다.

"놀이방에 데리러 갔다 돌아오면서 은행에 들렀어. 그리고 나와서 조금 가다가 갑자기……."

아내가 고개를 숙였다. 옆에 검은 숄더백이 놓여 있었다. 아내가 늘 갖고 다니는 백이다. 소매치기는 그걸 빼앗으려고 했을 것이다.

"흔히 있는 일입니다. 날치기를 당할 때 얼른 백을 놓으면 되는데 엉겁결에 꼭 붙들고 놔주지 않다가 넘어지는 거죠."

안도 형사가 설명했다.

"날치기도 자전거를 타고 있었어?"

나오키는 아내에게 물었다.

"오토바이였어. 내가 약간 속도를 늦춘 사이에 갑자기……. 백을 놓았으면 좋았을 텐데."

그렇게 말하며 입술을 깨물었다.

"어차피 큰돈이 들어 있던 것도 아닌데……."

아내를 꾸짖을 수는 없었다. 그럴 때는 누구라도 백을 빼앗기지 않기 위해 엉겁결에 꽉 잡을 것이다.

나오키는 안도 형사를 쳐다보았다.

"범인이 잡히지 않았군요."

형사가 미간을 찌푸리며 고개를 끄덕였다.

"요즘 비슷한 날치기 사건이 자주 일어나고 있습니다. 부인을 날치기한 녀석도 같은 놈일지 모릅니다. 이번엔 마침 목격자가 있어서 상당히 유력한 실마리가 되지 않을까 기대하고 있습니다."

안도 형사에 따르면, 유미코가 날치기를 당하기 직전 범인과 스친 주부가 있었다고 한다. 그 주부가 오토바이 색깔과 범인의 복장을 기억했던 모양이다.

범인은 근처에서 은행을 지켜보며 적당한 타깃을 노리고 있었을 거라고 안도 형사가 말했다.

"미안해."

유미코가 고개를 숙였다.

"내 탓이야. 아무 생각 없이 자전거를 2인승으로 개조했어. 넘어질 경우 미키가 어떻게 될까를 생각했다면 절대로 그러지 않았을 텐데."

"이제 와서 그런 소리 해봐야 뭐해……."

유미코가 자전거 뒷자리에 미키를 태우고 다닌다는 건 나오키도 진작 알고 있었다. 알면서도 지금까지 아무 말 하지 않았다. 그러니 자기한테도 책임이 있는 셈이다.

"머리만 다쳤어?"

아내에게 물었다.

"머리하고 무릎을 약간 다친 것 같아. 하지만 무릎은 금방 나을 거야."

"그래?"

나오키는 미키의 얼굴에 상처가 남지 않을까 걱정했었다. 계집애라 얼굴에 상처가 남으면 큰일이라고 생각했다. 하지만 유미코의 말로 미루어보건대 그럴 염려는 없을 것 같았다. 물론 그것도 미키의 의식이 무사히 돌아왔을 때 이야기다.

안도 형사는 두세 가지 질문을 더 하고 대기실을 나갔다. 이런 사건의 경우는 피해자한테 아무리 이야기를 들어봤자 수사에 별 도움이 되지 않을 것이다.

단둘이 남자 대화가 끊어졌다. 이윽고 유미코가 흐느끼며 울기 시작했다.

지금껏 아무리 괴로운 일이 있어도 우는 소리 한 번 하지 않던 아내다. 그런 아내가 우는 걸 보니 가슴이 아팠다. 나오키는 자기 가족이 얼마나 어려운 상황에 처했는지 새삼 확인할 수 있었다. 동시에 얼굴도 모르는 범인에 대해 심한 분노를 느꼈다. 왜 하필이면 아내를 노렸을까? 형사 말로는 은행

앞에서 범행 대상을 물색했을 거라고 한다. 결국 유미코와 미키를 범행하기 쉬운 대상으로 판단했다는 뜻이다.

절대로 용서할 수 없다고 생각했다.

몇십 분 뒤, 젊은 간호사가 나타났다. 일단 급한 조치는 끝났다고 했다.

"의식은 돌아왔습니까?"

나오키는 먼저 그렇게 물었다.

"괜찮습니다. 돌아왔어요. 지금은 약을 먹여 재웠습니다만."

나오키 옆에서 유미코가 크게 한숨을 내쉬었다.

"딸을 볼 수 있습니까?"

"예. 이리 오시죠."

나오키와 유미코는 간호사를 따라 응급실로 들어갔다. 제일 가장자리 병상에 미키가 잠들어 있었다. 머리에 붕대를 감았다. 머리맡에 놓인 여러 의료기기가 새삼 나오키를 긴장시켰다.

주치의라며 흰 가운을 입은 남자가 다가왔다. 40대 초반으로 보였다.

"CT도 찍었습니다만 다행히 손상은 입지 않았습니다. 뇌파도 지극히 정상이고요."

의사는 침착한 말투로 말했다.

"제가 말을 걸었더니 반응을 하더군요."

"다행이군요."

나오키는 그렇게 말하며 진심으로 고개를 숙였다.

"정말 감사합니다."

"저어, 외상은……?"

유미코가 물었다.

"넘어지는 바람에 이마가 몇 군데 찢어졌습니다. 그 상처로 작은 돌 같은 게 피부에 박혔는데 그걸 꺼내려면 약간 시간이 걸립니다. 살짝 상처가 남을지도 모르겠습니다."

의사의 말에 나오키는 고개를 들었다.

"예? 상처가 남는다고요?"

"앞머리를 내리면 보이지 않을 겁니다. 그리고 지금은 성형 기술이 발달해서 레이저 같은 걸로 어느 정도 없앨 수도 있습니다."

"상처가……."

의사의 낙관적인 말을 들으면서도 나오키는 두 주먹을 불끈 쥐었다.

6

날치기범이 잡힌 것은 사건이 난 지 닷새만의 일이었다. 목격자의 증언에 따라 먼저 그럴듯한 인물이 떠올랐고, 게다가 지문이 결정적인 단서가 되었다. 유미코가 빼앗길 뻔했던 백에 용의자의 지문이 남아 있었던 것이다. 범인은 옆 동네에 사는 마에야마 시게카즈라는 21세의 청년이었다.

범인이 체포된 다음 날 유미코가 경찰에 불려갔다. 집에 돌아온 유미코가 시무룩한 표정으로 나오키를 바라보았다.

"유리창 너머로 그 남자 얼굴을 봤어. 형사가 그 남자가 틀림없느냐고 물었는데 잘 모르겠다고 대답할 수밖에 없었어. 날치기를 당할 때 범인은 헬멧을 쓰고 있었거든."

"그렇지만 그 녀석이 인정했잖아. 자기가 했다고."

유미코는 여전히 힘없는 표정으로 고개를 끄덕였다.

"지문도 일치하고 범인이 틀림없다고 형사가 그랬어. 나를 부른 것은 일단 확인하기 위해서였던 것 같아. 난 범인을 만나게 해주는 게 아닐까 생각했는데."

"만나지 못했어?"

"그럴 필요가 있을 때는 다시 부르겠대. 왠지 맥이 풀리네."

경찰은 강도상해죄로 기소할 예정이라고 했다.

"그럼 앞으로 우린 어떡해야 하지? 재판이 시작될 때까지 기다려야 하나?"

유미코가 고개를 갸웃거렸다.

"글쎄. 무슨 일이 있으면 연락하겠다고만 하던데."

"흐음."

나오키는 왠지 석연치가 않았다.

그로부터 며칠이 지나도록 수사가 어떻게 진행되고 있는지 두 사람은 전혀 알지 못했다. 범인이 아직 구류 상태인지, 구치소로 넘어갔는지도 알 수가 없었다.

그러던 어느 날, 저녁을 먹고 있는데 초인종이 울렸다. 나오키는 문을 살짝 열었다. 밖에 나이든 남녀가 서 있었다. 나오키를 보더니 두 사람이 고개를 숙였다.

"늦은 시간에 죄송합니다. 저어, 다케시마 씨 되시죠?"

남자가 물었다.

"그렇습니다만."

"불쑥 찾아와 죄송합니다. 우린 마에야마 시게카즈의 부모입니다."

"마에야마……, 아!"

두 사람이 다시 깊숙이 고개를 숙였다. 남자가 고개를 숙인 채 말했다.

"이번에 제 자식이 큰일을 저질러 정말 뭐라 드릴 말씀이 없습니다. 하지만 꼭 찾아뵙고 사죄를 드려야겠기에 실례를 무릅쓰고 찾아왔습니다."

남편 옆에서 부인도 괴로운 표정을 지었다. 나오키는 뭐라 대답할 말이 없어 두 사람을 바라보기만 했다. 전혀 생각도 못한 일이었다.

"자기."

뒤에서 유미코가 불렀다.

"들어오시라고 하지?"

"아……, 그래."

나오키는 머릿속이 정리되지 않은 상태로 마에야마 부부에게 말했다.

"일단 들어오시죠, 좁기는 하지만."

감사합니다, 실례하겠습니다, 하며 두 사람이 안으로 들어왔다.

거실에서는 미키가 막 텔레비전 게임을 시작하려던 중이었다. 유미코에게 말해 딸을 옆방으로 들여보냈다. 미키의 머리에는 아직 붕대가 감겨 있었다. 마에야마 부부가 그걸 보았던 모양이다. 두 사람이 괴로운 듯 얼굴을 찡그렸다.

유미코가 방석을 권했지만 두 사람은 앉으려 하지 않았다. 맨바닥에 앉더니 두 사람이 다시 고개를 숙였다.

"따님을 보니 새삼 제 자식 놈이 저지른 짓이 얼마나 큰 잘못인지 알겠습니다. 저희가 고개를 숙여 사죄드린다 해도 다케시마 씨의 분이 풀릴 리 없다는 건 잘 알고 있습니다. 저라도 괜찮다면 때리시건 발로 차시건 처분대로 맡기겠습니다."

그렇게 말하며 남자가 다다미에 머리가 닿을 정도로 허리를 굽혔다. 옆에서는 부인이 흐느끼기 시작했다.

"고개를 드세요."

유미코가 말했다.

"아무리 그러셔도……. 그렇지?"

유미코가 동의를 구했다. 나오키도 고개를 끄덕였다.

"두 분이 사과하신다 해도 딸의 상처는 지워지지 않을 겁니다."

죄송합니다, 하고 남편이 말하자 부인이 손으로 얼굴을 덮었다.

"경찰에 따르면 다른 죄도 꽤 있다고 하던데, 댁에서는 아무런 눈치도 채지 못하셨나요?"

"부끄럽게도 자식 놈이 무슨 짓을 하고 다니는지 전혀 몰랐습니다. 고등학교를 나온 뒤 일단 취직은 했는데 오래 다니지 못하고 그만뒀습니다. 그 뒤로는 빈둥거리며 이리저리 떠돌았습니다. 야단을 쳐도 말을 전혀 듣지 않고, 나쁜 친구들과 어울려 다닌 모양입니다. 저러다 못된 짓을 하는 게 아닌가 걱정을 하긴 했는데, 그만 이런 일이……."

남편이 머리를 저었다.

"죄송하고 부끄럽기만 합니다. 저희 책임이라고 생각합니다. 그놈은 어차피 감옥에 갈 테지만, 따님의 치료비를 비롯해 최대한 배상을 할 수 있도록 해주십시오."

나이가 든, 그것도 아마 나름대로 사회적 지위도 있어 보이는 사람이 옷매무새를 가다듬고 정성껏 머리를 조아리는 걸 보며 나오키는 뭐라 대답해야 좋을지 알 수 없었다. 그들을 보고 있는 것 자체가 고통이었다.

"말씀은 잘 알겠습니다."

나오키는 겨우 입을 열었다.

"나름대로 배상 청구는 할 생각입니다. 하지만 지금은 도저히 두 분 말씀을 냉정한 상태로 들을 수가 없군요……. 미안합니다."

"예, 이해합니다. 오늘은 일단 죄송하다는 말씀 한마디는 드려야겠기에 찾아뵈었습니다. 불쑥 불편을 끼쳐드려 죄송합니다."

마에야마 부부는 몇 번이나 고개를 숙이며 돌아갔다. 그들이 떠안기듯 두고 간 꾸러미는 유명한 과일가게의 선물세트였다.

손님이 돌아가자 미키가 옆방에서 나와 얼른 게임을 시작했다. 나오키는 그 모습을 멍하니 바라보았다.

"그 두 사람을 보면서 두 가지 생각을 했어."

"뭔데?"

나오키는 입술을 핥았다.

"하나는 대단하다는 사실. 자식이 체포되어 정신이 하나도 없을 텐데 피해자의 집에 사과하러오는 것, 어지간해서는 불가능하지 않을까?"

"그렇지."

"적어도 나는 그러지 못할 것 같아."

그렇게 말하고 나오키는 고개를 저었다.

"아니, 하지 못했다고 해야겠지. 난 결국 한 번도 가지 않았으니까."

"하지만 그건…… 죄에 따라 다르겠지. 저 사람들도 만약 자식이 저지른 죄가 살인이었다면 유족들 집을 찾아가지는 못하지 않았겠어? 날치기 때문에 다친 정도니까 좀 더 쉽게 결심을 할 수 있었던 게 아닐까?"

"그럴까……?"

나오키는 턱을 괴었다.

"또 하나는 뭐야?"

유미코가 물었다. 나오키는 살짝 한숨을 쉬었다.

"음……, 또 하나는 착하다는 사실. 그 사람들이 우리 비위를 맞춘다고 해서 재판 결과에는 아무 영향도 미치지 못할 거야. 분명 아주 착한 사람들이라는 생각이 들어. 마음도 약하고, 그래서 자식에게 야단도 치지 못했겠지."

"그게 뭐가 착하다는 거야?"

"착한 사람들이야. 그건 확실해. 하지만 말이야."

나오키는 머리카락에 손가락을 찔러 넣고 벅벅 긁었다. 그 손을 멈추고 나서 말을 이었다.

"그렇지만 그 사람들을 용서하고 싶은 마음이 들지 않아. 그 사람들이 잘못한 게 아니라는 건 알지만, 미키와 당신이 받은 상처를 지워줄 순 없어. 그 두 사람이 무릎을 꿇고 사과하는 모습을 보면서도 난 너무 괴로웠어. 숨이 막힐 것 같았어. 난 그때 깨달았어. 사장님이 하신 말씀이 무슨 뜻인지 확실하게 이해했어."

"무슨 얘기야?"

"정정당당하면 그만이라는 건 잘못된 생각이란 거지. 그건 자기만족일 뿐이야. 사실은 더 힘든 길을 선택해야 했던 거야."

그날 밤 나오키는 이렇게 편지를 썼다.

형, 잘 지내?

오늘도 또 교도소 안에 있는 공장에서 일을 하겠구나. 형이 거기 들어간 지 몇 년이 흘렀나? 이제 슬슬 석방될 날이 기다려지겠지?

하지만 나는 오늘 형에게 중요한 이야기를 해야만 해. 결론부터 말하자면, 이 편지가 내가 형에게 보내는 마지막 편지라는 거야. 또 앞으로 형한테서 오는 우편물은 수

취 거부를 할 거야. 그러니 이제 편지를 쓰지 않아도 돼.

갑자기 심한 이야기를 적었어. 형이 무척 놀랄 거라고 생각해. 하지만 이건 고민 끝에 내린 결론이야. 물론 괴롭기도 했지.

이유는 가족을 지키기 위해서라고 해야 할까? 솔직히 얘기하면 나 자신을 지키기 위해서이기도 하겠지.

나는 지금까지 살인강도범의 동생이란 딱지를 붙이고 살아왔어. 유미코는 살인강도의 제수가 된 거지. 그리고 미키에겐 살인강도범의 조카라는 딱지가 붙어 있어. 그걸 거부할 수는 없겠지. 어쨌든 사실이니까. 또 세상 사람들이 그런 딱지를 붙이는 걸 원망할 수도 없고. 이 세상은 위험으로 가득 차 있어. 언제 누구한테 해를 입을지 모르는 세상이야. 누구나 자기 몸은 자기가 지킬 수밖에 없지. 이렇게 힘없는 서민 입장에서는 주위 사람들에게 뭔가 표시라도 해둘 수밖에 없을 거야.

딱지가 붙은 사람에겐 그런 인생밖에 없을 거야. 나는 살인범의 동생이라는 이유로 음악이란 꿈을 버려야만 했어. 또 사랑하던 여자와의 결혼도 포기해야 했지. 취직한 뒤에도 그 사실이 드러나자마자 부서를 이동했어. 유미코는 이웃들한테 따돌림을 당하고, 미키도 사이가 좋았던 친구들과 만날 기회를 빼앗겼어. 그 애가 장차 어른이 되어, 예를 들어 좋아하는 남자가 생겼을 때는 어떻게 될까? 큰아버지가 살인범이었다는 게 드러나도 상대방 부모가 우리 미키와의 결혼을 축복해줄까?

지금까지 이런 내용을 편지에 쓴 적은 없어. 공연히 형 마음을 불편하게 만들고 싶지 않았기 때문이야. 하지만 지금 내 생각은 달라. 이런 이야기를 더 빨리 형에게 했어야 했어. 왜냐하면 우리가 이런 고통을 받고 있다는 사실을 아는 것도 형이 치러야 할 죗값이라고 생각하니까.

이 편지를 우체통에 넣는 순간부터 나는 형의 동생이라는 생각을 버릴 거야. 앞으로 형과는 전혀 관계없이 살겠어. 형과의 과거도 모두 지울 생각이야. 그러니 형도 몇 해 뒤 출소하더라도 우리를 찾지 않으면 좋겠어. 이 편지를 다 읽고 난 뒤부터 다케시마 나오키라는 사람은 형과 아무런 관계도 없다고 생각해줘.

형에게 보내는 마지막 편지가 이런 내용이라 정말 안타까워. 부디 몸조심하고, 멋지게 갱생하길 바랄게. 이건 동생으로서의 마지막 바람이야.

나오키

서류를 훑어본 뒤, 인사과장이 눈치를 살폈다. 곤혹스러움과 안도감, 그리고 약간의 동정심이 담겨 있는 듯한 눈이었다.

"정말 괜찮겠나?"

인사과장이 다시 확인했다.

"이미 결정했으니까요."

나오키는 확실하게 잘라 말했다.

인사과장이 살짝 고개를 끄덕이고 책상 서랍을 열었다. 그리고 도장을 꺼내더니 서류 제일 밑에 있는 사각형 공간 한 곳에 그걸 찍었다. 인사과장이 서류를 다시 한번 훑어보고 나오키에게 내밀었다.

"회사를……."

거기까지 말하곤 인사과장이 입을 다물었다.

"아니, 아무것도 아닐세."

나오키는 고개를 숙였다. 인사과장의 얼굴을 바라본 뒤 그동안 고마웠습니다, 하고 그 자리를 떠났다.

인사과장은 이렇게 말하고 싶었는지도 모른다. 회사를 원망하나? 그 물음에 대한 나오키의 대답은 이랬다. 원망이라니요, 오히려 감사드리고 싶습니다. 거짓 없는 진심이었다.

그 뒤 나오키는 총무과와 건강보험과에 들러 각 부서의 책임자로부터 서류에 도장을 받았다. 마지막으로 물류과장을 찾아가면 모든 도장을 받는 셈이다. 그러면 사직서가 완성된다.

물류과장이 보이지 않아 나오키는 창고로 갔다. 그래봐야 남은 업무는 없었다. 업무 인계는 거의 끝났다. 정식 퇴직일은 2주 뒤지만 내일부터 출근을 하지 않아도 되었다. 2주치 유급휴가가 남아 있었기 때문이다.

회사를 그만둘 생각이라고 말했을 때, 유미코는 반대하지 않았다. 쓸쓸하게 웃으며 그럼 당분간 힘들겠네, 라고 했을 뿐이다. 사실 앞으론 아내가 고생을 하게 될 것이다. 그 기간을 가능한 한 줄여줘야겠다고 생각했다.

인기척이 나 뒤를 돌아보았다. 히라노 사장이 양복 상의를 벗은 차림으로 이쪽을 향해 오고 있었다. 작업용 모자를 쓰고 있다.

"오늘이 아니면 자넬 만날 수 없을 것 같아서."

"그간 안녕하셨습니까? 여러 모로 폐를 많이 끼쳤습니다."

나오키는 고개를 숙였다.

"뭐 그런 인사는 치우고."

사장이 처음 만났을 때처럼 골판지 상자 위에 걸터앉았다.

"형하고는 그 뒤 어떻게 되었나?"

나오키는 잠시 망설이고 나서 대답했다.

"인연을 끊었습니다."

호오, 하듯이 히라노 사장이 입을 오므렸다.

"그걸 본인한테 알렸나?"

"편지에 썼습니다. 이제 끝이라고."

"그런가? 범죄자인 형하고는 인연을 끊고, 자네 과거를 아는 사람들한테서는 도망을 치는 거로군."

히라노 사장이 웃음을 지으며 말했다.

"그게 자네가 선택한 길이군."

"옳은지 어떤지는 모르겠습니다. 가족을 지키기 위해서입니다."

히라노 사장이 한숨을 내쉬었다.

"자네 결단에 대해 어쩌면 사람들이 비난을 할지도 모르겠군. 남의 눈 때문에 가족의 인연을 끊다니 무슨 짓이냐, 형기가 끝난 사람이 사회에 복귀할 때 기댈 수 있는 건 가족뿐이다, 그런 가족이 식구를 버려도 되는가, 하면서."

"제가 결혼하지 않고, 또 딸이 없었다면 아마 다른 길을 택했을지도 모르겠습니다. 하지만 저한텐 새로운 가족이 있습니다. 죄를 지은 형과 아무런 죄도 없는 아내, 양쪽 모두를 구하려고 했던 게 제 잘못이었다고 생각합니다."

"자넨 잘못한 게 없어. 인간으로서 올바르게 살려고 했을 뿐이지. 하지만 실제로 뭐가 옳은지는 누구도 말할 수 없을 걸세. 방금 자네가 얘기했듯이 말이야. 다만 이 말만은 해주고 싶네. 자네가 선택한 길은 간단한 길이 아닐세. 어떤 의미에서는 지금보다 더 괴로울지도 몰라. 어쨌든 정정당당하다는 명분은 없네. 모든 비밀을 자네 혼자 끌어안고, 만약 문제가 생기더라도 혼자 해결해야 해. 물론 때론 부인이 도와줄지도 모르지만."

"각오는 하고 있습니다."

나오키는 히라노 사장의 눈을 바라보며 말했다.

"아내한테도 폐를 끼치지 않을 작정입니다. 목숨을 걸고 아내와 딸을 지킬 겁니다."

히라노가 몇 차례 고개를 끄덕였다.

"형을 원망하나?"

"그야."

원망한다고 말하려 했다. 하지만 그 말을 입 밖에 내면 모든 게 무너져버릴 것 같은 생각이 들었다.

"인연을 끊었으니 원망할 일도 원망을 받을 일도 없겠죠. 전혀 모르는 사람이니까요."

"그런가? 그럼, 그건 됐고."

사장은 골판지 상자에서 일어서더니 나오키 쪽으로 걸어왔다. 잔뜩 주름진 오른손을 내밀었다.

"나한테도 좋은 경험이었네. 자네를 만나서 다행이었어. 고맙네."

나오키는 무슨 말이든 해야 한다고 생각했지만 적절한 대답이 떠오르지 않았다. 말없이 사장의 야윈 오른손을 잡았다.

8

데라오 유스케한테서 연락이 온 것은 더위가 막 한풀 꺾이기 시작한 9월 중순이었다. 전화 목소리를 처음 들었을 때, 나오키는 데라오인 줄 바로 알아차리지 못했다. 오래간만에 듣는 목소리라 그렇기도 했지만, 그보다는 목소리가 낮아진 것 같은 느낌이 들었기 때문이다.

"평소엔 노래를 하니 다른 때라도 목을 쉬게 해줘야지. 입술만 살짝 움직여 속삭이듯이 말이야. 이 나이에 이런 식으로 말을 하니, 남자답지 않다고 하는 통에 난처하긴 하지만."

검은 가죽바지를 입은 데라오가 다리를 꼬며 웃었다. 학창시절부터 마른 몸매였지만, 더 야윈 것 같았다. 게다가 안색도 그리 좋지 않았다.

두 사람은 이케부쿠로 역 옆에 있는 카페에 마주 앉아 있었다. 데라오가 얼굴 좀 보자고 했기 때문이다. 나오키는 현재이 근처에 있는 전자제품 상점에서 일하고 있다. 8시까지 근무지만 오후 3시부터 한 시간 동안은 휴식을 취할 수 있다. 그 시간을 이용해 옛 친구와 만난 것이다.

"직장도 옮기고, 이사도 하고, 여러 모로 힘들었겠군."

데라오가 말했다.

뭐 그렇지, 하며 나오키는 고개를 끄덕였다. 이사한다는 소식은 극히 일부 사람들에게만 알렸다. 데라오하곤 자주 만나지 못했지만 매년 연하장을 보내기 때문에 자연히 알려준 셈이 되었다.

"밴드는 어때? 잘 돼?"

나오키가 물었다.

"고전하고 있어. 텔레비전 같은 데도 거의 나온 적이 없으니 너도 눈치챘겠지만, 회사에서도 거의 포기하고 있는 것 같아. 일단 다음 CD를 낼 예정이기는 한데 별로 구체적인 이야기는 안 나오는 상태야. 어떻게 될지 모르겠어."

역시 그랬나? 나오키는 커피를 마시며 그런 생각을 했다. 그동안 음악 프로그램을 자주 보고 그쪽 관련 잡지도 많이 읽었다. 물론 데라오와 예전 동료들이 어떻게 활동하는지 신경이 쓰였기 때문이다. 하지만 스페시움이라는 밴드 이름을 마지막으로 본 게 언제였는지 이젠 기억도 나지 않는다.

"요즘 부모님한테 자주 잔소리를 들어. 이제 정신 차리고 제대로 된 일을 하는 게 어떠냐고. 부모님 눈에는 우리가 일을 하는 걸로 보이지 않는 모양이야."

데라오가 씁쓸하게 웃었다.

"다른 친구들은 어때? 다들 꾸준한가?"

"일단 지금까지는."

데라오가 잠깐 눈을 감았다.

"지금까지는, 이라니?"

"고타 녀석 기억나지? 그 녀석이 그만두겠데."

나오키는 놀라서 데라오의 얼굴을 바라보았다.

"그럼 어떡하지?"

"그만두고 싶다는 걸 억지로 잡아둘 수야 없지. 녀석이 빠지면 아쓰시와 겐이치도 마음이 흔들릴 텐데."

데라오가 웃으며 한숨을 내쉬었다.

"이제 바람 앞의 등불인 셈이지."

이야기를 듣다가 나오키는 고개를 숙였다. 그때 자기도 함께 밴드를 계속했다면 어떻게 되었을까, 하는 생각이 머릿속을 스쳤다. 성공했을 거라고 단정할 수는 없다. 아마 음악 세계는 더 어려울 것이다. 함께 계속했다면 지금의 데라오와 같은 입장이 되었을 것이다. 그러자 터무니없는 이유이기는 해도 몸을 뺀 게 잘한 걸지도 모른다는 생각이 들었다.

"넌 어떻게 지내? 딸 이름이 미키라고 했나? 전화로 잠깐 이야기를 나눴지만 재밌게 지내는 것 같던데."

"뭐 그럭저럭 살아. 월급도 몇 푼 안 되고, 아내한텐 힘든 일만 시키고 있어."

"유미코라면 잘해 나갈 거야."

데라오가 고개를 끄덕이고 약간 등을 펴더니 나오키를 쳐다보았다.

"형하고는 어때? 여전히 연락을 주고받아?"

나오키는 잠시 뜸을 들였다가 말했다.

"형하고는 인연을 끊었어. 이젠 더 이상 아무런 연락도 하지 않아. 지금 사는 집 주소도 가르쳐주지 않았어."

"그래……?"

데라오가 약간 당황한 모양이다.

"지금 회사 사람들은 아무도 형에 대해 몰라. 이웃이나 미키가 다니는 놀이방 사람들도 우리가 살인강도범의 가족일 거라고는 꿈에도 생각 않고 있지. 그래서 평온하게 살아갈 수 있어. 미키가 밝아진 것도 지금 사는 동네로 이사하고 나서야."

"그 뒤로 여러 가지 일이 있었던 모양이구나."

"〈이매진〉이야."

나오키의 말에 뭐? 하며 데라오가 눈을 크게 떴다.

"차별과 편견이 없는 세상. 그런 건 상상에 불과해. 인간이란 차별과 편견을 갖고 살아갈 수밖에 없는 동물이지."

데라오의 눈을 바라보며 나오키는 스스로도 놀랄 만큼 차분한 목소리로 말했다. 시선을 피한 것은 데라오였다.

"〈이매진〉……이라. 네가 우리 앞에서 처음 불렀던 곡이지."

"지금도 그 노래를 좋아해."

나오키는 슬쩍 웃었다.

데라오가 앞에 있는 커피 컵과 물 잔을 옆으로 치우더니 테이블에 두 팔꿈치를 얹고 몸을 앞으로 내밀었다.

"〈이매진〉……. 다시 한번 불러보지 않겠니?"

"뭐?"

"나하고 함께 하지 않겠냐는 거야. 음악이 싫어진 건 아닐 테지?"

"그게 무슨 농담이야."

"농담이 아니야. 곧 콘서트를 할 예정이야. 거기 같이 나가보지 않을래? 게스트. 우정 출연 말이야. 요즘 식으로 이야기하면 컬래버레이션(collaboration)이라고 해야 하나?"

나오키는 픽 웃었다.

"고타하고 아쓰시가 빠질 것 같아서 날 끼워 넣으려는 거야?"

"그런 게 아니야. 난 음악을 계속할 수만 있다면 혼자 해도 상관없어. 그럴 각오도 되어 있고. 그래서 실은 작년부터 새로운 일에 도전하고 있어."

"뭔데? 새로운 일이라는 게?"

"위문 콘서트."

"위문……?"

"교도소에 있는 사람들 앞에서 연주하고 노래하는 거지. 아쓰시하고 다른 녀석들도 참가한 적이 있는데, 기본적으로는 거의 나 혼자 하고 있어."

"왜 그런 걸?"

"그럴듯하게 이야기하면, 모색이지. 음악이란 뭘까, 음악은 무얼 할 수 있을까, 그걸 한번 확인해보고 싶어서 시작했어. 알고 있는지 모르겠지만, 돈벌이는 전혀 안 돼. 교도소에서 의뢰가 오는 것도 아니지. 완전 자원봉사야."

"흐음……."

밴드가 깨지려 하는데도 이 녀석은 변함이 없군. 이런 생각이 들었다. 지금도 여전히 꿈을 좇고 있다. 그 꿈은 단순히 음악으로 인기를 얻고 싶다는 것 따위가 아니다. 조금 전 함께하지 않아서 다행일지도 모르겠다고 생각했던 게 슬쩍 부끄러웠다.

"이번 공연은 지바야."

데라오가 그렇게 말하며 나오키를 쳐다보았다.

나오키는 고개를 약간 숙이고 데라오를 쳐다보았다.

"그래서 나하고 같이 하자는 거야?"

"이상한 오해는 하지 말아줘. 세상 사람들 관심을 끌어 모으고 싶어서 너한테 함께하자고 하는 게 아니야. 무엇보다 관객과 나를 연결하는 다리 같은 것이 필요해. 지금까지 몇 차례 해봤지만 아무래도 관객과의 거리감을 극복할 수가 없었어. 그 안에 있는 사람과 나의 위치를 확인하면서 한번 연주해보고 싶어."

"다리를 놓는 게 내 역할인가?"

"어디까지나 내 생각이 그렇다는 거야. 너하고 네 형 이야기는 절대로 비밀로 할게."

"물론 네가 화제를 만들기 위해 그런 이야기를 꺼낸 건 아니라고 생각하지만……."

"또 한 가지 이유는 단순한 참견."

데라오가 말했다.

"지바에서 하기로 결정했을 때 제일 먼저 네 생각이 났어. 아직 형 문제로 괴로워하고 있는 게 아닐까 싶더군. 네가 뭔가를 탁 털어낼 수 있는 계기가 될 수 있으면 좋겠다고 생각했어. 어차피 면회도 가지 않잖아?"

"좀 전에 이야기했듯이 형하고는 인연을 끊었어."

"그건 알아. 잘못한 거라고 생각하지도 않아. 하지만 그건 물리적인 거잖아. 정신적으로는 어때? 마음이 개운하지는 않을 거 아냐?"

데라오의 말이 가느다란 바늘로 찌르듯 나오키의 마음을 자극했다. 그래도 입술을 꾹 다문 채 고개를 저었다.

"다케시마……."

"네 마음은 고마워. 하지만 이미 끝내기로 했어."

나오키는 계산서를 집어 들고 일어섰다.

"노래는…… 좋지만 말이야."

카페 출입문을 향해 걸었다. 데라오는 불러 세우지 않았다.

데라오와 만난 지 닷새가 지났다. 유미코가 한 통의 편지봉투를 나오키 앞에 내려놓았다. 착잡한 표정을 짓고 있다.

"이게 뭐지?"

발신인을 보고 약간 놀랐다. '마에야마'라고 적혀 있었기 때문이다. 바로 그 날치기범의 아버지한테서 온 것이었다. 봉투 안에는 편지와 도쿄 디즈니랜드 티켓이 들어 있었다. 편지에는 자기 자식의 잘못을 사과하는 말들이 적혀 있었다. 그리고 미키의 경과를 물으며 자기들이 도울 수 있는 게 있다면 이야기해달라는 부탁이 이어졌다.

미키의 이마에 난 상처는 아직 남아 있다. 지금은 앞머리로 가리고 있지만 좀 더 크면 레이저 치료를 받는 게 좋을 거라고 의사가 권했다.

"왜 이런 일을 하는 걸까? 난 그 일은 잊고 싶은데."

나오키는 편지와 티켓을 봉투에 다시 집어넣었다.

"자기만족이야. 이런 식으로 속죄하는 시늉을 하면 자기들 괴로움이 약간은 줄어들겠지."

유미코는 동의하지 않았다. 언짢은 표정으로 가만히 편지를 바라보았다.

"왜 그래?"

"응……. 정말 그럴까 하는 생각이 들어서."

"무슨 뜻이야?"

"나는 말이야, 이 편지를 보고 아, 잊지 않았구나, 하는 생각이 들었어. 그동안 몇 개월이 흘렀어. 난 그 사람들이 자기 자식 장래만 걱정하고, 피해자는 잊은 게 아닐까, 생각했어. 하지만 잊지 않고 있었던 거야."

"그렇다고 우리한테 진심으로 사과하는 건지 어떤지는 알수 없지. 난 이렇게 하면서 자기들은 착한 사람이라고 스스로를 위안하는 거라고 생각해."

"그럴지도 모르지만, 아무것도 하지 않는 것보다는 낫다고 생각해. 엽서 한 장이라도 보내주면, 적어도 그 사람들이 그 사건을 잊지 않고 있다는 걸 확인할 수 있으니까. 우린 잊고 싶어도 미키의 상처를 볼 때마다 생각이 나. 결코 잊을 수 없을 거야. 하지만 세상 사람들은 점점 잊어가지. 그래서 우린 더 상처를 입어. 우린 이 세상에 사건을 잊을 수 없는 사람이

우리 말고도 있다는 걸 알게 되는 것만으로도 잠깐 위안을
얻을 수 있어."

"잠깐은 위안이 되지, 물론."

"그렇지만 큰 위안이야."

"그런가? 뭐 그럴지도 모르겠네."

나오키는 봉투 안에서 다시 티켓만 꺼냈다.

"그럼, 어차피 보내준 거니까 이번 휴일에 셋이 가볼까?"

유미코는 그 물음에는 대답하지 않고 나오키, 하며 오래간
만에 남편의 이름을 불렀다.

"난 자기가 하는 대로 따라갈 거야. 형하고 인연을 끊을 때
도 아무 말 하지 않았잖아? 하지만 이것만은 기억해둬. 형 사
건을 잊을 수 없는 것은 자기만이 아니라는 것. 더 괴로워하
는 사람이 있다는 것. 형 이야기를 세상 사람들한테 숨기기
때문에 우리는 지금 마음이 편하지만, 이 세상에는 숨길 수
없는 사람도 있다는 것. 우리는 그걸 분명하게 분간해야 해."

"무슨 이야기를 하고 싶은 거야?"

나오키는 아내를 쏘아보았다.

유미코는 말없이 눈을 내리깔았다. 뻔히 알면서 뭘 묻느냐,
이런 뜻인 듯했다.

"샤워할게."

그렇게 말하고 나오키는 자리에서 일어섰다.

좁은 욕조에서 무릎을 감싸 안으며 나오키는 아내의 말을 되새겼다. 누구나 똑같은 소리를 한다. 데라오도 마찬가지였다. 네가 뭔가를 탁 털어낼 수 있는 계기가 될 수 있으면 좋겠다고 생각했어, 데라오는 이렇게 말했다. 유미코는 분간을 해야 한다고 했다. 데라오나 아내의 말은 틀린 소리가 아니었다.

욕조에서 나와 찬물로 세수를 했다. 앞머리가 젖은 얼굴을 거울에 비춰 보며 자신을 향해 중얼거렸다.

"한번 찾아가볼까……?"

9

이튿날은 토요일이라 쉬는 날이 아니었지만 나오키는 비번이라 출근하지 않았다. 점심을 먹은 뒤 행선지도 알리지 않고 집을 나섰다. 유미코는 꼬치꼬치 묻지 않았다. 어쩌면 남편이 어디를 가려 하는지 눈치채고 있을지 모른다. 출근 안하는 날 양복을 입는 일은 거의 없었기 때문이다.

이케부쿠로에 있는 백화점에 가서 쿠키세트를 샀다. 점원이 포장 안에 카드를 쓰겠느냐고 물었지만 필요 없다고 대답했다. 카드에 뭐라고 써야 할지 판단이 서지 않았기 때문이다.

마루노우치 선, 도자이 선으로 지하철을 갈아타고 기바 역에서 내렸다. 거기부터는 걸었다.

간선도로 옆으로 난 보도를 나오키는 묵묵히 걸었다. 차가 빈번하게 지나갔다. 그중엔 이삿짐센터 트럭도 있었다. 그걸 보니 형 생각이 났다. 동생 학비를 벌기 위해 형은 매일 무거운 짐을 날랐다. 그러다 몸이 망가졌고, 돈을 마련해야 한다는 생각에 쫓겨 마음에 악마가 스며들었다. 그때 머리에 떠올린 것이 이 동네였다.

계획성 없는, 거의 충동적이라 해도 좋을 범행. 이렇게 표현한 게 국선 변호인이었던가? 맞는 말이라는 생각이 들었다. 츠요시가 그 집을 노린 것은 그 집에 사는 할머니가 인상에 남아 있었기 때문이고, 그 이유는 할머니가 친절하게 대해주었기 때문이라고 했다.

어차피 도둑질을 하러 들어갈 거면 차라리 미운 손님 집을 노리지, 하는 생각이 들지만 츠요시 입장에서는 그럴 수 없었을 것이다.

기억을 더듬으며 걷다보니 불쑥 오가타상점이란 글자가 눈에 들어왔다. 주차장 간판에 그 이름이 적혀 있었다. 나오키는 당황해하며 주위를 둘러보았다. 길 건너편에 서양식 대문이 있는 2층짜리 저택이 보였다.

그 문이 눈에 익었다. 츠요시가 사건을 저지른 직후 나오키도 이곳에 와본 적이 있다. 그러나 집 모양이 변했다. 그땐 단층집이었을 것이다. 다시 지었겠지, 하는 생각이 들었다.

나오키는 전에 여기 왔을 때의 일을 떠올렸다. 유족에게 사과를 해야겠다고 찾아왔으면서도 막상 그들 모습을 보자 서둘러 도망쳤었다.

어쩌면 그때 진 빚을 지금까지 갚아온 건지도 모른다, 이제껏 겪었던 일들을 되돌아보며 나오키는 그런 생각을 했다. 만약 그때 유족들에게 사과를 했다면 다른 길이 열렸을지도 모른다. 적어도 지금처럼 비굴한 인간은 되지 않았을지 모른다.

문기둥으로 다가가 인터폰 버튼으로 손을 뻗었다. 그러면서도 마음 한쪽에서는 상대방이 집에 없기를 바란다는 걸 깨닫고 그런 자신에게 혐오감을 느꼈다.

버튼을 눌렀다. 집 안에서 차임벨 소리가 울렸다. 나오키는 심호흡을 했다.

몇 초 뒤 예, 하는 소리가 들렸다. 남자 목소리였다.

"불쑥 죄송합니다. 다케시마라는 사람입니다. 집주인께서는 댁에 계십니까?"

남자가 잠깐 뜸을 들였다 다케시마 씨라니, 누구신가요? 하고 물었다.

나오키는 다시 한번 심호흡을 했다.

"다케시마 츠요시의 동생입니다."

그 이름을 그들이 잊을 리가 없다. 나오키는 침을 삼키려 했다. 그러나 입안이 바짝 말라 있었다.

불쑥 현관문이 열렸다. 폴로셔츠 차림의 남자가 나타났다. 전에 봤을 때보다 살이 찐 것 같다. 흰머리도 늘었다.

남자가 나오키를 무표정하게 바라보며 다가왔다. 입을 꾹 다물고 있다.

두 사람은 대문을 사이에 두고 마주섰다. 나오키는 고개를 숙여 인사했다.

"불쑥 죄송합니다. 전화번호를 몰라서요."

그렇게 말하고 다시 상대방을 바라보았다. 남자는 역시 무표정했다.

"무슨 일입니까?"

낮고 차분한 목소리로 물었다.

"너무 늦었다고 생각하지만 향이라도 올리고 싶습니다. 그렇게 해달라는 것이 형의 바람이었습니다. 더 일찍 찾아뵀어야 하는데 도무지 용기를 내지 못하고, 그만 여러 해가 흐르고 말았습니다."

"그런데 왜 갑자기 올 생각이 든 건가?"

"그건……."

할 말이 없었다.

"자기 자신 때문인가?"

나오키는 고개를 숙였다. 몇 년을 허비하다 자기 마음을 정리하기 위해 불쑥 찾아왔다, 그런 행위가 스스로 생각해도 너무 이기적으로 여겨졌다.

오가타 씨가 문을 열었다.

"들어오지."

나오키는 놀라서 상대의 얼굴을 바라보았다.

"괜찮겠습니까?"

"그러려고 찾아온 것 아닌가?"

오가타가 말했다.

"그리고 자네에게 보여주고 싶은 것도 있고."

"보여주고 싶은 것이요?"

"일단 들어오게."

나오키가 들어간 방에는 갈색 가죽소파가 놓여 있었다. 주인이 권하는 대로 3인용 소파 한가운데 앉았다. 정면에 커다란 와이드 텔레비전이 있었다. 츠요시가 돈을 훔친 뒤 바로 도망치지 않고 소파에 앉아 텔레비전을 보았다는 이야기가 떠올랐다.

"하필이면 집사람이 애를 데리고 나가서. 아니, 하필이면이 아니라 오히려, 마침 잘 나갔다고 해야 할지도 모르겠군."

오가타는 팔걸이가 붙은 1인용 소파에 앉아 테이블의 재떨이와 담배를 끌어당겼다.

"저어, 하찮은 거지만."

나오키는 아까 산 쿠키세트를 내밀었다.

"아니, 그건 갖고 돌아가게."

오가타는 나오키의 얼굴을 보지도 않고 말했다.

"자네가 왔었다는 걸 될 수 있으면 아내한테 알리고 싶지 않네. 그렇지 않아도 사람을 집에 들이면 화를 내는 여자라서. 그리고 보아하니 먹는 것 같군. 솔직히 그걸 어떤 심정으로 먹어야 할지 생각하면 우울하네. 자네가 듣기에는 기분 나쁘겠지만."

"아……, 알겠습니다."

나오키는 쿠키세트를 자기 옆으로 물렸다. 받지 않을 거라고 짐작은 했었다.

서먹한 침묵이 한동안 이어졌다. 오가타가 담배 연기를 내뿜으며 허공을 바라보았다. 나오키가 무슨 말을 꺼내기를 기다리고 있는 것 같기도 했다.

"새로 지으셨습니까?"

방 안을 둘러본 뒤 나오키가 물었다.

"3년쯤 전에. 우린 다른 곳에 살고 있었는데, 여길 계속 빈집으로 둘 수는 없었지. 세를 주려 해도 들어올 사람이 없었거든. 그래서 우리가 살기로 했네. 하지만 집사람이 예전 그대로라면 싫다고 하더군. 나도 마찬가지 심정이라 아예 새로 지었네."

오가타의 말에서 자연스럽게 사건이 어떤 악영향을 끼쳤는지 알 수 있었다. 세를 들어올 사람이 없었던 것이나 부인이 싫어한 것이나 모두 살인 사건이 일어났던 집이기 때문일 것이다.

"저어, 그런데 오가타 씨."

나오키는 고개를 들었다.

"좀 전에 말씀드렸지만 향을 올리고 싶은데요."

"그건 거절하겠네."

오가타가 높낮이 없는 목소리로 말했다.

바로 거절당하자 나오키는 당황했다. 시선 둘 곳을 찾지 못해 고개를 숙였다.

"오해하면 곤란해. 거절하는 건 자네가 미워서가 아니야. 오히려 그 반대일세. 자네는 사건과 아무 관계도 없으니까. 우리 어머니를 죽인 건 자네가 아닐세. 그러니 자네가 향을 올릴 이유는 없어. 자네 형에게도 그렇게 전해주게."

"형에게요?"

"잠깐 기다려주게."

오가타는 자리에서 일어나 방을 나갔다.

기다리는 동안 나오키는 가만히 테이블 위만 바라보았다. 선물도 거절당하고 향 올리는 것도 거절당했다. 어찌해야 좋을지 알 수가 없었다.

오가타가 돌아왔다. 오른손에 종이봉투를 들고 있었다. 그것을 테이블 위에 올려놓았다. 종이봉투 안에 든 것은 편지 묶음이었다.

"자네 형이 보낸 걸세. 교도소에 들어간 뒤 매달. 거른 적이 아마 한 번도 없을걸."

"형이 여기에도……?"

나오키는 전혀 몰랐다. 형의 편지에서 그런 이야기를 읽은 기억도 없다.

오가타가 편지 한 통을 꺼냈다.

"이게 아마 제일 처음 온 편지일 걸세. 찢어버릴까 생각했지만 현실을 도피하는 것 같아 그냥 남겨두었네. 설마 이렇게 많이 쌓이게 될 줄은 그땐 생각도 못했지."

그렇게 말하며 편지를 턱으로 가리켰다.

"읽어보게."

"괜찮겠습니까?"

"자네가 읽는 게 오히려 의미 있겠지."

오가타는 그렇게 말하며 다시 일어섰다.

"다른 편지도 읽어도 되네. 잠깐 자리를 피해주지."

오가타가 나간 뒤 나오키는 첫 번째 편지를 펼쳤다. 편지지에 구긴 자국이 남아 있었다. 아마 오가타가 구겼을 것이다.

나오키는 편지를 읽기 시작했다.

　오가타 다카오 선생님께.

　인사드립니다.

　실례인 줄 알지만 꼭 사죄드리고 싶어 이 편지를 씁니다. 만약 읽으시는 도중에 화가 난다면 찢어버려주십시오. 사죄드릴 자격도 없다는 것은 알고 있습니다.

　정말, 정말로 드릴 말씀이 없습니다. 몇천 번, 아니 몇만 번 사죄를 드려도 용서받을 수 없을 테지만, 지금 저는 사죄드릴 수밖에 없습니다. 제가 한 짓은 인간이 할 짓이 아니었습니다. 변명 따위는 할 여지도 없습니다. 구치소에 있는 동안에도 몇 번이나 죽을 생각을 했습니다. 하지만 그러면 제대로 사죄가 되지 않는다고 생각했습니다. 저는 앞으로 징역을 살겠지만 언젠가 여기를 나가면 목숨을 걸고 보상해드리고 싶습니다.

　지금 제 가장 큰 바람은 어떻게든 오가타 씨의 영전에 사죄드리고 싶다는 것입니다. 그렇게 해서 뭐가 달라질 게 있느냐고 말씀하실 테지만, 저로서는 그 생각밖에 들지 않습니다.

　하지만 지금은 향도 올릴 수 없습니다. 그래서 제 동생에게 부디 대신 향을 올려달라고 부탁했습니다. 동생이 언젠가 그쪽으로 찾아뵐 것이라고 생각합니다. 하지만 동생을 꾸짖지는 말아주십시오. 동생은 사건과는 아무 관계가 없습니다. 전부 제가 혼자 한 짓입니다.

　만약 여기까지 읽어주셨다면 감사하겠습니다.

　이만 줄입니다.

다케시마 츠요시 올림

　교도소에 들어간 직후 츠요시가 계속 오가타 씨 댁을 찾아가달라고 편지에 썼던 것을 떠올렸다. 그러면서 한편으로는 오가타 씨한테 이런 편지를 보냈던 것이다.

　나오키는 다른 편지도 읽어보았다. 어느 편지나 내용은 큰 차이가 없었다. 죄송하다, 사죄드릴 방법이 있다면 무슨 일이든 하겠다, 매일 밤 뉘우치고 있다, 그런 회한이 절절하게 적혀 있었다. 그리고 어느 편지나 어떤 식으로건 나오키를 언급했다. 동생이 고학을 하면서도 대학에 다니기 시작했다고 한다, 직장을 잡았다고 한다, 결혼했다니 기쁘다, 그 문장들에는 동생만이 삶의 보람이라는 이야기가 숨어 있었다.

　어느 틈엔가 오가타가 돌아왔다. 그가 나오키를 내려다보며 물었다.

　"어떤가?"

　"형이 이런 편지를 쓴 줄은 전혀 몰랐습니다."

"그런 것 같더군."

오가타는 아까 앉았던 자리에 다시 앉았다.

"하지만 난 그 사람이 자네한테 편지를 쓰고 있다는 걸 알고 있었지. 어쨌든 편지에 늘 자네 이야기가 쓰여 있었으니까."

"달리…… 아무것도 쓸 내용이 없었기 때문 아닐까요?"

"그럴지도 모르지. 하지만 솔직히 나로서는 불쾌한 편지였네."

오가타의 말에 나오키는 자세를 바로 했다.

"자네 형이 자신의 과오를 뉘우치고 있다는 건 잘 알겠네. 하지만 아무리 사죄하고 반성한다는 이야기를 들어도 어머니를 잃은 슬픔은 가시지 않네."

오가타는 편지가 든 종이봉투를 손가락으로 툭 쳤다.

"동생 근황을 전하는 것도 화가 치밀었네. 교도소에 들어가 있으면서 오히려 행복을 만끽하고 있는 게 아닌가 하는 생각마저 들었지. 몇 번 더 이상 편지를 보내지 말라는 내용의 답장을 쓰려고 했네. 하지만 그것도 어리석은 짓 같더군. 그래서 철저하게 무시하기로 했지. 답장이 없으면 제풀에 지쳐 보내지 않을 거라고 생각했네. 하지만 계속 편지를 보냈네. 결국 나도 눈치챘네. 이 편지들은 그에게 반야심경 같은 거라고 말일세. 이쪽에서 그만해달라고 하지 않는 한 그는 계속 편지를 보낼 것이다. 그럼 그만두라고 하면 되지 않을까?
나는 갈피를 잡지 못했네. 그의 편지를 멈추게 하면 사건이
완전히 끝난다는 이야기가 되겠지. 사건을 끝내도 괜찮을까?
고백하자면, 나는 사건이 끝났다는 걸 받아들일 결심이 서지
않았었네."

오가타가 주머니에서 새 편지를 꺼냈다. 그것을 나오키 앞
에 내려놓았다.

"그러고 있는데 이런 편지가 왔네. 결론부터 이야기하면,
자네 형이 보낸 마지막 편지일세."

나오키는 깜짝 놀라 오가타와 편지를 번갈아보았다.

"그걸 읽고 결심했네. 이제 사건을 그만 끝내자고 말이야."

나오키는 그 편지로 손을 뻗었다.

"읽어봐도 괜찮겠습니까?"

"그는 바라지 않을 테지만 나는 읽어야 한다고 생각하네.
그 편지는 자네에게 주지."

나오키는 편지를 두 손으로 집어 들었다. 봉투 안에 든 편
지를 꺼낼 용기가 나지 않았다.

"나오키라고 했나?"

오가타가 말했다.

"이제 그만 됐다고 생각하네. 이걸로 끝내세. 모든 걸."

"오가타 씨⋯⋯."

"피차 너무 오래 걸렸군."

그렇게 말하더니 눈을 껌뻑거리며 천장을 올려다보았다.

벌써 몇 번이나 본 악보를 다시 들여다보며 나오키는 심호흡을 했다. 심장은 자꾸 크게 뛰기만 할뿐, 전혀 진정될 기미를 보이지 않았다. 끝날 때까지 이 상태를 벗어날 수 없겠구나 하며, 이번에는 한숨을 쉬었다.

데라오가 그런 나오키를 바라보며 쓴웃음을 지었다.

"뭘 그렇게 한심한 표정을 짓고 있어? 닛폰부도칸에서 라이브를 하라는 것도 아니잖아. 편하게 해, 편하게."

나오키는 얼굴을 찌푸렸다.

"그게 안 되니까 문제지. 어쨌든 몇 년이나 사람들 앞에서 노래하지 않았어. 노래방도 가지 않았고."

"너라면 끄떡없어. 그리고 오늘 라이브에서는 노래를 잘 부를 필요 없어. 요구되는 건 치유야. 관객을 즐겁게 해 주면 되는 거야."

"그래, 그건 알고 있어."

나오키는 고개를 끄덕였다.

그는 창밖을 보았다. 운동장에는 사람이 없었다. 저 운동장은 어떻게 쓰일까 하는 생각이 들었다. 수형자들이 야구를 하는 영화를 예전에 심야 프로그램에서 본 적이 있다. 형도 때론 저 운동장을 힘껏 달릴 때가 있을까?

그리고 그 앞에는 회색 벽이 보였다. 바깥 세계와 이 안을 차단하고 있는 벽이다. 그 너머는 전혀 보이지 않는다. 그저 푸른 하늘이 펼쳐져 있을 뿐이다. 바깥세상이 그리워도 여기서는 상상밖에 할 수 없다. 형은 이런 풍경을 보면서 여러 해를 지내왔겠구나, 나오키는 창에서 눈길을 돌렸다.

데라오에게 전화를 건 것은 지난달이었다. 위문 콘서트에 참가하고 싶다고 했다. 데라오가 놀란 듯이 잠시 말이 없었다.

"불쑥 이런 소리를 해서 미안해. 하지만 나 꼭 하고 싶어. 그 까닭은……."

거기까지 이야기했을 때 데라오가 그의 말을 가로막았다.

"됐어, 설명 같은 건. 그렇게 결정해 준 것만 해도 난 기뻐. 오래간만에 하는 라이브야. 잘 하자."

빤히 알고 있다는 투였다.

그 뒤에도 데라오는 아무것도 묻지 않았다. 나오키는 이 콘서트가 무사히 끝나면 돌아갈 때라도 이야기하려고 생각하고 있다. 일부러 늦추는 것은 아니다. 아직은 제대로 전달할 자신이 없는 것이다. 하지만 모든 것이 끝난 뒤라면 자기 마음을 표현할 수 있는 말이 나올 것 같은 기분이 들었다.

유미코에게도 이야기해야만 한다. 최근 한 달 동안 그녀는 남편의 변화를 눈치채고서도 아무것도 캐묻지 않았다. 위문 콘서트를 하겠다고 했을 때도 '연습 열심히 해야겠네.'라며 웃었을 뿐이다.

머리를 단정하게 깎은 교도관이 대기실로 들어왔다. 약간 긴장한 표정이었다.

"에에, 팀 이름이 〈이매진〉……이라고 하셨죠? 공연장 준비가 끝났습니다. 수형자들도 앉아서 기다리고 있으니 언제 시작해도 됩니다만."

〈이매진〉이란 것이 두 사람의 팀 이름이었다. 오늘 하루짜리 팀이다.

데라오가 말없이 고개를 끄덕였다.

대기실을 나와 공연장으로 갔다. 공연장은 체육관이었다.

교도관 뒤를 따라 걷다 보니 나오키의 심장은 더 크게 뛰기 시작했다. 목이 바싹바싹 말랐다. 이런 상태에서 노래를 할 수 있을지 불안해져, 긴장이 점점 증폭되었다. 도망치고 싶다는 생각과 도망쳐서는 안 된다는 생각이 충돌하고 있었다.

체육관 뒷문으로 들어갔다. 내부는 조용했다. 전에 나오키는 작은 라이브 콘서트에서 몇 차례 무대에 올랐지만, 손님이 아무리 적어도 그 웅성거리는 소리는 대기실까지 들려왔었다. 이곳의 이질적인 분위기에 당황했다.

"몇 번이나 이야기하지만 너무 분위기를 돋우려 하지 마."

나오키의 마음을 눈치챈 듯이 데라오가 귓가에 속삭였다.

"어떤 의미에서는 오늘 관객은 실컷 기분을 낼 수가 없게 되어 있어. 그냥 상대방의 마음에 다가가도록 노래하는 거야."

알고 있다고 이야기하듯 입을 움직였지만 목소리가 제대로 나오지 않았다.

"그럼 제가 소개를 하면 나와 주십시오."

교도관이 말했다.

알겠습니다. 두 사람은 대답했다.

임시로 만들어진 무대에 교도관이 먼저 올라갔다. 주의사항을 설명한 다음 노래를 할 2인조 가수에 대한 설명을 했다. 물론 대부분이 데라오에 관한 이야기였다. 나오키에 대해서는 그 친구라는 식으로 정리했다.

나오키는 자기 두 손을 보았다. 손이 땀에 흠뻑 젖어 있었다. 눈을 감고 심호흡을 반복했다. 내가 할 수 있는 건 이것뿐이다. 그러니 온힘을 다해 할 수밖에 없다. 형에게 동생의 모습을 보여줄 수 있는 것은 이게 마지막이니까, 스스로에게 그렇게 타일렀다.

오가타 씨 집에서 나눈 대화가 되살아났다. 아니, 오가타 씨가 준 편지가 머릿속에 떠올랐다고 해야 할지도 모른다. 바로 그 편지를 읽었기 때문에 나오키는 오늘 이렇게 여기 있는 것이다.

벌써 몇 번이나 읽었는지 모른다. 이제는 그 내용을 완전히 외울 수 있을 정도다.

츠요시가 오가타에게 보낸 편지는 이런 내용이었다.

오가타 다케오 선생님, 안녕하십니까?

오늘은 중요한 말씀을 드리기 위해 펜을 들었습니다.

며칠 전 동생으로부터 편지가 왔습니다. 교도소에 있는 사람에게 가족으로부터 오는 소식만큼 기쁜 것은 없습니다. 설레는 마음으로 시작했습니다.

하지만 그 편지를 읽고 저는 놀랐습니다.

거기에는 이제 다시는 편지를 쓰지 않고, 제가 보내는 편지도 받지 않겠다고 적혀 있었습니다. 그 이유를 동생은 가족을 지키기 위해서라고 썼습니다. 그리고 그 편지에는 형이 강도살인범이라는 이유로 그 애가 지금까지 얼마나 고생했는지, 그 고통이 지금도 계속되고 있으며 자기 아내와 딸이 얼마나 괴로운 일을 당하고 있는지가 절절하게 적혀 있었습니다. 지금 상태라면 딸의 결혼에도 지장이 있을 거라는 어두운 예상도 적혀 있었습니다.

그래서 형제의 인연을 끊겠다고 한 것입니다. 제가 출소한 뒤에도 연락을 하려 하지 말아달라고 했습니다.

그 편지를 읽을 때의 제 충격을 짐작하실지. 동생에게 절연 당한 것이 쇼크였던 건 아닙니다. 오랜 세월에 걸쳐 저라는 존재가 동생에게 계속 고통을 주어 왔다는 사실 때문입니다. 동시에 당연히 그런 일을 예상할 수 있었는데, 동생이 이런 편지를 쓸 때까지 눈치채지 못한 제 자신의 어리석음 때문에 죽고 싶을 정도로 자기혐오에 빠졌습니다. 다른 이야기가 아닙니다. 저는 이곳에 있으면서도 갱생 같은 건 하지도 못했던 겁니다.

동생 말이 맞습니다. 저는 편지 같은 걸 써서는 안 되는 거였습니다. 그리고 동시에 깨달았습니다. 오가타 씨에게 보낸 편지도 아마 틀림없이 오가타 씨에게는 범인의 자기만족에 불과한 불쾌하기 짝이 없는 것이었을 거란 사실을. 그걸 사죄하고 싶어 이렇게 편지를 썼습니다. 물론 이 편지를 마지막으로 삼겠습니다. 정말 죄송합니다. 늘 건강하시고 행복하기시를 바랍니다.

다케시마 츠요시 올림

추신 : 동생에게도 사과 편지를 쓰고 싶지만 이제는 보낼 수가 없습니다.

그 편지를 읽었을 때 눈물이 그치지 않았다. 인연을 끊겠다고 선언한 편지는 스스로 생각하기에도 냉혹한 내용이었다고 생각한다. 형도 틀림없이 불만스러웠을 거라고 상상하고 있었다. 그렇지만 형의 생각은 전혀 달랐던 것이다.

저는 편지 같은 걸 써서는 안 되는 거였습니다.

'그게 아니야, 형.'이라고 속으로 말했다. 그 편지가 있었기 때문에 지금의 내가 있는 것이다. 편지가 오지 않으면 괴로울 일도 없었을 테지만 길을 모색할 수도 없었을 것이다.

"그러면 〈이매진〉의 두 분, 부탁합니다."

그 목소리에 정신이 돌아왔다. 나오키는 데라오를 보았다. 그는 말없이 고개를 크게 끄덕였다.

두 사람은 무대로 나갔다. 박수는 없다. 환성도 없다. 그런 가운데 나오키는 천천히 고개를 들었다. 순간 숨이 멎었다. 박박 깎은 머리에 같은 옷을 입은 남자들이 무대를 빤히 쳐다보고 있었다. 기대와 호기심이 넘치는 눈빛이었다. 그들은 이렇게 외부 사람들과의 접촉을 바라고 있다. 그리고 그 눈에는 부러움이라기보다 질투에 가까운 빛이 깃들어 있다는 것을 깨달았다. 밖에서 사는 사람, 저 회색 담을 나갈 수 있는 사람에 대한 질투.

"안녕하십니까, 〈이매진〉입니다."

데라오가 쾌활한 목소리로 이야기하기 시작했다. 몇 차례 경험이 있는 만큼 이런 분위기에는 익숙할 것이다. 적당히 농담을 섞어가며 자기소개를 했다. 관객들의 표정도 조금씩 풀어져 가는 것 같았다.

나오키는 객석을 천천히 둘러보았다. 형은 어디 있지? 하지만 모두가 같은 복장, 같은 머리모양이라 찾을 수가 없었다.

데라오가 말했다.

"그러면 저희 팀 이름의 유래가 되기도 한 존 레논의 〈이매진〉을 먼저 들려드리겠습니다."

데라오는 준비된 피아노 앞에 앉아 나오키에게 고개를 끄덕여 보였다. 나오키도 고개를 끄덕였다. 그리고 다시 관객 쪽을 향했다.

어딘가에 형이 있다. 내 노래를 들어줄 거다. 온힘을 다해 노래하자. 적어도 오늘만은.

반주가 시작되었다. 〈이매진〉의 인트로가 흘렀다. 나오키는 마이크를 보고, 다시 관객들을 둘러보았다. 살짝 숨을 들이쉬었다.

그때였다. 나오키의 눈이 객석의 한곳에 꽂혔다. 뒤쪽 오른편 끝. 갑자기 그 부분에서만 빛이 나는 것 같았다.

그 남자는 고개를 푹 수그리고 있었다. 나오키가 기억하는 모습보다 훨씬 더 작아 보였다.

그 모습을 보자 나오키는 몸 안에서 갑자기 뜨거운 것이 치밀어 오르는 것을 느꼈다. 남자는 두 손을 가슴 앞에 모으고 있었다. 사죄하듯이. 그리고 기도하듯이. 그리고 그가 가늘게 떨고 있다는 것까지 느껴졌다.

형, 나오키는 마음속으로 형을 불렀다.

형, 우린 왜 태어난 걸까.

형, 우리도 행복해질 수 있는 날이 올까? 우리가 서로 마주 앉아 이야기할 수 있는 날이 올까? 둘이서 어머니에게 밤을 까 드리던 그때처럼.

나오키는 한 점을 바라본 채로 마이크 앞에 서 있었다. 온몸이 마비된 듯이 움직일 수가 없었다. 숨조차 쉴 수 없었다.

"어이, 다케시마……."

데라오는 인트로의 같은 부분을 반복하고 있었다.

나오키는 간신히 입을 벌렸다. 노래를 부르려 했다.

하지만 목소리가 나오지 않았다.

목소리가 도저히 나오지 않았다.

옮긴이의 말

제 휴대전화의 컬러링은 약 5년간 존 레논의 〈Imagine〉이었습니다. 그 컬러링이 이 작품의 작업 막판에 다른 곡으로 바뀌었습니다. 낡은 휴대전화를 교체하며 핑계 삼아 컬러링도 바꾼 셈입니다. 어떤 분들은 〈Imagine〉의 피아노 소리를 더 듣고 싶다며 전화를 천천히 받아달라는 농담을 하신 적도 있었습니다. 집에는 예전에 사둔, 〈Imagine〉이 수록된 앨범이 두 종류 있습니다. 이 작품을 옮기는 내내 하루 한 번 이상은 이 앨범들을 들었습니다.

작업이 거의 끝난 상태에서 일본어판 문고본(2006년 10월 10일 발매)을 손에 넣었습니다. 이 번역본은 단행본(2003년 3월 15일 발매)을 저본으로 삼은 것입니다. 수정 작업을 하며 문고본과 대조해 읽었는데 달라진 부분을 찾지는 못했습니다. 일본 문고본에는 소설가 이노우에 유메히토(井上夢人)의 해설이

실려 있습니다. 그것을 그대로 옮길 수는 없지만 저는 모르던, 이 작품과 맥이 통하는 에피소드가 있어 소개합니다.

이 소설에 흐르는 주제가는 존 레논의 〈Imagine〉입니다. 남자 주인공이 처음 노래방에서 부르는 노래이고, 또한 이 작품의 마지막을 장식하기도 합니다. 다들 아시다시피 존 레논은 1980년 12월 8일, 마크 데이비드 채프먼이란 청년이 쏜 총에 맞아 세상을 떠납니다. 나중에 어떤 소설가들은 '1980년에 5월 광주항쟁이 있었고'가 아니라 '1980년에 존 레논이 총에 맞아 죽었고'라고 쓸지도 모를 일입니다. 어쨌든 존 레논은 그렇게 세상을 떠났고, 그의 아내 오노 요코는 한 달 뒤 일본의 〈아사히신문〉 조간에 다음과 같은 의견 광고를 큼직하게 실었답니다.

"저는 존을 지켜주지 못한 저 자신에게도 화가 납니다. 저는 사회를 이토록 엉망으로 망가진 채 내버려두었던 자신, 그리고 우리들에게 화가 납니다. 만약에 뭔가 의미 있는 앙갚음이란 게 있다면, 그것은 더 늦기 전에 사랑과 신뢰에 기초한 사회로 방향 전환을 하게끔 만드는 것이라고 생각합니다."

'사랑과 신뢰에 기초한 사회'를 이야기하며 남편 잃은 슬픔을 사회화하려는 생각이었을 것입니다. 그런데 말입니다. 존 레논이 세상을 떠난 뒤, 영국의 BBC가 존 레논을 주인공으로 한 〈A Day In The Life〉라는 드라마를 만들기로 했답니다. 그래서 주인공 역을 맡을 배우를 공모했는데, 존 레논과 흡사하게 생긴 무명의 배우가 선발되었습니다. 하지만 이 무명 배우는 결국 이 드라마의 주인공을 연기하지 못하고 해고되고 말았습니다. 이 배우의 해고를 강력하게 요구한 사람은 오노 요코였답니다. 그 이유는 이 무명 배우의 이름이 마크 데이비드 채프먼이었기 때문입니다. 존 레논 암살범과 동명이인이었다는 이야기입니다. 그런 까닭에 오노 요코는 신문에 실은 의견 광고와 무명 배우 해고의 이중성 때문에 구설수에 오르기도 했답니다. 이노우에 유메히토는 문고본에 실린 이 작품의 해설을 이 에피소드 가지고 풀어갑니다.

우리는 자신과 자신의 가족에는 한없이 너그럽고, 타인에 대해서는 더할 수 없이 냉혹합니다. 그래야 자신과 가족을 지킬 수 있는 세상이라고 생각합니다. 그러면서도 남의 일에는 '죄는 미워해도 사람을 미워해서는 안 된다.'는 둥 말은 그럴듯하게 합니다. 그렇게 배워온 까닭입니다. 덕분에 오노 요코의 이중성을 씹을 수도 있고, 비웃을 수도 있을 것입니다. 하지만 그것은 구경꾼의 입장일 때입니다. 오노 요코는 가족을 잃은 피해자입니다.

히가시노 게이고는 이 소설에서 강도살인죄를 저지른 범죄자의 동생을 주인공으로 내세워, 가해자 가족의 삶을 그리고 있습니다. 주인공의 꿈이었던 음악도, 사랑하던 여인도 범죄자인 형 때문에 모두 떠나갑니다. 겨우 꾸린 가정의 희망인 딸마저도 범죄자의 가족이라 하여 차별을 받습니다. 히가시노 게이고는 이들에서 눈을 떼지 않으면서도, 그들에게 동정을 보내지 않습니다. 오히려 주인공이 근무하는 회사 사장의 입을 빌려 '차별은 당연한 것이다.'라는 메시지를 던지기도 합니다.

하지만 그 사장의 말이 히가시노 게이고가 이야기하고자 하는 바를 고스란히 전달하고 있는 것으로 보이지는 않습니다. 남자 주인공이 선택한 길이 피해자 가족에 대한 속죄이고, 범죄자 가족으로서 죗값을 치르는 길인지 어떤지도 모르겠습니다. 주인공이 비틀거리며 삶을 살아가듯이 어쩌면 히가시노 게이고의 답도 비틀거리고 있는지도 모릅니다.

흔히 범죄를 저지르고 재판을 받아 형을 살면 '죗값을 치렀다.'고 합니다. 히가시노 게이고는 과연 그것이 정당한 죗값을 치른 것이냐고 묻고 있는 듯합니다. 어떻게 해야 죗값을 치른 셈이 되는지, 작가 자신도 모르는 것입니다. 그리고 그것이 고민스러워 이 《편지》라는 작품을 쓰지 않았을까 하는 생각이 듭니다. 따라서 이 작품을 다 읽은 독자들은 그 답을 얻을 수 있는 힌트 정도는 발견할 수 있을지 몰라도, 히가시

노 게이고가 콕 집어 주는 정답을 얻을 수는 없습니다. 족집
게 과외는 바보들을 생산합니다.

히가시노 게이고의 작품들은 어설프게 나누면 본격추리와
사회파적인 미스터리물, 그리고《도키오》같은 감동소설류가
있습니다. 이 작품은 맨 뒤의 부류에 속할 것입니다. 하지만
여전히 히가시노 게이고입니다. 히가시노 게이고의 작품에
꾸준히 관심을 보여주는 독자 분들께 감히 옮긴이가 대신하
여 감사의 말씀을 전해야겠습니다.

옮긴이 권일영

편지

1판 1쇄 발행 2016년 12월 15일
2판 1쇄 발행 2019년 4월 15일
2판 11쇄 발행 2024년 7월 11일

지은이 히가시노 게이고
옮긴이 권일영

발행인 양원석
편집장 김건희
디자인 오필민디자인
영업마케팅 조아라, 정다은, 한혜원

펴낸 곳 ㈜알에이치코리아
주소 서울시 금천구 가산디지털2로 53, 20층 (가산동, 한라시그마밸리)
편집문의 02-6443-8902   **도서문의** 02-6443-8800
홈페이지 http://rhk.co.kr
등록 2004년 1월 15일 제2-3726호

ISBN 978-89-255-6600-9 (03830)